JN366292

살인청부업자의 청소가이드

THE HITMAN'S GUIDE TO HOUSE CLEANING
Copyright© Hallgrimur Helgason, 2008
All rights reserved.

Korean Translation Copyright © 2012 by Dulnyouk Publishing Co.
Korean translation rights arranged with Andrew Nurnberg Associates Ltd.,
through EYA(Eric Yang Agency)

이 책의 한국어판 저작권은 EYA(Eric Yang Agency)를 통해 Andrew Nurnberg Associates Ltd.와 독점계약한 도서출판 들녘에 있습니다. 저작권법에 의하여 한국 내에서 보호를 받는 저작물이므로 무단전재와 복제를 금합니다.

illusionist 세계의 작가 024
살인청부업자의 청소가이드
ⓒ들녘 2012

초판 1쇄 발행일 2012년 1월 30일

지 은 이 하들그리뮈르 헬가손
옮 긴 이 백종유
펴 낸 이 이정원

출판책임 박성규
편집책임 선우미정
편집진행 김상진
표지그림 최용호
디 자 인 김지연
마 케 팅 석철호 · 나다연 · 도한나
경영지원 김은주 · 박혜정
제   작 이수현
관   리 구법모 · 엄철용

펴 낸 곳 도서출판 들녘
등록일자 1987년 12월 12일
등록번호 10-156
주   소 경기도 파주시 교하읍 문발리 출판문화정보산업단지 513-9
전   화 마케팅 031-955-7374 편집 031-955-7381
팩시밀리 031-955-7393
홈페이지 www.ddd21.co.kr

ISBN 978-89-7527-600-2(set)
      978-89-7527-622-4(04890)

값은 뒤표지에 있습니다. 잘못된 책은 구입하신 곳에서 바꿔드립니다.

하들그리뮈르 헬가손 **지음**
백종유 **옮김**

들녘

한국의 독자들에게

『레이캬비크 101』이 한국에 출간된 것이 인연이 되어 저는 2010년 봄, 서울에서 개최된 세계작가축제에 참가한 적이 있습니다. 서울은 '창조적인 에너지가 넘치면서도 깨끗하고 스마트한 도시'라는 인상을 받았습니다. 한국에서 친절하고 포용력이 있는 사람들을 많이 만났던 경험이 있기에 한국의 독자들이 유럽 사람들보다 훨씬 더 유연하고 폭넓은 사고를 지녔다는 것을 미루어 짐작합니다. 저는 한국의 음식에도 푹 빠져서 '코리언 칠리소스(고추장)' 항아리를 아이슬란드까지 들고 왔습니다.

이제 저는 『살인청부업자의 청소가이드』를 들고 여러분께 인사드리게 되었습니다. 이 소설은 몇 년 전 노르웨이로 가는 비행기 안에서 잉태되었습니다. 당시 제 옆자리에 앉았던 한 여성은 성공회 신부였는데, 그녀는 오슬로에서 열리는 '신학 컨퍼런스'에 가던 길이라고 했습니다. 비행기가 착륙하기 직전 그녀는 화장실에 가면서 신부복과 서류가방 등을 좌석에 놓아두었습니다. 바로 그 순간 퍼뜩 무엇인가가 떠올랐습니다. 만일 그녀가 화장실에서 돌아오지 않는다면 내가 신부복을 입고, 그녀의 이름표(그녀의 이름은 남자에

게도 어울리는 이름이었습니다)를 목에 두른 채 컨퍼런스에 참석하면 무슨 일이 벌어질까? 지금까지의 나와는 전혀 다른 사람이 되어 일주일 동안 살게 될 삶을 떠올리며 흥분을 억누를 수가 없었습니다. 너무도 흥미진진한 일들이 눈앞에서 벌어질 것 같아 저는 한동안 새로운 삶에 대한 상상에 사로잡혀 있었습니다.

작가는 이처럼 얼토당토않은 일도 상상 속의 현실로 불러들여 잠을 못 이루고 뒤척이는 존재입니다.

그렇게 1년이란 시간이 지나고 베를린에서 한 회합에 참석할 기회가 있었습니다. 주최 측에서 약간 꺼림칙한 호텔에 저를 몰아넣었는데, 그 호텔의 방에 들어선 순간 크로아티아 출신의 한 킬러, (이름을 붙여준다면) 톡시가 바로 어젯밤 이곳에 묵었을 거라는 느낌이 들었습니다. '톡시에게 신부 복장을 입히고 아이슬란드로 데려가면 무슨 일이 벌어질까?'라는 생각이 머리에 꽂혔습니다. 크로아티아의 킬러 톡시가 남겨놓은 아우라가 밤새 눈앞에서 어른거렸고, 저는 2006~2007년에 걸쳐 이 작품을 썼습니다.

'뒤바뀐 정체'라는 고전적인 주제로 쉽게 읽을 수 있는 재미있는 소설을 써보자! 그러나 막상 써내려가 보니 주인공에 대한 연민이 점점 더 깊어졌고, 유머 소설은 어느덧 블랙유머 소설이 되어 있었습니다. 우리의 주인공이 막되어먹기만 한 망나니라면 독자 여러분께서도 연민을 느낄 까닭이 없습니다. 주인공 톡시는 유고슬라비아전쟁을 통해 세상을 배웠고, 유고슬라비아전쟁은 그에게 뼈저린 아픔이었고, 지금도 여전히 그가 지닌 고통의 근원이기 때문입니다. 톡시의 아이슬란드 여행은 자신의 영혼을 찾아가는 여행이기도 합니다. 그는 자신의 과거와 화해하고 '독기 없는 톡시'로 탄생합니다.

우리가 잘 알고 있는 것처럼 지난 10여 년 동안 북반구에서 범죄소설이 홍수를 이루고 있습니다. 이 작품도 그러한 흐름을 염두에 두지 않았다면 이 세상에 나오지 않았을지도 모릅니다. 이 작품은 스릴러 분위기를 품고 있지만, 범죄소설은 아닙니다. 굳이 범죄소설이라고 한다면 "범죄소설의 속을 뒤집어 까놓은 범죄소설"입니다. 주인공은 경찰이 아니라 범인이기 때문입니다. 범죄소설의 독자가 경찰과 행동을 같이하며 범인 색출에 나서는 동안 저는 독자 여러분과 함께 '범죄는 왜 일어나는 것일까'에 더 관심을 두고자 합니다. 제법 심각한 주제이기에 무겁게 느껴질 수도 있지만, 그보다는 '무지막지한 시대의 킬러'와 그가 지닌 독특한 면모를 발견하며 즐거움을 느끼시길 바랍니다.

2012년, 아이슬란드 레이캬비크에서
하들그리뮈르 헬가손

차례

한국의 독자들에게 4

1. 독종 톡시(Toxi)의 탄생 11
2. 똑똑한 킬러는 화장실에서 해결책을 찾는다 20
3. 아이슬란드 가는 비행기 32
4. 프렌둘리 신부의 매력 44
5. 권총집 혹은 건홀더(Gunholder) 60
6. 난쟁이들이 사는 나라, 릴리푸트 섬 79
7. 몸조심해요, 아빠 94
8. 좋은 친구들 108
9. '미스터 고문' 신부 116
10. 하이힐, 하이힐, 나의 하이힐 130
11. 폴란드 페인트공 타데우시의 하룻밤 144
12. 사업가 마크의 우아한 걸음걸이 152
13. '미스터 살인마' 주식회사 160
14. 차가운 양철지붕 위의 개구리 176
15. 아이슬란드식 포옹 191
16. 차갑게 식어버린 애인 199
17. 하얀 밤 잿빛 아침 206
18. 산송장의 방랑기 220
19. 저세상 속으로, 안녕 230
20. 고문 치료법 239

21. 지옥문이 열리면 250

22. 조국을 위한 서비스 263

23. 메이드 인 아이슬란드 272

24. 하드워크(Hardwork) 호텔의 이상한 손님들 283

25. 끝내주는 스트립쇼 클럽, 할망구 293

26. 고깃덩어리들의 세계 305

27. 사랑을 포기할까, 용암을 막을까 317

28. 아이슬란드에서 벌어진 인도의 여름 328

29. 카우나스에서 온 친구들 338

30. 나는 '조금' 아이슬란드 사람 350

31. 이런, 개 같은 경우 356

32. 독기 없는 톡시의 탄생 369

33. 유로비전? 유고비전? 378

34. BOK 396

35. 세르비아의 승리 406

옮긴이의 말_ 아이슬란드의 영혼에 비친 '무지막지한 시대' 416

1. 독종 톡시(Toxi)의 탄생

 어머니는 나를 토미슬라브(Tomislav)라고 불렀다. 내 아버지의 성은 보크시치(Bokšič)이다. 우리 가족이 미국에 도착한 첫 주부터 사람들은 내 이름을 톰 보식(Tom Boksic)이라고 제멋대로 줄였다. 하지만 그마저도 독종이란 뜻을 지닌 '톡시(Toxi, 'poison'이란 뜻을 지닌 접두사—옮긴이)'로 줄어드는 데 문제가 된 건 단지 시간뿐이었다.

 독종 톡시, 그게 바로 지금의 나이다.

 하는 일 때문인지 아니면 사람들이 자꾸만 톡시라고 불러서 그런 건지 독종이라 불리는 까닭을 나 자신도 잘 모르겠다. 어쨌든 나는 위험을 항상 몸에 지니고 산다. 적어도 여자친구 무니타(Munita. 탄약이란 뜻을 지닌 munition에서 유래한 이름—옮긴이)는 이 사실을 잘 알고 있다. 그녀 또한 목숨을 건 위험에 중독되어 있다. 이거다 싶은 일이 눈앞에 나타나면 내 목숨 네 목숨을 가리지 않는다. 유유상종이란 말처럼 우리는 찰떡궁합 커플이다. 무니타는 페루에서 살았다. 가족들이

테러리스트의 손에 폭살을 당하자 그녀는 뉴욕으로 이민을 왔고, 월스트리트에서 직장까지 구했다. 하지만 그녀가 출근한 첫날이 하필이면 9월 11일이었다.(2001년 뉴욕의 세계무역센터 쌍둥이빌딩에 항공기 자살테러사건이 일어난 날―옮긴이) 우리가 처음으로 크로아티아 여행길에 오를 수밖에 없었을 때 그녀는 이미 두 건의 살인사건의 목격자가 되어 있었다. 첫 번째 살인은 내가 저질렀다. 그건 깨끗이 인정한다. 그러나 두 번째 살인사건은 나와 전혀 무관하다. 그 현장에 내가 있었던 건 순전히 우연이다. 우리 둘이 뉴욕의 미르코스(Mirkos) 레스토랑에서 고기를 썰고 있는데, 옆 테이블에서 퍽 하는 소리가 들리더니 남자의 머리통에 총알이 박혔다. 그리고 무니타의 와인 잔 속에 피가 튀겼다. 정말이지 낭만적인 광경이었다. 나는 그녀에게 아무 말도 해주지 않았다. 핏방울이나 레드와인 방울이나 그게 그거라서 변한 건 아무것도 없으니까.

그녀는 폭력이 싫다고 하지만, 이건 어디까지나 내숭이다. 그녀 또한 독종이기 때문에 목숨이 걸린 위험한 일이라면 못 본 척 넘어가는 일이 없다. 잠을 자다가도 벌떡벌떡 일어난다. 맨 처음 방아쇠를 당기기가 어려웠을 뿐, 그다음부터는 뜸을 들이고 망설이다가 기회를 놓친 적은 단 한 번도 없었다. 그녀와의 섹스는 언제나 폭발적이었다. 무니타는 남자들이 '환상의 육덕녀'라고 부르는 타입이다. 그녀에게 눈길을 주는 사내놈들은 항상 아랫도리부터 훑어서 위로 올라온다. 남미 여자들이 대부분 그렇듯 그녀 역시 체구가 작다. 그래서 뚱뚱하다고 말하는 사람도 있다. 하지만 그녀와 단둘이 인적 드문 조용한 길을 걸어봐라. 그런 말 같잖은 소리는 쏙 들어갈 것이다! 왜냐하면 그녀의 팽팽한 젖가슴이 위아래로 요동치면서 옷을 비비며 사각거리는 소리가 귓바퀴에 착착 감길 테니까! 그 소린 내가 여기 미국에서 가장 좋아하는 최고의 소리이다. 그녀가 주변의 이목을 사로잡는 오렌지색 블라우스를 입고 걸으면 모두가 그 소리를 들을 수 있다. 서로를 알게 되고 나서 나는 예전 어디에서 그녀를 본 적이 있다는 느낌을 떨쳐버릴 수 없었다. 혹시 포르노 영화에 출연한 적이 있거나 아니면 인터넷에서 스트립쇼를 한 적이 있는지 궁금하다. 어쨌든 그녀와 결혼하기 전에 물어볼 작정이다.

무니타의 가장 좋은 점을 하나만 꼽으라면 그녀의 온 가족이 이 세상 사람이 아니라는 것이다. 장모뿐 아니라 삼촌뻘 되는 친인척들 모두 한꺼번에 죽어서 추수감사절을 시끌벅적하게 지낼 필요가 없다. 결혼식을 올린다 해도 내 등 뒤에서 50명이나 되는 축하객들이 뙤약볕이 내리쬐는 후덥지근한 잔디밭 위에 옹기종기 모여 있을 이유도 없다. 돌잔치를 벌인다 해도 연락할 사람 하나 없으니 이 얼마나 복 받은 일인가!

천하의 무니타라도 총잡이라고 하면 한 수 접고 들어간다. 내 눈앞에 처음 나타났을 때에도 그녀는 롱아일랜드에서 왔다는 탈리아 놈과 함께 있었다.(니코Niko가 실수로 어느 이탈리아 레스토랑 간판을 총으로 쐈는데, 알파벳 I가 떨어진 것을 본 이후

독종 톡시의 탄생 **13**

우리는 이탈리아 놈들을 그냥 '탈리아 놈들'이라고 부른다.) 니코의 짬밥은 나와 비교할 수 없을 만큼 짧지만, 그래도 난 그를 동료로 인정해준다.

내가 하는 일은 크로아티아어로 'plačeni ubojica'인데, 직역하면 킬링 머신(Killing Machine—옮긴이)이다. 뉴욕에서는 히트 맨(hit man)이라고 한다. 그냥 쉽게 말하자. 맞다, 나는 살인청부업자, 곧 킬러다. 6년 전 이곳으로 온 뒤로 나는 몇몇 장례 대행회사에게 일거리를 제공했고, 그중 한 회사와는 동업을 심각하게 고민해본 적도 있다. 며칠 전에는 디칸(Dikan)에게 한 회사를 비밀리에 인수하는 것이 어떻겠느냐고 제안까지 했다. 우리의 제물이 죽고 난 후에도 추가로 돈을 더 벌 수 있기 때문에 꿩 먹고 알 먹기 아닌가.

이쯤에서 내가 하는 아르바이트를 조금 더 알려주는 편이 좋겠다. 나는 뉴욕 동부 21번가에 위치한 '자그레브 사모바르(The Zagreb Samovar) 레스토랑'에서 웨이터로 일한다. 살인청부업자가 하는 일은 대개 그다음 살인 청부가 들어올 때까지 기다리고 또 기다리는 것이다. 그렇게 보면 웨이터(waiter)라는 영어 단어는 내 직업에 딱 들어맞는 말이다. 하지만 아무리 그래도 그렇지, 기다리는 건 정말 짜증나는 일이다. 내 영혼은 언제나 굶주린 짐승과 다를 바 없다. 불행하게도 그 짐승은 배가 터지도록 먹어본 적이 없다. 한 번 총질을 하고 나서 석 달이 넘도록 방아쇠 당기는 맛을 못 보면 허기가 져서 나 자신도 나를 어떻게 해야 할지 모르겠다. 가장 따분하고 재미없었던 해는 2002년이었다. 일거리가 딱 세 건밖에 없었다. 그마저도 두 건은 완벽하게 처리했지만, 나머지 하나는 허탕 치고 말았다. 그때를 떠올리면 아직도 총알을 한 입 가득 씹어 먹고 싶을 만큼 안타까워 미치겠다. 이 바닥에서 허탕은 치명적이다. 빗맞아서 옆구리 터진 소시지를 좋아하는 눈먼 의뢰인이 있을까? 먹잇감은 도시 이곳저곳으로 허겁지겁 도망을 다닌다. 그러다가 너무 지치면 대가리에 총알을 한 방 박아버리는 편이 차라리 나을 거라 생각할 것이다. 자신을 죽이려는 자가 있다는 사실을 알게 되면 사람들은 극도로 예민해진다. 2002년에 가까스로 살아남았던 그 녀석은 2003년에 내 말이 무슨 뜻인지 누구보다 먼저 깨달았다는 사실을 이 자리에서 밝혀두는 바이다. 그 이후로 내 총알이 목표물을 비껴간 적은 단 한 번도 없다.

지금까지 내가 거둔 성과는 식스팩(sixpack. 여섯 개들이 한 묶음 포장이자 근육질의 남성을 의미함―옮긴이) 기준으로 세 박스, 맨해튼에서 최고 기록이다. 존 고티(John Gotti. 뉴욕 마피아 대부, 1992년에 살인 등의 혐의로 종신형을 선고받고, 2002년에 옥사함―옮긴이)가 퀸즈(Queens. 뉴욕 동부 롱아일랜드의 한 지역―옮긴이)에서 '킹' 노릇을 하고 있을 때 탈리아인 페로시(Perosi)도 두 박스를 뛰어넘지 못했다. 세 박스에 근접한 사람도 여태껏 없다. 과거 한때 한가락 한다는 탈리아 놈들도 내 기록을 깨지 못했다. 나를 주인공으로 삼은 영화가 내가 모가지를 부러뜨린 놈들보다 숫자가 더 많이 만들어지면 나는 탈리아 놈들이 세운 기록을 모조리 경신하게 될 것이다. 아마 20년쯤 뒤에는 나와 우리 조직에 관한 텔레비전 연속극이, 〈소프라노스〉(The Sopranos, 뉴저지 주의 이탈리아계 마피아 패밀리를 다룬 미국의 텔레비전 연속극—옮긴이)처럼 〈슬리시코스(Sliškos)〉라는 제목으로 방영될 것이다. 그때쯤이면 내 몰골은 파마머리를 하고 비아그라에 의지하고 사는 우리 조직의 친구 '흔들리는 방아쇠'와 비슷해질 것이다.

무니타는 처음 만난 날부터 무슨 일을 하느냐고 물어보았다. 결국 세 번째 데이트에서 나는 실토하지 않을 수 없었다. 하지만 식스팩에 대해 이야기할 때는 친환경을 지향하고 있다는 점을 강조했다. 소음이 가득 찬 도시에서 불필요한 총성을 하나라도 줄이는 능력은 아무에게나 있는 것이 아니다. 그러나 네 번째 데이트에 불러내기 위해서 나는 한 달 동안이나 줄기차게 그녀에게 전화를 해야 했다. 급기야 그녀의 집에 잠깐 잠입을 하기도 했는데······.

아, 죄송! 원래 이런 말을 하려던 건 아니다. 하고 있던 이야기로 돌아가자! 식스팩을 완성시키기 위해서는 일단 하나씩 단일 포장을 실수 없이 잘해야 한다. 천 리 길도 한 걸음부터. 총알 하나에 한 놈씩 구덩이 속으로 고꾸라뜨려야 한다. 또한 총알 여섯 개에 장례식이 여섯 번 뒤따라야 하고, 그뿐인가, 눈물짓는 미망인과 조화가 빠지면 어딘가 허전해 보인다. 이렇게 보면 살인청부업도 결코 쉬운 일이 아니다.

디칸에게 내 작업을 제대로 뒷바라지해달라고 그렇게 부탁했건만, 두통을 앓고 있는 당나귀보다 더 고집불통인 보스는 손가락 하나 까딱하지 않았다. 그리고 고작 한다는 말이 "톡시는 정말 믿을 만한 웨이터입니다. 서비스는 걱정 붙들어 매셔도 된다니까 그러시네." 그것이 전부였다.

손가락만 빨고 있는 이 친구를 제거해달라는 주문이 벨리치(Belič)에게서 들어오기를 두 손 모아 기다리고 있다. 디칸은 식사를 하고 나면 짧고 통통한 손가락을 쪽쪽 빠는 버릇이 있어서 '손가락 빠는 놈'이란 별명까지 붙었다.

우리는 있는 둥 없는 둥 '가능한 한 남의 눈에 띄지 않게 행동하는 것(Be Unseen as Possible as)'이 원칙이다. 이 분야에서 우리 조직 같은 전문가들은 찾을 수 없다. 우리는 이러한 원칙을 줄여서 BUP라고 부른다. 나는 살인청부를 가능한 한 사적인 영역에서 처리하려고 한다. 이를 테면 먹잇감이 집이나 호텔 아니면 자동차에 머물고 있을 때가 가장 이상적인 타이밍이다. 주변에 목격자가 없으면 금상첨화! 그런 상황이 여의치 않으면 우리 레스토랑으로 희생양을 초대해서 최후의 만찬을 벌이기도 한다. 손님이 식사를 마치면 나는 천문학적인 청구금액이 적힌 계산서를 건네준다. 제 목숨 말고 밥값을 갚을 길이 없다는 것을 깨닫게 되면 우리는 그놈을 레스토랑의 골방으로 끌고 간다. 그 방은 초록색 페인트가 칠해져 있지만, 빨간 방이라고 불린다.

자그레브 사모바르 레스토랑을 찾아오는 단골손님은 없다. 잊기 전에 한 가지 말해두겠는데, 자그레브와 사모바르를 하나로 묶어놓은 레스토랑 간판은 아무리 생각해도 정말 멍청한 표현이다. 사모바르는 원래 차를 끓이는 주전자(러시아의 전통 주전자. 중앙에 상하로 통하는 관이 있고, 그 속에 숯불을 넣어 물을 끓임—옮긴이)인데, 이건 크로아티아하고는 눈곱만큼도 상관이 없기 때문이다. 그런데도 디칸은 이 이름만큼 감쪽같은 건 없다고 능청을 부린다.

"어수룩하게 보이는 것보다 더 좋은 위장술은 없는 법이야." 디칸이 항상 입에 달고 다니는 말이다.

우리의 위계질서에서 나는 거의 바닥을 기고 있지만, 이런 저런 불평을 할 이유는 없다. 보수가 두둑하고, 먹는 것도 나쁘지 않다. 뿐만 아니라 무니타의 몸을 눕힐 만한 환상적인 아파트도 하나 가지고 있다. 나는 노이즈 욕(Noisy York, 소음이 많은 뉴욕을 지칭함—옮긴이)을 사랑하지만, 매일매일 빌어먹고 있는 이곳에서 내 고향 크로아티아를 그리워하기도 한다. 몇 달 전에 케이블 TV의 수신기 내부를 조작해 지금은 크로아티아 라디오텔레비전(HRT, Hrvatska radiotelevizjia)에서 크로아티아 축구클럽 하이두크 스플리트(Hajduk Split)의 경기를 평면TV로도 즐길 수 있게 되었다. 어머니는 일 년에 한 번 전화해서 내가 언제쯤 대학공부를 다시 시작할 것인지 묻는다. 이런 질문은 크로아티아 은어로 "돈이 필요하다!"라는 뜻이다. 나는 전화를 끊자마자 인터넷 뱅킹으로 2,000달러를 송금한다. 그러면 그 후 일 년 동안 전화가 오지 않는다.

형과 아버지는 전쟁 중에 죽었고, 어머니는 키가 작고 통통한 여동생과 단둘이 살고 있다. 나의 조상들은 친가, 외가 할 것 없이 모두 사냥꾼들이었다. 나의 할아버지는 티토(Tito)의 기갑부대에서 복무했던 사냥꾼('상등병'이란 명칭은 상급 사냥꾼이란 뜻을 지녔음—옮긴이)이었다. 티토는 나의 조국, 크로아티아의 전신인 유고슬라비아의 대통령이었다. 유고슬라비아는 티토가 죽자마자 슬픔에 빠져 더 이상 기력을 회복하지 못한 미망인처럼 숨을 거두었다. 티토는 불곰에 관심이 많았다. 그 중에서도 특히 죽은 불곰에 애착이 많았다.(티토의 독자적인 사회주의를 목표로 한 비동맹중립외교 정책을 이야기함. 여기에서 불곰은 러시아를 상징함—옮긴이) 나는 곰을 총으로 직접 쏴 보지 못했지만 어렸을 적에 멧돼지를 사냥하는 아버지를 자주 쫓아다녔다. "멧돼지 사냥은 말이다. 여자를 다루듯 해야 하는 거란다. 서두른다고 되는 게 아니야. 그렇다고 눈곱만큼도 관심을 주지 않고 신경을 끄고 있으면 평생 허탕만 치게 돼. 때가 올 때까지 한자리를 지키고 눌러 앉아 있으면 기회가 오는 건 한순간이야." 나의 아버지도 역시 뛰어난 웨이터였다.

살인청부라고 해서 사실 특별한 것은 없다. 나는 스스로를 사냥꾼이라고 생각한다. 멧돼지를 쏴 죽이듯 총질을 하고, 그것으로 밥벌이를 한다.

2. 똑똑한 킬러는 화장실에서 해결책을 찾는다

전혀 예상치 못했던, 뜻밖의 문제가 벌어졌다. 내 완벽한 커리어에 처음으로 치명적인 스크래치가 생겼다. 윌리엄버그(Williamsburg) 다리를 건너고 있는 우리 조직의 승용차 백미러로 맨해튼이 들어왔다. 전화기에서 무니타의 목소리가 흘러나왔다. 그녀의 육체가 머릿속에 떠오르는 동안 내 눈은 라도반(Radovan)의 목덜미를 주시했다. 그는 오랫동안 조직과 운명을 함께한 운전기사이다. 들소처럼 굵직한 그의 목덜미는 총알도 뚫지 못할 것 같다. 해가 지면서 고층 빌딩들의 그림자가 푸른 강물 위에 길게 드리워졌다.

"당신이 너무 보고 싶을 거야." 무니타는 트럼프타워(맨해튼 5번가에 있는 68층 주상복합건물—옮긴이) 26층에 있는 책상에 앉아서 속삭이듯 말했다. 그녀가 그곳에서 일을 시작한 지는 2년이 채 안 되었다. 처음에는 1층 바닥에서 시작했지만 초고속 승진을 거듭해 지금은 아주 높은 곳에 올라가 있다. 안데스 산맥의 악센트에 힌디어가 뒤섞인 것 같은 영어도 그녀의 야심 앞에서는 장애가 되지 못했다. 그녀의 어머니는 봄베이 출신이다. 무니타는 인도인 특유의 올리브색 피부를 어머니에게서 물려받았는데, 그 피부는 부드럽기 짝이 없다. 그녀의 살결에 한 번 푹 빠져본 사람이라면 그녀를 만나기 위해서 지붕도, 문도 없는 골프카트를 타고 북극까지 가라고 해도 망설이지 않을 것이다.

"나도 마찬가지야." 내가 대답했다. 영어로 표현된 내 대답이 과연 올바른 것일까? 어쨌거나 틀린 것 같지는 않다. 나도 마찬가지로 지금의 내 모습이 그리울 것이 분명할 테니까. 환상적인 도시, 뉴욕에서 어쨌거나 나는 멋진 인생을 보내지 않았는가!

나는 지금 도망치고 있다. 한동안 잠수를 타야 한다. 적어도 반년 동안은 이 세상에 없는 사람이다. 뉴욕—프랑크푸르트—자그레브. 비행기 티켓에 적혀 있는 도시 이름. 디칸이 예약을 해주었다. 나는 어머니의 부엌 싱크대 밑으로 기어 들어가 꼬리를 돌돌 말아 사타구니에 숨기고 지내야 한다. 그럼 무기는 어디에 숨길까? 이빨 사이에?

하수나 할 짓을 하고 말았다. 그게 아니라면 내가 어설픈 짓을 하도록 누군가가 일을 꾸며놓은 것이 분명하다. 66번째 총알은 실수였다. 아니 더 정확하게 말하면 총알은 깔끔하게 상대의 대가리에 정통으로 박혔다. 바로 그 때문에 문제가 벌어졌다. 콧수염이 달린 말뚝에다 대고 별 생각 없이 총질을 했는데, 알고 보니 그 멀대는 콧수염을 기른 FBI 녀석이었다. 살인으로 의심되는 실종사건 소식이 저녁뉴스에 나왔다. 아뿔싸. 나는 시체를 싣고 퀸즈에 있는 쓰레기하치장으로 갔다. 그리고 폐기된 짝퉁 리바이스 청바지 더미 속에 시체를 처박아 쑤셔놓고, 잠시 묵념을 한 뒤 버려진 펩시콜라 광고용 파라솔로 얼굴을 덮어주었다. 그리고 자동차로 돌아가려는 순간 몇몇 FBI 친구놈들이 초대받지 않은 손님으로 장례식에 와 있다는 것을 눈치 챘다. 왈츠 템포로 뛰고 있던 나의 순진무구한 크로아티아 심장은 순식간에 데스 메탈(death metal. 폭력 및 악마의 이미지를 상징하는 빠른 템포의 메탈 록—옮긴이)로 변하더니 심하게 쿵쾅거렸다. 나는 달리기 시작했다. 뚱뚱보 올림픽 허들경기에 출전한 선수처럼 뉴욕의 6천 가구에서 쏟아져 나온 쓰레기 더미를 뛰어넘고 또 뛰어넘었다. 무조건 강을 향해 허겁지겁 달렸다. 그리고 10분 정도 지난 다음 잔뜩 녹이 쓴 낡은 컨테이너 속으로 몸을 숨겼다. 컨테이너 안에는 못 쓰게 된 토실토실한 테디베어 인형들이 가득 들어 있었다. 나는 케케묵은 치즈 냄새가 나는 곰 인형들과 함께 밤을 꼬박 새웠다. FBI 놈들은 닫혀 있는 곳은 모두 열어서 그 안을 속속들이 살펴보고 있었다. 뉴욕의 잠 못 드는 밤이 계속되었다. 밖에는 불빛이 휘황찬란한 스카이라인이 펼쳐져 있었지만, 컨테이너 안은 추웠다. 곰 인형에서 풍기는 치즈 냄새! 쫄쫄 굶은 뱃속에 그 냄새는 향수처럼 몸속을 파고들었고, 생뚱맞게도 아랫도리가 뻣뻣하게 일어섰다.

다음 날 아침이 밝았다. 유엔본부 건물에 전등불이 밝혀지면서 이스트 강(East River)에 그 모습이 어른어른 드리워졌다. 해가 뜨기 전부터 몇몇 창문은 이미 밝게 빛나고 있었다. 아름다운 광경이었다. 요즘에는 해가 떠 집에서 전등불을 끄면 그 순간 오피스 공간에 조명이 켜지도록 설계되어 있는 것 같다. 모든 나라가 다 그렇다.

이곳 쓰레기하치장에서 156번째 일출을 맞이해야만 한다면 차라리 저 강에다 몸을 던져버릴 것이다. 얼음처럼 차가운 강물은 나를 또 다른 쓰레기하치장으로 운반해 놓을 것이고, 내 시체에는 각종 케이블과 컴퓨터 부속품들이 뒤엉켜 있을 것이다.

도심지를 벗어나는 터널 출구에서 나는 택시를 한 대 세웠다. 흠뻑 젖은 내 옷에서 물이 뚝뚝 떨어졌다. 택시 기사는 반갑지 않은 눈치였지만, 내가 권총을 꺼내 들자 단 몇 초 만에 옷이 보송보송 마르는 기적이 일어났다.

톡시는 이고르 일리치라는 가명으로 망명길에 올랐다. 출생지는 스몰렌스크(Smolensk. 러시아 스몰렌스크 주의 주도—옮긴이), 1971년생이다. 나는 서류상으로 이 세상에서 태어나 보지 못한 곳이 거의 없다. 독일 여권을 소지한 적도 있는데, 그 여권은 내가 본(Bonn)에서 행복한 유년시절을 보냈다는 강력한 증빙자료였다. 한번은 라인 강을 따라 차를 타고 가다가 그곳에서 한동안 머물기도 했다. 목가적인 유년시절의 기억을 정말 내 것으로 만들고 싶었기 때문이다. 독일에서 나의 아버지 디이터라는 남자는 러시아 대사관의 경비원이었고, 어머니 일제라는 여자는 미국 대사관의 요리사였다. 집에서는 매일 저녁 냉전이 벌어졌다. 나는 두 사람 사이에 낀 베를린이었고, 내 양쪽 눈 사이를 장벽이 가로막고 있었다. 나는 연극배우는 아니지만 새로운 삶을 살고 싶다는 충동에 가끔 사로잡힌다. 그러한 욕구는 일종의 안식이고, 안식은 내 직장생활의 일부이기도 하기에 마다할 이유가 없다. 1999년에는 주말까지 시한을 정해놓고 세르비아인 행세를 한 적도 있었지만, 대상을 잘못 골라서 안식은 고사하고 차라리 자살을 하는 것이 낫겠다는 생각이 들었다.(크로아티아 민족과 세르비아 민족 사이에 한때 내전까지 이르렀던 반목을 의미함—옮긴이)

나의 고용인들은 사람이 생각해낼 수 있는 온갖 출생지들을 나에게 덕지덕지 붙여주었지만, 출생연도만큼은 언제나 1971년이었다. 내 생애에서 결코 잊지 못할 연도라고 내가 떠벌리고 다녔던 탓이 크다. 내가 태어나고 바로 그다음 날, 크로아티아 축구클럽 하이두크 스플리트가 20년 만에 우승컵을 다시 거머쥔 대사건이 있었기 때문이다. 축구에 미쳐 있던 아버지는 내가 그러한 행운을 가져다준 복덩어리라고 생각해서 나를 "우승컵"이라고 불렀다.

브루클린(Brooklyn, 뉴욕의 다섯 행정구역 가운데에 하나—옮긴이)을 가로지르는 고속도로 위에 차가 길게 꼬리를 물고 늘어섰다. 나는 눈물에 젖어 어른거리는 눈으로 광고판들을 바라보았다. 이곳을 정말로 떠나고 싶지 않다. 우리는 푸른색 대형 전광판 옆을 지나갔다. '뉴스: 목격자를 찾습니다_뉴욕

WABC TV'. 이런 문구와 함께 내 얼굴이 텔레비전에서 3일 동안 등장했다. "마피아들 사이에 톡시라고 알려진 이 남자는……." 그러나 아직까지 뉴스 시간의 끝머리에 단신으로 처리되고 있다. 제대로 된 위대한 톱뉴스에 등장할 수 있는 자격은 대량 학살자에게나 돌아가는 모양이다. 총기를 무차별 난사한 사이코들은 사건 당일 곧바로 전국적인 명성을 얻지만, 우리처럼 청부살인업의 내규에 묶여 있는 노동자들은 항상 잠깐씩 언급되는 것이 고작이다. 모든 것이 돈으로 평가되는 이 나라에서 싸구려 아마추어들을 떠받들면서, 우리 같은 프로들은 찬밥신세라니! 나는 미국이란 나라를 영원히 이해하지 못할 것이다. 뉴욕을 사랑하지만, 그 나머지는 여전히 미스터리이다.

시 외곽으로 빠져나가자 교통량이 줄어들어 다행히 곧바로 공항에 도착했다. 이고르의 여권은 상의 안주머니에 들어 있다. 중국산 짝퉁 구찌 핸드백처럼 감쪽같이 위조된 것이지만, 여권 뒤편에 숨어 있는 나의 심장은 불안을 잠재우지 못하고 쿵쾅거렸다.

"도비제냐(Dovidenja)."("good bye"를 의미함—옮긴이) 라도반은 공항터미널 앞에서 크로아티아어로 작별인사를 했다. 나는 공항터미널 안까지 배웅해달라고 부탁했다. 그는 두리번거리며 선글라스로 FBI 놈들이 있는지 부지런히 살폈는데, 그 모습이 뜨거운 양철지붕 위에서 동동거리는 동성애자처럼 보였다.

바보들이 정말로 어수룩하게 행동을 하는 건 결코 좋은 위장술이 아니다. 오늘 아침, 나는 면도기로 머리를 빡빡 밀었다. 그리고 러시아인처럼 보이도록 옷을 입었다. 검은색 가죽점퍼를 걸치고, 옷장에서 가장 볼품없는 청바지를 골라 입고, 푸틴(Putin), 아니 푸마 운동화를 신었다. 집을 나서다가 복도에서 몸을 돌려 내가 아끼는 평면 TV를 향해 손으로 키스를 날렸다. 무니타는 내가 없는 동안 아파트를 관리해줘야 하는지 물었다. 나는 그럴 필요가 없다고 대답했다. 섹스, 단 하나로 맺어진 관계를 신뢰할 수 있다고 생각하는 건 착각이다. 더구나 무니타는 섹스에 관련해서 시한폭탄 같은 여자다. 여섯 달 동안 폭발을 일으키지 않고, 초침만 째깍째깍 돌아갈 거라고 생각하는 건 바보짓이다. 어떤 페루 놈이 무니타와 뒹굴고 나서 내 프라다 손수건으로 땀을 닦아내는 건 상상만으로도 너무 끔찍하다.

탑승 수속은 아무 문제없이 진행되었다. 보조개가 깊게 파인 멍청할 대로 멍청해 보이는 금발 여자가 수하물은 걱정할 필요가 없다고 말했다. 그렇다. 수하물은 자그레브에서 찾으면 된다. 뉴욕에서 자그레브까지 직항로가 개설되어 있지만, 이 항로는 수하물만 나다닐 수 있다. 여권 검사를 받을 때에는 일단 입을 다물고 있는 것이 불문율이다. 출입국 관리 경찰이 중국인들의 감쪽같은 손재주에 감탄하고 있는 동안 나는 이고르의 얼굴을 치켜들고 있었다. 첫 번째 관문 통과! 거들먹거리는 보안요원 둘이 검색대 위에 휴대폰, 돈지

갑 그리고 주머니의 동전들까지 모두 꺼내 올려놓으라고 명령했다. 점퍼, 혁대 그리고 신발까지 벗어야 했다. 그들은 내가 꺼내놓은 동전들 사이에서 무엇인가를 발견해냈다. 헉, 총알이다. 내 심장의 템포는 삼바에서 록으로 돌변했다. 옷장에 처박아두었던 청바지 주머니 안에 오래전 넣어두었던 총알이 분명했다. 브라우닝 하이파워 권총에 사용되는 9밀리미터 발사체. 내가 뉴욕에 진출한 기념으로 디칸이 선물해준 황금빛 총알이었다.

"엇, 아니! 이게 뭐야? 이거 진짜 총알이네, 맞죠?" 키가 작은 보안요원이 쇼핑몰에 놀러 온 여행객처럼 물었다.

"아…… 아닙니다. 그건 그러니까…… 그냥 기념품입니다." 내가 말했다.

"기념품이라고요?"

"으음…… 맞아요. 그 총알은…… 그 총알은 내 머릿속에 박혀 있었던 걸 빼낸 거예요." 나는 그 일 때문에 장애를 조금 앓고 있는 것처럼 행동했다.

하지만 그들은 내 총알을 무상으로 강제 구매했고, 감사와 작별의 인사조로 내 몸을 샅샅이 마사지해주었다. 제기랄.

총기소지가 금지된 이런 식의 여행길에 익숙해지려면 나는 죽었다가 다시 태어나야 할 것이다. 총 없이 저 험한 대서양을 건너라! 사나이에게 전혀 어울리지 않는 말이 아닌가. 남자라면 뭐니 뭐니 해도 총이 있어야 한다.

이제 비행기를 타고 자그레브에 돌아가는 여행의 기쁨을

즐기기만 하면 된다. 하지만 바로 그 순간 짜증나는 일이 벌어졌다. 땅에서 솟았는지 하늘에서 떨어졌는지 FBI 두 놈이 갑자기 내가 줄 서 있는 탑승구를 향해 달려오는 것이 아닌가. 나는 항공권을 손에 들고 줄의 맨 끝에 있었다. 사복을 입은 FBI가 분명했다. 짭새들이 있는 곳이라면 나는 여기서부터 뉴저지까지 냄새만으로도 알아낼 수 있다. 너무 평범해서 똑같아 보이는 H&M(스웨덴에 본사를 둔 중저가 패션상품 제조회사—옮긴이) 점퍼에 싸구려 선글라스를 쓰고, FBI 스타일로 머리를 짧게 길렀다면 더 이상 물어볼 필요가 없다. 워싱턴 DC의 FBI 본부 구내 헤어살롱의 검열을 받는 것이 분명했다. 언제 보아도 똑같은, 격식을 차리지 않고 대충 짧게 깎은 헤어스타일이었다. 윤기가 잘잘 흐르면서도 약간 곱슬곱슬한 마이클 키튼(Michael Keaton. 미국의 영화배우—옮긴이)의 헤어스타일과 비슷했다.

나는 목베개를 들고 있는 어느 승객 뒤로 일단 몸을 숨겼다. 그리고 여행가방을 손에 들고 그 자리를 벗어나기 시작했다. 사복을 입은 FBI로부터, 탑승구로부터 가능한 한 멀리 멀리 벗어나야만 했다. 굿바이, 도비제냐, 자그레브. 심장박동이 빨라졌다. 한쪽 젖가슴은 심포니 오케스트라에서 드럼으로 사용해도 될 것 같았다. 나는 정신을 한곳에 집중하고 고개를 돌리지 않았다. "아무리 불안하더라도 결코 뒤를 돌아보지 마라!" 어머니가 입버릇처럼 했던 말이다. 그 사이 빡빡민 내 머리에서 분수처럼 땀방울이 솟구쳐 흘러 내렸고, 공항의 복도는 그 끝이 보이지 않았다. 사담 후세인처럼 달걀을 훔쳐서 품에 안고 달아나는 것처럼 보였는지 주변 사람들은 나를 빤히 지켜보았다.(사담 후세인은 어린 시절에 가난한 가족을 먹여 살리기 위해 닭과 달걀을 훔친 것으로 알려져 있음—옮긴이) 드디어 상징물이 나타났다. 전 세계 어느 곳에서나 다급한 사람들에게 출구를 가리켜주는 상징, 화장실이었다. 왼쪽으로 방향을 틀었다. 화장실에 들어서자마자 나는 가쁜 숨을 깊게 들이마시며 머리에 맺힌 땀방울을 닦아냈다. 바깥의 동정을 살피며 몇 분을 화장실 안에서 기다렸다. 접선할 고객을 기다리는 러시아의 무기 밀수입자처럼 보였는지 비즈니스맨 셋이 나를 흘깃 쳐다보았다. 더는 이곳에 머무를 수 없었다. 나는 위험을 무릅쓰고 다시 넓은 바다로…… 아, 아니다. 이건 자살행위이다. 나는 순식간에 화장실로 다시 돌아왔다. 복도 저편에 마이클 키튼 중 한 놈이 사방을 두리번거리고 있었다. 다행히 그놈은 나를 보지 못하고 화장실 앞을 지나쳐 갔다.

나는 화장실 부스 가운데 하나를 골라 문을 열고 안으로 들어갔다. 큰 게 마렵지는 않았지만 일을 보려는 사람처럼 변기 위에 일단 걸터앉았다.

이제 어떻게 한다? 게이트로 되돌아가는 것만큼은 어떤 경우에도 금물이다. 키튼이 그곳에서 가까운 친척이라도 되는 듯이 실실 쪼개면서 나를 기다리고 있을 것이 뻔하다. 너무 위험하다. 하지만 무슨 뾰족한 수가 더 있단 말인가? 궁하면 통한다고 했던가, 순간 해결책이 혁대의 모습을 하고 눈앞에 나타났다. 바로 옆 부스의 칸막이 밑으로 보이는 혁대 버클에서 나는 답을 찾았다. 나는 하늘을 향해 속성으로 기도를 올리고 때를 기다렸다. 드디어 혁대의 주인이 볼일을 마치고 부스를 떠나는 순간 나도 문을 열고 밖으로 나왔다. 우리의 시선은 건너편 세면대 위의 대형 거울 속에서 서로 마주쳤다. 오, 하느님께서 나의 간절한 기도를 들어주신 것이 틀림없다. 혁대 주인도 이고르와 마찬가지로 대머리였다. 해골바가지처럼 머리털이 한 오라기도 남아 있지 않다. 여기 이 자리에 뚱뚱한 대머리 두 남자가 있다. 그리고 이제 이 두 사람은 인생을 서로 맞바꾸는 장기 여행을 떠나야 한다. 혁대 주인의 선글라스는 눈이 거의 보이지 않을 정도로 색이 짙었다. 그는 이고르에 비해 나이가 약간 많아 보였지만 이제부터 더 이상 나이를 먹을 필요가 없다는 걸 다행으로 생각해야 할 것이다. 이고르는 한 주먹으로 그의 뒷머리를 가격했다. 퍽 소리 이외에 아무 소리도 들리지 않았다. 정확하게 지—스팟(G—Spot. 여성 질 내부의 성감대—옮긴이)에 명중했기 때문이다. 그의 머리가 거울에 쿵 부딪히면서 안경이 세면대 안으로 떨어졌다. 피는 나지 않았다. 그놈은 나보다 훨씬 더 무거웠지만, 화장실 안으로 끌고 가서 집어넣고, 문을 안에서 걸어 잠갔다.

그의 맥박을 짚어보았다. 오케이. 심장은 멈춰 있었다.

그러나 확인해보니…… '넘버 67'은 성직자였다. 나는 까무러칠 정도로 당황스러웠다. 하얀색 로만칼라가 달린 검은색 와이셔츠, 검은색 상의 그리고 검은색 외투를 입고 있었지만 피부는 하얀색이었다. 그의 항공권, 여권 그리고 지갑을 찾았다. 자, 이제 작별이다. 안녕, 굿바이! 톡시 이고르는 새로운 이름을 얻어 이 세상에 다시 태어났다. 1965년 11월 8일, 버지니아 주 비엔나 출생, 데이비드 프렌들리 신부님이다. 지금까지 미국인 노릇을 해본 적은 한 번도 없었지만, 그딴 건 지금 문제가 아니다. 신부님의 목적지는 어딜까? 항공권에 레이캬비크라고 쓰여 있었다. 유럽에 있는 어느 도시겠지. 나는 그의 신성한 육신에서 외투와 상의를 낑낑대며 벗겨냈고, 와이셔츠의 단추를 풀었다. 땀이 분수처럼 쏟아졌다. 나는 멧돼지처럼 가쁘게 숨을 헉헉 몰아쉬었다. 누군가가 화장실 안으로 들어오는 소리가 났다. 동작을 바로 멈추었다. 오줌을 누는 소리가 나의 가쁜 숨소리를 덮어버리기만을 바랐다. 손을 씻고, 말리는 소리가 밖에서 들렸다.

드디어 나는 문을 활짝 열어젖히고, 존에프케네디 공항의 화장실을 떠났다. 부활하신 예수님. 성스럽게 빛나는 흰색 코로나를 목에 두르고, 인생의 새로운 목표를 찾아 2번 게이트로 발걸음을 옮기고 계시는 예수님.

3. 아이슬란드 가는 비행기

 비행기는 초음속으로 대서양을 건너고 있지만, 신부님의 영혼은 벌써 나를 따라잡았다. 하고많은 직업 가운데에 하필 신부라니 소름끼칠 노릇이다. 창가의 좁은 좌석에 갇힌 채 나는 안절부절 어쩔 줄 몰랐다. 비행기 안은 승객들로 가득 차 있었다. 긴 다리를 뻗은 여자들, 지루함에 길게 널브러진 남자들. 나는 저린 다리 때문에 빈사 직전이었다. 프렌들리는 천사들과 허물없이 지내고 있었던 것이 틀림없다. 천사들의 무리가 나타나 날카로운 손톱으로 내 몸을 할퀴고, 그것도 모자라서 로만칼라가 내 목을 졸라서 금방이라도 숨이 넘어갈 것 같은 걸 보아하니 말이다.
 교회 성직자라니, 내가! 이보다 더 나쁠 수는 없었다.
 전쟁이 일어났을 때 나는 크닌(Knin. 크로아티아의 중세 도시—옮긴이) 근교의 작은 마을에 있는 성당을 지키라는 명령을 받았다. 세르비아인들이 한때 폭탄저장고로 사용했던 곳이었지만 당시에는 우리가 그 지역을 점령하고 있었다. 안개가 낀 어느 일요일 아침, 그 마을의 신부님이 갑자기 불쑥 나타나서는 다짜고짜 미사를 올리겠다고 했다. 나는 단칼에 거절했다. 그 누구도 성당 안에 발을 들여놓지 못하게 하라는 명령을 받았기 때문이었다. 그 신부는 나이가 많았다. 하얀 수염을 길렀고, 흰 털이 귓구멍에서도 삐져나와 있었다. 그의 몰골은 신부라기보다 비렁뱅이 수도승처럼 보였다. 얼굴은 평온했으나 피곤에 절어 있었다. 퀭한 두 눈에는 피안의 삶이 드러나 있었다. 약육강식이 이루어지는 영원한 사냥터의 한가운데에 있는 두 개의 고요한 연못, 그는 이미 죽어 있는 사람이었다. 예를 들면 부인과 딸이 강간을 당한 다음 살해당하고 나서 온몸이 토막 쳐진 것과 같은, 상상할 수 없는 험한 꼴을 목격한 사람처럼 그는 이 세상의 희로애락을 모두 버린 사람 같았다. 그는 내 말에는 대꾸도 하지 않은 채 곁을 지나쳐서 성당 문을 향해 갔다. 나는 뒤를 쫓아가며 완벽한 크로아티아어로 아무도 성당에 들어가지 못한다고 말했다. 명령은 명령이었다.

"절대 못 들어가!" 나는 털이 난 그의 귀에 대고 소리쳤다.

그는 잠시 제자리에 서서 눈을 감았다. 그러더니 다시 문을 향해 걸어갔다. 나는 쥐고 있던 무기로 그를 밀쳐내려고 했지만, 어찌된 영문인지 몸이 말을 듣지 않았다. 도저히 늙은 이 남자의 몸에 손을 댈 수 없었다. 인류역사를 지탱해준 보편적인 정신이 그의 몸을 빌려 나타난 것처럼 보였다. 축복이 넘치는 일요일의 평화를 등에 지고 그는 큰 열쇠로 성당의 문을 열고 있었다. 4년 동안 전쟁을 치르면서 내 살생부에 명단을 올린 사람의 수보다도 더 많은 사람을 죽여보았지만, 당시 나는 온몸을 부들부들 떨기만 할 뿐 다리마저 굳어버렸다. 젠장, 지금 도대체 내가 어떻게 된 거야? 팔십 줄에 들어선 맨손의 신부 앞에서 쫄아버린 얼간이가 된 거야? 그가 교회 안으로 사라지는 모습을 보자 나는 격분하여 등 뒤에서 총으로 쏘았다. 성당 안의 십자가에 매달린 사람처럼 그는 성당의 돌바닥 위로 십자를 그리며 고꾸라졌다.

나는 쾅 소리가 날 정도로 성당 문을 거칠게 닫았다. 그리고 문에 등을 기댄 채 그 자리에 주저앉았다. 눈물을 펑펑 쏟고 싶었다. 그러나 오랜 전쟁은 그 사이에 눈물이란 눈물을 모두 거두어가서 더 이상 남아 있는 것이 없었다. 나는 돌덩이처럼 그 자리에 앉아서 빌어먹을 이 세상을 저주했다. 나의 조국 크로아티아, 그의 조국 세르비아, 그와 내가 같이 살고 있는 이 나라 그리고 지옥 같은 전쟁. 담배 한 갑을 모두 피우는 동안 나는 그 자리에 앉아 있었다. 지옥에서 맞이한 일요일이었다. 나는 신부 하나를 쏴 죽였다. 이미 수많은 늙은이들뿐 아니라 한 여자의 남편일 수도 있는 건장한 사내를 쏴 죽여봤지만, 그렇다고 도덕적인 가책으로 괴로워한 적은 한 번도 없었다. 그러나 이 신부의 죽음은 엄청난 중압감으로 나를 짓눌렀다. 성당 전체의 무게가 나를 깔아뭉개는 것만 같았다. 갑자기 이마에 불쑥 뿔이 솟아나고, 엉덩이에 꼬리가 머리를 쑥 내밀고 자라는 것처럼 느껴졌다. 나는 더 이상 그 자리에 앉아 있을 수가 없었다.

나는 이미 제정신이 아니었다. 이름을 붙일 수 없는 감정이 나를 사로잡고 놓아주지 않았다. 작은 마을의 성당 안에서 아직도 총성이 쾅쾅 계속 울려 나오는 것 같았다. 끔찍하게 큰 굉음을 내는 총성은 주변으로 점점 퍼져나갔고, 성당의 종탑도 흔들리고, 청동으로 만든 빌어먹을 물건도 분노하여 몸부림을 치는 것만 같았다. 뿐인가. 철로 만든 가시관이 나의 머리 위에 얹어진 느낌이 들었다. 조잡한 카우보이 영화에서 애꿎은 닭들에게 분풀이로 총질을 하는 미친놈처럼 나는 성당의 종탑을 향해 총을 갈겼다. 성당의 종들이 금속성 비명을 안개 속으로 내질렀다.

약 열다섯 발의 총알이 종을 울렸을 무렵 어디에선가 대포소리가 울렸다. 나는 반사적으로 축축한 수풀 속으로 몸을 날렸다. 그것은 총성의 충격으로 일어난 눈사태 소리였다. 지옥의 문이 한꺼번에 열린 것처럼 천지를 진동하는 굉음이 일어났다. 단 몇 초 사이에 성당의 모든 창문이 박살났고, 거의 동시에 성스러운 건물 전체가 대폭발을 일으키며 공중에서 산산조각 분해되었다. 부서진 건물 잔해가 내 등 위로 큰 우박처럼 쏟아져 내렸다. 우악스런 악력을 지닌 마사지사의 안마를 받는 것처럼 통증이 밀려왔다. 그리고 커다란 돌덩이가 떨어지면서 내 철모를 찌그러뜨렸다. 나는 정신을 반쯤 잃고 그 자리에 누워 있었다.

교회와 한 몸이신 분께 함부로 손을 놀리지 말지니, 교회가 자신의 몸을 던져서라도 응징하기 때문이니라.

그 이후로 나는 교회 안에 발을 들여놓기를 죽는 것보다 더 두려워했다. 그 후 몇 주, 아니 몇 달이 지나는 동안 머릿속에는 돌바닥 위에 고꾸라져 십자로 못 박힌 80줄의 예수 형상이 떠나지 않았고, 어리고 병든 나의 영혼은 괴로움에 몸부림쳤다. 매일 밤 꿈속에서 나는 커다란 대못을 그의 등판에 박아넣어 심장을 꿰뚫었고, 결국 그의 심장은 폭발을 일으켜 이 세상을 온통 핏빛으로 물들었다.

좌석의 LCD 모니터에서 〈사인펠드〉(Seinfeld. 미국에서 1998년까지 약 10년간 큰 인기를 누렸던 시트콤—옮긴이)가 방영되고 있었다. 오래전에 방영된 시트콤이라서 구식 헤어스타일이 보인다. 제리 사인펠드는 전형적인 미국인이다. 정말 웃기는 친구이긴 하지만, 사실 더 웃기는 건 그의 옷차림이다. 저속한 의상에 배꼽을 잡게 만드는 위트, 차라리 그 반대였다면 내 맘에 더 들었을 것이다.

옆 좌석의 남자는 엄청나게 두꺼운 문고판 책을 읽고 있었다. 마피아 스릴러물인 것처럼 보인다.(시칠리아의 겁쟁이들에 대해서 쓸 수 있는 말이 아직도 더 남아 있단 말인가?) 그리고 한 자리 건너 통로 쪽에 앉아 있는, 나이가 지긋한 한 남자는 처방을 받아 구입한 것처럼 보이는 알약을 하나씩 입에 계속 털어 넣고 있었다. 아마 그 알약 때문에 더더욱 수다스러워지는 것 같다. 그는 내 옆에 앉은 남자에게 끊임없이 지껄여댔다. 옆에 앉은 불쌍한 남자는 읽고 있는 책을 두

페이지도 채 넘기기도 전에 새로운 질문을 받았고, 그때마다 마지못해서 예스 혹은 노를 중얼거리듯 짧게 대답했다. 수다스러운 남자의 억양은 정말 낯설었다. 그토록 이상한 어투는 난생 처음이었다. 알고 보니 그 수다쟁이는 아이슬란드인이었고, 책을 읽고 있던 남자는 미국 아이다호 주 보이시 출신의 농구선수였는데, 이제부터 아이슬란드 리그에 속해 있는 "슈나이펠 슈틱홀머스"(또는 이와 비슷한 이름을 지닌) 팀에서 뛰게 된다고 했다.

아 참, 내가 빠뜨리고 이야기하지 못한 것이 하나 있다. 게이트 2번 앞 뉴욕에서 레이캬비크로 직항하는 전 좌석 금연 항공기는 아이슬란드 국적이었고, 레이캬비크는 아이슬란드에 있는 도시라는 것을 알고 깜짝 놀랐다. 나의 망명지는 북쪽 끝에 있었다.

어느 사이에 LCD 모니터에서 〈사인펠드〉가 사라지고 비행기 운항정보 지도가 나타나 있었다. 화면상에서 영국만 한 크기의 빨간색 비행기 한 대가 대서양을 건너 북쪽을 향해 천천히 기어가고 있었다. 무엇인가 넓게 펼쳐진 하얀색이 화면 왼쪽으로 보였다. 나와 같은 줄에 앉아 있는 수다쟁이 남자는 그것이 아이슬란드가 아니라 그린란드라고 말했다. 아이슬란드라는 섬은 이름과는 정반대로 초록색으로 도배되어 있었다. 그는 아이슬란드가 이런 식으로 이름이 뒤바뀐 배경을 설명해주는 이론이 하나도 없다면 오히려 그것이 이상한 것 아니냐고 목소리를 높였다. 그러니까 지금으로부터 약 1,000년 전 노르웨이의 바이킹족들이 오늘날 아이슬란드라고 부르는 섬을 발견했는데, 그 섬에 살고 있는 아일랜드 수도승들은 자신들이 살고 있는 곳을 그냥 섬이라는 의미에서 별다른 뜻이 없이 아일랜드(Island)라고 불렀다. 그러나 아이슬란드어에서 'Isu'는 예수님을 의미했기 때문에 아이슬란드(Island)는 자연스럽게 예수님의 나라(Jesusland)가 되었고, 아일랜드 수도승들도 이를 마다할 이유가 없었다. 그러나 바이킹들의 입장은 또 달랐다. 그들은 메시아이신 이수(Isu) 님을 아이스(ice)와 혼동하는 것이 오히려 더 자연스러웠고, 그 바람에 예수님의 나라는 졸지에 얼음의 나라가 되어버렸다는 것이다. 휴, 정말 다행이다. 바이킹족이 없었더라면 나는 졸지에 예수의 나라로 끌려갈 뻔했다.

"그랬군요. 그럼 그린란드는 어떻게 된 거죠?" 농구선수가 물었다.

"그건 말이죠. 아이슬란드 최초의 이주민들이 자기들끼리 이 섬을 독차지할 흑심을 품고 다른 섬들을 그린란드라고 이름 붙였어요. 역사 속에서 최초로 나타난 홍보용 개그라고 할 수 있는데, 그다음에 밀려오는 이주민들의 물결을 그쪽으로 유도해내려던 술책이지요. 그 바람에 이름이 서로 뒤바뀌었어요. 그린란드는 사실 아이슬란드이고, 아이슬란드가 진짜 그린란드입니다."

멋진 분석이었다. 나는 가명으로 비행기를 탔지만, 알고 보니 내 목적지도 가명을 지닌 나라이다. 서로 피장파장이니 께

름칙하게 생각할 일은 전혀 없었다. 나도 이 나라에 대해서 이미 들어서 알고 있는 이야기가 있다. 순수하게 사업상의 목적으로 아이슬란드를 여행했다고 하는, 디칸의 친구가 "밝게 빛나는 저녁, 늘씬하게 빠진 아가씨들"이라고 말한 적이 있다. 아, 아니지. 혹시 내가 거꾸로 말한 건 아닌가? 아이슬란드는 대서양 한가운데에 있는, 상당히 작은 섬나라이다.(그래도 크로아티아에 비하면 두 배나 크다.) 기내 잡지의 화보에는 달이 떠 있는 자연풍경을 배경으로 햇살처럼 밝은 미소를 짓고 있는 사람들이 나와 있다. 이끼가 덮인 바위를 배경으로 솜털이 보송보송한 스웨터를 입은 사람들이 서 있다. 다른 나라들에 비하면 아이슬란드는 아직도 한창 나이여서 그런지 그 나이에 걸맞은 온갖 어설픈 일들이 비일비재하게 일어난다. 화산이 폭발하고, 지진이 일어나고, 게다가 용암과 펄펄 끓는 물까지 지표면 위로 솟구쳐 오른다. 바깥세상과 동떨어진 이곳에서 존경하올 데이비드 프렌들리 신부님께서 납시어 하셔야 할 일이 과연 무엇일까, 신부님께서 알아서 척척 해주셨으면 얼마나 좋을까, 하지만 끝까지 묵묵부답이시니 결국 내가 나서서 답을 찾아야만 한다.

주여, 저에게 축복을 내려주소서.

다리의 통증이 가시지 않았다. 나는 자세를 다시 고쳐 앉았다. 스튜어디스들은 한결같이 몸매가 아름답고 날렵했으며, 영어를 말하는 목소리는 자기 확신에 가득 찬 듯 낭랑했다. 밝게 빛나는 아가씨들 그리고 길고 긴 밤. 그렇다. 이렇게 말한 것이 맞다. 아이슬란드 여자들의 외모는 줄리아 스타일스(Julia Stiles, 미국의 연극 및 영화배우—옮긴이)와 버지니아 매드슨(Virginia Madsen, 미국의 영화배우—옮긴이)을 합쳐놓은 것 같다. 펑퍼짐한 얼굴에 광대뼈가 불쑥 솟아 있을 뿐, 특별한 인상을 주지 않았고, 냉기가 흐르는 눈빛과 차가운 입술이 오히려 두드러져 보인다. 그들 가운데 하나가 음식이 담긴 식판을 나에게 건네주며 '어머, 정말 멋있어요!'라는 눈빛을 지어 보였다. 물어보나마나 내 목에 달려 있는 개목걸이를 알아본 것이 분명하다. 이제부터 나는 그저 신부일 뿐, 더 이상 사내가 아니었다.

그렇게 보면 로만칼라도 나름대로 기능이 있는 것 같다. 온갖 죄악을 보자마자 물리치거나 아니면 모든 죄를 내 안에 감쪽같이 꿍쳐 두는 것이다. 머릿속에서 나는 무니타와의 포옹을 뿌리쳐 떨쳐버리고, 북유럽의 요정들 가운데 하나를 골라 침대 속으로 기어들어가는 환상을 품어보았다. 하지만 헛수고였다. 무니타가 더 매력적이었다. 나는 무니타의 부드러운 피부를 벌써부터 그리워하고 있었다. 올리브색 황금빛이 도는 따뜻하고 부드러운 피부가 내 눈앞에서 어른거렸다.

기내식은 닭, 칠면조 그리고 물고기를 한꺼번에 뒤섞어 놓은 느낌이었다. 수다쟁이 남자가 농구선수에게 설명해준 바에 따르면 그것은 아이슬란드 토속음식 중 하나인 칠면조 통구이의 다리 부위였다. 그러나 내 머릿속에서는 쇼크를 받아 눈도 깜박이지 않고, 그 자리에서 얼어붙은, 그로테스크한 모습의 북극동물이 자꾸만 떠올랐다. 그 동물은 닭의 다리와 벼슬을 지닌 아담한 몸집의 바다코끼리처럼 보였다.

수다쟁이 남자가 목소리를 돋우더니 잔을 들며 뭐라고 큰 소리로 외쳤다. "스코들!"이라고 말하는 것 같았다. 그는 먼저 농구선수와 눈을 맞추고 난 다음 나를 바라보고 미소를 지으며 말했다. 아이슬란드어에서 "스코들(skoll)"은 해골을 의미했고, 술자리에서는 "건배"를 뜻한다고 했다. 이 말은 바이킹 해적들이 승리의 축제를 벌일 때 적의 해골에 술을 따라 마시는 관습에서 비롯되었다고 한다.

이 말을 듣고 보니 아이슬란드가 비로소 맘에 들었다.

저녁식사를 마치고 나는 잠을 청했다. 살인을 하고 나면 나는 언제나 토막잠을 자는 버릇이 있다. 이 비행기 안에서 선잠이라도 자려고 애를 쓰는 사람은 내가 유일한 것 같았다. 그러나 옆 좌석의 바이킹 녀석들은 해골에 코냑을 가득 채워 계속해서 나에게 권했다. 얼마 후에 기장이 애창하는 노랫가락이 시작되었다. 톤을 낮춘 목소리가 볼륨을 지나치게 올려놓은 스피커를 통해서 흘러나왔다. 무슨 말인지 알아들을 수 없었다. 어느 기장이나 마찬가지로 그도 역시 하늘의 구름이나 알아들을 수 있는, 공허한 언어를 사용했다. 조종석에서 기내로 울려 퍼지는, 기장의 혼잣말은 하느님께 올리는 기도처럼 들렸다. 하느님의 앞마당 정원을 무사히 가로질러 갈 수 있기를 간구하는 기도는 14분 동안이나 지속되었다.

눈을 감았다. 프렌들리 신부의 칼라가 목에 두른 쇠목걸이처럼 느껴졌다. 뒷자리에 앉아 있는 두 해골친구들은 술이 얼큰하게 취했는데도 스튜어디스에게 술을 또 주문했다. 통로 건너 뒤편에는 뚱뚱한 중년 여자들이 술에 취해 10대 학창시절로 되돌아간 듯 시끌벅적했다. 아이슬란드인들은 러시아 사람들과 비슷한 구석이 많은 것 같았다. 이들은 혀가 꼬부라질 정도로 취하지 않으면 자신의 고향을 떠나지 못하고, 마찬가지로 술기운을 빌리지 않으면 결코 고향으로 돌아오지 못하는 것 같았다. 우리가 머물렀던 동네의 쪽방에서 살았던 맘씨 좋은 아비차(Ivica)라는 친구가 생각났다. 그는 입이 거친 마누라를 굉장히 무서워했다. 그래서 저녁에 외출이라도 할라치면 그전에 미리 술을 마셔야 했고, 다시 집으로 돌아갈 시간이 되면 인사불성 상태가 아니면 용기를 내지 못해 독주를 연거푸 들이켰다.

"스코들!", "스코들!" 비행기 여기저기서 건배 소리가 요란했다. 선잠이라도 자두려는 생각은 아예 포기했다. 눈을 떴다. 신부처럼 눈빛이 차분해진 것 같았다.

기내 쇼핑시간이 되었다. 비행기는 하늘을 나는 쇼핑센터로 변해 있었다. 스튜어디스는 신용카드를 한 장씩 휴대용 단말기에 긁고, 선글라스와 비단 넥타이를 차례차례 넘겨주었다. 물건은 불타나게 팔렸다. 이 세상 어디에서도 볼 수 없는 놀라운 광경이었다. 취하셨나요? 그럼 사세요! 불을 보듯 뻔한 상술이었다. 에어로플로트(Aeroflot, 러시아 항공사—옮긴이)라 해도 이렇게까지 속보이는 짓은 하지 않을 것이다. 메이시(Macy's, 뉴욕에 본사를 둔 미국의 대형백화점 체인—옮긴이)를 필두로 뉴욕의 다른 백화점들도 신사복 및 숙녀복 코너에 바를 설치하면 대박으로 이어지지 않을까? 심각하게 고려해볼 만한 일들이 눈앞에서 벌어지고 있었다. 혹시 아이슬란드에는 상점이 없단 건가?

기장의 간절한 기도에도 불구하고 천사들은 계속해서 내 다리를 꼬집었다. 뿐만 아니라 나에게 더 이상 남아 있지 않다고 생각했던 양심을 들쑤셔내며 나를 괴롭혔다. 살인을 하고 나면 약간 피곤해지는 것이 보통이다. 하지만 이것 말고 특별한 부작용은 나타나지 않았다. 육체적인 스트레스는 그다지 크지 않고, 오로지 영혼만이 진땀을 약간 흘리는 정도라고 할까. 살인 후의 선잠은 섹스 후의 선잠과 매우 비슷하다. 섹스 후에도 육체적인 피로가 엄청나게 몰려든다. 하지만 이것은 몸이 녹초가 되기를 바라서가 아니라 영혼이 잠시 숨을 돌리고 쉬어가자는 뜻이다.

술에 취해 쇼핑에 빠져든 여행객들에 대해서 더 이상 신경을 쓰지 않게 되었다. 어느덧 나는 잠이 들었다. 무니타가 내 몸 위에 있었다. 그녀의 아름다운 하얀 젖가슴이 황홀하게 위 아래로 출렁거리고, 긴 검은 머리는 불안하게 흔들리는 내 가슴까지 내려와 있다. 하느님이 기다란 하얀색 수염으로 황폐한 내 영혼을 어루만져주는 느낌이었다.

4. 프렌들리 신부의 매력

 나는 화들짝 놀라 잠에서 깨어났다. 비행기가 심한 충격과 함께 굉음을 내며 착륙하고 있었다. 비행기 착륙을 수없이 경험해 보았지만 코부터 엉덩이까지 한꺼번에 덜덜 떨리는 건 이번이 처음이었다. 잠에서 덜 깬 이른 새벽에 지진이 일어난 것 같았다. 이윽고 매력적인 음성이 울려나왔다. 처음에는 이곳 달나라 언어로, 그다음에는 영어로 '섭씨 영상 3도의 날씨에 오신 것을 환영한다'는 인사말이었다.

 사진에서 보았던 풍경과 다르지 않았다. 달 위에 서 있는 느낌이었다. 이끼 낀 잿빛 바위들이 시선이 닿는 곳까지 널브러져 있고, 건너편 저 먼 곳에서 작은 산들이 푸른 빛을 발하고 있었다. 용암이 분명했다. 그렇다. 어느 곳을 둘러보아도 온통 용암뿐인 화산섬이었다.

 스튜어디스는 '어머 신부님, 정말 멋있어요!'라는 눈빛으로 작별인사를 했다. 공항청사로 연결된 통로는 유리로 되어 있었고, 바깥 풍경은 〈스타워즈〉의 촬영 세트장처럼 보였다.

나는 이제 이상하고 낯선 나라로 걸어 들어가야 했지만, 이 세상 그 누구보다도 더 평범하게 보여야만 했다. 방심은 금물, 마음을 단단히 먹고, 어제 저세상으로 보냈던 남자의 걸음걸이를 흉내 냈다. 무엇 하나 부족함이 없는 신부님. 나는 신부의 검은색 서류가방을 앞뒤로 흔들며 발걸음을 성큼성큼 옮겼다. 신부가 신었던 검은색 구두, 신부가 입었던 하얀색 로만칼라의 검은색 와이셔츠, 양복상의 그리고 외투, 하지만 내 청바지는 아직까지도 그대로 입고 있었다. 나는 제법 멋을 낼 줄 아는 성직자였다.

공항터미널에서 농구선수의 뒤를 따라갔다. 농구선수라고 하기에 그의 키는 너무 작았다. 남는 것 없이 딱 182센티미터인 내 키에도 못 미치는 것 같았다. 이 세상에서 가장 인구가 작은 나라에 속한 농구리그래서 뛰는 놈들도 가장 작은 놈들만 수입하는 게 아닐까. 수다쟁이 남자의 말에 따르면 이 나라의 전체 인구는 고작 30만 명밖에 되지 않았다. 인구로만 따지면 리틀 이탈리아(little Italy. 대도시에 있는 이탈리아인 집단 거주 지역—옮긴이)에 불과했지만, 그래도 명색이 하나의 국가이니 독자적인 국기도 있고, 작은 규모의 올림픽 선수단을 파견하기도 한다. 이런 나라에서 레스토랑에 들어가면 권총강도를 만난 것처럼 가진 돈을 모두 털리기 십상일 것이다.

난쟁이 농구선수는 나를 여권검사대로 안내해주었다. 유리로 가로막힌 창구에는 입국심사관이 두 명 있었고, 그 앞에 사람들이 두 줄로 길게 늘어서 있었다. 한 줄은 유럽연합 출신의 여행객, 나머지 한 줄은 그 밖의 나라에서 온 여행객을 위한 것이었다. 러시아가 유럽연합 회원국인가? 기억을 더듬어 보았지만 그럴 필요가 없다는 걸 깨달았다. 나는 지금 미국인이고, 내 이름은 프렌들리였다. 줄은 빠른 속도로 줄어들었다. 간단하게 통과하겠지, 나는 스스로에게 암시하듯 속으로 중얼거렸다. 검은색 외투 안주머니에서 교회성직자의 여권을 꺼내 손에 들고 창구 앞으로 다가가서 입국심사관에게 건네주었다. 검은 눈썹에 잿빛 수염을 기른 놈이었다. 그는 여권을 열어보더니 자신의 모국어로 무슨 말인가를 했다. 나는 '무슨 말이죠?'라는 표정을 지어 보였다. 그는 자신이 했던 말을 반복했다. 그제야 나는 그가 러시아어를 하고 있다는 걸 깨달았다. 이 망할 자식이 왜 그러는 걸까? 그가 다시 러시아어로 말했다.

"뭐라고요?" 내가 말했다.

"러시아어 모르십니까?" 그가 영어로 질문했다.

"네, 나는 미합중국에서 태어났습니다."

그는 내 여권을 높이 들고 말했다.

"여기 보세요, 출생지가 스몰렌스크라고 되어 있잖아요."

목 주변의 핏줄이 순식간에 펜더(Fender, 미국의 기타 제작전문회사—옮긴이)사의 베이스 전기기타 현만큼이나 굵어졌다. 맙소사. 엉뚱한 여권이, 이고르의 여권이 그의 손에 들려 있다! 나는 프렌들리가 아니라 이고르였다. 빌어먹을.

"으음, 있잖아요. 내가 예전에, 그러니까 우리가 이사를 했는데…… 맞아요, 부모님이 미국으로 이민을 갔는데, 그때…… 내가 태어난 지 여섯 달밖에 안 됐고, 그래서 나는 언제나……."

"그럼 그 이후에는 미국에서 계속 사셨나요?"

"흠, 네. 맞아요. 그렇습니다."

나는 마음이 한결 가벼워졌다.

"하지만 당신의 영어 억양은 왠지 슬라브어처럼 들리는데요." 어쭈, 이 녀석 말하는 것 좀 봐, 얼뜨기인 줄 알았는데 제법이네! 여기에 근무하는 이런 종자들은 아는 것이 너무 많아서 탈이야. 러시아의 원자물리학자 중 전문 분야에서 일자리를 못 찾아서 전직을 한 과학자들이 많다고 하던데, 혹시 이 친구가 그런 놈 아닐까?

"흠, 그러니깐, 말로 하자면 이야기가 깁니다. 나의…… 내 부모님이…… 아니, 나는 유년시절에 부모님과 셋이서 살았는데, 그것도 외딴 숲속에 살다 보니 부모님한테서 말을 배울 수밖에 없었어요. 부모님이 물론 영어를 하기는 했지만…… 억양이…… 매우 강한 러시아 억양으로 말했어요."

출입국관리소 직원은 약 2초 동안 내 눈을 뚫어지게 바라보더니 시선을 나의 로만칼라로 옮겼다.

"신부님이신가요?"

그의 어투에서 질문의 의도가 무엇인지 알아차릴 수 없었다.

"네, 신부입니다……. 일리치 신부."

이제 상황은 정말 우스꽝스럽게 되었고, 더 이상 도망갈 곳도 없었다.

"그렇다는 말은 여권에 없는데요." 그가 말했다. 고집불통에 앞뒤가 꽉 막힌 세르비아 꼰대를 보고 있는 느낌이었다.

잠깐 기다리라고 하더니 그는 창구를 떠났다. 뒷줄에 서 있는 사람들 사이에서 한숨이 터져 나왔지만, 나는 고개를 돌리지 않았다.

약 1분 뒤 그가 돌아왔다. 나이가 좀 더 들어 보이는, 푸른색 와이셔츠를 입은 선임 직원을 데리고 왔다. 마치 한 쌍의 동성애자 느낌이 드는 그들은 3인조 동성애 그룹을 결성하기 위해 누군가를 캐스팅하려고 온 녀석들처럼 나를 위아래로 훑어보았다. 이윽고 선임자가 입을 열었다. 이곳으로 오는 비행기에서 많이 들었던 억양이었다.

"신부님이신가요?"

"그렇습니다."

"무슨 일로 아이슬란드까지 오셨습니까? 사업차 방문하셨나요, 아니면……?"

이런 질문을 받자 나는 드디어 이고르의 목소리를 찾아냈다. 근엄한 정통파 신부의 정신이 말이 되어 울려 퍼졌다.

"하느님을 따르는 기쁨 하나만 있으면 성직자는 이 세상 끝도 마다하지 않습니다. 그러나 정 그렇게 부르고 싶으시다면야 어쩔 수 없지요, 맞습니다, 이 일도 역시 사업은 사업이니까요."

푸른색 와이셔츠를 입은 녀석은 내 말에 감동을 받은 것 같았다. 그는 나를 다시 한 번 흘끗 쳐다보더니 여권을 돌려주며 말했다. "알겠습니다. 아이슬란드에 계시는 동안 편안하시길 바랍니다."

제기랄, 엉뚱한 여권을 내놓다니. 내가 어쩌다가 이런 실수를 저질렀을까? 도무지 이해할 수가 없었다. 내가 어쩌다가…… 아, 잠깐만. 그게 아니다. 오히려 제대로 행동한 건 아닐까. FBI가 지금쯤 프렌들리 신부의 주검을 발견했을 것이 분명하다. 그렇다면 신원을 확인하는 데 시간이 얼마나 걸릴까? 누군가가 이곳 북해 한가운데에서 프렌들리 신부의 여권을 갖고 쏘다니고 있다는 사실이 조만간에 발각될 것이 분명하니 차라리 잘된 일이다.

나는 여행객들의 물결에 떠밀려서 공항 안쪽으로 계속 걸어갔다. 미스터 프렌들리의 가죽구두에서 뽀득뽀득 소리가 났다. 이고르의 조깅용 운동화와 가죽점퍼는 서류가방 안에 들어 있다. 공항 중앙 홀에 도착했다. 자, 이제 뭘 하지? 나는 한 여행사 창구로 가서 출발 항공편을 물어보았다. 프랑크푸르트, 베를린, 런던 아니 어디든 상관없이 지금 당장 이곳을 떠날 수 있으면 무조건 오케이였다. 40대의 금발 여자는 국외 항공편들은 많이 있지만, 모든 좌석의 예약은 이미 끝났다고 했다. 가장 가깝게 예약 가능한 좌석은 3일 후에나 있고, 그마저도 일단 코펜하겐으로 가서 환승을 해야 자그레브에 도착할 수 있었다. 나는 수화물을 이곳에서 위탁하면 자그레브에서 찾을 수 있는지를 묻고 이고르의 비자카드를 꺼내 토미슬라브의 조국으로 가는 탑승권을 결제했다. 미스터 프렌들리는 톡시가 자신의 카드 전표에 서명하는 모습을 유심히 지켜보았고, 톡시는 지금 미스터 일리치의 역을 맡고 있다. 내 인생은 너무 복잡하게 뒤엉켜버렸다. 하나의 몸뚱이에 몇 개의 신원이 케이크처럼 층층이 쌓여 있으니 나는 지금 도대체 누구란 말인가!

금발 여자는 일단 시내로 들어가는 것이 좋겠다는 조언과 함께 한 호텔의 주소를 적어주었다. "버스를 타면 40분밖에 안 걸려요." 그녀는 다시 미소를 지었다. 머릿속에서 영원히 지울 수 없을 것 같은 미소였다. 그래, 좋다. 별수 없다. 바이킹의 나라에서 3일을 지낸다고 설마 무슨 동티라도 나겠는가. 그러나 문제가 하나 있었다. 무기 없이 3일을 어떻게 지내란 말인가. 분명 톡시에게 고난의 시간이 될 것이다.

나는 에스컬레이터를 타고 아래층으로 내려가 위탁 수하물을 찾았다. 출구는 두 개로 나누어져 있었다. 세관신고를 해야만 하는 여행객, 그리고 세관신고가 필요 없는 여행객을 위한 출구가 있었다. 일리치의 입장에서 보면 톡시가 67번째의 살인을 저질렀다고 신고를 할 수 있는 절호의 기회였지만, 모기떼처럼 무리를 지어 몰려다니는 천사들 앞에서는 도무지 엄두가 나지 않았다.

입국장으로 나오자 놀라운 광경이 나를 기다리고 있었다. 머릿결이 가늘고 고운 남자가 머릿결이 굵고 거친 여자와 함께 '프렌들리 신부님!'이라고 쓰인 팻말을 높이 들고 서 있었다. 일종의 환영위원회에서 파견 나온 사람들처럼 보였다. 나도 모르는 사이 내 발걸음은 사격표지판과 같은 그곳에 멈추어 서버리고 말았다. 엄청난 실수였다. 눈에는 안 보이지만 또 다른 자아가 내 곁을 항상 따라다니고 있는 것이 분명했다. 하지만 이런저런 신분을 한 몸에 지녀서 내가 누구인지, 순간순간 나 자신도 헷갈려 했으니 놀라운 일도 아니었다. 하나 더하기 하나는 둘이다. 그들은 척 보면 알 수 있다는 표정으로 나를 바라보았다. 맞다, 개목걸이처럼 내 목을 감고 있는 로만칼라가 문제였다!

"프렌들리 신부님이시죠?" 환영 나온 여자가 말했다. 아이슬란드인 특유의 억양은 점점 더 친숙하게 느껴졌다.

나는 아니라고 대답하려고 했다. 하지만 그 순간 입국장 출구에 서 있는 짭새 두 놈이 눈에 들어왔다. "아니요"라는 말은 입술 밖으로 나오기 직전 방향을 180도 틀어서 "네"로 탈바꿈되었다. 신원은 해결되었지만, 동시에 나는 더 이상 빼도 박도 못하는 막장에 도달했다.

살인자가 자신이 죽인 피살자로 변신해서 부활하다니.

"프렌들리 신부님, 이렇게 만나뵈어 정말 반갑습니다. 여행은 편안하셨나요?" 머릿결이 가는 남자가 아이슬란드어 억양이 강한 영어로 말하며 누런 이를 드러내고 미소를 지었다.

"네, 뭐 그렇습니다, 괜찮습니다." 내가 말하는 영어에 대해서 갑자기 증오심이 솟구쳐 올라왔다. 미국적인 느낌이 전혀 들지 않았다.

"신부님을 못 알아볼 뻔했습니다. 인터넷 사이트에 올라온 사진보다 훨씬 젊어 보이세요." 여자가 말했다. 그녀의 얼굴은 미소로 뒤덮여 있어 다른 표정을 읽어낼 수가 없었다.

내가 인터넷 사이트를 가지고 있었다는 말인가?

"오우, 저를…… 제 얼굴을 이미 보셨단 말이네요." 나는 우물거렸다.

이런 빌어먹을, 나는 킬러야, 배우가 아니라고!

"물론이지요!" 그 여자가 말했다. "하지만 텔레비전 중계방송은 아직까지도 못 봤어요."

하느님, 맙소사. 내가 텔레비전에도 나온단 말이네! 무슨 프로그램이지? 확인하고 싶은걸.

"한번 보고 싶지 않아요?" 내가 물었다.

"어머 물론이죠, 정말이에요, 제발, 제발!" 두 사람은 초콜릿을 달라고 보채는 철부지들처럼 외쳤다. 행복에 눈 먼 동시대인. 하느님의 위대한 피조물들. 도대체 이런 사람들은 무슨 생각을 하고 사는 걸까? 나에게서 원하는 것이 도대체 뭐야? 내가 이 사람들한테 가르쳐줄 수 있는 게 뭐지? 곧바로 무릎을 꿇리고 기도를 올리게 하는 것, 그 정도라면 어려울 것도 없다. 권총을 꺼내 이마에 겨누면 그 이상의 말이 필요 없으니까. 그들은 스스로를 소개했는데 이름이 괴상망측했다. 남자 이름은 귀트뮌뒤흐르(Gutmunduhr)이었다. '좋은+주둥이+시계'라는 단어로 구성된 그의 이름은 분명 예명일 것이다. 여자 이름은 생전 처음 듣는 이름이었지만 '시크리타

(Zikrita)'라고 하는 것 같았다. 양키들은 이런 이름들을 뭐라고 부를까? 아마도 굿과 시크라고 줄여서 부를 것이다. 나는 어릴 때 이름을 줄여 토모라고 불렸는데, 미국인들은 이것도 너무 길다고 생각했다. 인구가 많으면 많을수록 사람들의 이름은 그만큼 더 축약되고, 그 반대로 인구가 적은 나라에서는 사람들의 이름이 그만큼 더 길어진다.

시크리타가 내 옆에 바짝 붙어 서서 물었다.

"프렌들리 신부님, 짐은 없으신가요?"

나는 잠시 심사숙고한 뒤 대답했다. "없습니다. 제가 가져온 유일한 짐은 하느님의 복음입니다." 그들은 큰 소리로 웃었다. 만화영화에 등장하는 놀란 햄스터들처럼 보였다. 나는 연극배우가 되어 새로운 역할에 대한 연출을 마치고 이제 중요한 첫걸음을 성공적으로 내딛었다는 느낌이 들었다. 할렐루야!

프렌들리 신부는 두 사람의 에스코트를 받으며 두 명의 경찰관 옆을 지나쳐서(나는 그들에게 축복의 시선을 던져주었다) 밖에 있는 주차장으로 나왔다. 기온은 냉장고 안에 들어선 것처럼 싸늘했다. 갑자기 아드리아 해변의 따뜻한 봄날이 그리워졌다. 리바(Riva, 아드리아 해의 섬—옮긴이)에서 보냈던 휴가, 피보(pivo, 크로아티아의 맥주—옮긴이)를 마셨던 추억, 꽉 끼는 청바지를 입고 씰룩거리며 걷는 젊은 년들의 엉덩이. 이런 것들이 머릿속에 하나 둘 떠오르자 하얀 돌로 포장된 도로 위를 또각또각 걷던 샌들 소리가 아직도 귓전에 들리는 것만 같았다.

아, 스플리트(Split, 크로아티아의 아드리아 해변도시—옮긴이)의 탱탱한 엉덩이들은 지금도 잘 있을까.

하지만 이젠 모두 부질없는 추억이다. 내가 지금 서 있는 곳은 북극의 이름 모를 주차장이고, 추위 때문에 온몸에서 닭살이 돋아났다. 은색 토요다 랜드크루저의 창문에 대머리로 박박 민 내 모습이 보였다. 이 정도면 진짜 신부로 행세해도 아무런 손색이 없을 것 같았다. 나는 얼마 전까지 얼굴 한 번 본 적 없는 두 인간과 함께 토요다 랜드크루저에 올라탔다. 이 차는 위대한 텔레비전 전도사 베니 힌(Benny Hinn)이 얼마 전에 직접 탑승하는 축복을 받았다고 그들이 말했다. 귀트뮌뒤흐르와 시크리타는 텔레비전 전도사였고, '아멘(Amen)'이라고 하는 규모가 작은 기독교 텔레비전 방송국을 운영하고 있었다. 잠시 후 귀트뮌뒤흐르가 운전하는 차는 달나라 풍경 속으로 달려 들어갔다.

"저희는 미국에서 만든 기독교 쇼를 많이 방영하고 있어요. 베니 힌은 물론이고, 조이스 마이어(Joyce Meyer), 지미 스워가트(Jimmy Swaggart) 그리고 데이비드 조(David Cho, 조용기)도 있어요. 그리고 저희가 자체적으로 편성하는 쇼도 있는데, 아이슬란드어와 영어로 방송되지요. 저흰 매일 저녁 텔레비전에 나가요. 저하고 아내가 같이 나가기도 하지만, 따로따로 나갈 때도 많습니다. 곧 보시게 될 겁니다." 귀트뮌뒤흐르가 영어로 말했다. 말쑥하게 차려입은 그의 부인이 조수석에 앉은 채로 고개를 돌려 뒷좌석에 앉은 나를 보고 미소를 지었다. 그녀의 남편이 말을 이었다. "오늘 저녁엔 무엇에 대해 말씀해주시겠습니까? 성경의 어느 구절인가요?"

"네? 오늘 저녁이라고요?" 내가 물었다.

"네. 신부님은 저희 쇼의 특별 초대 손님이니까요."

"그러니까…… 흠, 텔레비전을 말하는 거죠?"

"그럼요." 그는 비뚤배뚤한 이를 드러내놓고 큰 소리로 웃었다. 얼간이나 지을 법한 표정이었다.

"흠…… 아, 그렇군요. 제가 생각했던 건, 저는……."

그 순간에 핸드폰이 나를 구해주었다. 니코라는 이름이 액정 화면에 떴다. 나는 더 이상 생각해볼 필요도 없이 크로아티아어로 인사를 했다. "보크.(Bok, 'Hallo'라는 뜻—옮긴이)" 니코는 디칸 직속의 개인비서로 우리 조직에서 제2인자이다. 그는 하늘이라도 무너진 듯이 매우 다급한 목소리로 다짜고짜 내가 지금 어디에 있는지 물었다. 나 스스로도 믿기지 않지만, 지금까지 있었던 일을 그대로 이야기해주었다. 하지만 기독교의 유명 텔레비전 전도사 부부와 함께 지프를 타고 나의 첫 번째 텔레비전 설교를 하기 위해 이동 중이라는 말까지는 도저히 털어놓을 수 없었다. 그는 뉴욕은 현재 분위기가 상당히 뒤숭숭하다며 내가 이곳 북쪽 땅 끝에 착륙한 건 어쨌든 잘된 일이라고 말했다. 이 친구는 아이슬란드가 독자적인 국가라는 걸 과연 알고 있을까? "톡시, 넌 정말 허튼 짓을 했어. 알고 있어?" 그가 말했다. FBI 놈들이 이미 자그레브 사모바르 레스토랑에 몰아닥쳤고, 내 아파트 문을 부수고 들어가 집 안을 온통 뒤집어 놓았다고 했다. 뿐만이 아니었다. 스플리트의 도심지에 있는 어머니의 작은 철물점에도 오늘 아침에 불청객이 찾아와 어머니의 팔을 부러뜨려놓고 갔다고 했다. 니코는 지금 디칸이 먹을 달걀이 다 삶아졌다고 말했다. 반숙이야, 완숙이야? 내가 물었다. 하지만 지금은 농담을 할 때가 아니었다. 그는 내가 이곳에서 꼼짝달싹하지 말고 숨어 있어야 한다며 내 귀에 대고 신신당부를 했다. "네가 지금 있는 곳이 허섭스레기 같은 아이슬란드라면 아무 말도 하지 말고 그냥 거기 처박혀 있어! 여긴 말할 것도 없고, 자그레브나 스플리트로 갈 생각은 꿈도 꾸지 마! 지금 거기서 꼼짝달싹하지 말고 가능한 한 눈에 띄지 마란 말이야!"

한 마디로 말해서 가능한 한 남의 눈에 띄지 마라! BUP, 이것이 요점이었지만, 나는 잠시 뒤 텔레비전 쇼에 얼굴을 내밀어야만 한다. 이런 엿 같은 모순을 어떻게 극복해야 한단 말인가?

핸드폰 통화를 마치자 시크리타가 몸을 돌려 내가 방금 어느 나라 말을 한 것인지 물었다.

"크로아티아 말입니다." 내가 말했다.

"오우, 신부님은 그럼…… 크로아티아 말까지 하세요?"

"네, 우리는…… 아니 우리 교회에 크로아티아 분들이 몇 분 계십니다."

"신부님, 고향은 어디십니까?" 귀트묀뒤흐르가 물었다.

"원래 우리는 모두 하느님의 자손이었습니다." 스스로 생각해봐도 이 대답은 너무 멋있었다. "하지만 제 억양을 두고 말씀하시는 건가요? 제가 예전에 유고슬라비아에서 몇 년 동안 선교활동을 했는데, 그때 이런 말투가 저절로 몸에 배었습니다."

"억양은 괘념치 마십시오. 저흰 아무 상관없습니다." 두 사람이 한 목소리로 말했다.

"맞습니다. 저는 공산주의 국가에 하느님의 복음을 가져다 준 영광을 누렸습니다. 하지만 정말 메스꺼운 건…… 그게 뭔지 알겠습니까, 그런 빌어먹을 짓을…… 아, 아닙니다. 제가 말씀드리려는 건 정말 진땀이 날 정도로 사역이 힘들었다는 겁니다. 그러니까 바다 건너 저 편에서 미국인으로 산다는 건 자살충동과 매일매일 싸우는 것과 마찬가지입니다. 그래서 저는 크로아티아식 이름을 쓰고 미국식 억양도 버렸습니다. 그래서 주변사람들은 저를 토미슬라브라고 불렀습니다. 토미슬라브 보크시치. 이제 모든 사람들이 제가 그곳 출신이라고 생각할 정도라니까요. 하지만 전 100퍼센트 미국인입니다. 집에서 클레이 에이킨(Clay Aiken. 미국의 팝 가수—옮긴이)의 음악을 CD로 듣기도 합니다. 프렌들리 가문은 12세기부터 버지니아 주에서 살았습니다." 아차 과장이 너무 심한 걸! "제 말은…… 그러니까 18세기 이후부터 살았다는 것이지요."

그들은 미소를 지으며 내 말에 귀를 기울였다. 그리고 잠시 침묵이 이어졌다. 내 심장에서 고동소리가 들렸다. 스릴러 영화에서 긴장된 순간에 나오는 효과음처럼 들렸다. 드디어 여자가 말을 꺼냈다. "프렌들리 신부님, 연세가 어떻게 되세요?"

"저는…… 1965년생입니다. 그러니까 제 나이는…… 음, 43입니다."

"그렇다면 그땐 정말로 아주 젊으셨겠네요, 신부님이 그곳에서……."

"유고슬라비아 말씀하시는 건가요? 오, 그렇죠. 정말 잊을 수 없는 추억이었습니다. 꿈속에서나 볼 수 있는 걸 직접 체험한 게 한두 가지가 아닙니다."

차창 밖에는 화창한 5월의 아침이 시작되고 있었다. 태양이 막 눈앞에 보이는 산등 너머로 떠오르고, 하늘에는 구름 한 점 보이지 않았다. 왼편으로 보이는 잔잔한 초록빛 바다는 파도를 자신의 가슴속에 품어 잠재우고 있었다. 하지만 모든 것은 더 이상 그럴 수가 없을 정도로 차갑게 보이기만 했다. 아이슬란드의 5월은 미국의 3월이었다. 해변에는 사람이 살지 않는 것처럼 보이는 몇몇 집들이 쓸쓸하게 서 있었다.

"여름 별장입니다." 남자가 말했다. 오케이, 그러니깐 이곳에도 분명 여름이 있기는 있는 모양이다.

이곳까지 비행은 다섯 시간이 걸렸으니까 이곳 시간은 뉴욕보다 약 다섯 시간이 빠를 것이다. 존에프케네디 공항의 화장실에서 그 사건이 있고 나서 하룻밤이 지났다. 크닌에서 수염이 난 젊은 놈 하나를 처치해본 이후 두 손으로 직접 살인을 한 것은 처음이었다. 내가 사용했던 손기술은 오래전에 프리즈미치(Prizmič)에게서 배운 것이었다. 그는 동료이긴 하지만 우리 조직에서 나이가 가장 많았는데, 심지어 2차 세계대전에 참전하기도 했단다. 콧방울이 크고 뺨이 너무 홀쭉해서 볼이 아예 없는 것처럼 보였다.

"촛불을 불어서 끄는 것처럼 단숨에 처치하는 게 요령이야." 그는 입버릇처럼 이 말을 달고 다녔다. "정확한 포인트 그리고 속도, 그것만 머릿속에 박아두면 문제없어. 인간의 몸뚱이는 밀랍 같고, 생명은 촛불 같은 거라서, 훅, 한 방이면 고통 없이 바로 골로 보낼 수 있는 거야." 프리즈미치는 맘씨를 곱게 쓸 줄 아는 노인네였지만, 세르비아 놈들은 그의 마누라 젖가슴을 잘라내어 그에게 강제로 먹였다.

운전석의 등받이에는 스티커가 한 장 붙어 있었다. 악을 선하다 하며 선을 악하다 하며 흑암으로 광명을 삼으며 광명으로 흑암을 삼으며 쓴 것으로 단 것을 삼으며 단 것으로 쓴 것을 삼는 그들은 화 있을진저.[이사야 5:20]

오우, 화가 두렵다. 드디어 6시의 태양이 날카로운 산등을 뚫고 솟아올랐다. 푸른색 알에서 빛을 발하는 병아리 한 마리가 나오는 것처럼 보였다. 그 빛을 받아 도로가 반짝거렸다.

"우리는 지금 빛을 따라서 길을 달리고 있습니다." 귀트뮌 뒤흐르가 고개를 돌려 나를 보며 미소를 지었다. 축복의 빛이 가득 담긴 미소였다. "우리가 가는 길에는 빛이 있습니다!"

프렌들리 신부의 매력 59

5. 권총집 혹은 건홀더(Gunholder)

그들은 내가 자신들의 집에 머물기를 바랐다. "저희 집에 오신 손님을 호텔에 머물게 할 순 없지요. 저희 집이 곧 신부님의 집입니다." 그는 호언장담을 했다. 나는 골똘히 생각해 보았다. 그들의 집은 공항과 도심지 사이에 있는 시 외곽에 있고, 먼지 하나 찾을 수 없을 정도로 깨끗한, 정원이 딸린 2층 빌라였다. 공항에서 집으로 곧장 오는 바람에 나는 기내 팸플릿에서 읽었던 그 유명한 레이캬비크를 아직 구경하지 못했다. 유럽에서 가장 자유분방한 히피들의 수도, 지구의 북쪽 끝에 위치한 메트로폴리스의 향연. 타란티노(Tarantino, 미국의 영화감독이자 각본가―옮긴이)가 자신의 유명세를 제대로 즐기고 싶다면 여기보다 좋은 곳은 이 세상에 없을 것이다. 그가 존에프케네디 공항 화장실에서 내 옆 칸에 앉아 있지 않았던 게 유감이다. 만일 그랬더라면 지금쯤 나는 하얀색 리무진 승용차를 타고 도시로 들어가서 황금 팔찌를 손목에 두르고 VIP 여권을 보여주었을 것이고, 창가에 서서 길거리에 붙어 있는 〈펄프 픽션〉(Pulp Fiction, 타란티노 감독의 범죄 코미디 영화, 1994년 작, 칸 국제영화제의 황금종려상 수상작—옮긴이) 포스터에 정신이 팔려 있는 젊은 아가씨에게 윙크를 보냈을 것이다. 그러나 도심 한가운데의 호텔방은 간 곳이 없고 지금 내 눈앞에 있는 것은 박테리아 한 마리도 살 수 없을 정도로 반들반들하게 닦인 부엌의 구석자리이고, 사방을 아무리 둘러보아도 반반한 암컷은 눈에 띄지 않는다.

시크리타는 조촐한 아침식사를 내놓았다. 커피, 토스트 그리고 삶은 계란 두 개가 전부였다. 계란을 보고 있노라니 디칸이 생각났다. 나더러 모든 죄를 뒤집어쓰라니, 도대체 그놈들 머릿속에는 무슨 생각이 들어 있는 거야? 내 잘못이라고? 난 그저 지적해준 인상착의를 지닌 놈을 골라서 정확하게 고꾸라뜨렸을 뿐이다. 전혀 얼토당토 않는 놈이란 건 나중에 드러났을 뿐 누구한테 맡겼더라도 나처럼 했을 것이다. 나는 놈들의 의견에 전혀 동의할 수 없다. 이놈들, 가만 두지 않겠어. 어디 두고 보라고!

"프렌들리 신부님, 부탁 하나 드려도 될까요? 저흰 항상 손님들께 식사 기도를 부탁했답니다." 모두가 식탁에 둘러앉자 귀트뮌뒤흐르가 말했다.

"아, 그런가요? 네. 당연히 해야지요."

또 다시 후회가 물밀듯이 몰려들었다. 허접스런 신부 대신 타란티노를 죽이지 못한 것이 한이었다. 그러나 또 다른 관점에서 보면 〈킬 빌〉(Kill Bill, 타란티노 감독의 액션·스릴러·범죄 영화, 2003년 작—옮긴이)의 제작자인 녀석을 맨손으로 죽인다는 건 생각만큼 호락호락한 문제가 아닐 수 있고, 제대로 죽였다고 해도 그다음 내가 과연 타란티노로 제대로 변신할 수 있을지도 문제 아닌가. 어쨌든 나는 지금 프렌들리 신부로서 대접을 받고 있고, '가능한 한 남의 눈에 띄지 않는다'는 BUP 원칙을 지키고 있다고 할 수 있다.

좋아. 자, 이제 시작하자! 식사기도. 나는 살짝 고개를 숙이고 눈을 감았다.

"은혜로우신 하느님 아버지……. 은총이 넘치시고 만인의 사랑을 한 몸에 받으시는 하느님, 감사드릴 것은…… 감사드릴 것은 이 계란입니다. 감사드립니다……. 제가 프렌들리라는 것에 대해서도 감사드립니다……. 이 식탁에 모여 앉은 친절한 사람들에게 감사를 드립니다. 당신께서 이 아름다운 섬에 저를 보내주셔서…… 이렇게 아름다운…… 선량하고 마음씨 따뜻한 사람들을 만나게 해주심에 감사드립니다. 험한 세파가 몰아치는 바다 한가운데에서 안전한 항구가 되어주심에 감사드립니다. 게다가 아침식사까지 마련해주시니 감사합니다. 아멘."

잘했어, 전혀 나쁘지 않았어. 그들도 나를 따라서 아멘을 중얼거렸고, 미소를 지었다.

"지금 계신 교회에는 신도들이 많은가요, 프렌들리 신부님?"

그러나 순간순간 프렌들리 신부는 집중력을 잃어 톡시가 대신 불쑥 나서서 질문에 답을 했다. "4……입니다."

"네? 4만? 4만 명이나 된다고요?"

"4만이라, 네…… 그렇죠 뭐. 대충 4만입니다. 4만 명 정도 신도가 등록되어 있습니다. 하지만 우릴 지켜보는 사람은 이보다 훨씬 많아서 수백만 명은 될 겁니다."

정확한 통계는 나도 모르겠다. 우리 조직의 창립자들에게 다음 기회에 한번 물어봐야겠다.

아침식사를 하고 나서 그들은 위층에 있는 방으로 나를 안내했다. 가톨릭 미션스쿨에 입학한 기분이었다. 예수의 십자가상이 침대 머리맡의 벽에 매달려 있었고, 바로 건너편 벽에는 예수 그리스도의 초상화가 두 장 나란히 걸려 있었다. 하얀색 침대보, 하얀색 바닥깔개, 하얀색 커튼.

그들은 장시간 비행기 여행으로 내가 피곤할 것이라고 말했다. 나는 사실 피곤하다고 대답했고, 그 기회를 놓치지 않고 오늘 저녁에는 도저히 텔레비전에 출연할 수 없을 것 같다고 귀트뮌뒤흐르를 설득했다.

"정말 유감스럽지만, 텔레비전에 출연하면 분명 긴장이 한순간에 풀려버릴 겁니다. 일단 제 마음부터 완전히 비워야 합니다. 그래야만 하느님께서 저를 통해 말씀을 전할 수 있을 것입니다."

나는 말을 멈추었다. 섣부르게 엉뚱한 말을 꺼냈다는 후회가 들었다. 그는 나를 뚫어지게 쳐다보았다. 티베트의 라마승처럼. 커다란 눈, 길쭉한 이, 털이 난 목덜미. 그의 부인은 시차 때문에 피곤할 수도 있다고 말하는 것 같았다. 나는 다시 입을 열었다. "그러니까 제 말은, 주님의 말씀이 제 몸을 통해 울려나오는 데에 장애가 될 만한 건 없어야 한다, 그겁니다. 피로는 말할 것도 없고…… 특히 텔레비전에 나가려면 항상 최상의 상태를 유지해야 한다, 바로 그겁니다."

"하지만……." 드디어 그가 입을 열었다. "하지만 오늘 저녁에 신부님께서 저희 쇼에 출연하셔서 말씀을 나누어주실 거라고 시청자들에게 이미 예고를 해놓았습니다."

"그게 정말입니까?"

"제가 철석같이 한 약속이라 깰 수가 없습니다. 더군다나 시청자들은 믿음이 매우 깊은 사람들이라서."

불쌍한 녀석 같으니. 그는 금방이라도 바닥에 털썩 주저앉을 것처럼 보였다. 하지만 나는 BUP원칙에 신경을 집중했다.

"어떻게…… 아니 얼마나 많은 사람들이 시청을 합니까?"

소규모 텔레비전 방송국 운영자들에게 시청자 수를 묻는 건 일종의 금기이다. 대답하기 곤란한 질문을 받고 당황하는 정치인들처럼 그의 얼굴이 순간적으로 일그러지더니 갑자기 미안하다는 듯이 웃음을 터뜨렸다.

"저희 방송은…… 저희 방송을 보는 사람은, 그야말로 많습니다."

더 이상 물어볼 것도 없다. 열 명!

"알겠습니다. 우리는…… 아니, 우리 같이 한 번 더 생각해봅시다. 오후에 저한테 전화를 주세요."

맙소사, 내가 지금 무슨 말을 한 거지? 상황을 돌이킬 수 없었다. 나는 그에게 뉴욕의 내 전화번호를 주었다. 프렌들리 신부가 동료인 전도사에게 살인청부업자의 전화번호를 넘겨준 셈이었다.

"네, 좋습니다." 그가 말했다. 그의 웃음소리가 잦아들었다. 내가 가한 일격의 효과가 이제야 나타난 것 같았다.

"이곳에서 쉬시면서 피로를 잘 푸시기 바랍니다. 집에 오셨다고 생각하세요. 저희는 이제 일하러 가야 합니다. 방송국으로요."

나는 창가에 서서 그들이 유행을 앞서가는 멋진 스포츠 유틸리티 카에 올라타는 광경을 바라보았다. 믿음이 깊다는 신도들은 웬일인지 언제나 가장 좋은 자동차를 타고 다닌다. 하느님께서는 자신의 추종자들을 어떻게 보상해주어야 좋아하는지 잘 알고 계신 듯하다. 뿐만이 아니다. 천국으로 가는 길이 험하기 때문에 산과 들을 가로질러 갈 수 있는 4륜구동 지프가 필요하다는 것 정도는 당연하게 알고 계신 것처럼 보인다. 전도사의 마누라는 스커트를 입었고, 다리가 아름답다. 만일 그녀가 우리 조직에서 유일한 여자이고, 우리 조직이 한 달 동안 산속에 숨어 지내야만 한다면 나는 열두 번째 되는 날부터 저 여자를 어떻게 해볼지 꿈을 꾸기 시작할 것이다.

나는 홀로 집에 남아 있었다. 창밖에 쌓인 눈이 아직 녹지 않은 쌀쌀한 봄 날씨였지만 집 안은 멤피스(미국 테네시 주에 있는 도시―옮긴이)의 음침한 다리 밑에서 조금 서툰 솜씨로 살인 과제를 수행했던 7월의 그날 밤처럼 따뜻했다. 살인과 관련해서 나는 인종주의자가 아니다. 하지만 검둥이라면 언제나 아무런 머뭇거림이 없이 방아쇠를 당겼다. 그렇다고 모든 살인청부업자들이 나와 같은 천성을 지녔다고는 말할 수 없다.

나는 입고 있는 옷들을 벗어 던졌다. 이고르의 청바지, 프렌들리 신부의 와이셔츠 그리고 로만칼라에서 벗어나니 기분이 훨씬 좋아졌다. 원래 내 모습으로 다시 돌아와 침대 속으로 기어들어 갔다. 부드럽고 아늑했다. 그리고 놀라울 정도로 주변은 조용했다. 너무 조용해서 귀를 기울여보았다. 이토록 순수한 고요는 생전 처음이었다. 지난 10년 동안 나이트클럽의 소음에 익숙한 채로 살고 있다가 드디어 조금 전 밖으로 빠져나온 것 같았다. 정말이었다. 주변을 지배하고 있는 절대적인 고요. 이곳에는 나의 어머니가 침대 머리맡 선반에 보관하고 있는, 세르비아의 해골 속처럼 적막감이 감돌고 있었다.

갑자기 방 안 전체에 햇빛이 쏟아져 들어왔다. 하얀색 방에 흘러넘치는 하얀색 햇빛, 태양이 가득한 고요, 부드러운 오리털 침대에 눈부시게 깨끗한 침대보 그리고 건너편 벽에 걸린 구원자의 초상화, 이 모든 것을 매일 아침 눈을 떠서 맞이할 수 있다면 나는 지금 죽어서 천국에 와 있는 것이나 마찬가지이다. 그러나 이것은 내가 영원히 넘보지 못할 세계였다. 내가 있는 곳을 나보다 더 잘 아는 사람이 어디 있겠는가? 나는 지옥문으로 들어가는 외길 위에 서 있고, 지금은 교통체증으로 잠시 멈추어 있을 뿐이다.

제기랄. 너무 조용하니까 잠이 오지 않는다. 체트니크(Chetnik, 세르비아 민족 독립운동 그룹의 일원—옮긴이)의 폭격소리 그리고 맨해튼 소호 거리의 소음을 들으며 잠드는 것에 익숙해진 사람에게 이런 절대적인 고요는 고통 그 이상도, 그 이하도 아니다.

나는 잠자기를 포기하고 아래층으로 내려갔다. 캘빈클라인의 검은색 사각팬티 바람으로 돼지처럼 불룩한 배를 앞으로 쑥 내밀고 집 안 이곳저곳을 둘러보았다. 집 안의 모든 창문에서 아침 햇살이 기어들어 오고 있었다. 무미건조하고 차가운 기운이 느껴졌지만 매우 강한 햇빛이었다. 얼음처럼 차가운 태양! 아이슬란드인들은 이 말이 무슨 뜻인지 모를 것이다. 집을 떠나 객지에 머물고 있는 나 같은 여행자들은 까마득한 옛날부터 매일매일 이곳에서 떠오르는 태양도 예사롭지 않게 보일 때가 있고, 그 바람에 마치 새로운 발견이라도 해낸 바보처럼 마음이 들뜨기도 한다.

뉴욕에서 4년 동안 머물다가 처음으로 크로아티아의 스플리트에 돌아왔을 때 받았던 충격을 나는 아직도 생생하게 기억한다. 어머니가 그 사이 너무나 바싹 늙어 있었다. 배신자를 다시 만나기라도 한 것처럼 나는 어머니에게 몹시 쌀쌀맞게 굴었고, 보습용 크림도 쓰고, 심지어 마스터베이션 도구도 사용해보라고 다그쳤다. 나는 새로운 것을 적응하고 즐길 수 있는 여행을 위해 태어난 사람이 아니었다. 내 정신적인 체질은 정해놓은 것 하나에 매달려서 애면글면 살아가는 붙박이 인생, 바로 그것이었다.

나는 내 고향 스플리트를 결코 떠나지 말았어야 할 인물이었다. 그러나 인생을 모두 걸고 무엇인가를 쟁취할 결심을 세워 보려고 해도 고향은 신명나는 판을 제대로 벌일 수 있는 곳이 아니었다. 만일 크로아티아가 낯선 곳이었다면 나는 아마 그곳을 떠나지 않고, 자리를 잡고 살았을 것이다.

전도사의 집은 세련된 최신 유행의 물건들과 전문점에서 만든 정통 가구들로 가득했다. 수많은 쿠션이 딸린 검은색 커다란 소파가 대형 텔레비전이 세워져 있는 가장자리까지 이어져 있고, 식탁은 도자기로 만든 것처럼 번쩍번쩍 빛났다. 뿐만이 아니라 모든 창문 틀 위에는 꽃병과 조각상들이 가득 진열되어 있었다.

도자기로 만든 세인트버나드(St. Bernhard, 몸집이 큰 스위스 원산의 개, 눈 속 실종자 탐색에 주로 이용됨—옮긴이) 한 마리와 눈이 마주쳤다. 개의 목에는 독주가 들어 있는 술통이 하나 걸려 있었다. 하느님에게 버려졌을 때 따서 마시면 제격일 것 같았다. 벽의 이곳저곳에 그림(황금빛 액자로 치장된 이곳 달나라 풍경화가 대부분이다)들이 걸려 있었고, 그 밖에도 벽에 못질을 해서 걸어둘 만 한 물건들은 거의 모두 걸어 놓은 것처럼 보였다. 예수님의 작은 조각상, 건조된 장미 그리고 명칭은 모르겠지만 색깔이 화려한 일본 물건이 하나 있었는데, 이것은 바람을 만들어내는 것이다. 거실에도 물건들이 가득했지만, 그럼에도 사람이 살지 않는 집처럼 보였다. 아이슬란드의 현대적인 삶의 한 단면을 보여주는 박물관의 전시물이라고 해도 손색이 없지만, 예수 그리스도의 제자에게는 약간 사치가 아닐까 하는 생각이 들었다. 예를 들면 사도 중 한 사람이 초대형 평면 텔레비전을 갖고 있다는 사실은 그들의 소명과 전혀 어울리지 않다. 하지만 이곳의 모든 물건들은 적어도 구세주의 양심이 어떠한 것인지를 보여주려는 듯 먼지 한 톨 없이 유리알처럼 반짝거렸다.

장거리 비행으로 다리가 피곤했다. 욕조에 뜨거운 물을 받기 시작했다. 적막함을 떨쳐내려고 텔레비전을 켰다. 화면에는 10만 명이나 되는 사람들이 등장하여 기독교적인 화합 속에서 성가를 부르고 있었다. "나의 주 크고 놀라운 하느님!" 미국 남부 어딘가에 있는 초대형 체육관이었다. 정말 놀라운 광경이라는 고백이 저절로 나왔다. 종교적인 인간들은 정말이지 에너지가 넘쳤다. 채널을 돌렸다. 〈볼드앤뷰티풀〉(The Bold and the Beautiful, 미국 CBS에서 방영된 텔레비전 연속극—옮긴이). 자막을 읽어보려고 했지만, 헝가리어인 것 같았다.

부엌에서 나는…… Guðmundur Engilbertsson(그뷔드뮌뒤르 엥길베르트손) 그리고…… Sigríður Ingibjörg Sigurhjartardóttir(시그리뒤르 잉기비외르그 시귀르히아르타르도티르)에게 보내는 편지들을 발견했다. 이름을 읽는 데에만 약 2분이 걸렸다. 다시 거실로 돌아왔다. 서랍장 위에 있는 가족사진 액자들을 들여다보았다. 자녀가 둘 있는 것 같았다. 딸과 아들. 눈처럼 하얀 머리털을 지닌 딸이 누나였고, 엄마를 조금 닮았다. 그렇지만 이 집에서 자녀들의 흔적은 어디에서도 찾아볼 수 없었다. 교황님이 운영하는 기숙학교가 둘을 안

전하게 관리하고 있는 걸까? 아니면 아프리카 모잠비크에서 선교활동을 하라고 파견한 건 아닐까? 전 가족이 미국에서 찍은 사진도 한 장 있었다. 도시 근교의 야외에서 펼쳐진 예배에 참석한 가족들이 축복받은 미소를 짓고 있었다. '넘버 43'이 머릿속에 떠올랐다. 애틀랜타의 교회 앞에 서 있었던 뚱뚱보, 그 녀석의 대갈통을 꿰뚫은 내 총알은 큰 길을 두 개나 건너는 먼 거리에서 발사된 것이었다. 나 자신도 믿기 어려울 정도로 까마득하게 먼 거리였다. 프로의 솜씨가 제대로 발휘된 저격이었다. 그 녀석이 쓴 하얀색 카우보이모자는 펠트 혹은 그와 비슷한 것으로 만들어졌는데, 그 무엇이 되었든 간에 흡입력 하나는 재질이 매우 뛰어났다. 잠시 후 차를 타고 지나쳐 간 사건현장은 모든 것이 마술을 부린 듯 조용하고 평화로웠다. 뚱뚱보는 인도 위에 길게 뻗은 채 누워 있었다. 그것이 전부였다. 멋진 빨간색 카우보이모자를 쓴 뚱뚱보.

  욕조의 물은 엄청나게 뜨거웠다. 화산에서 끓어올라 온 물이었다. 욕조에 몸을 담그기 전에 식히지 않으면 안 될 정도였다. 욕조에 앉아 있는 한 시간 동안 나는 구 무니타 공화국의 수풀이 무성한 산림지역을 머릿속에서 순방했다. 어두운 숲으로 덮인 계곡의 분기점에서 특유의 액체 냄새가 났다. 욕정을 채운 물방울들이 매우 느린 속도로 젖은 나뭇잎들을 타고 흘러내렸다. 아래쪽 항구에서 어머니를 만났다. 그녀는 사회주의시대에 입었던 볼품없는 스커트에 메릴린 먼로(Marilyn Monroe. 세계적인 섹스 심벌로 추앙된 미국의 영화배우—

옮긴이)의 블라우스를 입고 가게 앞에 서 있었다. 오른팔은 깁스를 한 채 주먹을 불끈 쥔 왼팔을 높이 세워들고 나를 향해 외쳤다. "그 계집년은 재미만 보고 그냥 끝내버려. 내가 보니깐 애당초 배우자로 상종할 년은 아니다! 결혼할 여자를 고를 땐 느낌도 있어야 하지만 머리로도 잘 생각해봐야 돼. 하지만 넌 그런 건 염두에 두지 않고, 그저 가운뎃다리가 하자는 대로 따라가고도 남을 놈이잖니! 잘 들어봐라, 난 네 아버지를 42년 동안 사랑했다, 하지만 그 반대의 경우를 따지면 고작 40년이야. 결혼하고 2년 동안 그 인간은 세르비아에서 갈보 중의 갈보인 고르다나라는 걸레하고 뒹굴었다. 그렇게 할 짓 못할 짓 다 하고 나서 그년이 시들해지니까 그제야 네 애비하고 가운뎃다리가 집으로 기어 들어오더구나. 네 애비가 구멍만 밝히던 때가 지나고 나서 네가 태어났으니 망정이지 그렇지 않았다면 넌 세르비아 놈이 됐을 거야. 그렇게 됐다면 같은 배에서 태어난 크로아티아 형제들이 전쟁 통에 널 죽여도 골백번은 죽였을 거야. 그러니까 넌 행운아라는 거야! 내가 분명히 말해주마. 욕정은 영원한 게 아니야! 믿을 건 사랑밖에 없다! 넌 지금까지 내 속을 끓일 대로 다 끓이더니 이제는 팔까지 부러뜨렸어. 그것도 모자라서 나한테 한 약속까지 모두 깨뜨릴 셈이냐. 토모, 제발 내 말 좀 들어라. 그리고 넌 대체 공부는 언제 시작할 거니?"

나는 일 년 반 동안 하노버라는 독일의 아름다운 도시에서 조경학을 공부한 적이 있었다. 그곳에서 나는 니코 네볼

랴(이 녀석의 별명은 '공포의 니코'였다)를 알게 되었다. 이 친구가 나를 아주 다른 세계로 인도해주었다. 처음에는 몇 차례 소량의 코카인 거래로 시작했지만, 일이 점점 커져 마약 밀매를 거쳐 무기 밀수까지 손을 대게 되었고, 급기야는 승부조작이라는 고차원적인 예술 분야에까지 뛰어들게 되었다. 매주 금요일에 우리는 독일의 하부 리그에서 뛰고 있는 축구심판을 불러내어 저녁식사를 함께했다. 하지만 만나서 서로 나눌 수 있는 화제는 사실상 없었다. "저는 경기가 있는 바로 전날 밤에 심판 유니폼을 다림질해 놓습니다," 고작 꺼낸다는 말이 이 정도였다. 하지만 그다음 날 그가 휘슬을 어떻게 부는지 지켜보는 건 한 마디로 흥분의 연속이었다. 페널티킥은 덤이고, 골라인을 살짝 넘었다가 곧바로 튀어 나온 골은 당연히 노골이고, 대포알처럼 들어간 환상적인 골은 오프사이드 반칙이 선언되었다. 분노한 선수들은 입에 개거품을 물었고, 관중은 이성을 잃고 패닉 상태에 빠졌다. 이 모든 것이 우리의 위대한 작품이었다. 그때부터 조경학은 내 관심사에서 완전히 멀어졌다. 자연을 대상으로 한 디자인학문, 아웃(out), 인간사회를 대상으로 한 디자인학문, 인(in). 이런 일들은 크로아티아인들에게 맡겨 두어야 역시 완벽하게 처리된다. 국가대항 축구시합을 하면 독일이 우리를 대부분 이기겠지만, 그건 별 볼일 없는 이야기에 불과하다. 우리는 그들의 리그에서 거행되는 모든 시합을 석권하고, 축구 복권에서 돈을 빗자루로 쓸어 담지 않았던가! 조국을 위한 일이라면 우리는 이 세상에서 못할 것이 없었다. 우리의 할아버지 세대를 절반 넘게 죽여서 양심 속에 파묻어 두는 일도 주저하지 않았는데, 독일의 축구 리그에서 그까짓 승부조작을 꺼림칙하게 생각한다면 그런 놈은 크로아티아 놈이 아니다.

나는 기독교적인 정결을 의미하는 하얀 타월을 허리에 둘러맨 채 쿠션 몇 개와 함께 소파 위에 앉아서 텔레비전 채널을 하나씩 돌려보았다. 그때 현관문이 갑자기 활짝 열리더니 금발 여자 하나가 쏜살같이 들어왔다. 나이는 스물다섯 정도 됐을까, 그녀는 꿈속에서나 상상해봤을까 말까 한 살인 청부업자가 집 안에 있다는 사실을 전혀 눈치 채지 못했다. 곧장 부엌으로 뛰어 들어가더니 요란한 소리를 내며 서랍을 열어 보기 시작했다. 무슨 일인지 다급한 모양이었다. 서랍을 하나씩 홱 열어보고, 다시 세차게 닫을 때마다 무슨 뜻인지는 모르겠지만 저주를 퍼부었다. 그러다가 잠시 아무런 소리가 나지 않더니 "씨이팔, 돌아버리겠네"란 상소리가 성스러운 집 안에 울려 퍼졌다. 그녀는 집 안에서 텔레비전 소리가 난다는 것을 뒤늦게 알아차린 것 같았다. 잠시 뒤 그녀는 복도로 나와 서서 건방진 고급 콜걸의 목소리로 나에게 질문을 던졌다. 무슨 말인지는 모르겠지만, "거기서 다 듣고 있었어?"라고 말하는 것 같았다.

"뭐라고요?" 나는 영어로 반문했다.

그녀는 자신이 했던 말을 제법 능숙한 영어로 옮겨서 다시 말했다. "누구세요? 여기서 뭐해요?"

"저는 토…… 아니, 저는 프렌들리 신부입니다. 오늘 아침 이곳에 도착했지요. 뉴욕에서 왔습니다. 귀트뮌뒤흐르와 시크리타가 저한테 말해주길……."

"아하." 그녀는 더 이상 관심 없다는 듯 한숨을 내쉬더니 부엌으로 사라졌다. 텔레비전에서는 앞머리가 훌떡 벗겨진 대머리가 책을 낭독하고 있었다. 목수처럼 보이는 대머리가 읽어주는 책은 보나마나 성경일 것이다. 스튜디오 인테리어는 어딘지 모르게 어설펐는데, 대머리가 직접 설치한 것처럼 보였다. 아, 맞다. 저 스튜디오는 틀림없이 이 집 부부의 것이다. 카메라가 한 대밖에 없어서 화면은 정물화처럼 고정되어 있었다. 고사한 식물 하나가 배경으로 놓여 있었다. 폴란드식 정장을 차려입은 목수는 세 페이지를 읽어 넘길 때마다 한 번씩 고개를 들어 정면을 바라보았다. 카메라의 빨간색 촬영 표시 램프가 제대로 들어와 있는지 확인하는 것처럼 보였다. 저런 것도 텔레비전 방송이라고 할 수 있다면 TV 티라나(TV Tirana. 알바니아의 수도 티라나에 위치한 텔레비전 방송국—옮긴이)는 MTV(20대를 대상으로 하는 전 세계적인 방송네트워크—옮긴이)라고 불러도 좋을 것이다. 내가 저 따위 허섭스레기 같은 방송에 출연하게 된다면 우리의 보스 디칸이 조직의 체통을 손상시켰다고 노발대발할 것은 안 봐도 뻔하다. 목수의 얼굴 표정에서 판단해보면 그가 상대하고 있는 시청자 수는 정말 열 명도 안 되는 것 같았다.

나는 소파에서 일어나 타월을 다시 한 번 허리에 단단히

동여매고 부엌으로 갔다. 볼록 나온 내 똥배는 아름다운 아가씨의 눈에 띄면 알아서 자동으로 기어들어가긴 했지만, 그래도 역시 나서지 말라고 좋은 말로 구슬려 놓아야만 했다. 잠시 후 나는 부엌문 앞 복도에 섰다. 그녀는 분초를 다투는 절도범처럼 허겁지겁 부엌의 여기저기를 뒤지고 있었다.

"뭘 찾고 있어요?" 나는 신부가 아니라 엘비스 프레슬리의 목소리처럼 들리게끔 말투에 신경을 썼다.

"아. 내 열쇠." 그녀는 냉장고 안에 고개를 처박은 채 중얼거렸다.

그녀는 몸매가 날씬했다. 앙증맞은 젖가슴, 부풀어 오른 에어백처럼 팽팽한 엉덩이가 눈에 들어왔다. 만일 그녀가 우리 조직에서 유일한 여자이고, 우리 조직이 한 달 동안 산속에 숨어 지내야만 한다면 나는 첫날부터 저 여자를 어떻게 해볼까 하는 꿈을 꾸기 시작할 것이다.

"열쇠라? 어디에 쓰는 열쇠인가요? 이 집에서 거주하시는 분이신지?" 신부의 목소리였다. 프레슬리의 호르몬 분비체계가 신부의 육체에 금방 이식된 것 같다.

그녀는 고개를 돌려 내 눈을 한동안 쳐다보았다. 내 똥배는 곧바로 자세를 낮추고 갈비뼈 속까지 파고들면서 몸을 숨겼다. 불쌍한 녀석.

그녀의 금빛 머리는 밝게 빛났다. 냉장고에서 갓 꺼낸 신선한 버터처럼, 변색된 누런 빛이 아니라 하얀색에 가까웠다. 피부도 방금 진열된 필라델피아 치즈처럼 하얀색을 띠었고,

믿기지 않을 정도로 탱탱하고 매끄러워 보였다. 코는 작았다. 하지만 그 끝이 위로 뾰족 솟아올라 있어서 소프트아이스크림처럼 보였다. 그녀의 눈은 게토레이 프로스트(Gatorade Frost. 스포츠 음료 브랜드—옮긴이)처럼 연한 푸른색이었고, 딸기 셔벗처럼 붉게 빛나는 입술은 두툼하고 부드러워 보였다.

푸후후. 내 똥배가 자신의 은신처에서 빠져나와 무엇인가 달콤한 것을 본 어린아이처럼 당장 앞에 대령하라고 심하게 보챘다. 아아, 저런! 그녀는 맨 처음 본 날 끝장을 봐야 하는 대상이었다. 아침에 봤으면 아침에 답을 찾아야만 했다.

"아뇨, 여기 살지 않아요." 그녀가 말했다, 그리고 끝내 신경질적으로 한숨을 내쉬었다. "이 집 딸인데요, 열쇠를 잃어버려서 살고 있는 집에 들어가지도 못하고…… 아, 정말 돌아버리겠네! 10시까지 아르바이트 가야 되는데 이러고 있으니…… 완전 짜증나, 씨팔. 다 틀려먹었어."

그녀는 전도사의 딸이었다. 그렇지만 그녀는 비그리스도교적인 로커(가죽옷을 입고 오토바이를 몰며 로큰롤을 듣는 젊은이—옮긴이)들과 어울려 다니는 난잡한 날라리 같은 말을 했다. 그녀가 쓰는 영어는 MTV에서 듣고 배운 것처럼 보였고, 말을 하는 동안에도 그녀는 지저분한 흑인 랩 가수 계집애처럼 머리를 흔들어댔다. 그녀는 문신을 하고 머리를 박박 밀고 다니는 세대였다. 이것들은 1년 365일 끈이나 다름없는 작은 삼각팬티를 입고, 쥐를 잡아먹어도 될 만한 긴 손톱을 지녔고, 볼록 나온 배도 "요즘 유행하는 대형 젖가슴"이라고 우기는 족속들이다. 게다가 배꼽에 피어스를 부착하여 대형 젖가슴에 왕관을 씌워주고, 한걸음 더 나아가서 꽉 끼는 작은 블라우스와 최신 유행의 더러운 청바지 사이로 자랑스럽게 커다란 배를 볼록 내밀고 다닌다. 사정이 이런데도 왜 남자들의 똥배는 "요즘 유행하는 새로운 이두박근"이라고 부르지 않는 걸까? 그녀의 검은색 구두는 앞쪽이 뾰족하게 나와 있고, 말을 하는 동안에도 그녀는 자신의 긴 손톱으로 공중을 계속 할퀴어댔다.

"근데 그 열쇠가 여기에 있는 건 확실하니?" 나는 아버지처럼 물어보았다.

"엄마가 분명 예비로 하나 갖고 있다고 했어요. 근데 그 빌어먹을 게 도대체 어디 있다는 거야, 씨팔!"

그녀는 이제 '제기랄' 수준을 뛰어넘어서 '쌍시옷'을 입에 올렸다.

"그럼 엄마한테 전화를 해보면 되잖니?" 내가 물었다.

"피유, 엄마는…… 엄마는 쇼를 만들잖아요. 쇼쇼쇼! 그래서 핸드폰이 진동으로 되어 있어요."

"쇼라니?"

"아까 본 거 말이에요. 엄마가 만든 거예요. 무슨 짓을 하는지 나보다 더 잘 알 거 아니에요!"

어머니가 텔레비전에서 허황된 명성을 쫓고 있다는 사실이 그녀에게는 상당히 고통스러운 것 같았다. 그녀가 가련하게 보였다. "내가 도와줄 수도 있어요. 당신이 집에 들어갈 수 있는 길이 있어요."

"열쇠가 없는데, 어떻게? 십자가로 열어요?"

"네, 맞아요. 우린 그 정돈 기본으로 합니다. 우선 십자가를 들고 간절하게 기도를 드려봅시다." 내가 말했다. 진짜 신부님, 완벽한 프렌들리 신부님이 이 자리에서 말씀을 나누는 것처럼 들렸다.

나는 이제 신부의 직책을 정식으로 인수하고, 발가벗은 채 가운을 입고 있어도 흉허물이 될 수 없는 지위에 올라섰다. 나는 부엌으로 들어가 서랍을 뒤져 무엇인가를 찾기 시작했다. 그녀는 놀란 표정으로 차가운 게토레이 눈을 크게 뜨고, 나를 바라보았다. 나는 프리즈미치가 나에게 유물로 직접 건네 준 스위스제 다용도 칼이나 그 비슷한 물건을 찾고 있었다. 그는 침대에서 죽지 못하고, 폭격으로 마을의 형체가 없어지는 바람에 지붕이 날아간 집의 삐걱거리는 식탁 위에서 숨을 거두었다. 한 마디로 죽음의 마을이었다. 어쨌든 스위스제 다용도 칼은 뉴욕에 두고 오지 않을 수 없었다.

잠시 후 우리는 그녀의 자동차를 탔다. 아주 낡은 시코다 파비아(Škoda Fabia. 체코의 자동차회사 스코다의 승용차 모델명칭—옮긴이)였다. 나는 성스러운 의복을 입은 상태에서 비로소 그녀의 이름을 물어보았다.

"귄홀데르."(Gunholder. 영어로 '권총집'을 뜻함—옮긴이) 그녀는 대답을 하자마자 거칠게 차를 몰았다. 길은 넓고 한산했다.

6. 난쟁이들이 사는 나라, 릴리푸트 섬

 귄홀데르는 두 개의 언덕 너머에 있는 레이캬비크를 향해 차를 몰았다. 낮고 볼품없는 건물들이 곳곳에 널려 있었다. 주변은 두브로브니크(Dubrovnik. 크로아티아의 해변도시―옮긴이)와 비슷했지만, 기분은 왠지 스플리트 시내로 들어가는 것만 같았다. 고속화도로, 광고 플래카드 그리고 스포츠 파크가 여기저기 눈에 띄었다. 경기장 안에는 사람이 빼곡했지만, 벤치에 대기 선수들은 듬성듬성 있었다. 내 고향 도시와 마찬가지로 이 도시도 '히스토리컬(historical)'한 도심과 이를 둘러싸고 여기저기에 널려 있는 '히스테리컬(hysterical)'한 근교도시로 나누어진, 이중적인 특성을 지닌 듯했다.

 이곳 사람들도 공산주의 사회에서 무엇인가를 벤치마킹을 한 것이 분명했다. 예를 들면 길을 따라 들어서 있는 아파트형 건물을 보고 있자니 머릿속으로 티토 정권 시절이 떠올랐다. 우리 가족들도 하이두크 축구장 근처에 있는 음울한 회색 괴물 같은 공동주택 속에서 산 적이 있는데, 발코니에 서면 경기장의 일부가 보이기까지 했다. 그곳에서 우리는 뉴욕의 숙소보다도 더 오래된 도시 중심지의 집으로 이사했다. 구시가지의 도로는 좁았고, 자동차의 통행이 전면 금지되어 있었기 때문에 차는 살던 곳에 그대로 남겨놓았다. 매주 일요일이면 아버지, 나 그리고 다리오 형은 우리의 자동차 유고(Yugo. 유고슬라비아에서 생산된 승용차의 모델명—옮긴이)가 잘 있는지 살펴보러 갔다. 낡았지만 정감 어린 유고는 예전에 우리가 살았던 흉물스러운 거주지의 주차장 안에 언제나 그대로 서 있었다.

귄홀데르는 자동차 전용도로를 따라 차를 몰았다. 도로의 명칭은 "크링-글뤼미라-브라위트"(Kringlumyrabraut. 레이캬비크 중심지를 남북으로 관통하는 도로—옮긴이)라고 발음되는 것 같았다. 아이슬란드인들은 사람뿐 아니라 장소의 이름도 인디언 방식으로 짓는 것 같았다. 그녀의 말에 따르면 우리는 지금 코파보귀르(Kopavogur), 그러니까 '머리 귀'라는 지역을 통과하고 있다.

"그럼 저 앞이 레이캬비크인가요?" 신부님은 이렇게 말하며 한 손으로 자신의 두꺼운 목을 조이는 로만칼라를 매만졌고, 다른 손으로 차창 밖을 가리켰다.

"네, 좀 있으면 레이캬비크에 도착해요."

"타란티노가 여기서 껄렁대길 좋아한다던데, 맞나요?"(타란티노는 오래전부터 매년 아이슬란드에서 새해를 맞이하고 있음—옮긴이) 헉. 성직자라는 인간의 입에서 이 무슨 상스러운 언사란 말인가. 나는 다급하게 다음 말을 이었다. "그러니까 레이캬비크는 타란티노가 사랑하는 도시라던데?"

그녀는 나를 한 번 흘낏 쳐다보더니 내가 혹시 사이언톨로지교(과학기술을 통한 정신치료와 윤회를 믿는 신흥종교. 1954년 미국에서 창립—옮긴이)의 신부가 아닌지, 그래서 톰 크루즈(Tom Cruise. 미국의 영화배우—옮긴이)나 존 트라볼타(John Travolta. 미국의 영화배우, 가수, 댄서—옮긴이)와 함께 휴가기간에 골프를 같이 치는, 그렇게 유명한 신부가 아닌지 추측하는 눈치였다. 그녀가 입을 열었다. "네, 타란티노는 새해에 여기 와요. 내 여자친구가 그 남자를 잘 아는데, 점잖은 신사래요."

내가 타란티노를 살해하지 않은 것은 천만다행이었다.

레이캬비크 북쪽 방향으로 만(灣)을 하나 건너 산맥이 길게 가로져 있었다. 엄청나게 큰 고래가 해변에 올라와 있는 것처럼 보였다. 그 너머로 북쪽과 동북쪽에도 높은 산들이 있었다. 등에 하얀 눈을 뒤집어 쓴 푸른색 표범이 지평선에 모습을 드러내놓고 있는 것 같았다. 표범 산들은 아주 멀리 떨어져 있었지만, 공기가 뉴욕의 트럼프타워의 통유리 창문처럼 깨끗해서 자기 구두 끝을 내려다보듯 가깝고 뚜렷하게 보였다. 바다의 푸른색은 빛을 빨아들인 듯 어두웠고, 하늘과 바다가 맞닿아 있는 곳까지 파도가 일어났다가 부서지는 모습을 볼 수 있었다. 모든 것이 크리스털처럼 투명하고 깨끗해서 얼음처럼 차가운 피를 지닌 킬러의 영혼이 투영된 것처럼 보였다.

자동차의 라디오에서 저스틴 팀버레이크(Justin Timberlake. 미국의 가수, 영화배우—옮긴이)의 노래가 흘러나왔다. "당신은 좋은 여자, 난 당신을 믿을 수밖에 없어.(You You're a good girl and that's what makes me trust.)" 도로에는 차들이 많았지만, 길거리에는 사람들이 보이지 않았다. 예전 통행금지령이 발동됐던 사라예보의 거리가 떠올랐다. 지붕 위에서 장거리 조준 사격을 할 때 이보다 더 완벽한 조건은 기대하기 어려웠다. 자동차들은 대부분 일본산 아니면 유럽산이었고, 하나같이 금방 출고된 것처럼 흠집 없이 깨끗했다. 차를 몰고 온 사람들은 모두 잘살고 있는 것처럼 보였다. 두 대 중 한 대는 예외 없이 스포츠 유틸리티 카였고, 운전대를 잡고 있는 사람들은 귄홀데르처럼 버터 빛 금발을 지닌 공주님들이었다. 도대체 저런 여편네의 남편은 지금 어디에서 뭘 하고 있는 걸까?

"최근에 여기서 전쟁이 있었나요?" 내가 물었다.

"전쟁? 아뇨. 우리나라엔 군대도 없는데."

어차피 나 혼자 북 치고 장구 치기 위한 질문이었다.

"왜 그런 질문을 하죠?"

"여기 있는 자동차들 좀 보세요, 죄다 여자들만 타고 있잖아요!"

"대부분 집에 차가 두 대예요. 한 대는 여자, 다른 한 대는 남자."

나는 옆 차선에서 달리고 있는 검은색 레인지 로버(Range Rover. 영국에서 생산되는 고가의 최고급 SUV—옮긴이) 안을 유심히 살펴보았다. 버지니아 매드슨 같은 여자가 운전석에 앉아 있었다.

"정말 그럴까! 저기 저런 차는 여자들이 타고 다닐 만한 차가 아닌데……."

귄홀데르는 기분 나쁘다는 듯 나를 째려보았다.

"아이슬란드에서는 여자나 남자나 모두 평등해요."

정색하는 그녀의 푸른 눈동자에서 광채가 이글거렸다. 최소한 자기의 말을 믿어보려고 노력하는 게 마땅하지 않느냐고 되묻는 듯한 눈빛이었다. 양성 평등! 맞다, 그런 말이 있기는 하다.

그녀는 역겹다는 표정이었다. 내가 또 다른 질문을 던져도 가능한 한 짧게 건성으로 대답했다. 네, 지금 이 계절에 5도는 약간 춥죠. 네, 10도가 정상(!)이에요. 네, 어제 밤새 파티에서 달렸어요. 네, 저스틴 팀버레이크는 이곳에서도 좀 먹어주는 편이에요.(그녀의 대답은 더 이상 대화로 이어지지 않았고, 미스터 프렌들리는 상당히 따분한 놈이니 그리 알라는 태도로 일관했다.)

우리의 차는 도시의 중심가에 도착했다. 이곳의 나무들은 키가 크고 집의 높이는 낮았으며 길의 폭은 좁았다. 왼편으로 백조들이 노니는 제법 큰 연못이 있었다. 첨탑지붕에 스테인드글라스 창문을 단 오래된 집들이 언덕 위에 서 있었다. 연말 댄스파티가 지루해진 손님들이 춤을 추지 않고 텅 빈 홀 주변에 망연자실 서 있는 것처럼 언덕 위의 집들도 연못을 얼빠진 듯이 내려다보고 있는 것 같았다. 집들은 모두 앙증맞게 작았다. 실크해트와 나비넥타이를 맨 것처럼 섬세하게 꾸며져 있을 뿐 아니라 양철로 감싸놓기도 했다. 집을 보호하는 일종의 방탄조끼였다. 저런 집은 우리 고향 마을에 세워두는 것이 좋을 것 같았다.

권홀데르는 갑자기 핸들을 홱 꺾더니 가파른 골목길로 들어서서 차를 주차했다. 녹슨 빨간색 지붕을 지닌 작은 초록색 집 앞이었다. 그녀가 사는 곳은 2층이었다.

프렌들리 신부는 어머니의 수집품 사이에서 골라 온 가느다란 칼로 문을 열기 전에 우선 문에 대고 성호를 그어 축복을 내려주었다. 그녀는 기적의 증인이라도 되는 듯 프렌들리 신부의 행동을 유심히 지켜보았다.

"자, 들어가시지요!" 나는 가능한 한 신부의 어투로 말하며 그녀에게 문을 열어주었다. 그녀는 안으로 들어갔다. 그러나 집 안은 그녀의 얼굴과는 정반대로 완전히 개판이었다. 부엌의 조리대 위에는 먹고 버린 피자상자가 산더미처럼 쌓여 있고, 방바닥에는 속옷, 청바지 그리고 티셔츠가 어지럽게 널려 있었다. 뚜껑을 닫지 않아 반쯤 굳은 립스틱, 반쯤 먹다 남은 샌드위치도 눈에 띄었다. 며칠 전에 마신 듯한 맥주병들이 여기저기 남아 있었고, 방 안에서 역한 맥주냄새가 진동했다. 그러나 특이하게도 예수의 존재가 훨씬 더 가깝게 느껴지는 곳은 귀트뮌뒤흐르와 시크리타 부부의 집보다 오히려 딸의 숙소였다. 어중이떠중이 젊은 사내자식들이 이곳에서 며칠씩 머물다 갔으리라는 것 정도는 눈치가 있는 사람이라면 쉽게 상상해볼 수 있었다.

그녀는 도시 중심지의 카페에서 서빙을 하고 있었다. 내가 했던 일과 똑같았다. 그녀는 기적을 행한 남자를 하느님의 성전으로 다시 모셔다드리겠다고 제안했지만, 나는 전혀 그 고요함 속으로 되돌아가고 싶지 않았다. 또한 그녀의 출근도 너무 늦었다. 나는 그녀를 일하는 카페까지 바래다주기로 했다. 우리는 신부님과 전도사님의 딸이었다. 그녀는 점심시간에 너무 늦은 뉴요커처럼 종종걸음을 쳤다. 미스터 프렌들리는 그녀의 걸음에 맞추기 위해 자신의 에너지를 풀가동했다. 잠시 후 미국 대사관 옆을 지나가게 되었다. 대사관은 눈에 띄지 않는 평범한 건물로 큰길에 직접 면해 있었고, 건물의 폭은 로라 부시(Laura Bush. 미국의 전 대통령 조지 부시의 영부인—옮긴이)의 미소만큼 넓었고, 건물 외벽은 그녀의 치아처럼 눈부시게 하얬다. 건물의 전면에는 감시카메라가 여섯 대나 장착되어 있었다. 가슴에 털이 난 얼간이 하나가 입구를 지키고 있었다. BUP 작전개시의 순간이었다. 나는 머리를 약간 숙이고 그녀를 대사관 쪽으로 밀고 자리를 맞바꾸었다. 그리고 귄홀데르를 인간방패 삼아 대사관 건물을 지나갔다. 갑작스러운 행동에 깜짝 놀란 그녀가 큰 소리를 질렀다. 나는 그녀의 아름다운 얼굴을 흘낏 보면서 무례한 행동을 해서 미안하다는 표정을 지었다. 나도 모르는 사이에 "씹헐"이란 말이 입 밖으로 튀어 나왔다. 이 말은 고스란히 그녀의 두 귓속으로 흘러들었다.

"신부님들은 그런 말 쓰지 않던데요."

"말로는 얼마든지 할 수 있지요, 하지만 실제로 하진 않았어요."

그녀는 빠른 발걸음을 늦추었다.

"그렇다면 지금까지 단 한 번도…… 그러니까 동정녀 같은 분이신가요?"

"그거야 뭐…… 그건 스스로 알아내셔야만 하는 문제지요." 익살스런 미소를 지으며 내가 말했다. 버터 빛 금발의 귄홀데르는 나를 물끄러미 쳐다보았다. 스스로 생각해볼 시간도 주지 않고, 그녀에게 호화 유람선 한 척을 통째로 주겠다고 제안하는 사내를 보는 것처럼 어처구니가 없다는 표정이 역력했다.

그녀가 일하는 카페는 도시의 구 시가지의 중심에 있었다. 명칭은 '카페 파리'(레이캬비크의 중심지에 실제로 존재하는 카페—옮긴이)였고, 흡연구역을 별도로 운영하는, 별 세 개짜리 스타벅스처럼 제법 고급스럽고 아늑한 곳이었다. 나는 실내로 들어온 것이 기뻤다. 1월 중순에 이스트 빌리지(East Village. 뉴욕의 중심가—옮긴이)에 있는 작은 카페에 발을 놓여놓기라도 한 것처럼 손을 계속해서 비볐다. 아이슬란드의 봄은 이런 행동도 결코 장난으로 여길 수 없을 만큼 추웠다. 귄홀데르는 앞치마를 두르고, 뜨거운 우유가 담긴 큰 잔 하나와 에스프레소가 들어 있는 작은 잔 두 개를 탁자 위에 올려놓았다. 아이슬란드 오리지널 커피 메뉴 라떼 마끼아또(Latte

Macchiato. 뜨거운 우유에 에스프레소를 얹은 커피 메뉴—옮긴이)
였다. 조금 전에 기적을 직접 봤으면서도 그녀는 아직 프렌
들리 신부와 그의 볼록 나온 배가 여전히 못마땅해서 견딜
수 없다는 표정이었다. 나는 그녀를 향해 얼간이 같은 미소
를 지었다.

"혹시 아버님께서 집 안에 무기를 놓아두지 않으시나요?"
"무기라고요?"
"네. 미국에서는 모든 사람들이 집 안에 무기 하나 정도는
놔둔답니다. 만일의 경우를 대비해야만 하니까요. 성직자라
면 더더욱 그렇습니다."

그렇잖아도 큰 그녀의 두 눈이 휘둥그레졌다.

"아이슬란드에서는 그 누구도 무기를 갖고 있지 않아요.
그만큼 안전한 나라라고요."

안전한 나라? 개뿔 같은 소리! 내가 전화 한 통화만 하면
무기도 없는 이딴 용암덩어리를 크로아티아의 식민지로 만
들 수 있다. 단 일주일 만에!

지금 시간은 수요일 오전 10시 30분. 카페의 손님은 세 사
람밖에 없고, 창밖을 지나가는 행인은 단 두 사람이었다. 도
시의 중심가가 이렇게 한산하니, 근교로 나가면 모든 것이 고
요 속에 파묻힐 수밖에 없는 것도 놀랄 일은 아니었다. 자동
차들은 슬로우모션으로 미끄러지듯이 움직였다. 저런 최고
급 지프차를 몰고 다니는 여자들의 정체를 알려고 아무리
애를 써도 나는 결국 이해하지 못할 것 같다. 프라다 선글라

스에 바비인형(성적인 매력은 있으나 멍청해 보이는 여자를 지칭함—옮긴이) 같은 헤어스타일 그리고 에어백처럼 부풀어 오른 입술, 저것들은 모두 백만장자의 마누라이거나 딸이 아니라면 도대체 누구란 말인가! 나의 여자 감정평가 기준에서 저런 여자들은 두 번째 날과 네 번째 날, 그 사이에 위치한다.

조경학을 공부하고 있었던 시절, 스위스에서 보낸 일주일이 갑자기 떠올랐다. 알프스의 어느 작은 마을에 새로 개설된 스키장으로 단체 여행을 갔지만, 그곳에서 보낸 일주일은 한 달처럼 지루하게 느껴졌다. 형편없는 백러시아(1991년에 독립한 벨라루스 공화국의 별칭—옮긴이)도 그곳보다는 훨씬 나을 것이다. 눈에 보이는 것은 고작해야 고급 헤어살롱에서 아침부터 죽치고 있는, 말쑥하게 차려입은 가정주부들이 전부였다. 그들은 미용실에서 나오면 한 끼에 100달러나 하는 점심을 먹기 위해 구찌 핸드백을 들고 동네 레스토랑으로 곧장 사라졌다. 그 후로 남편들이 근처 도시의 은행 금고 안에 안전하게 보관해 두었는지 코빼기조차 볼 수 없었다. 그 이유를 꼭 집어서 설명할 수는 없지만 그년들은 모두 스페인 여왕과 닮은 구석이 많았다. 걸음걸이부터 그랬다. 부자들은 두꺼운 지갑의 무게 때문에 평소에도 빨리 걷지 못했지만, 모피코트에 굽이 높은 구두를 신고 보석가게 앞을 지나갈 때면 '매우 느리게' 걸었다. 그래 봤자 이년들은 모두 한 묶음으로 스물여섯 번째 날이 되어야 자기 차례가 올 계집애들이다. 혹시 다섯 번째 날에 집단 강간이 있으면 그 기회에 모두 덤으로 처리해도 전혀 아깝지 않은 년들이다. 나는 〈인터내셔널 헤럴드 트리뷴〉(International Herald Tribune, 뉴욕타임스에서 발행되는 일간 신문—옮긴이)의 한 구석을 차지할 기사의 제목을 상상해보았다. "여자 열다섯 명을 강간한 대학생, 그 후에는 자위까지, 왜?"

나는 커피를 마시고 이고르의 신용카드로 계산했다. 귄홀데르는 이 사실을 알아채지 못한 눈치였다. 신부가 아닌 여행자로서 프렌들리에게 추천해줄 만한 곳이 없는지 묻자 그녀는 창밖을 가리켰다.

"웬만한 건 창밖에서 볼 수 있어요. 저게 대성당이고, 국회의사당 그리고 저기 있는 동상은 우리나라의 영웅……."

그녀는 더 말할 나위 없이 진지한 어투로 이야기해주었지만, 대성당이라고 해봤자 그 규모는 하느님이 기르는 개 집 정도에 불과했고, 국회라는 것도 내 아버지가 고르스키 코타르(Gorski Kotar. 크로아티아의 산악지대—옮긴이)에 갖고 있는 주말농장보다 작았다. 나는 릴리푸트 섬(『걸리버 여행기』에 나오는 소인들이 사는 섬—옮긴이)에 도착해 있었다. 도시의 중심가를 거닐어보려고 했다. 하지만 그 크기는 3×3개의 블록에 지나지 않았다. 중심가에서 길을 잃고 헤맬 위험성보다는 중심가인지도 모르고 그냥 지나쳐 갈 염려가 더 컸다.

이러한 도시에서 BUP 원칙을 어떻게 지키란 말인가?

나는 사냥용품 가게 앞을 어슬렁거리며 지나가다가 총기를 보자마자 가게 안으로 불쑥 들어갔다. 점원은 점잖게 보이는 신사였는데, 박제된 사람마냥 두 눈만 반짝거렸다. 나는 단발 발사용 피스톨이 있는지, 연속 발사용 리볼버가 있는지 물었다. 또한 어떤 총기를 보여주건 간에 속사가 가능한 것이어야 한다고 덧붙였다. 그는 나를 잠시 물끄러미 바라보더니 '이 신부님이 영혼 사냥을 못해 안달이 났나'라고 생각했는지 목소리를 가다듬고 옥스퍼드 정통 영어로 자신은 사냥용 장총만 팔 뿐 권총은 팔지 않는다고 했다.

"오케이. 그럼 피스톨을 사려면 대체 어디로 가야 됩니까?"

"유감이군요. 어디에서도 팔지 않습니다. 적어도 상점에는 없습니다."

아이슬란드인들은 정말 알다가도 모르겠다. 이 사람들, 과연 제정신일까? 군대가 있느냐? 없다. 피스톨이 있느냐? 없다. 가진 건 정말 쥐뿔도 없다. 눈에 보이는 것이라곤 오로지 최고급 럭셔리 지프를 몰고 다니는 예쁘장하게 생긴 암컷들뿐이다. 가랑이 사이만큼 따뜻한 차를 타고 북극의 메트로폴리스 레이캬비크를 돌아다니며 기껏해야 로만칼라를 한 신부님을 만나게 될 꿈에 부풀어 있다.

피스톨은 구할 수 없었다. 나는 스위스 포켓용 군용 칼로 만족하기로 했다. 예전에 내가 갖고 있던 것과 겉모양이 매우 비슷했다.

프렌들리 신부도 가족들이 있을 거야? 부인과 아이들도 있겠지? 아, 부질없는 생각! 대체 내가 뭐 때문에 그딴 걸 신경 쓰지? 나는 지금까지 내 직업 때문에 희생된 제물들이 어디서 뭘 하는 놈인지 전혀 알지 못했고, 지금도 여전히 알고 싶지 않다. 이건 전쟁하고 마찬가지다. 적이 나타나면 아무런 생각 없이 쏴 죽이듯 눈앞에 구멍을 뚫어야 할 대갈통이 보이면 그냥 구멍을 뚫으면 그만이다. 그놈이 왜 죽음을 자초한 것인지 내가 알 바 아니다. 개중에는 십일조를 바치지 못하겠으니 배 째라고 덤빈 놈들이 대부분이었고, 디칸에게 배달되는 걸 중간에 가로챘거나 이런저런 마피아 모임에서 디칸과 똑같은 넥타이를 맨 놈들도 있을 것이다. 하지만 프렌들리 신부를 골로 보낸 건 보통 때와 달랐다. 내 목숨을 구하기 위해 죽인 것이다. 전혀 프로답지 못한 행동이었다.

레이캬비크는 인류 역사상 가장 규모가 작은 수도인데도 (아이슬란드 전체 인구 약 30만 명 가운데 약 1/3이 수도에 거주하고, 면적은 서울시의 절반에 약간 못 미침―옮긴이) 이곳에 사는 사람들은 자신들이 뉴요커라도 되는 듯 몹시 서두르고 빨리 움직인다. 여유를 부리다가 골드만삭스의 면접시험에 지각이라도 하면 큰일이라는 듯 모두 종종걸음을 친다. 이 모든 것의 원인은 틀림없이 기후 때문이다. 몸이 얼어붙는 추위 속에서 벤치에 널브러져 있는 족속들은 알고 보면 너무 술에 취해서 추위를 못 느낄 뿐이다.

아이슬란드인의 얼굴은 둥글넓적하고, 코가 작은 것이 특징이다. 둥글게 뭉쳐놓은 눈사람 얼굴에 작은 조약돌을 하나 박아놓은 것 같다. 각각의 민족마다 얼굴의 한 부분이 유별나게 생겼는데, 크로아티아인이 속한 슬라브 족은 코가 크고 마약탐지견처럼 후각이 발달했다. 문제가 발생하면 그들은 12세기까지 거슬러 올라가 냄새를 맡아낼 수 있다. 아프리카인들은 입술이, 아랍인들은 눈썹이, 미국인들은 턱이, 독일인들은 콧수염이, 영국인들은 치아가 그리고 태국인들은 머리털에 특징이 있다. 아이슬란드인들은 뺨을 보면 알 수 있다. 내가 마주친 몇몇 아이슬란드인들의 얼굴에서 맨 처음 눈에 띄는 것은 호빵맨 같은 두 뺨이었다. 그 사이에 구멍이 하나 뚫려 있고, 그 위로 눈이 각각 하나씩 붙어 있다.

아이슬란드인들의 생김새는 볼품이 없지만, 영어는 나보다 잘했다. 세 사람에게 길을 물어본 끝에 나는 시내의 서점을 찾아냈다. 47만 권의 책이 진열되어 있었고, 모두 아이슬란드어로 되어 있었다. 이곳에서는 인터넷도 이용할 수 있었다. 턱수염을 기르고 박식하게 보이는 남자가 인터넷 이용 카드를 내주었고, 나는 사용자 번호를 컴퓨터에 입력했다. 광활하게 넓은 세계가 활짝 열렸다. 성직자 데이비드 프렌들리는 버지니아 주 리치먼드에 있는 성공회 교회에 소속되어 있다. 아, 아니다. 그건 예전의 일이었다. 지금은 신부가 아니라 CBN에서 독자적인 TV-쇼, 〈프렌들리 타임〉에 고정 출연하고 있다. 기독교 방송 네트워크인 CBN(Christian Brodcasting Network. 기독교인 시청자를 대상으로 건전한 가정용 오락프로그램을 제공하는 미국의 TV 방송국—옮긴이)은 정신병자 팻 로버트슨(Pat Robertson, 미국의 유명한 근본주의 기독교 신부—옮긴이)의 소유물이고, 그는 과거에 대통령 후보였고 낙태와 동성애에 대한 극단적인 편견과 증오심을 영원히 버리지 못할 위인이었다. 프렌들리의 사진이 한 장 인터넷에 올라와 있었다. 뚱뚱한 몸집이었다. 만면에 가득 미소를 짓고 작은 안경을 쓰고 있었다. 자아도취적인 인간으로 보였다. 행복한 웃음을 짓고 있는 아이들이 그의 주변을 둘러싸고 있었다. 한 녀석만 흑인이고 모두 백인이었지만, 아무리 봐도 알리바이용인 것 같았다. 또 다른 인터넷 사이트에서 프렌들리는 동성애 부부를 위한 축복의 기도를 거부한다는 입장을 밝혀놓고 있었다. 아직까지도 동성애 반대론자가 남아 있다니! 제 명에 뒈지고 싶지 않아서 환장을 한 모양이다.

나는 구글에서 그의 이름을 여러 가지 검색어를 동원해 찾아보았다. 살인, 타살, 암살, 죽음, 시체, 하지만 검색결과가 없었다. 그의 건장한 육신은 아직까지 뉴스에 노출되지 않은 듯했다. 뚱뚱한 동성애 반대론자가 자신의 양말, 팬티 그리고 바지를 그대로 입은 채로 존에프케네디 공항 남자화장실에 남겨져 있었지만, FBI 놈들은 아직까지도 신원을 확인하지 못했다. 나는 마지막으로 프렌들리가 어느 인터뷰에서 한 말을 찾아냈다. "미 상원의원 커번(Tom Coburn. 공화당 상원의원이자 전직 의사—옮긴이)은 생명을 경시해서 낙태한 여성뿐 아니라 자살을 시도한 사람들도 이에 상응하여 사형에 처해야 한다는 주장을 했는데, 저는 이렇게 얘기하는 사람들의 심정을 어느 정도 이해할 수 있습니다."

프렌들리 신부님은 내가 시체가 되기를 원한다.

7. 몸조심해요, 아빠

나는 카페 바레인(Bahrain)에 앉아 있다. 정말이다. 아랍 분위기는 아니지만 어쨌든 이곳 이름은 카페 바레인이 맞다. 낡아서 삐걱거리는 의자에 하루 온종일 죽치고 앉아 있어도 세 번째 날에 꾀고 싶은 아가씨들이 찾아들 것 같지는 않았지만, 그런대로 아늑한 곳이었다. 하지만 너무 많은 사람들이 담배를 피우고 있다. 몇 년 전부터 담배 연기가 자욱한 술집에 가지 않은 탓에 나는 따가운 눈을 연방 비벼댔다. 내 모습이 안타까워 보였는지 술집에서도 곧 금연법이 시행될 것이라고 말해주는 사람까지 있었다. 만약 크로아티아에서 술집 금연법이 발의된다면 어떤 일이 벌어질까? 금연법이 통과되기도 전에 전쟁이 벌어질 것이다. 혹시 전쟁이란 파국을 맞이하지 않고 50년 정도 논의가 계속 진행된다면 건강한 공기를 위한 금연법이 통과될 수도 있을 것이다.

나는 유배지에서 맞이한 첫날을 기념하고 있다. 이제 다섯 번째 맥주를 주문했고, 시간은 저녁 8시가 가까웠지만 바깥은 아직도 대낮처럼 환했다. 태양은 지평선 아래로 떨어지는 것을 한사코 거부하고 있었다. "태양은 밤새도록 깨어 있답니다," "우리하고 마찬가지예요." 바텐더 시기(Siggy)와 헤들 G.(Hell G.)가 돌아가면서 말했다. 이 두 놈은 옷차림이 단정치 못한 아이슬란드 놈들이었다.

"레이캬비크의 밤은 원래 두 종류로 나뉩니다. 4월부터 9월까지는 밝고, 10월부터 3월까지는 조금 어둡습니다." 그들이 말했다.

"그럼 어떤 저녁이 더 재미있나요?"

"밝은 게 물론 좋지요. 아이슬란드 여자들은 어둠 속에서 하는 걸 싫어하거든요." 두 사람은 큰 소리로 웃었다.

그들은 나보다 젊고 날씬하고 머리카락도 많았는데, 굴뚝처럼 담배를 피우며 신부와 함께 술을 마신다는 것은 "완전 짱"이라고 했다. 성직자는 그들에게 이곳에서는 낙태와 동성애자의 권리가 어떻게 다루어지는지, 아이슬란드는 사형을 찬성하는지 물었다. 낙태 찬성, 동성애자 인정, 사형 반대였다. 아이슬란드는 낙태를 찬동하는 동성애자들의 천국이었고 사형도, 총기도 없었다. 상황이 이 정도라면 프렌들리 신부에게도 할 일이 좀 있을 것도 같다.

"우리가 동성애자 퍼레이드를 펼치면 아이슬란드 독립기념일보다도 사람들이 더 많이 모인답니다."

프렌들리 신부는 잠자코 듣기만 했다. 그러나 신부의 마음속에서는 동성애를 증오하는 천사가 분노로 몸을 떨었고, 나는 이 감정을 억제하기 위해 애를 썼다. 신부는 고개를 끄덕이고 로만칼라를 매만져서 바로 세웠다.

뭣 때문에 내가 이 빌어먹을 멍청한 칼라를 달고 다니는 거야? 그 따위 엿 같은 신부 새끼는 그냥 무시해버리고 내 이름으로 호텔에 체크인할 수도 있었는데! 이게 무슨 꼴이야. 아, 아니다. 그건 아니 될 말씀이다. 신부 새끼를 살려둔 건 잘한 일이야. 이 녀석이 레이캬비크 공항에 나타나지 않았다면 이곳의 전도사 친구들이 신부의 가족들에게 알렸을 거고, 그럼 똥물이 사방팔방으로 튀었을 거야. 따라서 오늘 일용할 말씀은, 나는 신부 역할을 계속해야 한다는 것이다.

"살인 사건은 어떻습니까? 여기서 살인은 일 년에 몇 건이나 일어납니까?" 내가 물었다.

"살인이요?" 그들은 놀란 표정으로 되물었다.

"네, 매년 얼마나 많은 게이들이 뒈지느냐고요. 그걸 묻는 겁니다."

"게이요? 제 생각으론 아무도 없는데." 헤들 G.가 말했다. 성직자의 입에서 상스러운 말이 불쑥 튀어나오자 약간 충격을 받은 눈치였다.

"아, 그렇군요. 그렇다면 보통 살인사건은요? 보통 사람들은 얼마나 많이 살해당하죠?" 프렌들리가 말을 이어갔다.

"기껏해야 한 사람 정도, 하지만 살인사건이 없는 해가 더 많아요." 시기가 말했다.

오늘 아침 내 느낌이 역시 옳았다. 내가 있는 지금 이곳이 바로 천국이었다. 군대도 없고, 살상무기도 없고, 살인도 없고…… 뿐만이 아니라 홍등가도 없다. 내가 새로 사귄 이 친구들은 레이캬비크는 매춘부가 없는 도시라고 했다.

"아이슬란드에는 말입니다, 창녀가 없어요. 그래서 우리가 EU로 여행을 가면 빨간 집에 들를 건 뻔할 뻔자지요." 말이 끝나자마자 그들은 큰 소리로 웃었다.

그러니까 섹스는 공짜다. 하지만 거기까지 가기 위해 마셔야 하는 맥주는 눈알이 튀어나올 정도로 비쌌다. 다섯 번째 날에 꾀고 싶을 정도로 매력적인 서점 아가씨가 소개해준 이 술집에 들어와 몇 시간 동안 마신 술값만 따져도 족히 아이패드(iPod, 애플이 생산하는 MP3 플레이어―옮긴이) 한 대는 통째로 살 수 있었다. 맥주 두 잔을 마시고 나서 알게 된 사실은 카페 바레인은 몇 년 전에 상영된 히피 영화에서 주요 무대였고, 그 덕분에 전국에서 가장 유명한 술집이 되었다는 것이다. BUP를 고려하면 최적의 장소는 아니었다. 그러나 난쟁이의 나라 릴리푸트 섬에 표착한 걸리버에게 남의 눈에 띄지 마라는 건 너무 무리이지 않은가?

"돈 내고 섹스를 할 수 없다, 그렇다고 자살할 수는 없는 노릇이고…… 그럼 남아 있는 방법은 뭔가요? 마약?"

잠시 침묵이 흘렀다. 둘은 이 목회자는 나쁜 부모를 만나지 않은 것 같다고 생각하는 표정이었다.

"네. 물론이죠." 시기가 이방인에게 당당하게 말했다. "이곳에서 마약은 별다른 규제가 없습니다."

헤들 G.가 덧붙였다. "게다가 우리는 소설 속에서 살인사건을 숱하게 경험합니다. 몇 년 전 이곳 아이슬란드에도 아르드날뒤르 인드리다손(Arnaldur Indriðason) 같은 훌륭한 탐정소설가가 등장했습니다. 아르드날뒤르뿐 아니라 아바르 오른 요세프손(Avar Orn Josepsson), 빅토르 아르드나르 잉골프손(Viktor Arnar Ingolfsson), 이르사 시귀르다르도티르(Yrsa Sigurðardóttir), 아르디 소라린손(Arni Thorarinsson) 같은 작가들도 있지요."

아이슬란드 사람들의 이름은 스커드 미사일(러시아의 전술용 핵미사일—옮긴이) 같은 느낌을 준다. 미사일은 이미 목표에 도달했지만, 연기 꼬리는 한동안 공중에 남아서 여운을 주는데, 아이슬란드 사람들의 이름이 딱 그렇다.

살인사건이 없는 나라에서 활약하는 탐정소설 작가라니 놀라운 일이 아닐 수 없다. 소설 속 살인자의 손에 피스톨을 한 자루 쥐어 주는 것, 그것 하나만 따져도 천재적인 상상력이 필요한 일일 텐데. 두 바텐더는 아이슬란드가 좋은 점들을 일일이 열거하면서도 그렇다고 이곳의 삶이 일요성경학교가 아니라는 점을 성직자에게 설명하려고 애를 썼지만, 나는 귀를 기울이지 않았다.

상당히 피곤했다. 알코올이 들어가자 시차증이 더 심해지는 것 같았다. 내가 묵고 있는 집의 선량한 주인들은 지금 뭘 하고 있을까? 지금쯤 분명 방송을 하고 있을 것이지만, 귀트뮌뒤흐르는 나에게 전화를 하지 않았다. 미국 대사관의 재수 없는 자식들이 내 얼굴을 카메라로 잡지 않았기를 바랄 뿐이다. 하지만 내 얼굴이 담긴 포스터가 대사관 안의 모든 벽에 도배되어 있을 것이다. 나는 FBI 놈들 중 한 놈을 죽였다. 더 정확하게 말하면 67번째 작업을 통해 미국의 공동묘지에 십자가를 하나 더 추가해 놓았으니 길거리의 지명수배 벽보에 내 얼굴이 올라와 있어도 전혀 이상한 일이 아니다. 67명이 모두 미국 취업허가증을 가진 녀석들은 아니었다. 내가 제대로 기억하고 있다면 대부분 탈리아 놈들이었지만 러시아 놈들도 적지 않았고, 세르비아 놈들도 제법 있었다. 뿐만이 아니다. 스웨덴과 노르웨이 놈도 하나씩 섞여 있었다. 제대로 된 미국 놈이 눈에 띄지 않았다는 건 정말 특기할 만한 일이지만, 나는 이 사실에 대해서 지금껏 입도 뻥긋하지 않았다. 어쨌든 간에 그놈들은 사각형 얼굴에 볼따구니가 햄버거처럼 부풀어 있었으니 미국 놈이나 다름없었다. 이렇게 많은 미국 놈들을 차례차례 죽인 킬러가 또 어디 있을까? 그러고 보면 나는 알카에다(사우디아라비아 출신의 오사마 빈 라덴이 조직한 국제 테러단체—옮긴이) 명예회원으로 추대될 만한 자격이 충분하다.

맞다. 나는 긴급수배를 당한 범죄자들 가운데 하나가 틀림없다. 이곳에서 유배생활을 하고 있는 몸이나 다름없다는 걸 잊어서는 안 된다. 나는 언제나 BUP 원칙을 지켜야만 하고, 내 이름은 현재 데이비드 프렌들리이다.

갑자기 한 사람의 목소리가 들렸다. 익숙한 목소리였다.

"미쳐! 정말 여기 있었네! 나 참, 대체 여기서 뭐하는 거예요? 아빠가 당신을 찾겠다고 사방팔방 뒤지고 다녔어요. 나한테도 두 번이나 전화했다고요. 당신은 지금 텔레비전에 나와 있을 시간인데!"

눈부신 파티 복장을 입은 권홀데르가 구석에 앉아 있는 나를 발견하고 말했다.

"오오우, 안뇽. 너희 아빠는 나한테 전화하지 않았는데." 나는 술에 취해 혀가 꼬인 목소리로 웅얼거렸다.

"안 했다고요? 지금 핸드폰 갖고 있기나 해요?"

나는 외투와 상의를 뒤져 보았다. 핸드폰이 없다. 신선한 버터 빛 금발 여자는 책가방을 잃어버린 아들을 지켜보는 엄마의 눈빛으로 나를 물끄러미 바라보았다. 시기와 헤들 G.는 추위에 얼어붙은 바다오리처럼 아무 말도 하지 않고 우리 둘을 지켜보았다.

"됐어요." 그녀가 말했다. "아빠한테 전화할게요."

맥주 반잔을 마실 만한 시간이 흐른 뒤 귀트뮌뒤흐르가 직접 술집에 나타나서 나를 바라보았다. 그는 크리스마스에 백화점 장식용으로 세워놓은 순록처럼 보였다. 뿔은 번쩍거리고 두 눈에서 광채가 이글거렸다. 그러나 지옥의 불에 이미 한 발 들여놓은 전도사 동료 앞에서 미소를 잃지 않으려고 애쓰는 모습이 역력했다. 그는 나에게 손을 내밀었고, 나는 그 손을 잡았다.

"아니, 프렌들리 신부님. 정말 여기 계셨군요." 언제나처럼 그는 친절함의 화신이었다. "제 딸아이가 오늘 아침에 신부님께서 도와주셨다고 하던데."

"네. 진정한 믿음 앞에 열리지 않는 문은 없습니다." 나는 맥주 취기가 올라 불콰한 미소를 지었다.

"하지만 신부님은 핸드폰을 잊고 가셨더라고요. 저희 집에 말입니다. 제가 집에서 전화를 했는데, 위층 신부님 방에서 벨 소리가 나더군요."

그는 행복에 겨운 어린아이처럼 깔깔 웃었고, 나도 같이 따라 웃었다. 귀트뮌뒤흐르는 더할 나위 없이 착한 인간이었다. 이런 인간들은 면상을 총으로 갈겨버리거나 따라 웃을 수밖에 없는데, 지금 나는 총이 없다.

"서두르셔야 합니다. 20분 후에 방송이 시작되니까요." 그가 말했다.

"오, 그래요? 오케이. 그것 참 안타깝게 됐네요."

내가 얼마나 취했는지, 아직도 눈치 채지 못했단 말인가? 내가 어떤 상태이든 간에 자기 쇼에 지금 당장 출연하기를 원한단 말인가? 그는 금발의 아리따운 딸과 작별했다. 귄홀데르는 옆 테이블에 앉아 있는 한 여자친구 앞에 앉았다. 두 번째 날에 꾀고 싶은 브뤼네트(Brunette, 17~18세기에 프랑스에서 유행한 통속적인 노래, 갈색머리의 귀여운 아가씨가 소재가 됨—옮긴이) 아가씨였다. 타란티노를 작업리스트에 올려놓았다는 바로 그 여자친구인 것 같았다. 귄홀데르는 자리에 앉자마자 왼손에 든 담배를 빨면서 오른손으로 와인 잔을 들어 입가로 가져갔다. 귀트뮌뒤흐르는 딸에게 작별인사를 하려다가

이 모습을 지켜보고 순간 멈칫했다. 그의 입술은 자세히 지켜보지 않으면 눈치 채지 못할 정도로 미세하게 떨리고 있었다. 가장 두껍다는 양장제본 킹 제임스 성경책으로 뺨을 후려치고 싶은 욕망을 억누르고 있는 것처럼 보였다. 그는 가까스로 분노를 억제하고 아이슬란드어로 딸에게 작별인사를 건넸다. 그녀는 어쩔 수 없다는 듯 마지못해 고개를 들고, 중오에 찬 눈빛으로 아빠의 얼굴에 담배연기를 푸우 내뿜으며 쌀쌀맞은 목소리로 말했다. "몸조심해요. 아빠."

그녀의 인사는 사실상 "안녕, 아빠"란 뜻에 불과했지만, 그녀의 매력적이고 독특한 억양은 킬러의 심장이라도 누그러뜨릴 것만 같았다.

귀트뮌뒤흐르와 나는 밖으로 나와 길을 떠났다. 얼음장같이 차가운 밤이었지만 문이 열린 냉장고 안처럼 밝았다. 유럽에서 가장 뜨거운 파티가 열리는 도시라는 곳이 이렇게 춥다니, 지구 온난화 걱정은 기우에 지나지 않을 것 같다. 귀트뮌뒤흐르의 승용차는 도시 중심지를 빠져 나와 새롭게 개통된 것처럼 보이는 자동차전용도로를 달렸다. 군데군데에 새로 지은 고층 공동주택이 눈에 띄었고, 그 너머로 도시를 둘러싸고 있는 산들이 등성이에 눈을 인 채 햇빛을 받아 눈이 부셨다. 바다 위에서는 갈매기들이 한 등대에서 또 다른 등대로 바쁜 날갯짓을 하고 있었다. 연푸른 하늘 위에 가득 걸려 있는 작은 잿빛 구름들이 도시 위를 흘러가고 있었다. 대부분 인간의 정자처럼 긴 꼬리를 달고 있었지만, 작은 고래처럼 생긴 것도 있었다. 나는 전도사의 질문에 그럴듯한 대답을 하기 위해 머리를 굴렸다.

"전 정말 아무것도 할 수 없었어요. 당신 전화번호도 없고 따님한테 전화번호를 물어본다는 것도 깜박했습니다. 그 바람에 그 카페에 들어가 있는 것 이외에는 별다른 방법이 없더라고요. 몇몇 아이슬란드 사람들하고 이야기를 나눠봤는데, 아주 친절하더군요."

"저런, 하지만 레이캬비크에 있는 카페는 위험한 곳이니까 조심하셔야 합니다." 그는 미소를 지으며 말을 마치고 이내 너털웃음을 터뜨렸다.

그 너털웃음은 그 자신도 한때 술주정뱅이였지만 지금은 주님께서 젖은 빨래를 밖에 내걸어 말리듯 알코올중독 기운을 보송보송 말려주시고 텔레비전 방송국까지 마련해주신 것을 암시해주는 듯했다. 하지만 그의 웃음은 멈출 줄 몰랐다. 그는 지옥의 어두침침한 골방에서 술과 담배에 찌든 자신의 딸을 발견하고 아직도 심적인 고통에서 헤어나지 못한 것 같았다. '화냥년의 옷차림'을 한 딸을 두 눈으로 확인하고, 그 충격을 웃음을 통해 애써 감추려고 했다. 프렌들리 신부의 소임은 의식하고 있는 것보다 더 큰 영향력을 나에게 행사하고 있는 듯했다. 내가 보기에도 조금 전의 광경은 결코 아름답지 못한 장면이었기 때문이다. 그녀의 두 눈에서 불꽃이 튀었고, 반쯤 벌어진 입은 고통인지 환희인지 구분이 되지 않았다. 그녀는 영락없이 악마의 딸이었다. 나도 그를 따라 웃으려고 애를 썼다.

"누가복음 21장에 이르기를 '너희는 스스로 조심하라. 그렇지 않으면 방탕함과 술 취함과 생활의 염려로 마음이 둔하여지고 뜻밖에 그날이 덫과 같이 너희에게 임하리라'라고 하셨습니다." 전도사가 말했다. 차는 뉴욕 브루클린 같은 거리로 꺾어 들어갔고, 그곳에는 3층 집들이 들어서 있었다. 나를 염두에 두고 인용한 성경구절일까? 어느 건물의 뒤편에 그가 차를 주차했을 때 신부의 칼라가 덫처럼 목을 죄었다.

"윌리엄 브랜험(William Branham, 1909~1965, 믿음을 통한 치유와 예언의 기적을 행했다고 알려진 미국의 전도사—옮긴이) 형제를 아시지요?" 자동차에서 내려 집으로 걸어가는 길에 전도사가 물었다.

"네, 당연하지요." 프렌들리 신부는 알코올의 힘을 빌려 단호하게 말했다.

프렌들리 신부의 아이슬란드 동료는 갑자기 걸음을 멈추더니 매우 흥분한 어조로 물었다. "그분의 예언을 믿으시지요?"

"네…… 뭐, 알고 있기는 합니다."

"그분이 했던 말씀도 기억하고 계시겠군요? 로스앤젤레스가 바다 밑으로 가라앉고 길거리에는 상어들이 헤엄칠 거라는 예언 말입니다."

"흐음…… 그랬지요."

"정말 놀라운 일이 일어났어요. 그분의 말씀과 똑같은 꿈을 바로 어젯밤에 꾸었답니다. 꿈속에서 자동차를 타고 갔는데, 바로 저 자동차였어요." 그는 자신의 은색 랜드크루저를 손으로 가리켰다. "이곳 레이캬비크를 달리고 있었는데 갑자기 바로 옆에서 엄청나게 큰 고래가 헤엄을 치고 있더라고요. 얼마나 빨리 헤엄을 치던지 제 차를 앞지르기까지 했어요. 고래가 길 위에 있다니요! 자동차처럼 말입니다. 고래가 옆으로 다가와 저를 바라보며 말을 걸었는데, 창문을 열어놓지 않아서 무슨 말인지 알아들을 수가 없습니다."

귀트뮌뒤흐르는 프렌들리 신부를 똑바로 바라보았다. 자신의 꿈이 기독교 역사에서 하나의 전환점이 될 거라는 해석을 미국에서 건너온 믿음의 형제에게서 듣고 싶어하는 눈치가 역력했다.

"오우!" 나는 하느님의 계시를 구하는 듯이 하늘을 올려다보며 말했다. 고래 모양의 구름이 우리 머리 위로 지나가고 있었다. 나는 어린이 만화영화 속으로 순식간에 빠져든 느낌이 들었다. 바다 밑에 자리를 잡고 앉아, 활기가 넘치는 빨간 씬벵이 물고기 무리의 이야기를 더빙을 통해 듣는 것 같았다.

"그것 참! 정말 놀라운 일입니다." 내가 말했다. "브랜험 씨한테 전화를 해서 물어보시는 게 어떻겠습니까? 그분이라면 혹시……"

"브랜험 형제는 1965년에 죽었는데, 잘 아시잖아요?"

헉, 제기랄.

"물론이지요. 제가 말씀드린 건 전화통화를 의미한 게 아닙니다. 그러니까…… 영적인 통화 말입니다." 내가 말했다.

아, 아니 프렌들리 신부가 말했다.

"영적인 통화라고요?"

"네, 그렇습니다. 리치먼드의 우리 교회에선 정기적으로 영적인 통화를 하고 있습니다. 매주 화요일 저녁에 신자님들이 오셔서 죽은 친인척들과 대화를 나누는데, 인기가 아주 좋습니다. 사람들은 그런 걸 참 좋아합니다. 제가 하는 일은…… 전 일종의 교환기 같은 역할을 해서 죽은 친인척과 신자들을 연결해주는데…… 이 모든 건 물론 주님을 통해서 이루어집니다."

그는 큰 소리로 웃기 시작했다. 왠지 불안했다.

"저는 성공회 교회는 잘 알지 못합니다만, 우리 교회에서는 죽은 사람과 대화를 나누지 않습니다. 그런 건 이단이라고 여기거든요." 그가 말했다.

"그렇군요. 하지만 그건 말입니다…… 아시겠지만, 우리가 죽은 사람들한테 영적인 통화를 청하는 게 아니라 그 반대입니다."

해가 떠 있는 봄날 저녁, 기온은 섭씨 1도를 넘지 않는 것 같았다. 우리는 북대서양 한가운데에 있는 이름 모를 집의 뒷마당 주차장에 서 있었다. 전도사 귀트뮌뒤흐르 그리고 프렌들리 신부. 우리는 서로 낯선 사이였지만 한 사람은 주님에, 다른 한 사람은 맥주에 취해서 허무맹랑한 이야기를 나누고 있었다.

"최후의 심판이 눈앞에 다가왔도다. 14년 전부터 제 쇼에서 저는 이 말을 입에 달고 살았습니다. 우리한테 지금 남아 있는 시간은 정말 별로 없습니다. 이젠 확실히 말할 수 있습니다. 곧 심판의 날이 닥칩니다. 며칠을 넘길 수 없습니다." 그가 말했다. 기독교 근본주의자의 광기 어린 눈빛이 내 얼굴에 뜨거운 열기를 뿜어냈다. 그는 자신의 메시지가 나에게 전달되었다는 확신이 완전하게 들 때까지 시선으로 나를 붙잡아 놓을 기세였다.

나는 그에게서 고개를 돌렸다. 그제야 뜨거운 열기에서 벗어난 것 같았다.

8. 좋은 친구들

"안녕하십니까, 형제자매 여러분, 저희 방송을 찾아주셔서 감사합니다! 오늘 저녁에는 특별히 아주 귀한 손님을 모시고 여러분을 찾아뵙게 되어 기쁘게 생각합니다. 손님과 함께하는 자리이기 때문에 오늘 방송은 영어로 진행하겠습니다. 프렌들리 신부님을 여러분께 소개합니다. 신부님은 오늘 이 자리를 위해 미국에서 이곳까지 먼 길을 마다하지 않으셨고, 여러분이 '아멘' 그리고 '설교 채널'에서 보셨던 팻 로버트슨 신부님과 절친한 분이시고, CBN에서 '프렌들리 타임'이라는 굉장히 인기 있는 프로그램을 진행하고 계시는데, 세계적으로도 알려진 전도사님이십니다. 살아계신 하느님에 대한 믿음 속에서 진정한 우리의 친구이시고, 버지니아 리치먼드에서 여기까지 찾아주신 프렌들리 신부님을 진심으로 환영합니다."

"감사합니다, 귀트뮌뒤흐르 전도사님, 초대해주셔서 감사합니다."

"참, 여러분께 미리 말씀드릴 것이 있는데 프렌들리 신부님은 유고슬라비아…… 유고슬라비아…….."

"억양."

"네, 맞습니다. 신부님의 영어에는 유고슬라비아 억양이 있습니다. 유고슬라비아가 아직도 사회주의였던 어려운 시절에 신부님은 수년간 하느님의 복음을 전파하는 큰 역사를 이루어내셨습니다. 할렐루야."

그는 양손을 옆으로 세워 벌렸다. 순간적으로 내가 옆으로 한 걸음 몸을 피했기에 망정이지 하마터면 머리를 맞을 뻔했다. 우리는 하얀색 설교대 앞에 서 있었다. 뒤편에는 푸른색 커튼이 쳐져 있었고, 우리의 눈앞에는 텔레비전 스튜디오 장비가 어지럽게 놓여 있었다. 스튜디오 안에 있는 사람을 세어보니 모두 다섯 명이었다. 한 남자는 카메라 뒤에, 시크리타는 문 옆에 서 있었고, 세 명으로 구성된 관객은 내가 자신들의 영혼을 구원해주기를 이제나저제나 기다리고 있었다.

"프렌들리 신부님, 사회주의자들은 하느님을 믿지 않지요? 그렇죠?"

"네, 옳으신 말씀입니다! 사회주의 국가가 더 이상 이 세상에 존재하지 않은 것도 바로 하느님을 믿지 않기 때문입니다."

"네, 맞습니다. 그런데도 이곳저곳에서 사회주의국가가 아직까지도 발견되고 있습니다." 전도사가 재미있다는 미소를 지으며 말했다. 자신이 똑똑하다는 것을 과시하는 표정이었지만, 자기가 지닌 영민함을 감출 수 있을 만큼 똑똑하지 못한 하수나 짓는 미소였다. 정말로 웃기는 코미디였다. 나는 말을 이어가면서 웃음보를 터뜨리지 않기 위해 혼신의 힘을 다해야만 했다. "그러나 저들은 몸을 감추고 있습니다. 그렇습니다. 저들은 안타깝게도 하느님이 없는 어둠 속으로 숨어들었습니다!" 나는 동정심이 넘치는 전도사처럼 열광적으로 말을 이어갔다. "저들은 빛으로 나올 생각을 감히 하지 못합니다! 하느님께서 내려주시는 은총의 빛, 고개를 들어 하느님을 우러러보면 쏟아져 내리는 빛, 하느님과 함께하는 영광의 빛을 거부하고 있습니다! 그러나 우리는 이곳 아이슬란드에 있습니다. 여기 이곳은 빛의 섬입니다. 하느님께서 긴긴밤에도 쉬지 않고 빛을 밝혀주시는 은총의 섬입니다. 하느님께서 빛으로 밤을 물리치고 환하게 밝혀주셨습니다. 저는 여러분께 말씀드릴 수 있습니다. 여러분은 복을 받으셨습니다. 그걸 아시고 감사해야만 합니다. 여러분은 행복한 사람들입니다. 여러분은 하느님의 나라에 살고 계십니다. 이곳은 살아계신 하느님의 나라입니다. 할렐루야!"

내가 지금 뭔 소리를 지껄이는 거야? 제멋대로 움직이고 있는 혓바닥은 이미 통제 불능 상태였다.

"네, 그렇습니다. 프렌들리 신부님. 유고슬라비아에서 하셨던 사역에 대해서도 말씀을 좀 해주시겠습니까? 전쟁이 일어나기 전이었지요?"

"네, 전쟁이 일어나기 전이었습니다. 티토가 아직 유고슬라비아의 대통령이었고, 유고슬라비아가 오늘날 여러분이 알고 있는 크로아티아, 슬로베니아, 보스니아-헤르체고비나 등으로 분리되기 전이었습니다."

맙소사, 내가 지금 도대체 무슨 말을 한 거야? 티토가 죽었을 때 프렌들리는 열다섯밖에 안됐잖아!

"억압과 구금의 시대였습니다. 제 아버지가…… 저희 아버지께서, 아니 주님께서 독재의 어둡고 좁은 골목길로 저를 인도하셨고, 그곳에서 저는 하느님의 빛을 영접하려는 영혼을 찾아 나섰습니다. 우리는 하느님에 대한 믿음을 가졌기에 매우 신중하게 행동했고, 살아남기 위해서 마음에도 없는 혀를 놀려야만 하는 일도 많이 겪었지만, 결국 우리 마음속의 믿음을 온전하게 지켜냈습니다. 이러한 관점에서 보면 우리는 당시에 말하자면…… 제임스 본드…… 아 그게 아니라 〈좋은 친구들〉(Goodfellas, 마피아 범죄영화, 1991년작—옮긴이)에 나오는 레이 리오타(Ray Liotta, 영화배우—옮긴이)와 마찬가지였는데."

본분에서 벗어나 엉뚱한 길로 들어섰지만 다행히도 전도사가 나를 구원해주었다.

"아니면 예수님의 첫 번째 사도처럼."

"네, 바로 그겁니다! 귀트뮌뒤흐르 전도사님, 감사합니다. 우리는 예수님의 사도와 마찬가지였습니다. 우리는 우리 스스로를 숨겨야 했고 신중하게 행동해야만 했지만 단 한 번도 절망하지 않았습니다. 하느님께서 길을 가리켜주셨고, 독재의 어두운 거리에서 주님께서는 우리가 가는 길에 빛이 되어주셨습니다."

"그리고 신부님은 당시 미국에서 건너온 청년이었지요?"

"흠, 흐음…… 그렇지요. 네, 맞습니다. 저는 젊은 다윗, 아니 데이비드 프렌들리였습니다. 그러니까 버지니아 주 비엔나 출신의 청년이었습니다. 빌어먹을 그 무엇이 유럽에서도 구석진 그곳까지 나를 인도했느냐? 전 그 당시에…… 그곳에 선교사로 파견되었습니다. 저는…… 저는 한때에…… 고향에서 상당히 몹쓸 청년이었습니다. 사람들이 말하는 문제아였습니다. 매우 질이 나쁜 불량배였습니다. 학교숙제를 하는 대신에 삥을 뜯었고, 여자애들하고 날마다 빠구리를 쳤습니다."

일순간 귀트뮌뒤흐르의 얼굴에서 미소가 사라지면서 표정이 점점 딱딱하게 굳어지는 것이 느껴졌다. 나는 어투에 좀 더 신경을 써야만 했다.

"하지만 그건 어디까지나 선교 활동의 일환이었습니다."

헉 맙소사. 어쩌자고 이런 말까지……. 나는 아직 술에 취해 불콰한 얼굴에 미소까지 지었다. 첫 번째 줄에 앉아 있는 나이가 지긋한 부인은 고개를 절레절레 흔들더니 2초 동안 눈을 감아버렸다.

"죄, 죄송합니다. 하…… 하지만 제 이야기는 아직 안 끝났습니다. 한번은 제가 친구 둘과 함께 교회에 간 적이 있었습니다. 물건을 훔치려고요. 우리는 촛대 몇 개, 성배 그리고 보잘것없는 잡동사니들을 집어 들고 도망을 쳤는데, 항상 그렇듯이 제가 맨 마지막으로 자리를 떴습니다. 이미 그때부터 저는 지금처럼 맷집이 제법 좋았습니다."

시크리타는 신중한 태도를 유지했지만, 그래도 재미있다는 듯 소리를 내어 웃었다.

"제 친구들은 이미 밖에 나가 있었습니다. 그때 갑자기 불빛이 하나 나타나더니 다음과 같은 목소리가 들렸습니다. 놀라운 말씀이었습니다. '유다의 형제여, 여기에 있는 은을 모두 가져가라! 금은보화가 아무리 많아도 지옥에 떨어지는 네 영혼을 구원하지는 못하느니라!' 저는 무서워서 고개를 돌려 뒤를 볼 생각조차 못했습니다. 단 1초 동안 그 자리에서 멈칫거리다가 그대로 문 밖으로, 어둠 속으로 도망쳤습니다. 그러나 그 말씀으로부터는 도망칠 수가 없었습니다. 그 말씀은 계속 제 뒤를 쫓아왔습니다. 그 말씀을 한 사람이 누구인지…… 누가 그 말씀을 했는지? 그걸 알지 못했기 때문인지도 모릅니다. 그러나 가슴 깊은 곳에서 울려나오는…… 한 남자의 목소리였고, 저는 하느님의 목소리라고 생각했습니다. '금은보화가 아무리 많아도 지옥에 떨어지는 네 영혼을 구원하지는 못하느니라!' 하루 온종일 그 말씀이 제 영혼을 무겁게 짓눌렀습니다. 결국 저는 교회로 다시 되돌아갔습니다. 촛대…… 그리고 우리가 훔쳤던 걸 모두 가지고 가서 교회 안의 의자 위에 올려놓고 도망쳐 나오려는 바로 순간, 그 목소리가 다시 들렸습니다. 신부님이 어느 사이 옆에 와 계셨고, 우리는 그 자리에서 오랫동안 대화를 나누었습니다. 결국 그로부터 반년이 지나고 저는 사라예보의 거리에 다시 등장하게 되었습니다. 그리고 손전등을 켜고 복음을 읽고 또 읽었습니다."

오케이, 잘했어! 나는 미소를 지었다. 감동을 받아 가슴이 터질 것 같은 분위기였다. 프렌들리 신부님이 보았다면 분명 나를 자랑스럽게 여기셨을 것이다.

"할렐루야! 믿음 속의 내 형제님, 할렐루야!" 아이슬란드의 전도사가 큰소리로 외쳤다. "당신은 사도 바울과도 같습니다. 당신은 사도 사울이 체험하셨던 것을 그대로 몸으로 겪으셨습니다. 당신도 역시 장님이 되셨나요?[사도행전 9:1-22]"

"네? 뭐라고요?"

"빛 때문에 아무것도 못 보게 되셨는지요?"

"교회 안에서 말입니까? 네, 물론입니다. 저는 빛 때문에 눈이 부셔서 아무것도 볼 수 없었습니다. 그래서 그 자리에 멈춰 서 있을 수밖에 없었습니다."

내 대답을 듣고 귀트뮌뒤흐르는 입을 반쯤 벌리고 순록의 표정을 지었다. 그의 두 눈에서는 광채가 이글거렸다. 내가 카나리아 제도까지 일직선으로 대서양을 둘로 갈라놓는 기적을 행하여 아이슬란드 사람들이 발에 물을 묻히지 않고 그곳까지 휴가를 갈 수 있도록 만들어주기라도 한 듯 그는 나를 뚫어지게 바라보았다. 그는 세례라도 주려는 듯 내 머리 위에 자신의 손을 올려놓더니 갑자기 영어로 기도하기 시작했다. 영어가 자신의 모국어라도 되는 것처럼 보였다.

"주께서 축복을 내려주시어 믿음 속에서 우리 형제를 보호해주시기를 기도드립니다. 살아계신 하느님의 영광과 권세가 우리 모두와 함께하기를 기도합니다. 할렐루야! 프렌들리 신부님께 축복을 내려주소서. 당신은 선택되었고, 구원받았습니다." 그는 기도를 마치고 내 대머리에 얹어놓았던 손을 내리고, 카메라를 바라보며 말했다. "사도행전 9장에 쓰여 있는 말씀을 여러분께서 지금 보셨습니다. 다소에서 온 평범한 남자였던 사울에 대한 말씀입니다. 사울은 로마 점령군을 위해 일하는 사형집행인으로 기독교인을 잡아 예루살렘으로 데려오기 위해 다메섹으로 가던 길이었습니다. 그러나 그가 다메섹에 도착하기 전 하늘에서 홀연히 나타난 빛이 그를 둘러싸더니 한 목소리가 있어 가라사대 '사울아, 사울아. 네가 어찌하여 나를 핍박하느냐?' 하시니 사울이 '뉘시오니까?' 하고 물었습니다. 그 목소리가 대답하되 '나는 네가 핍박하는 예수다' 하시고, 기독교인을 핍박하는 것을 멈추라 명령하시니 사울은 며칠 동안 장님이 되었다가 주께서 아나니아를 그에게 보내주시니 비로소 눈을 뜨고 다시 세상을 보게 되었습니다. 그리하여 사울은 바울이 되었으니 기독교인을 핍박하던 자가 주님의 오른팔의 자리에 오르는 영광을 얻었습니다. 할렐루야! 뿐만 아니라 사도행전 대부분의 내용은 그가 없었더라면 이 세상에 없었을 것입니다!" 귀트뮌뒤흐르 전도사는 검은색 성경을 양손으로 잡아 높이 들어올렸다. "바울은 신성한 말씀을 전해주는 성경을 대부분 썼습니다. 세상의 모든 책 가운데에 가장 으뜸이 되는 책, 이는 하느님의 말씀입니다. 그는 구원을 받았습니다. 그는 성인의 반열에 올랐습니다. 할렐루야!"

"할렐루야!" 나도 그의 말을 따라 했다. 그러나 비꼬는 어투는 전혀 아니었으니, 내가 아직도 술에 취해 제정신이 아닌 것이 분명했다.

9. '미스터 고문' 신부

　전쟁 중에 가장 좋았던 일은 야영이었다. 특히 디나르알프스(슬로베니아에서 알바니아 북부까지 길게 뻗은 알프스지대―옮긴이)가 마음에 들었다. 그곳에서 뻐꾸기는 우리의 자명종이었다. 뻐꾸기를 본 적은 한 번도 없다. 하지만 새벽 여명이 밝아 올 무렵이면 어김없이 뻐꾸기가 우리를 깨워주었다. 그 울음소리는 알프스 산악지역이 우리 편이라는 확실한 반증이었다. 세르비아 놈들이 눈앞 혹은 그 건너편 언덕 뒤에서 잠들어 있는 동안 우리는 이미 일어나 있었다. 그놈들은 뭐라고 표현할 수 없을 정도로 게을렀다. 8시가 되기 전에 놈들이 먼저 총을 쏜 적은 단 한 번도 없었다. 해 뜰 무렵 시간을 평화롭게 즐길 수 있는 것은 순전히 그놈들 덕분이었고, 우리는 해뜨기 전 정적 속에서 이 세상에서 가장 멋진 아침식사를 즐겼다. 벌목꾼들이 마시는 거친 커피 그리고 포비티카(Povitica. 크로아티아의 전통적인 호두 빵, 휴일 또는 명절에 주로 만들었음―옮긴이)를 먹었다. 모두 아무런 말이 없었다. 그리고 막

떠오르기 시작하는 햇살이 밤새 차가워진 버터를 데우는 장면을 묵묵히 바라보았다.

어느 날 아침이었다. 안드로(Andro)라고 하는 풀라(Pula, 크로아티아 북부의 지중해 연안 소도시—옮긴이) 출신으로 평소에도 미친 짓을 많이 하는 어린 녀석이 갑자기 아침 이슬에 대해 말을 꺼내는가 싶었는데, 잠시 후에는 고래고래 소리까지 지르기 시작했다. "우리 모두 이슬을 위해 싸웁시다! 아름다운 아침이슬을 세르비아 놈들한테 넘겨줄 순 없습니다! 우리는 보다 많은 이슬을 쟁취해야 합니다! 이보다 더 멋진 전쟁은 이 세상에 없습니다! 이슬을 위해 돌격 앞으로!" 그는 자리를 박차고 벌떡 일어나 곧장 언덕을 향해 달려가더니 이슬에 젖은 이곳저곳을 가리키며 외쳤다. "여기는 크로아티아 이슬! 여기는 세르비아 이슬! 저기는 중립 이슬!"

우리의 소대장이었던 야보르(Javor) 소위는 피스톨을 꺼내어 그의 뒤통수를 망설이지 않고 쏘아버렸고, 안드로는 도살된 송아지처럼 풀밭에 그대로 고꾸라졌다.

"그래, 이 자식아. 이슬이나 실컷 마셔라. 멍청한 새끼, 풀라에서 가장 더러운 똥갈보 새끼 같으니!" 야보르는 용암처럼 딱딱하게 굳은 표정으로 말을 내뱉었다.

이슬이나 마셔라, 크로아티아 말로 'Piti rosu'는 그 뒤 우리 사이에서 죽음을 의미하는 유행어가 되었다. 안드로가 조금은 불쌍했다. 그의 미친 짓을 그나마 가장 많이 받아준 사람은 나였다. 내가 그렇게 했던 것은 아무도 모르는 이유가 있다.

안드로는 마돈나(Madonna, 미국의 팝가수―옮긴이)라면 사족을 못 쓰는 광팬이었다. 자신의 개인 총기에 그녀의 이름을 붙여줄 정도였다. 뿐만이 아니라 앞뒤가 전혀 맞지 않는 엉뚱한 상황에서도 '처녀처럼!'(Like a Virgin, 1984년에 발표된 마돈나의 노래―옮긴이)을 뜬금없이 불러 젖혔다. 그의 목소리는 모리세이(Morrissey, 영국의 가수―옮긴이)처럼 저음의 미성이었지만, 그 노래는 악을 바락바락 쓰는 비명에 가까웠다. 그는 언제나 작은 십자가를 목에 걸고 다녔다. 갈색의 십자가는 위장 전투복 색깔과 구분이 되지 않을 정도로 비슷한 반면 십자가 위에 팔을 벌린 예수는 하얀색이어서 그의 상의 주머니에서 두드러지게 눈에 띄었다. 마치 발코니에 나와서 일장 연설을 하고 있는 대통령처럼 보였다. "제군들 똑똑히 들어라!" 대통령의 말을 곧이곧대로 너무 잘 들었는지 모르겠지만, 안드로는 전쟁의 허망함에 대해 개똥철학을 자주 풀어놓았다. 그런 말이 나오면 동료 부대원들은 눈살을 찌푸렸다. 그것이 전부가 아니었다. 그는 미친놈처럼 발가벗고 전선을 넘어서까지 달려갔다가 되돌아오는 짓을 하기도 했고, 부대원들이 모인 곳에서 이슬에 대한 장광설을 침이 튀도록 막무가내로 늘어놓았다. 히피들의 축제라면 어울리는 이야기일 수도 있겠지만, 넘치는 혈기로 조국을 위해 목숨 바칠 각오가 된 젊은이들이 모인 군대에서, 그것도 아침식사 자리에서는 전혀 어울리지 않았다. 야보르가 그를 사살한 것도 나름대로 충분한 이유가 있었다.

한번은 안드로와 야외에서 하룻밤을 꼴딱 같이 새운 적이 있다. 우리는 밤새 술을 마시고 노래를 불렀다. 그 당시 우리는 부대에서 낙오되어 있었고, 갖고 있던 총알도 모두 쏴버린 상황에서 불에 탄 체트니크 탱크를 한 대 발견했다. 그 안에서 라키이아(Rakjia. 세르비아 농가에서 자두로 빚은 보드카—옮긴이) 한 병을 찾아내 홀짝홀짝 마시다 보니 어느새 노래까지 부르게 되었다. 이런 행동은 그 당시 우리가 할 수 있는 가장 멍청한 짓거리였다. 세르비아 진영 한가운데에서 크로아티아 노래를 세상이 떠나가도록 부르다니! 언제 어느 순간에라도 대가리에 총알이 박힐 수도 있는 상황이었다.(전쟁에 참여하는 것은 잠시도 쉬지 않고 러시안룰렛 게임을 하는 것이나 마찬가지이다. 어느 순간의 호흡이 마지막이 될지 아무도 모른다. 죽음의 공포에서 한순간도 벗어나지 못하게 된다면 어떻게 될까? 차라리 위험을 스스로 자청하고, 이 상황을 즐기려고 하지 않을까.) 하지만 우리는 젊었고, 겁이 없었고, 살인이라면 해볼 만큼 해본 터였다. 세상만사 나 몰라라, 돼지든 말든 될 대로 되라는 심정이었다.

우리는 1989년 유로비전 송 콘테스트(Eurovision Song Contest, 유럽 최대의 국가대항 가요제, 2010년에 제55회를 맞이했음—옮긴이)에서 유고슬라비아가 최초이자 마지막으로 우승했을 때 불렀던 노래('록 미Rock me'—옮긴이)를 신나게 부르고 있었는데, 바로 그 순간 떡이 되도록 술에 취한 세르비아 병사 하나가 완전무장을 한 채 우리 앞에 나타났다. 우리는 이 노래 덕분에 다행히 목숨을 건질 수 있었다. 세르비아 병사는 우리에게 다가오더니 합석해도 되겠느냐, 마실 술이 좀 남아 있느냐고 물었다. 그는 우리를 세르비아 현지 주민이라고 착각한 것이 분명했다. 결국 우리 셋은 세르비아 탱크 위에 걸터앉아서 유고슬라비아 노래를 불렀다. 그러나 술을 한 모금 들이켜던 그는 우리 군복 위에 새겨진 크로아티아를 상징하는 헤르바츠카(Hrvatska) 문장(文章)을 발견했고, 자신이 지금 적군과 어울리고 있다는 것을 깨달았다. 그는 입을 다문 채 빨간색과 하얀색으로 이루어진 바둑판무늬의 헤르바츠카 문장을 응시했고, 우리는 그의 무기에 시선을 집중했다. 우리의 무기는 바닥에 놓여 있었지만, 총알이 한 발도 남아 있지 않았다. 절체절명의 순간 목숨을 구해준 사람은 바로 안드로였다. 그는 그게 무슨 대수냐는 듯 목소리를 가다듬고 노래를 다시 시작했다. 세르비아 친구도 따라 불렀다. 우리는 길거리를 떠도는 세 마리 도둑고양이처럼 고래고래 소리를 지르며 노래를 불렀다. "록 미 베이비(Rock me baby)! 록 미 베이비!" 유로비전 송 콘테스트 역사 중 가장 위대한 순간으로 기록될 만한 사건이었다.

유로비전은 나의 목숨을 구해준 은인이다.

술병이 바닥을 드러냈을 즘 안드로는 자신이 동성애자라고 고백했다. 그리고 나에게 키스를 하려고 했다. 안드로는 아름다운 청년이었다. 검은 머리에 피부는 매끄럽고 입술은 두툼했다. 그는 156번째 날에 차례가 돌아올까 말까 한 대상이었고, 전쟁은 이미 반년 넘게 지속되고 있었던 탓에 나는 하마터면 그에게 키스를 할 뻔했다.(전쟁은 한 인간을 파시스트 아니면 호모로 만들어버린다.) 나는 그와 키스할 생각이 전혀 없었다. 세르비아 여자와 잠자리를 한 아버지를 떠올리면 내 마음은 더욱더 멀리 달아났다. 그러나 우리는 이미 흥분해 있었고, 바지춤은 어느 틈에 벗겨져 아래로 내려가 있었다. 안드로는 양손으로 우리 둘의 물건을 하나씩 붙잡고 수음을 시작했다. 총알과 포탄이 날아다니는 전쟁 속에서 가장 깊이 인상에 남은 기억은 바로 그날 밤이다. 달마티아(크로아티아 남서부, 아드리아 해 연안 지방—옮긴이)의 깊어가는 밤에 풀라 출신의 미친 동성애자 젊은 놈 하나가 우리의 물건을 양손에 하나씩 쥐고 수음을 해주었다. 크로아티아의 가운뎃다리와 세르비아의 가운뎃다리를.

공공연하게 동성애를 인정하는 국가가 이 세상에 나타난다면 전쟁은 그만큼 줄어들 것이다.

나는 잠에서 깼다. 밝게 빛나는 하얀 방 안에서 칠흑처럼 어두운 그림자가 파닥파닥 날갯짓을 하고 있는 것처럼 눈앞이 어지럽다. 밝고 조용한 섬에 있는 지금 이 순간을 기준으로 보면 내 과거는 캄캄한 어둠이었다. 이곳에서는 햇빛 속에서 잠이 들었다가 아침 6시 정각에 깨어나면 여전히 눈앞에 햇빛이 있다. 나는 제대로 잠을 잘 수 없었다. 지금 병원에 입원해 있다는 생각이 들었다. 네온등 불빛으로 항상 밝고,

쥐 죽은 듯이 고요한 병원에 도착하면 입구에서 모든 사람들은 신발을 벗어야 했다. 귀트뮌뒤흐르는 자기 집에 있을 때에도 양말만 신고 돌아다녔는데, 그 모습을 보고 있으면 정말이지 구역질이 났다.

평화로운 이 나라에서는 지금까지 전쟁이 없었다. 수천 년 동안 단 한 번도 없었다. 섬나라여서 그런 걸까? 사람들이 조금이라도 더 차지하려고 피를 흘리며 다투는 이슬은 이곳에 존재하지 않는다.

크닌이 크로아티아에 속해 있다는 사실. 그 하나 때문에 그곳에 있는 사람들이 모두 죽어야만 하다니! 그런 일은 과연 정당한 걸까? 나는 아직까지도 이러한 의문에 답을 찾지 못했다. 전쟁이 끝난 직후 나는 만5천 명의 영혼이 머물고 있는 아담한 둥지 같은 이곳을 지나치게 되었다. 빨간색과 하얀색 바둑판무늬의 크로아티아 국기가 포격으로 부서진 지붕 위에서 펄럭이는 광경이 눈에 들어오자 갑자기 구토가 일었다. 나는 차를 세우고, 밖으로 뛰쳐나가 먹은 것을 모두 토했다. 우리가 전쟁으로 다시 찾은 나라 위에, 내 목숨을 기꺼이 바칠 준비가 되어 있었던 나라 위에 토사물을 쏟아냈다. 전쟁은 미친 짓이다. 그것을 잘 알면서도 우리는 전쟁을 반드시 해야만 했다. 반드시 해야만 했다니! 왜? 그 이유를 나한테 묻지 마라. 우리는 그저 반드시 해야만 했으니까.

모든 사람들은 크건 작건 간에 어느 국가에 속해 있는데, 국가는 아무리 작아도 거기에 속한 개개인보다도 훨씬 큰 위력을 지니고 있다. 국가는 개개인이 지닌 바람직한 능력뿐만 아니라 우둔함의 총합으로 그 존재가 드러나기도 하는데, 전쟁이 일어나면 개개인의 능력은 우둔함에 순종하게 된다.

나는 침대에서 일어나 곧장 화장실로 갔다. 먼지 한 톨 없이 너무나 깨끗한 화장실이었다. 천사가 똥을 누는 곳이라면 모를까, 사람이 드나들었다는 흔적은 어디에서도 찾아볼 수 없었다. 아직 숙취가 남아 있었지만 그런대로 견딜 만했다. 그보다는 정신이 흐리멍덩한 것이 더 큰 문제였다. 어제 마신 술보다는 오히려 그 이후의 쇼에서 할렐루야를 줄곧 외쳐댄 것이 원인이었다. 나는 쇼에 성공적으로 데뷔했고 귀트뮌 뒤흐르는 매우 만족했다. 멀리 미국에서 건너온 신부는 그를 실망시키지 않았던 것이다.

주 아이슬란드 미국 대사관에 과연 현지 텔레비전의 동태를 감시하는 경찰이 있을까? 반미 선전선동이 있는지 살살이 살펴보는, 소금에 절인 배추처럼 축 늘어진 몽골족 출신의 경찰이 한 명쯤 있는 건 아닐까? 만일 그렇다면 그 자식이 어제 저녁 늦게까지 근무를 하다가 벽에 붙어 있는 수배 전단 사진과 소름이 끼칠 정도로 똑같이 생긴 대머리를 텔레비전에서 보게 됐다면…… 바로 저 자식이 여자 가랑이나 핥고 다니던 크로아티아 놈이라는 것쯤 곧바로 알아채지 않았을까? 지난주 뉴욕 퀸즈에서 FBI 요원을 총으로 쏴 죽이고, 지난 화요일에는 존에프케네디 공항 화장실에서 시체로 발견된 신부로 변신했다고 하더니 지금은 이곳 아이슬란드 텔레비전에 불쑥 나타났다! 겁도 없는 새끼. 너 이 새끼, 잘 걸렸다! 지난밤 내내 나는 30분마다 잠에서 깨어나 혹시 기동순찰대가 오고 있는 건 아닌지 신경을 곤두세웠고, 새벽 4시에는 무니타에게 전화를 했다. 하지만 응답이 없었다.

성스러운 전도사 부부는 정각 7시에 일어났고, 아침기도는 7시30분 정각에 시작되었다. 프렌들리 신부는 당연히 참석해야만 하는 자리였다. "하느님 아버지, 저의 죄를 용서해주소서!"

아침식사를 마치고 우리는 차를 타고 관광에 나섰다. 저곳은 대통령이 사는 저택, 이곳은 백화점, 저곳은 뜨거운 온천물을 모아두는 곳, 또 저곳은 세계적으로 유명한 'Skehr'라는 상표의 유제품 공장 그리고 여기는 세계에서 최고로 손꼽히는 수영장. 전도사 부부는 최장의 기대수명, 이 세상에서 가장 행복한 인간들 그리고 가장 깨끗한 공기 등등에 대해서 장황설을 늘어놓았다. 하지만 나는 홍등가도 없고, 무기판매상도 없는 이딴 나라에서 그 따위 타이틀은 아무런 가치가 없다는 말을 해주고 싶어 입이 근질근질했지만 꾹 참고 텍사스 유정의 펌프처럼 고개를 쉬지 않고 주억거렸다.

부인을 텔레비전 방송국 앞에 내려주고(그녀가 담당하는 방송시간이 되었기 때문에), 귀트뮌뒤흐르와 나는 계속 차를 타고 갔다. 그는 마누라가 말이 많은 걸 대신 사과한다고 말했다.

"여편네들은 원래 집밖으로 나돌면 안 됩니다. 하지만 제 마누라는 하느님을 위한 일을 하는 거니까 이 경우는 좀 다르지요."

"하느님의 살림을 맡아서 큰일을 하고 계십니다." 나는 프렌들리 신부의 입을 빌려 말했다.

그는 내 대답에 만족하며 짧은 웃음을 터뜨리더니 곧바로 대답하기 곤란한 질문을 던졌다.

"신부님 부인께서는 어떻습니까? 집밖에서 일을 한 적이 있으시지요?"

헉, 나한테 부인이 있다…… 그런 말이야?

"부인이라? 아니요, 그 사람은…… 안사람은 차라리 가정주부가 더 좋답니다. 그리고…… 저도 그런 건 나쁘지 않다고 생각합니다."

"부인께서 사고를 당하셨다는 소식을 듣고 너무너무 놀랐습니다."

오우, 맙소사. 내 마누라가 교통사고라도 당했단 말인가? 나는 그녀에게 나쁜 일이 생기지 않았기를 바라며 말했다.

"고맙습니다." 어쭙잖은 광고에 잠깐 등장한 어설픈 영화배우같이 나는 겸연쩍은 표정을 지어 보였다.

"정말로 많이 보고 싶겠습니다."

으악, 그러니깐 죽었단 말이네. 나 참, 범죄영화를 거꾸로 돌려보는 꼴이니 대체 판이 어떻게 돌아가는지 알아야 제대로 대응을 하지!

"네, 그렇습니다. 남들이 말하기는 쉽습니다. 하지만 혼자

된다는 건 정말로 어려운 일입니다."

"아이들은 없었나요?"

와우. 갈수록 첩첩산중이야! 내가 그걸 어떻게 알아, 어떡하지?

"흠, 흐음…… 네, 제 생각으론 없습니다." 제기랄, 말이 엉망진창 꼬여버렸네. "그러니까 없다는 말입니다. 좁은 의미로 말한 것입니다." 제발 내 말이 무슨 뜻인지 묻지 말아다오! 나도 무슨 뜻인지 모르고 한 말이니까.

그는 아무 말도 하지 않고 한동안 운전만 했다. 더 이상 질문은 없었다. 그러나 상황이 이렇게 되고 보니 침묵은 오히려 사람을 더욱 안절부절못하게 했다. 혹시 무슨 의심을 품을 만한 말을 내뱉은 건 아닐까? 무겁게 짓누르는 침묵을 깨뜨린 사람은 나였다. 나는 우리의 첫 번째 테마, 직업여성으로 화제를 돌렸다.

"그런데 전도사님의 따님은…… 카페에서 일하고 있던데요?"

그의 표정이 일그러졌다. 우리는 지하도로를 통과하고 있었고, 그 위를 가로지르는 도로에서는 또 다른 자동차들이 빠른 속도로 오갔다.

"뭐 그렇습니다. 저는 딸아이한테 시간을 줬습니다. 그럼 자기 길을 찾겠지요. 저도 30이란 나이에 길거리를 헤맸습니다. 날마다 술에 취해 살았고 빛은 보지 못했습니다. 머릿속은 언제나 술 생각뿐이었으니까요."

나는 그를 찬찬히 뜯어보았다. 그러니까 성인으로 태어난 것은 아니었다는 말이다.

우리는 레이캬비크 인근 주택가의 한 교회로 가서 귀트뮌뒤흐르의 한 친구를 방문했다. 공기에는 땀 냄새가 배어 있어서 교회라기보다는 영혼을 위한 피트니스 센터처럼 보였다. 그의 친구 이름은 그의 이름보다 짧았지만, 발음하기는 오히려 더 어려웠다. 그들은 그의 이름을 종이 위에 썼다. 소르뒤르(Thórður). 헉, 고문(torture, 영어에서 고문이란 뜻을 지닌 동음이의어—옮긴이)이라고? 그는 쓰고 있는 안경처럼 얼굴이 둥글둥글했고, 성경 속 인물과 매우 흡사하게 턱수염을 길게 기르고 있었다. 유일하게 모던한 점이 있다면 헤어 젤을 잔뜩 바르고 뒤로 넘긴, 히피 교과서에나 볼 수 있을 것 같은 헤어스타일이었다. 동그란 얼굴에 수염을 기른 모습에서 언뜻 나의 아버지가 떠오르기도 했다. 귀트뮌뒤흐르는 '고문이'는 매일 자신의 방송에 함께 출연한다고 나에게 말해주었다. 그의 말은 따로 확인해볼 필요가 없었다. 고문이가 방송용 카메라 앞에 앉아 있는 사람처럼 또렷하고 큰 목소리로 말을 했기 때문이다. 그는 30분 동안 같이 있으면서 성경을 단 한 번도 손에서 놓지 않았을 뿐 아니라 가끔씩 자기 생각을 교회의 문에 못질이라도 해놓으려는 듯 성경을 망치처럼 허공에 대고 위아래로 흔들어댔다. 그는 정통교리에서 벗어난 상당히 극단적인 견해를 지녔고, 이를 힘차고 화려한 언변으로 늘어놓기를 좋아했다.

"사람들은 저한테 가끔 묻습니다. 하늘나라에 가려면 할

례를 받아만 합니까? 저는 아니라고 대답합니다. 그렇게까지 할 필요는 없습니다. 중요한 건 생식기가 아니라 믿음입니다. 제가 오히려 되묻습니다. 당신은 불신의 껍질을 열어젖히고 살아계신 하느님의 빛을 영접할 준비가 되어 있습니까?"

동성애를 증오하는 불꽃이 그의 두 눈에서 활활 타오르는 것처럼 보였다. 그러나 그의 두 눈 깊은 곳을 한참 응시하고 있자니 불꽃 뒤편에서 동성애자의 흔적을 어렴풋이 짐작할 수 있었다. 십자가에 못 박힌 동성애자가 '나는 살아남을 거야'(I will survive, 글로리아 게이너Gloria Gaynor가 부른 댄스 음악곡—옮긴이)를 외치고 있었다. 톡시가 안드로와 함께했던 밤을 떠올리는 동안 프렌들리 신부는 그의 내면에서 타오르는 불길에 기름을 부었다.

"버지니아의 우리 교회에 동성애자가 한 사람 있었는데요." 내가 말했다. "저는 그 친구를 바로 그 자리에서 회개시킨 적이 있습니다. 펜치로 귀고리를 싹둑 잘라 주니까 즉각 효과가 나타나더군요."

귀트뮌뒤흐르는 수염을 기른 자신의 친구를 멀뚱멀뚱 바라보았다. 위대한 신부의 반응을 고대하는 어린 제자의 표정이었다. 고문이는 악마의 화신이나 되는 것처럼 호탕하게 웃으며 유창한 영어로 대답했다.

"하, 하, 하. 암요, 그렇고말고요. 스타킹과 부츠를 벗기면 해결됩니다."

프렌들리 신부도 기분이 좋아져서 맞장구를 쳤다.

"아니면 동성애자들을 불 끄는 도구로 사용해도 효과가 아주 좋습니다. 제 교회에 나이에 맞지 않게 너무 여자처럼 행동하는 복사 녀석이 있어서 정말 골칫거리였습니다. 그래서 제가 이 친구한테 교회에 봉사할 수 있는 일을 하나 맡겼습니다. 촛불을 끄는 일입니다. 그것도 촛불을 입으로 끄게 했습니다. 그러면서 제가 그 친구한테 말해줬지요. 입으로 어둠의 좆대가리를 빨지 마라, 이제부턴 하느님의 빛을 빨아 먹어라!"

그들은 꼼짝도 하지 않고 나를 2초 동안 뚫어지게 쳐다보더니 누가 먼저랄 것이 없이 동시에 웃음을 터뜨렸다. 같은 동아리에서 활동했던 대학 친구를 40년 만에 호텔 로비에서 우연히 다시 만난 것처럼 반가운 표정들이었다. "어둠의 좆대가리라! 하, 하, 하."

"프렌들리 신부님은 어제 저녁 텔레비전 방송에서도 끝내줬어. 너도 방송 봤어?" 귀트륀뒤흐가 친구에게 물었다.

"그래, 나도 봤어. 하느님 군대의 특전사시더라." 고문이는 이렇게 말하고 오른손을 내 어깨 위에 얹었다. 그의 손은 불로 담금질이 된 단단한 강철 발톱처럼 느껴졌다.

'미스터 고문' 신부

10. 하이힐, 하이힐, 나의 하이힐

며칠이 흘렀다. 나는 유배 생활에 익숙해지기 위해 노력했고, 다행히 만사 오케이였다. 적막함이 낯설지 않았다. 그리고 밤낮이 구별되지 않는 햇빛 그리고 놀라울 정도로 청결한 집에 조금씩 적응되어갔다. 견디기 어려운 것은 오로지 하나, 추위뿐이었다. 내 평생 이렇게 추운 5월은 처음이었다. 하지만 이곳 사람들은 얼마나 아름다운 봄인지 모르겠다며 떠들고 다녔다.

"아이슬란드에서는 기온이 10도만 올라가도 사람들이 좋아서 어쩔 줄을 몰라요." 시크리타가 설명해주었다.

불쌍한 사람들! 나는 10도가 아니라 10분 후에 이곳을 영원히 떠날 수만 있다면 좋아서 어쩔 줄 모를 것이다.

오전 내내 프렌들리 신부는 이런저런 교회들을 방문하고 각종 자원봉사자 모임에 참석했다. 그들은 세계 순방길에 오른 교황이라도 만난 듯 프렌들리 신부를 열에 들떠 환영하고 깍듯이 대접했다. 커피와 쿠키를 내놓고, 수북하게 쌓아놓은 각종 팸플릿과 홍보 전단을 하나하나 펼쳐가며 자신들이 하고 있는 선량한 사업을 설명해주었다. 그들은 케냐에서 유치원을, 인도에서는 초등학교를 짓고 있었다. 성직자들은 하나같이 모두 남자였고, 자원봉사자들은 반대로 모두 여자들이었다. 한번은 귀트뮌뒤흐르와 차를 타고 가다가 내가 걱정스럽다는 듯이 말했다.

"모임에 나온 여자 분들이 집을 팽개쳐두고 일을 한다는 게 마음에 걸립니다." 나는 인상을 찌푸리며 말했다.

"문제 될 거 없습니다. 돈 벌려고 하는 게 아니니까요." 그는 약삭빠른 사람처럼 한쪽 눈을 찡긋 윙크하며 말했다.

주로 오후에 주어지는 자유시간에 나는 BUP 복장으로 시내를 돌아다녔다. 시내 중심가에 있는 쇼핑 거리를 어슬렁어슬렁 걸으며 쇼윈도 너머에 있는 여자들을 훔쳐보는 것이 주된 소일거리였다. 걸음을 옮길 때마다 내 몸무게를 느끼며 언덕을 걸어 내려와 시내 중심부의 광장으로 갔다. 시내 한가운데에 있었지만, 광장은 메트로폴리스의 맥동이 뛰고 있는 심장이 아니라 버려진 주차장처럼 보였다. 광장 근처에 있는 난방이 잘된 서점에서 〈핸드건 매거진〉(Handgun Magazine)을 살 수 있었다. 이 잡지는 살인청부업자에겐 성무일도서 같은 존재다. 스미스앤웨슨(Smith & Wesson, 1852년에 설립된 미국의 무기제작회사—옮긴이)은 새로운 권총 모델을 출시했다. 손에 착 감깁니다, 목표를 놓치지 않습니다. "양심의 가책을 남기지 않는 백발백중 피스톨"은 개념 있는 사형집행인이라면 누구나 한 번쯤 꿈꾸어봤을 것이다. 나는 잡지를 계산하기 전에 목도리로 로만칼라를 감싸 꼭꼭 숨겼다. 요정처럼 아름다운 아이슬란드 아가씨는 영수증을 내주었다. 세 번째 날에 해당되는 여자였다. 크로아티아 여자들이 세상에서 가장 아름답다는 것은 이미 밝혀진 사실이지만, 그 뒤를 아이슬란드 아가씨들이 바짝 뒤쫓고 있는 건 아마 모를 것이다. 버터 빛깔 금발의 서점 아가씨를, '미스 크로아티아' 급이라고 할 수 있는 갈색머리 미녀 리에포티체(Ljepotice)와 비교해보면 우열을 가릴 수 없다. 금발이 우아한 백조라면 갈색머리는 건강미가 넘치는 황새였다.

대성당과 국회의사당 뒤편에 커다란 호수가 있었다. 나는 호숫가 벤치에 앉아서 백조들을 관찰했다. 백조는 오리와 어울려 호수 위를 미끄러지듯이 움직였다. 보는 것만으로도 가슴이 설렐 만큼 아름다운 광경이자 담배 한 대를 당기지 않고는 참을 수 없는 완벽한 그림이었다. 하지만 담배를 피워야 하는 이유가 넘치고 넘친다 해도 나는 지난 5년 동안 지켜온 니코틴 금욕생활을 깨뜨릴 생각은 없었다. '프로의식'을 지닌 살인청부업자라면 자신의 건강은 스스로 챙겨야 하는 법. 나는 담배를 피우는 대신 〈핸드건 매거진〉을 펼치고 '독수리의 눈'이라고 부르는 새로운 신기술이 적용된 총알에 관한 기사를 읽었다. '독수리의 눈'은 크기가 작아서 이 총알을 맞은 상대는 피 한 방울 흘리지 않지만 즉사할 정도로 위력이 막강하다는 것이다. 신기술의 약자는 NSK이고, 그 뜻은 '피를 보지 않고 죽이기(No Spill Kill)'였다. 〈핸드건 매거진〉은 기독교 문화를 지닌 국가에서만 유통되는 잡지였다. 무기도, 군대도 없는 이런 나라에서 도대체 누가 이런 잡지를 읽는 걸까? 나는 카페 파리에 들어서기 전에 잡지를 쓰레기통에 집어 던졌다. 예상했던 대로 버터 빛 금발 여자가 근무하고 있었다. 나는 숨을 들이마신 다음 배를 집어넣고 탁자에 앉았다. 프렌들리 신부는 아버지와 그녀 사이의 관계에 관심을 보이며 그녀에게 아버지를 좋아하는지 물었다.

"아빠요? 천만에! 그 양반은 자식들이 안중에 없어요. 관심은 오직 하느님한테만 있을 걸요?"

그녀는 둥근 탁자를 행주로 닦으며 고급 콜걸의 억양으로 속내를 숨기지 않고 흉을 보았다. 비키니를 입고 랩을 부르는 흑인 여가수가 떠오를 만큼 그녀는 머리를 격렬하게 흔들어댔다.

"우리는 모두 하느님의 자식입니다. 거룩한 아버지의 아들이자 딸입니다." 나는 가능한 한 프렌들리처럼 친절하게 대답했다.

"또 그놈의 빌어먹을 거룩한 아버지! 거룩한 어머니는 대체 어디 처박혀 뒀대요? 참, 어머닌 동정녀라지. 뽀대 나네, 정말. 교회란 건 멍청한 백인 사내놈들 좋으라고 있는 거라고요." 그녀는 폭언을 내뱉더니 행주와 쟁반을 챙겨들고 사라졌다. 감동적인 이야기였지만, 프렌들리 신부는 나와 달랐다. 잠시 후 그녀가 라떼 마끼아또를 들고 되돌아왔을 때 그는 다음 질문을 미리 준비해놓고 기다리고 있었다.

"하지만 당신 부모님들은 경건한 사람들입니다. 그러니 당신은 부모님을 존경해야만 합니다. 그렇지 않나요?"

"엄마, 아빠는 경건하지 않아요. 몇 년 동안 죄 짓지 않고 살기만 하면 곧바로 경건해지나요? 알코올중독자가 술 끊은 대신 다른 거에 취해버리면 계속 술 마시는 거하고 무슨 차이가 있어요? 그게 그거지."

나에게는 너무 고차원적인 말이었다. 대답을 보류하고 그녀의 입술에 신경을 집중했다. 신부는 교회의 육중한 문처럼 엄숙한 표정을 짓고 있었지만, 그의 내면에서는 줄에 묶인 크로아티아 군견 한 마리가 흥분하여 길길이 날뛰고 있었다. 딸기처럼 빛나는 그녀의 입술을 핥지 못해 안달이 나서 금방이라도 줄을 끊고 달려들 기세였다.

나는 저녁 6시까지는 주님의 집에 다시 돌아가 있어야만 했다. 택시를 탔다. 택시요금은 뉴욕에서 보스턴까지의 비행기 요금과 엇비슷했지만, 그런 정도는 이고르가 감당할 수 있었다. 우리 업계에서 비용은 사실상 문제되지 않았다. 프렌들리 명의의 아메리칸 익스프레스 골드 신용카드는 신용한도가 훨씬 높겠지만, 카드를 긁는 것은 FBI에게 실시간으로 초대장을 보내는 것이나 마찬가지다.

18시 30분, 가벼운 저녁식사를 했다. 식사 준비는 항상 시크리타가 했지만, 그녀는 부엌에 들어가기를 달가워하는 눈치가 아니었다. 무엇인가 아기자기하게 식탁에 잔뜩 내놓긴 했지만,

도대체 무슨 맛인지 음식의 정체를 알 수 없었다.

20시 정각, 텔레비전 스튜디오에 도착. 시크리타는 자신의 화장품으로 남자 출연자들에게 분장을 해주었다. 20시 30분, 방송이 시작되었다. 빌어먹을 짓거리라며 저주를 해대던 나는 어느 사이에 방송에 빠져들었고, 이러한 모습에 깜짝깜짝 놀랐다. 심지어 나는 킹 제임스 성경책을 돈을 내고 구입하기에 이르렀다. 설교가 너를 강성하게 할지니.

"저는 주님의 말씀이기 때문입니다! 주님의 말씀이 저를 통하여 여러분에게! 여러분께서는 주님의 말씀을 영접하시기를 빕니다!"

이번 토요일에는 방송이 없다는 말을 들었을 때 허전한 느낌마저 들었다. "유로비전 때문에"라고 귀트뮌뒤흐르가 말했다. 그러니까 오늘 저녁, 생방송으로 중계되는 유로비전 송 콘테스트에 아이슬란드가 참여한 건 이번이 스무 번째라고 했다. 크로아티아는 열한 번째이다. 금년 한 해를 장식하는 가장 중요한 텔레비전 행사이다. "오늘 저녁에 설교를 하는 건 아무 의미가 없습니다. 시청자들 99퍼센트는 유로비전을 볼 거니까요. 길거리는 텅텅 비고 쥐 죽은 듯이 조용할 겁니다. 그래서 재방송을 보여주기로 했습니다." 더욱이 오늘은 가족과의 만남을 위해 특별히 비워 둔 날이기도 했다. 귄홀데르와 그녀의 오빠 트뢰스테르(Tröster)도 저녁식사를 하러 오랜만에 집에 오기로 되어 있었다. 아이슬란드에서는 일종의 추수감사절이었다.

트뢰스테르는 그의 누이동생과 닮은 구석이 한 톨도 없었다. 그녀가 백조라면 그는 참새였다. 수줍음을 많이 타는 눈빛에 가슴이 좀 두툼했을 뿐 전체적으로 가늘고 동글동글한 몸집은 아담했다. 손이 막노동자처럼 생겼는데, 손가락 사이로 삐져나온 나이프와 포크가 송곳과 노끈처럼 보였다. 스물여섯이나 일곱 정도 되어 보였지만, 뺨에는 수염이 돋아나려는 낌새조차 보이지 않았다. 윗입술 위로 흰 솜털 같은 것이 조금 보일 뿐이었다. 그는 단 한 마디 말도 하지 않았다. 시선을 접시에 떨어뜨리고 고개를 들지 않았다. 만일 내가 저런 놈을 죽이라는 명령을 받고 낯짝을 마주하게 되면 어떻게 될까? 아마 임무를 제대로 수행하지 못하고 오히려 내가 우물쭈물할 것 같다는 엉뚱한 생각이 들었다.

"트뢰스테르가 무슨 뜻이냐고요? 이곳에 사는 아주 아름다운 텃새예요. 그 새는 아이슬란드에 봄이 왔다는 걸 알려준답니다." 여주인은 굉장히 거룩해 보이는 흰색 소스를 나에게 건네주며 말했다.

"아이그, 그 새는 아이슬란드 새가 아니잖아요." 딸이 눈썹을 찌푸리며 항의하듯 말했다.

"뭐라고? 트뢰스테르가?" 시크리타가 놀란 목소리로 말했다. "다른 건 몰라도 그 새는 분명 아이슬란드 새다. 그 새에 대한 시도 있잖니."

"시가 있는 건 맞지만, 엄마, 그래도 아이슬란드 새하곤 거리가 멀어. 여름 한철만 여기 잠깐 머물고, 대부분을 프랑스나 스페인에서 사는데 아이슬란드 새는 무슨 아이슬란드 새! 국적을 따지자면 스페인 새라고 하는 게 맞지."

"스페인이라고? 어떻게 딱 잘라서 말할 수 있니!"

"맞잖아요, 스페인에서 더 오래 사니까 스페인 새지."

"하지만 그 새는…… 새끼들이 아이슬란드에서 태어나잖아. 그러니까 국적이 아이슬란드가 맞아. 그 새끼들이 또 새끼를 낳고…… 그러니까 그 새들은 전부 아이슬란드에서 태어나잖니."

"국적이 아이슬란드라고? 엄마는, 무슨 인종차별주의자 같은 소리야." 식탁 건너편에 앉아 있는 귄홀데르가 야유하듯 말했다.

그녀는 흑인 래퍼처럼 인종차별주의자란 단어를 내뱉었지만, 부모가 과연 이를 눈치 챘는지 알 수가 없었다. 그녀의 어머니는 눈을 감고 입술을 깨물었다. 귀트뮌뒤흐르는 말없이 자리에서 일어서더니 책꽂이로 다가갔다. 약 다섯 권 정도의 책이 책꽂이에 있었다. 시크리타는 경직된 분위기를 누그러뜨리기 위해 프렌들리 신부에게 고개를 돌리며 말했다. "이 새를 영어로 뭐라고 부르는지는 모르겠어요, 하지만……."

"레드윙(redwing)이라고 하는데, 개똥지빠귀의 일종이야." 그녀의 착한 남편은 얇은 사전을 들추어 보더니 고개를 들며 말했다.

그녀는 남편에게 고맙다고 말하고, 나에게 개똥지빠귀는 철새라고 설명해주었다. 귄홀데르는 눈살을 찌푸렸고, 그녀의 오빠는 아무 말 없이 묵묵히 자리에 앉아 있었다. 오늘 아침 해변에서 떨고 있는 걸 발견하고 집에 데려온 귀머거리 선원처럼 그의 주변에는 정적만이 맴돌았다. 순진무구해 보이는 그의 두 뺨이 붉게 물들었다. 레드윙이 어떻게 생긴 새인지 자기를 보면 상상할 수 있을 거라고 얼굴로 말하는 것 같았다.

"아니면 나그네새라고 하나요?" 시크리타가 말을 이었다. "그런 새를 뭐라고 부르더라? 두 개의 나라에서······."

"글쎄요, 잘 모르겠지만······ 이민을 가는 새인가요?" 내가 말했다.

귄홀데르가 내 말을 가로채면서 빈정대듯이 말했다. "뭐긴 뭐겠어요, 이중국적 새지!"

우리는 아무 말 없이 식사를 계속했다. 트뢰스테르가 식사를 마쳤을 때 나는 처음으로 눈을 마주쳤다. 불쌍한 녀석. 귀트뮌뒤흐르와 시크리타는 나에게 아들을 소개할 기회를 놓칠세라 자신들이 그를 얼마나 좋아하는지 반드시 언급해야겠다는 눈치였다. 둘은 "우리의 사랑하는 아들"이라고 표현했지만, 오히려 그 말이 우습기만 했다. 그렇게 불리는 아들은 내 눈에는 꿔다놓은 보릿자루처럼 보였다.

"오우, 정말 가정이 화목해 보이네요." 내가 말했다.

"네, 저희도 그렇게 생각해요." 두 부부가 대답했다.

솔직하게 고백하자면 나는 하루 온종일 유로비전 송 콘테스트를 볼 생각에 마음이 들떠 있었다. 지난 6년 동안 나는 이 경연대회를 한 번도 보지 못했다. 유치하기 짝이 없는 국가대항 노래 콘테스트였지만 내 목숨을 구해 준 고마운 존재였다. 우리는 모두 대형 소파에 구부정한 자세로 앉았다. 귀트뮌뒤흐르가 텔레비전의 스위치를 켰다. 그리스 아테네에서 벌어지고 있는 생중계 방송이었는데, TV 선교사의 초대형 집회 장면과 너무나도 비슷해 보였다. 노래가 한 곡 끝날 때마다 만여 명의 인간들이 넋이 나간 듯 비명을 질러댔다. 하지만 아이슬란드 가수의 노래가 끝났을 때 분위기는 사뭇 달랐다. 지저분하게 보이는 젊은 여자 하나가 창녀 같은 의상을 걸치고 나왔는데, 야유만 잔뜩 받고 말았다. 노래는 그런대로 괜찮았지만, 그녀의 건방지고 제멋대로인 태도가 그리스인들의 비위를 긁어놓은 것 같았다. 그녀는 어떤 면에서 귄홀데르를 닮기도 했다. 나는 집주인 부부를 건너다보았다. 이 세상의 모든 이교도적인 콘테스트 중에서 유로비전의 지금 이 장면은 가장 하느님과 거리가 있다고 말할 수 있었다. 아이슬란드 여가수는 지옥에서 경유 없이 직항으로 무대에 날아온 것처럼 보였고, 마녀 같은 미소를 보고 있노라니 유로비전의 제작자와 거리낌 없이 잠자리를 같이했을 거라는 상상마저 떨쳐버릴 수 없었다. 귀트뮌뒤흐르도 나를 보며 쓴웃음을 지었다. 그는, UN 총회의 연설 무대에 오른 자국의 수상이 연단에서 오줌을 지린 장면을 목격한 UN 대표부 대사처럼 당황하는 기색이었다.

"놀고 있네, 놀고 있어" 귄홀데르가 입을 열었다. "아주 돌아버렸네, 돌아버렸어……. 콘테스트를 아예 조져버려라, 조져버려."

"조져버려라"라는 단어는 주님의 거룩한 가정의 거실 한 귀퉁이에서 소리 없이 폭발을 일으켰다. 코를 막아야 할 만큼 지독한 구린내처럼 사방으로 퍼져나갔다. 그녀의 아버지는 그렇게 상스런 말은 제 집에서 허용되지 않는다고 부드러운 목소리로 주의를 주었다. 이렇게 작살나버린 콘서트가 한때 내 목숨을 구해준 적이 있단 말이야! 텔레비전 화면을 바라보는 톡시도 기분이 썩 좋지만은 않았다.

그 후에도 노래는 열 곡, 아니 열한 곡이 더 이어졌다. 대부분 슬라브인들이 부르는 테크노 음악이었다. 그리고 드디어 나의 사랑하는 조국 크로아티아의 차례가 되었다. 꿈에 그리던 헤르바츠카. 토모는 조국의 영웅이 당당하게 무대 위로 걸어 나오는 장면을 보며 하마터면 바지에 오줌을 지릴 뻔했다. 세베리나였다. 꿈에 그리던 세베리나. 세베리나 부치코비치(Severina Vučković). 스플리트 출신의 모든 청년들에게 그녀는 이 세상에서 가장 아름다운 여자였다. 그녀는 나보다 네 살이나 많지만 지금까지 그녀를 어떻게 해봐야겠다는 생각은 꿈속에서조차 하지 않았다. 나는 스플리트의 중심지에서 그녀가 그녀의 어머니와 함께 마르몬토바(Marmontova) 거리를 뛰어 내려가는 모습을 본 적이 딱 한 번 있다. 너무 반가운 나머지 그 자리에서 심장이 멈추는 것만 같았다. 그만큼 그녀에게 푹 빠져 있었고, 나의 심장의 박동 가운데에 매다섯 번째 것은 무조건 그녀에게 바치기로 결심했다. 최근 몇 년 동안 그녀를 보지 못했지만, 지금 그녀는 이 세상에서 가장 눈부시게 아름다운 여성으로 거듭 나 있었다. 다행스러운 일이었다. 인터넷에서 그녀의 포르노가 떠도는 바람에 크로아티아의 모든 남정네들은 몇 주 동안 분노의 눈물을 흘렸는데, 그 이후로 오늘 처음 그녀를 대면했다.(세베리나와 그녀의 남편이 함께 찍은 정사장면이 2004년 6월 인터넷에 유포되는 사건이 있었고, 그녀에게서 청순한 이미지를 간직하고 있던 팬들은 큰 충격을 받았음—옮긴이) 그녀는 바닥까지 닿은 빨간색 긴 치마를 걸치고 나왔는데, 앞이 깊게 패여서 늘씬하고 멋진 다리가 드러났다. 음악의 반주는 크로아티아의 시끌벅적한 민속음악단이 맡고 있었다. 향수에 심하게 젖어 들어가기 시작한 나는 곧 위장이 뒤틀리는 듯한 통증을 느꼈다. 견디기 힘든 고통이 아랫배에서 위로 치밀어 올라왔다. 그녀가 눈앞에서 춤을 추고 있는 걸 보고 있자니 왜 사람이 죽지 않고 살아야만 하는지 깨닫는 느낌이 들었다.

나의 아랫도리가 빳빳하게 불끈 일어섰다.

그리고 나의 마음속 깊은 곳 어딘가에서 눈물을 펑펑 쏟고 싶은 욕구가 꺼이꺼이 솟구쳐 올라왔다. 하지만 이미 딱딱한 돌덩어리로 변해버린 눈물은 다시 액체로 변화될 기미가 전혀 보이지 않았다. 눈물을 흘리고 싶어도 눈물이 나오지 않는, 그래서 고통을 받는, 이런 사람들을 위해 비아그라 같은 약은 왜 못 만드는 것일까, 누군가가 이런 걸 발명해준다면 얼마나 고마울까. 나는 슬픔에 잠겨 갔지만, 이 집 안의 가족들에게 감정을 들키고 싶지 않았다. 눈물을 쏟을 것 같은 두 눈, 씰룩이는 입, 그리고 바지 속에서 차렷 부동자세를 취하고 있는 내 물건, 이 모두를 그들이 알아차리지 못하기를 진심으로 바랐다. 지금 나의 고향이 눈앞에 있다. 내가 어릴 적부터 쓰던 언어. 나의 어린 시절 꿈속의 우상이었던 소녀……. 이 모든 것들이 유배생활을 하고 있는 나에게 밀물처럼 몰려들었고, 뉴욕의 화물트럭은 토니를 찾는다는 타이틀이 달린 쓰레기 같은 신문을 하나 가득 싣고 길거리를 달리고 있었다.

오우, 모야 볼리예나 도모비나(Moja voljena domovina)…….

그들은 동시에 고개를 돌려 나를 바라보았다. 그들의 눈엔 내가 어미가 그리워 낑낑거리는 젖 뗀 강아지처럼 보였을 것이다. 나는 무슨 말을 하든 일단 입을 떼어야 했다.

"옛 추억이 떠오르는군요." 감정이 격해진 탓에 씰룩거리는 입을 감추기 위해 입술을 동그랗게 모으고 더듬거리며 말했다. "유고슬라비아에서의 일들이."

그들은 다시 텔레비전을 향해 고개를 돌렸고, 감상에 젖은 성직자가 자신들의 소파에 앉아 있다는 사실을 무덤덤하게 받아들이려 애쓰는 눈치였다. 세베리나의 격정적인 노래는 계속 이어졌다. "Moja štikla! Moja štikla!" 이 말은 "나의 하이힐! 나의 하이힐!"이란 뜻이었다.

갑자기 현관 초인종이 울렸다. 귀트뮌뒤흐르가 현관으로

다가갔다. 잠시 후 두 남자가 인사하는 소리가 들렸다.

더 이상 확인해볼 필요가 없는, 나만이 아는 '시그널'이었다.

나는 화장실을 가려는 사람처럼 실례한다고 말하고 자리에서 일어나 부엌을 가로질러 재빨리 테라스 문을 확 열어젖혔다. 밝은 밤의 차가운 공기가 얼굴에 정면으로 부딪혔다. 일순간 멈칫거리며 발에 신발이 신겨져 있지 않다는 사실을 확인했다. 얇은 뉴욕시티 양말이 전부였다. 등 뒤에서는 세베리나가 아직도 '나의 하이힐'을 노래하고 있었고, 나는 그녀의 노래처럼 발뒤꿈치를 높이 들고 테라스 밖으로 나가 문을 닫았다. 그리고 로만칼라를 목에 두른 채 미친 듯이 정원을 향해 내달렸다. 정원이 끝나는 곳에서 그다음 정원으로, 그리고 그다음 정원으로 계속 달렸다.

11. 폴란드 페인트공 타데우시의 하룻밤

 미국의 얇은 여름양말을 신고 아이슬란드의 차가운 아스팔트를 달리는 일은 크로아티아 사람의 발로는 정말 못할 짓이다. 하지만 지금은 앙탈을 부릴 때가 아니다. 나는 킬러이지 신부가 아니다.
 도로의 냉기가 발바닥에 사정없이 채찍질을 해댔지만, 나는 피할 생각이 없었다. 무채색 집들이 늘어서 있는, 이름 모를 근교의 마을 속으로 달려 들어갔다. 다행히 나를 본 사람은 아무도 없었다. 모든 사람들이 아직도 텔레비전 앞에 앉아 세베리나의 하이힐에 푹 빠져 있는 것 같았다. 여자들의 하이힐은 동상의 받침대처럼 보인다. 올라 선 받침대를 번쩍번쩍 들어서 걷는 여자들을 보면 놀라지 않을 수 없다. 하이힐의 높이를 보면 그 여자가 어떤 여자인지도 쉽게 알아낼 수 있다. 하이힐이 높으면 높을수록 그만큼 여성스러운 여자이고, 낮으면 낮을수록 그만큼 페미니스트이다. 세베리나의 하이힐은 가장 긴 피스톨의 총신과 길이가 엇비슷했다. 내 고향 스플리트에서 친구 녀석 하나는 자기 아버지의 요트에서 세베리나와 하룻밤을 보냈다고 떠들고 다녔다. "요트가 출렁 출렁, 우리 때문에 새벽까지 항구에 파도가 쳤다니까." 우리는 그 녀석의 말을 믿지 않았다. 하지만 그 말이 거짓이라고 입증해낼 재주도 없었다. 녀석의 말이 사실이든 아니든, 그건 중요한 문제가 아니었다. 녀석은 이 일로 인근에서 유명한 인물이 되었고, 결국 지역의원이 되더니 국회까지 진출했다. 그의 낯짝이 HRT(크로아티아 라디오텔레비전—옮긴이)에 비칠 때마다 나는 어느 사이 손에 피스톨을 꺼내 들게 된다.

주변을 이리저리 둘러보아도 경찰차는 보이지 않았다. 테러진압 기동타격대의 출동 흔적도 없었고, 브루스 윌리스(Bruce Willis, 영화배우—옮긴이) 같은 놈이 얼굴마스크를 쓰고 담장을 훌쩍훌쩍 뛰어넘지도 않았다. 귀트뮌뒤흐르와 아이슬란드 말로 대화를 나눈 두 남자는 물어보나마나 아이슬란드 짭새일 것이다. 아이슬란드 경찰이 FBI의 '꼬봉' 짓을 한다는 건 당연했다. 힘없는 작은 나라가 미국 앞에서 제 목소리를 내기는커녕 아마 대기 상태로 명령을 기다리고 있을 것이다. 아이슬란드 경찰 놈들은 영화에서 봤던 것처럼 5분짜리 헐리웃 액션을 하겠다고 혈안이 되어 있을 것이다. 그러나 만일 이란의 비밀경찰이 협조요청을 했다면 과연 아이슬란드 경찰들이 이렇게까지 호들갑을 떨까?

눈앞에 나타난 사거리에서 나는 오른쪽으로 방향을 틀었다. 색상이 화려한 차 한 대가 거리에 세워져 있는 것이 보였다. 도미노피자의 배달차량이었다. 시동이 걸려 있었고, 차 안에는 아무도 없었다. 나는 몸을 숨긴 채 차량 뒤편을 살펴보았다. 피자 배달원이 등을 돌린 채 양쪽 어깨가 드러난 옷을 입은 어느 아가씨에게 뜨거운 피자를 건네주고 있었다. 여섯 번째 날에 해당되는 매력적인 아가씨였다. 나는 조수석 쪽에서 잽싸게 차에 올라타고 있는 힘껏 액셀러레이터를 밟았다. 피자 배달원이 쫓아왔다. 백미러에 보이는 그의 모습은 잘 가라고 손짓을 하는 것처럼 보였다. 아이슬란드 사람들은 역시 친절했다.

머릿속에서 생각의 속도는 시속 100킬로미터에 도달해 있었지만, 텅 빈 거리를 달리는 차량의 속도는 훨씬 미치지 못했다. 이 차를 타고 멀리 달아날 수는 없었다. 피자 배달 차량을 타고 다니는 것은 목에 방울을 매달고 움직이는 것이나 마찬가지였다. 야보르가 입에 달고 살았던 말이 떠올랐다. "몸을 숨겨야 할 경우가 있다. 그럴 땐 어떻게 하는 게 좋겠나? 가능한 한 적의 심장부에 가깝게 숨는 게 요령이다. 딱 거기만 빼놓고 세상을 이 잡듯이 뒤지기 때문이다. 알겠나?"

도시 근교의 거의 모든 빌라들은 차고가 두 개였는데, 그 크기가 집과 엇비슷한 경우가 많았다. 각각의 차고 앞에는 대형 지프차가 자리를 지켰고, 그 옆에는 비교적 작은 소형차 한 대가 함께 있었다. 미국 포드의 슈퍼 듀티 대형 픽업(Super Duty Pickup—옮긴이)과 독일 포르쉐의 카이엔(Cayenne—옮긴이)이 눈에 띄었다. 남편의 차 그리고 아내의 차였다. 이곳의 사람들에게 자동차는 베두인족(Bedouin, 아랍의 유목인. 승용·식용, 유제품 생산에 낙타를 이용함. 낙타는 재산과 신분의 상징—옮긴이)의 낙타나 마찬가지였다. 자동차 지붕은 봄날 밤의 햇빛 속에서 거울처럼 반짝거렸다. 공장에서 갓 출고된 것처럼 깨끗하게 관리된 자동차들이었다. 귀트뮌뒤흐르 부부가 얼마 전에 설명해준 바에 따르면 사람들은 이 자동차들을 결코 차고 안에 집어넣지 않고, 항상 보란 듯이 밖에 세워둔다고 했다. 그들에게 차고는 황금송아지를 포장해놓는 커다란 상자에 불과했고, 귀중품 포장용 상자가 그렇듯이 대부분 검은색이었다. 귀트뮌뒤흐르의 이웃집 남자는 2주에 한 번씩 주말마다 렉서스(Lexus, 일본 토요다의 고급 자동차—옮긴이)를 세차하고 광택을 낸다고 했다. 그 남자는 차를 닦지 않는 주말에는 렉서스와 섹스를 하지 않을까? 지프차 대부분은 초대형 광폭 타이어가 장착되어 있어 꽁무니의 소음기 구멍이 정확한 높이에 자리 잡고 있었다.

한 빌라의 차고 앞 주차장이 비어 있었다. 나는 주차장을 향해 방향을 바꾸었다. 또 다른 다섯 집을 지나쳐 간 다음 차를 세우고 밖으로 나가 차 문을 잠갔다. 열쇠를 옆에 있는 정원에 던져버리고 왔던 길을 되돌아서 일직선으로 달려갔다. 목적지는 사람이 살지 않는 것처럼 보이는 빈 집이었다.(뚱뚱한 신부가 양말만 신고, 인도 위를 뒤뚱뒤뚱 달리는 모습이 신문에 나온다면 정말 볼 만한 구경거리가 될 것이다. 복권에 환장한 사람이 판매 마감시간에 늦지 않기 위해 허둥대는 꼴과 비슷하게 보였을 것이다.) 창문에는 불이 켜져 있지 않았고, 안을 들여도 보아도 불빛은 보이지 않았다. 밤의 햇빛이 너무 강하다고는 말하기 어려웠다. 나는 세 개의 계단을 올라가 현관문에 도달했다. 초인종을 눌렀다. 눈에 보이지 않지만, 조금 떨어진 어딘가에서 개 한 마리가 요란하게 짖었다. 봄의 추위에 덜덜 떨면서 나는 잠시 기다렸다. 다시 한 번 초인종을 눌렀다. 개 짖는 소리가 다시 들렸다. 초인종과 개가 직통으로 연결된 느낌이 들었고, 개는 약 두 블록 정도 떨어진 곳에 있는 것 같았다. 개 짖는 소리 이외에는 주변은 쥐 죽은 듯이 조용했다. 도시 전체가 숨을 죽인 채 텔레비전 앞에 코를 박고 있었고, 나뭇가지 하나 흔들리지 않았다. 세베리나가 과연 우승할 수 있을까?

근처 도로에서 자동차 소리가 들렸다. FBI가 출동한 것이 분명했다. 나는 칼을 꺼내들고 현관문을 열었다. 개 짖는 소리가 더욱 요란해졌다. 알고 보니 그 소리는 바로 집 안에서 들려오고 있었다. 복도에는 실내화가 몇 켤레 놓여 있었다. 내가 머물게 될 새로운 집을 잠깐 둘러보았다. 200제곱미터의 고급주택이었다. 사용 흔적이 없는 벽난로, 달을 배경으로 그린 풍경화 몇 점, 두꺼운 황금색 액자에 들어 있는 초대형 유화, 윤기가 반질반질 흐르는 소파 그리고 실내 운동기구들. 개는 지하 세탁실에 있는 것 같았다. 나는 귀를 쫑긋 세우고 계단을 내려갔다. 세탁실에 발을 들여놓기가 무섭게 똥개 한 마리가 자지러질 듯이 짖어댔다. 나는 잽싸게 목을 비틀어 꺾어버렸다. 더 이상 소리가 나지 않았다. 켄터키 프라이드치킨의 몸통에서 닭다리를 잡아 비트는 것보다 쉽고 간단한 일이었다. 온몸에 긴 털이 덮여서 눈도 보이지 않는 이런 개는 우리 고향 스플리트에서는 "네 발 달린 가발"이라고 불렸다.

빨랫줄에는 우스꽝스럽게 보이는 바지와 평범한 와이셔츠 그리고 남자 속옷들이 걸려 있었다. 성직자는 스트립쇼 준비를 마치고, 프렌들리 신부와 시끄럽게 굴던 개를 비어 있는 빨래통에 합장했다. 그런 다음 나는 와이셔츠와 어릿광대 바지를 입고 자동차가 없는 차고로 내려가 페인트 통을 찾아보았다. 폐품을 모아 둔 구석을 뒤져보니 예상대로 하나가 나왔다. 스위스제 군용 칼로 뚜껑을 열고 옷과 얼굴에 하얀 페인트를 묻혔다. 정말 천재적인 발상이었다! 마음이 날아갈 듯 가벼워졌고, 내 심장은 볼레로(Bolero, 에스파냐의 춤곡—옮긴이)의 빠른 템포에서 보사노바(Bossa Nova, 삼바에 쿨재즈가 가미된 대중음악—옮긴이)의 지적이고 차분한 리듬으로 안정을 되찾았다. 나는 페인트통을 들고 집으로 올라갔다. 그리고 부엌에서 신문지 뭉치를 찾아내 복도 바닥에 깔아놓고,—유로비전에 참가한 아이슬란드의 지저분한 년의 사진이 열여섯 장이나 펼쳐졌다—그 위에 페인트 통을 올려놓았다. 그리고 부엌에 있는 라디오를 켰다. 필 콜린스(Phil Collins, 영국의 가수—옮긴이)의 노래가 흘러나왔다. "내가 평생 동안 기다려온 건 지금 이 순간이란 말인가요, 오, 맙소사."(I've been waiting for this moment, all my life, oh, Lord.—옮긴이) 이 노래는 지금

이 순간 적합하지 않았지만, 나는 하노버에서 여자친구와 헤어질 때를 회상하며 큰 소리로 따라 불렀다. 이별을 하는 연인들에게는 환상적인 노래였다.

준비를 거의 마쳤다. 현관에서 초인종이 울렸을 때 내 몸은 이미 땀으로 범벅이 되었다. 초인종 소리는 집주인의 재력을 가늠하고 싶은 충동이 일 만큼 매우 고급스러웠다. 나는 현관으로 다가가 문을 열었다. 심장은 디스코 템포로 뛰었다. 제복을 입은 두 경관이 문 앞에 서 있었다. 검은 점퍼와 흰색 모자.

"할로우." 그들이 말했다. 토박이 아이슬란드 사람의 말투였다.

"칼로우." 내가 슬라브인들의 강한 억양으로 말했다.

"아, 실례합니다. 영어 하시나요?"

"네…… 나능 영어 합니다."

그들 중 하나가 곁눈질로 문패를 흘끗 보더니 입을 열었다. "크리스틴(Kristinn) 씨, 집에 계시나요?"

뭐라고! 크리스천(Christian—옮긴이)이 집에 있냐고? 그런 것도 질문이 될 수 있을까? 혹시 이 친구들은 경찰이 아니라 이웃을 탐방하고 있는 두 신부란 말인가.

"네, 여키 칩 있써요, 크리스천. 근데 나능 여키 안 싸라요." 나는 외국인이 잘 쓰는 영어로 대답했다.

"그분하고 얘기 좀 나눌 수 있을까요?"

"그분?"

"네, 크리스틴 씨하고 얘기하고 싶은데요." 그들의 억양은 코카인을 마신 레슬링 선수처럼 괄괄했다.

"아, 마자써요. 아니, 아니에요. 크리스틴 업써요, 지금 칩에."

"당신은 누구십니까?"

"나능 타데우시(Tadeusz)입니다."

"폴란드에서 오셨나요?"

"네, 나능 이 칩에서 일합니다. 크리스틴 업써요, 지금." 나는 조금 전 콧잔등에 묻은 페인트를 닦지 않은 채 대답했다.

"알겠습니다. 우린 대머리 남자를 찾고 있습니다. 신부 복장을 하고 다닙니다. 이곳으로 누가 뛰어가는 걸 못 봤습니까?"

"아니에요. 못 봤써요. 대머리 신부라코요?"

"맞습니다. 머리에 털이 하나도 없고, 신부처럼 보입니다. 매우 위험한 사람입니다. 범죄자입니다. 우리는 그 남자를 찾고 있습니다."

"범죄 신부?" 내가 말했다. 그리고 디칸이 했던 말을 생각해보았다. '멍청한 것처럼 굴어라, 그것만큼 좋은 위장술은 없다.'

"네. 미국인들이 이곳에서 그 남자를 쫓고 있습니다."

"미쿡에도 많아요, 범죄 신부. 그치 않나요?"

두 경관은 미소를 지을 수밖에 없었다. 그들은 벽칠 작업을 잘하라는 격려와 함께 인사를 하고 등을 돌렸다.

12. 사업가 마크의 우아한 걸음걸이

 나는 이렇게 큰 집에서 살아본 적이 한 번도 없다. 상황은 한순간 급박하게 돌아가더니 유배지에서 뜻하지 않은 호사를 누리게 되었다. 주님의 집에서 뛰쳐나온 건 아무리 생각해봐도 정말 잘한 일이었다. 지금부터는 눈을 뜨자마자 바보 같은 미소를 짓거나 깊은 생각에 잠겨 예수님이 물 위를 걷듯 반짝반짝 광택이 나는 바닥을 걸어 다닐 필요가 없게 되었다. 프렌들리 신부에게서 벗어난 것은 거친 텍사스 사투리를 쓰고 다이어트와 핸드폰에 정신이 팔린 여자친구와 작별한 것만큼이나 속이 후련했다.

 아직 남아 있는 토요일 밤은 혼자 유로비전 송 콘테스트를 보기로 했다. 최신-초대형-평면텔레비전-돌비-입체서라운드-홈시어터 시스템이었다. 결선 투표는 내가 가장 좋아하는 장면이다. 할로윈 복장을 입고 괴성을 질러 댄 핀란드 팀이 우승 트로피를 차지했고, 보스니아-헤르체고비나는 3위에 올랐다. 세베리나는 유고슬라비아에서 분리된 국가들로

부터 몰표를 받았을 뿐 아니라 적대적인 세르비아까지도 동정을 베풀어서 10점이나 주었지만, 도합 56점으로 13위에 그쳤다. 그들은 아마 세베리나의 노래보다 자신들의 아랫도리로 심사를 한 것이 분명해 보였다. 나머지 유럽 국가들이 세베리나의 포르노를 인터넷에서 봤다면 사정은 좀 달라지지 않았을까. 어쨌든 유로비전 송 콘테스트에서 크로아티아가 다시 한 번 우승을 차지하기 위해서는 보다 많은 발칸 국가가 건립되어야만 할 것이다.

냉장고에는 먹을 것이 그득했다. 나는 굶어죽기 직전인 살인청부업자를 위해 한밤중에 오믈렛을 만들어 당구대가 있는 지하실로 내려가서 먹었다. 주위의 이목을 가능한 한 끌지 않게 불도 켜지 않았다. 집주인 부부는 크리스틴 Th. 마크(Kristinn Th. Maack) 그리고 헬레나 잉골프스도티르(Helena Ingólfsdóttir)였고, 이와 같은 이름으로 약 60년 동안 살고 있는 것이 분명했다. 사진첩은 행복한 미소를 짓고 있는 부부의 사진 일색이었다. 플로리다부터 슬로베니아에 이르기까지 따뜻한 지역은 안 가본 곳이 없는 것 같았다. 여행비용을 전담해주는 사람이 따로 있기라도 한 것처럼 그들은 마음껏 여행을 즐기는 듯했다. 부엌의 달력에는 3월엔 케냐, 4월엔 불가리아라고 적혀 있었다. 헬레나는 이번 주말을 포함한 3일 동안 런던, 런던, 런던에서 보낸다고 달력에 친절하게 표시해 놓았다. 그들은 월요일에 돌아올 예정이었다.

빡센 하루를 무사히 넘겼다는 안도감과 함께 나는 그녀

의 침대에 '큰 대' 자로 드러누웠다. 침대는 권투장만큼이나 컸다. 한쪽 코너에는 남자가, 대각선 반대쪽 코너에는 여자가 자는 것처럼 보였다. 권투장갑은 보이지 않았지만 여자는 이탈리아 요리책을, 남자는 시칠리아의 마피아 코사 노스트라(Cosa Nostra, 이탈리아 마피아 조직 중 가장 오래 되었고, 영향력이 강함—옮긴이)의 이야기를 읽고 있는 것이 분명했다. 세상 어디를 가나 '묻지 마' 총질밖에 모르는 탈리아 놈들 이야기뿐이었다. 크로아티아 마피아 사나이들은 정정당당함을 무기로 내세우는데도 왜 기를 펴지 못하고 항상 죽을 쑤고 있는 걸까? 책 몇 권, 영화 몇 편, 그 덕분에 탈리아 놈들이 유명세를 타는 게 아닐까? 무기도 없는 나라에서 발음하기도 지랄 맞은 이름을 지닌 놈까지 파스타만 먹고 똥배가 나온 탈리아 놈들 이야기에 빠져 있었다. 나는 여자의 자리에서 잠을 자기로 했다. 그리고 깨어 있는 몇 분 동안 내가 처해 있는 상황에 대해서 곰곰이 생각해보기로 했다. 뾰족한 수가 없었다. 이제 어떻게 한다? 그들이 돌아오면 바로 죽여버리고, 냉장고를 비울 때까지 일단 이곳에 머무른다. 아니면 이고르가 공항에서 나에게 사준 항공권을 이용하여 이곳을 뜬다. 두 가지 방법 이외엔 출구가 보이지 않았다.

일요일 내내 나는 집에 머물렀다. 초호화판 아침식사를 천천히 들면서 아침에 배달된 신문에 실린 내 사진 밑에 있는 기사가 무슨 뜻인지 읽기 위해 머리를 싸매고 끙끙거렸다. 기사의 제목은 'Mafíumorðingi á Íslandi?'로 '마피아 어쩌고 저쩌고아이슬란드'라는 뜻인 것 같았다. 제목에 붙어 있는 물음표가 그나마 한 가닥 희망을 주었다. 프렌들리 신부가 언급되고, 선교 텔레비전방송국을 운영하는 귀트뮌뒤흐르의 이름도 나오고, 그가 한 말이 짤막하게 인용되어 있었다. 신문기자 앞에서 티베트의 라마승 같은 얼굴로 눈을 휘둥그레 뜬 그의 모습이 떠올랐다. 그 말은 쉽게 짐작이 되었다. "전 충격을 받았습니다. 조금도 의심하지 못했습니다. 그 남자는 정말 친절한 사람이었으니까요. 제 목숨이 아직 붙어 있다는 사실이 기쁠 따름입니다."

이고르의 이름이 언급되지 않았다는 것이 나에게 마지막 희망을 주었다.

나는 마크의 전화로 무니타의 집에 전화를 했다. 영리한 짓이 아니란 건 잘 알고 있었지만 별수가 없었다. 그녀는 집에 없었다. 그녀와 통화를 해야만 했다. 핸드폰으로 전화를 했지만 되돌아온 것은 그녀의 음성메시지였다. "삐 소리가 나면 메시지를 남겨주세요!" 그녀의 목소리는 언제 들어도 매력적이었다. 윤기가 흐르면서도 부드럽고 털이 보송보송 난 세계가 떠올랐고, 그 안에 함몰되어 평생을 보내고 싶다는 생각이 들었다. 영어를 말할 때에 나타나는 사소한 실수들도 오히려 섹시하게 느껴졌다. 그녀는 전화를 걸어오지 않았다. 가족들의 참혹한 죽음을 겪은 그녀였기에 잘 지내고 있기를 바라는 것 이외에는 별다른 방법이 없었다.

라스베이거스와 다름없이 호화로운 집의 동쪽에 초대형

욕조가 있었다. 나는 뜨거운 물에 오랫동안 몸을 담갔다. 그리고 50분 동안이나 내 배를 중심으로 공기방울목욕을 했다. 그런 다음 차가운 맥주를 꺼내 들고 천천히 음미하면서 벌거벗은 채로 집 안을 이리저리 돌아다녔다. 나는 공간과 시간이 더 이상 의미를 지니지 않은 빈 집에 살고 있다. 집에 머물고 있는 것은 오로지 무(無)이고, 그것이 곧 나이다. 나는 더 이상 실존하지 않는다. 나는 보이지 않는 하나의 에너지에 불과하다. 그 에너지가 초록색 하이네켄(Heineken, 네덜란드의 맥주 상표—옮긴이) 맥주 깡통을 이 집 안 이곳저곳으로 운반해가면서 내용물을 홀짝홀짝 비워가고 있다.

욕실에 다시 들어섰을 때 거울에 비친 얼굴을 보고 나도 모르게 화들짝 놀랐다. 순식간의 일이었지만 프렌들리 신부의 얼굴이 번쩍 스쳐갔다. 제이에프케네디 공항 화장실의 거울을 통해 짧은 순간 마주쳤던 그의 눈빛이 머릿속에 생생하게 떠올랐다. 심장은 그대로 멈추는 것만 같았다. 프렌들리 신부의 표정은 약물이 주입된 종마처럼 완강하기 이를 데 없었다. 그의 사전에 포기란 단어는 없는 것 같았다. 그는 무덤 속으로 나를 끊임없이 불러들였다. 죽을 날을 눈앞에 두고 불평불만을 입에 달고 사는 연금생활자처럼 보였다. 맞다. 지난밤에는 그에 대한 꿈까지 꾸었다. 야외에서 무슨 행사가 벌어졌는데 그가 긴 흰색 옷을 입고, 커다란 초록색 나무 밑에서 나타나더니 곧장 나를 향해 다가와 내 이마에 키스를 했다. 그의 입술은 엄청나게 크고 따뜻했다. 흑인이 아닐까 싶을 정도였다. 나에게서 멀어져 갈 때는 재즈 트럼펫 연주자였던 마음씨 좋은 루이 암스트롱(Louis Armstrong—옮긴이)처럼 보였다.

나 자신도 이해하지 못할 일이었다. 돼지 같은 놈들을 향해 지금까지 숱하게 방아쇠를 당겨보았지만 털끝만큼도 양심에 거리낌이 없었는데 일순간에 상황이 이렇게 돌변하다니! 공항 화장실에서 목숨이 끊어진 대머리 신부 하나가 사랑에 눈이 멀어 실성한 아가씨처럼 막무가내로 내 뒤를 쫓아왔다. 혹시 그 남자는 단순한 성직자가 아니라 진짜 성인(聖人)인 게 아닐까? 루이 암스트롱처럼!

맥주 때문에 머릿속이 어질어질했다. 고래 한 마리가 지나치게 좁은 수족관에서 맴돌듯 모든 것이 빙빙 돌며 뒤죽박죽이 되었다. 나는 거울 속을 들여다보았다. 거울 속에 나는 더 이상 내가 아니라는 느낌이 들었다. 미국의 텔레비전 선교사의 얼굴을 지닌 마트료시카(matryoshka, 인형 속에 인형, 또 그 안에 인형이 계속 들어 있는 러시아의 전통 인형—옮긴이)처럼 보였고, 그 인형을 열어보면 폴란드의 매력적인 화가 타데우시 복시비츠(Tadeusz Boksiwic)가 나오고, 또 그 인형을 열어보면 러시아의 무기 밀수꾼 이고르 일리치가 나타나고, 그 안에는 살인자 톡시가 들어 있고, 톡시 인형을 열어보면 크로아티아를 떠나 미국에 갓 이민을 온 톰 보식이 등장했다. 그리고 톰 보식을 열어보면 그 안에서 마지막으로 모습을 드러내는 것은 크로아티아 스플리트 출신의 사내아이 토모였다.

나의 정체성은 겹겹이 포장되고, 또 포장되어 나 자신도 내가 누구인지 모를 지경에 빠졌지만 그렇다고 좌절할 때가 아니었다. 나는 오히려 목각인형을 하나 더 여기에 덧씌우기로 결심했다. 그렇다. 나는 성공한 사업가 마크가 되어서 이 집을 떠나는 것이다. 밝은 갈색 롱코트를 걸치고, 어두운 갈색 모자에 빨간 목도리를 두르고, 런던 로이드(Lloyd—옮긴이) 명품 구두를 신고, 이 모든 외양을 완성시켜주는 최고의 장식품으로 깨끗한 속옷과 러시아제 운동화가 들어 있는 고급 가죽가방을 손에 들었다. 야근을 하기 위해 집을 나서는 귀족적인 살인청부업자라 생각하니 내 모습이 상당히 우스꽝스럽게 보일 것 같았다.

나는 나이가 지긋한 사업가처럼 걷기 위해 신경을 썼다. 허리를 곧추세우고, 배를 의기양양하게 앞으로 쑥 내밀었다. 엄청난 성공을 거둔 그룹의 총수의 눈앞에 남아 있는 건 오로지 개선행진이었기에 자신의 발걸음을 억지로 힘을 들여 앞으로 내딛을 필요가 없다는 듯 걸었다. 자신이 투자한 펀드의, 하늘 높은 줄 모르고 쭉쭉 뻗어나가는 수익률에 떠밀려 어쩔 수 없이 저절로 발걸음을 내딛는 것처럼 움직였다. 그러나 도시 고속도로의 인도를 따라 느릿느릿 걷는다는 건 아무래도 어색한 일이었다. 보행자가 없는 나라에서 길을 따라 걷는 사람은 유일하게 나밖에 없어서 신경이 쓰이지 않을 수 없었는데, 사람들은 빌어먹을 자동차를 타고 가면서 눈을 크게 뜨고 흘끗흘끗 나를 쳐다보았다. 두 발로 걸어서 길을 가는 사람은 난생처음 보았다는 표정이었다. 하지만 걷는 것이 유일한 방책이었다. 자동차를 하나 훔치는 건 마크의 스타일에 맞지 않았고, 그렇다고 택시를 잡아타는 건 너무 위험했다.

아직도 날은 대낮처럼 여전히 밝았다. 시계를 보니 밤 10시 33분이었지만, 태양은 지평선에 머물고 있었다. 뉴욕 브루클린의 차이나 레스토랑 테라스에 매달려 있는 오렌지색 램프처럼 보였다. 바람 한 점 없는 아름다운 봄날의 밤이었다. 잔잔한 바다는 거울처럼 빛났고, 날씨는 포근했다.

13. '미스터 살인마' 주식회사

 무턱대고 마크를 살해할 마음은 조금도 없었다. 그 집 개를 죽인 것만으로도 이미 충분했다. 나는 아직도 제대로 된 작업도구를 확보하지 못했고, 솔직히 말해서 프렌들리 역할을 계속 수행할 수도 없었다. 몇 번을 고민한 끝에 이고르도 더 이상 대안이 되지 못한다는 결론에 도달했다.

 존에프케네디 공항부터 여기까지 프렌들리 신부의 신분을 유지하지 못하고 아이슬란드에 입국할 때 신분을 이고르라고 밝힌 것은 얼마 전만 해도 행운이라고 생각했지만 지금은 오히려 안심할 수 없는 상황이 되어버렸다. 프렌들리 신부가 그날 밤 아이슬란드 항공을 타고 떠났지만 아이슬란드에 입국하지 않았다는 사실이 드러나면서 어디에선가 초비상사태를 알리는 경보가 귀청을 찢을 정도로 울려댔을 것이고, 더군다나 존에프케네디 공항 화장실에서 발견된 시체의 신원이 밝혀지고 난 다음 살인자가 신부의 항공권을 손에 들고 아이슬란드로 날아갔다는 건 하나 더하기 하나는 둘인 것처럼 명확해졌을 것이다. 그래서 탑승객 명단을 하나하나 체크해보면 난데없이 이고르라는 이름으로 입국신고를 한 한 녀석만 제외하면 나머지는 북극의 빙하에 관심이 있는, 흠잡을 데 없는 관광객이라는 것 정도는 어렵지 않게 밝혀졌을 것이다. 게다가 입국심사관도 이고르가 정황상 프렌들리 신부의 살해범이 분명하다고 진술했을 것이다. 그렇다면 이고르의 이름으로 이 나라를 떠난다는 것은 더 이상 말할 필요도 없이 불가능한 일이었다. 나는 앞으로 30년 동안 32센트짜리 미트볼을 사 먹지 못하고, 스눕 독(Snoop Dogg, 미국의 랩 가수—옮긴이)의 흥얼거리는 노랫소리도 듣지 못하게 될 것이다. 크리드(Creed, 미국의 록 밴드—옮긴이)의 광팬인데 이젠 어쩌란 말인가. 제기랄. 그래, 차라리 이곳에 눌러 앉자. 섭씨 10도의 나라에서 무기도 없고, 이름도 없고, 계획도 없는 인간으로 지내는 것이다.

정원을 끼고 난 길을 따라서 레이캬비크 시내까지 걸어 들어가는 데 한 시간이 걸렸다. 흰색 경찰차가 곁을 스쳐 지나갔지만, 애써 무시했다. 외줄타기를 하는 심정으로 계속해서 정신을 집중해야만 했다. 고개를 왼쪽으로 한 번 돌려보기만 해도 외줄에서 떨어질 수 있었다. 그렇게 되면 FBI의 그물망에 그대로 걸려들 판국이었다.

나는 얼마 전에 귄홀데르와 같이 차를 타고 갔던 바로 그 길을 택했다. 발길은 그녀를 향하고 있었다. 버터 빛 금발 여자가 이제 나의 유일한 희망이었다. 나는 그녀에게 전화를 걸

엄두를 내지 못했다. 전화를 받자마자 끊어버릴 것이 분명했다. 그녀가 풍선을 매달고 초콜릿을 차려놓고 나를 기다릴 것이라고 믿을 만한 이유는 없었지만, 그렇다고 차갑게 등을 돌리지만은 않을 것이라는 느낌이 들었다. 발칸 반도의 짐승만이 느낄 수 있는 예감이었다.

나는 미클라브라위트(Miklabraut)라는 이름의 거리를 걸었다. 인도는 걷기에 불편했다. 1분에 약 30대의 자동차가 지나갔다. 오른쪽에는 공원이 있었고, 길 건너편의 주거지역에 있는 집들은 2차 대전 후에 건축된 동독의 주택과 비슷하게 생겼다. 이곳에서 오늘 저녁 처음으로 맞은편에서 오는 보행자를 만났다. 날렵한 회색 머리 남자 하나가 땀에 흠뻑 젖은 빨간 티셔츠를 입고 조깅을 하고 있었다. 예수가 십자가에 못 박힌 장면을 연출이라도 하려는 듯 그의 얼굴은 고통으로 뒤틀려 있었다. 금연법에 발맞춰 조깅금지법이 신설되는 것은 시간의 문제일 것이다. 뉴욕에 살 때 조깅 친구들이 다섯 명 있었다. 우리는 매주 네 번씩 센트럴파크에서 만나 조깅을 했다. 여자들의 시선을 끌려면 역시 몸매 관리가 최고라고 의기투합했던 것이다. 나는 여섯 달이 지난 후에야 조깅을 가까스로 멈추었지만, 나머지 녀석들은 제어가 되지 않았다. 3년이 지난 후 다섯 명 중 세 명이 몸무게를 영원히 잃어버렸다. 그 가운데 한 놈은 나에게서 '넘버 32'를 부여받았다. 슬픈 이야기이다. 하지만 나머지 두 놈은 조깅 때문에 생긴 병으로 앓다가 뒈졌으니 총 맞아 죽은 게 차라리 나은 것인지도 모른다.

조깅하는 남자가 곁을 지나가는 순간 나는 무성영화시대의 배우처럼 모자를 벗어 인사하는 척 얼굴을 감추었다. 어느 한순간도 빈틈을 보이면 안 된다. 사람들이 내 얼굴을 알고 있다고, 봤다고 하면 무슨 일이 벌어질지 모른다. 바로 몇 시간 전 텔레비전에 내 얼굴 사진이 나왔고, 그 사진은 이미 신문에도 실렸다. 과거 독일에 있었을 때 경찰이 수배전단에 사용했던 끔찍한 사진이었다. 볼이 더 통통했고, 머리카락이 하나도 없었다. 지금의 내 모습과는 약간 달랐지만 조깅하는 남자가 눈썰미가 있다면 나를 알아볼 수도 있다.

시내 중심 구 시가지에 도착할 즈음에는 드디어 해가 지평선 아래로 떨어지고 있었다. 그렇지만 주변은 아직도 영안실처럼 환했다. 이곳에는 차량통행이 뜸했지만, 그 대신 오고가는 사람들이 있었다. 나는 이들을 피해 멀찌감치 돌아다녔다. 그 바람에 길을 몇 번 헤맨 끝에 귄홀데르의 방탄용 집을 드디어 찾아냈다. 그녀는 집에 없었다. 나는 스위스 군용 칼로 문을 따고 안으로 들어갔다. 나를 본 사람은 아무도 없었다.

지난 수요일에 와 봤을 때보다도 그녀의 집은 그 사이 난장판이 되어 있었다. 이런 곳에서 과연 사람이 살 수 있을까? 돼지우리가 따로 없었다. 군대의 명령이라 해도 이런 곳에서 3일을 견딜 병사는 없을 것 같았다. 재떨이란 재떨이는 모두 철철 흘러넘쳤다. 텔레비전 위에 덩그러니 올라가 있는 프라이팬 안에도 담뱃재와 담배꽁초들이 그득했다. 벗어서 패대기 처놓은 옷가지들이 방바닥과 가구 위에 하나 가득 널브러져 있었는데, 마치 총천연색 눈이 수북이 내린 것 같았다. 이곳저곳에 널려 있는 빈 맥주깡통들은 공동묘지의 등불처럼 이미 오래전에 끝난 파티를 추념하고 있었다. 침실에 들어섰다. 먼지가 가득한 탈의실에 온 것처럼 콧속이 알알했다. 땟국에 전 침대보가 그사이에 더 많아진 듯했다. 신문 두 개가 내 발치에 있었다. 하나는 〈현혹과 혼란〉(Dazed & Confused—옮긴이)이었고, 나머지 하나는 '막가파 여성'을 위한 잡지(Slut Magazine—옮긴이)였다. 이러기에 내가 뭐라 했어? 신성한 부부 사이에서 난잡한 년이 태어난다고 했잖아!

나는 외투와 모자를 벗고, 목도리를 풀어 던진 다음 재떨이들을 비우고 널린 옷가지들을 주워 걸기 시작했다. 40분이 지나자 집은 말쑥하게 변했다. 사진을 찍어서 월간 〈집 가꾸기〉(Schöner Wohnen. 독일어권에서 50년의 전통을 지닌 잡지—옮긴이)에 실어도 손색이 없을 것 같았다. 나는 안락의자에 털썩 주저앉았다. 부엌과 현관이 한눈에 들어왔다. 현관문이 열리더니 귄홀데르가 나타났다. 조건반사적으로 나는 배를 집어넣었다. 그녀는 놀란 듯 "뭐야?" 하더니 현관문을 닫고 집 안으로 들어섰다.

"대체 이곳에서 무슨 짓을 한 거야?" 내가 물었다.

그녀의 눈앞에서 나는 킬러였다. 만일 내가 아직도 프렌들리 신부였다면 "빌어먹을, 지금 여기서 뭐하는 거야?"라는 말이 그녀의 입에서 먼저 튀어나왔을 것이다. 킬러가 성직자보다도 훨씬 매력적이라는 건 말할 나위가 없다.

"난 그저…… 근데 당신은 정말 누구예요? 그리고 어떻게 여기……. 아하, 그래서 다시 문을 따고 들어온 거군요."

술에 약간 취한 그녀는 아름다운 자태가 조금 흐트러져 있었다. 집 안이 말끔하게 치워져 있는 것을 이제야 발견한 것 같았다.

"아니? 엄마도 여기 왔어요?"

그녀는 이런저런 걸 물어봤지만, 나는 대답하지 않았다. 그녀는 담배를 꺼내 물고 소파 위에 털썩 주저앉았다.

"당신은 누구예요? 진짜 이름은 뭐죠? 여기에서 뭐 하는 거예요? 정말 신부를 죽였어요? 공항에서? 왜요?"

떨리는 그녀의 목소리에는 두려움보다 존경이 묻어나 있었다. 아름다운 입술에는 가벼운 미소까지 언뜻번뜻 나타났다. 나는 지금까지 살아온 인생을 짧게 설명해주었다. 하지만 67번의 살인, 무니타와 동거했던 2년 그리고 안드로와 함께했던 밤에 대해서는 입을 다물었다. 그녀는 담배를 피우며 잠자코 귀를 기울였다. 그리고 재떨이가 어디 있는지 찾았다.

"그 많던 재떨이들은 어디에 처박아 뒀어요?" 그녀가 물었다.

"거기 구석에 하나 있잖아, 바로 네 앞에."

그녀는 빈 재떨이가 원래 어떻게 생겨 먹었는지 제대로 본 적이 없는 것 같았다. 그녀에게서 프로야구팀 뉴저지 데블스(New Jersey Devils—옮긴이)의 팬클럽 깃발의 냄새가 나는 것 같았다. 뉴어크(Newark, 뉴저지의 도시이름—옮긴이)의 한 선술

집에 20년 넘게 걸려 있는 동안 온갖 냄새와 먼지가 배어 있는 깃발. 나는 그녀의 몸에 코를 박고 진공청소기처럼 빨아들이고 싶은 충동에 사로잡혔다.

"오우, 고마워요." 그녀는 재떨이를 끌어당겨 담뱃재를 떨었다.

"담배는 끊는 게 좋아. 흡연은 치명적일 수 있으니까." 내가 말했다.

"나를 죽일 수도 있는 게 뭔지, 그런 건 솔직하게 털어놓을 맘이 없다, 그거죠?" 그녀는 모욕을 당한 것 같은 미소를 지으며 말했다.

"왜 그렇다고 생각해?"

"생각해봐요, 얼마 전에 신부를 죽였잖아요. 그뿐만이 아니잖아요. 이런저런 사람을 죽였죠? 그래서 경찰이 당신을 찾는 거고. 내 말 틀려요?

아, 이제 이해했다. 이곳 사람들도 공항에서 죽은 남자와 뉴욕의 쓰레기통에 처박힌 시체 사이에 연관성이 있다는 걸 유추해낸 게 분명하다. 뭐 나쁘지만은 않은 일이다.

"혹시 살인자들은 건전한 삶하곤 담을 쌓고 있을 거라 생각해서 그렇게 몰아붙이는 거야? 날 봐. 아무리 킬러지만 어쩌다 한 번쯤은 깨끗하게 정리정돈을 할 줄 안다고!" 나는 소리를 지르며 말끔하게 치워진 방을 가리켰다.

"최고야. 고마워요." 그녀가 말했다.

"킬러도 역시 보통 사람들하고 마찬가지로 그저 한 인간이야. 킬러한테도 인권이 있는 거야."

"맞아요. 미안해요."

"알았으면 됐어."

"그러니까 당신은…… 부드러운 킬러다, 그런 말이죠?"

"정말 웃기는 말이네. 내가 어떻게 알아. 다만 난 말이야…… 사람들을 죽였다는 이유 하나로 날 질 낮은 놈으로 여기는 놈들은 도무지 참을 수 없어."

헉, 이런 말은 꺼내지 말았어야 했다. 그녀는 담배를 빨다 말고 숨을 멈추었다.

"그게 무슨 뜻이죠? 정말 사람을 많이 죽인 거예요?"

이런 젠장, 똥을 제대로 밟았다. 데이트 상대로 처음 만난 여자 앞에서 총을 꺼내들면 안 되는 법. 하지만 이미 물은 엎질러졌다. 그녀는 내가 두 놈을 죽였다는 것을 이미 알고 있었고, 게다가 데이트 상대가 아니다. 도움이 필요할 뿐이다.

"그저 속절없이 죽어야만 할 놈들이…… 어디 한둘이겠어."

"그래서 우리 아빠 친구 분도 그렇게 죽어야만 했나요?"

"나 참. 어쨌든 그 사람을 죽이지 않을 수 없었어. 그러지 않았으면 난 지금 감옥에 갇혀서 매일 아침 샤워를 할 때마다 껌둥이들한테서 따먹혔을 거야. 게다가 그놈들 거시기는 세탁기 배수관처럼 우악스럽게 생겨 먹었다고."

그녀는 내 말을 듣고 놀라서 눈을 동그랗게 떴다. 일부러 그런 어휘를 골라 썼기 때문에 이상한 일도 아니었다.

"속절없이 죽어야만 할 놈들이 그렇게 많다니 그게 무슨 뜻이에요?" 그녀가 물었다.

"그런 놈들은 어차피 죽어야만 하는 거야."

"뭣 때문에?"

"나쁜 놈들이거든. 나쁜 놈들은 다른 사람들을 기분 나쁘게 만들기만 할 뿐, 도대체가 올바른 짓거리는 눈앞에 갖다 줘도 할 생각이 없는 놈들이야. 그런 놈들은 더 볼 것도 없이 그냥 아웃이야."

"와우! 당신은 아빠 친구 소르뒤르처럼 말하네요."

"고문이(Tortur—옮긴이) 말이야?"

"고문이? 하하, 참 잘 어울리네요. 당신, 종교가 있긴 해요?"

"난 가톨릭 신자야."

"아, 그렇군요. 그런데 당신이 미친 텔레비전전도사가 아니라는 보장이 있긴 해요? 프렌들리 신부를 경쟁자로 생각해서 제거해버린 건지도 모르잖아요?"

"그게 아니라니깐."

"나 참, 가톨릭 신자라라며?"

"맞아, 크로아티아 가톨릭 신자야.(가톨릭계의 크로아티아는 그리스 정교의 세르비아와 이슬람교의 보스니아를 상대로 종교·인종 갈등을 일으킨 당사자—옮긴이) 가톨릭이긴 하지만 신자는 아니야. 교회라고는 결혼식 할 때 하고 죽어서 장례미사를 지낼 때, 합쳐서 딱 두 번밖에 가지 않을 거니까."

"그건 맘에 드네요. 지금까지 교회에 몇 번이나 갔어요? 딱 한 번?"

나는 미소를 짓지 않을 수 없었다.

"단 한 번도."

그녀는 잠시 멈칫거리더니 피우던 담배를 재떨이에 눌러 끄고서 말문을 열었다. "당신, 도대체 누구예요? 재수 없이 FBI 요원을 쏴 죽여서 미국에서 도망쳐 나올 수밖에 없는 얼뜨기 살인자?"

그녀는 혼자서 자위를 하고 있는 것이 분명해 보였다.

"얼뜨기 살인자가 아니야. 나는……."

"그게 아니면 대체 뭔데?"

차라리 입을 다물고 있는 것이 나았다.

"나는…… 프로야."

"프로?"

"그래, 나는 살인전문가야. 내가 죽인 놈만 백 명이 넘어."

환상적이었다. 이제 나는 그녀를 침대에 눕혀 품에 안은 것이나 다름없다.

"맙소사. 백 명……!"

한 놈씩 헤아려 본다면 125명쯤 된다. 미국 중서부 평원지대에서 자동차를 몰고 가다 보면 지명 표지판에 주민 수가 125명이라고 표시된 마을들을 지나칠 때가 있다. 그런 마을에서는 언제나 차를 세워 주유를 했다. 내가 건설한 '죽음의 마을'이니까!

"그래, 전부 합쳐 보면 그렇다는 거야. 크로아티아 군대에 있을 때 조국을 지키기 위해 50명, 아니 60명쯤, 그 뒤에 조직을 위해 세계 각국에서 온 각양각색의 놈들을 정확하게 66명을 골로 보내줬지. 개인적인 이유로 사람을 죽인 건 프렌들리 신부가 처음이야. 지금까지 딱 한 번뿐이라고."

그녀는 고해성사를 받고 있는 가톨릭신부처럼 묵묵히 내 말을 듣기만 하다가 드디어 입을 열었다. "조직이라니 무슨 조직이에요?"

"뭐, 별게 아니야……. 마피아."

"정말로 마피아예요? 마피아 조직원?"

"그래, 물론 크로아티아계 마피아야. 탈리아 놈들하곤 상관없어."

그녀는 족히 10초 동안은 내 눈을 뚫어지게 응시하더니 이내 정신을 바짝 차린 듯했다. 마피아! 뉴욕에 처음 도착해서 얼마 동안 나는 마피아라는 단어에는 마법의 힘이 있다고 생각했다. 맨해튼에 나와 있는 아가씨들은 이국적인 억양을 지닌 마피아 조직원이라면 하룻밤의 거친 섹스를 위해서 언제라도 몸을 던질 준비가 되어 있다고 믿었기 때문이다. 그뿐이 아니었다. 나는 처음 만난 여자와 식사가 끝나자마자 이런 내 생각을 망설임 없이 털어놓았다. 여자들의 반응은 모두 한결같았다. 화장실에 가겠다고 공손하게 양해를 구하고 자리를 뜨더니 다시는 돌아오지 않았다. 데이트를 통해 만난 맨해튼의 계집애들은 모두 한통속이었다. 속을 알 수 없는 금발부터 계속 조잘거려서 사람 혼을 빼놓는 갈색머리까지, 계집애들의 머릿결에서는 싸구려 향수 냄새가 풍겨 눈을 자극했지만 VIP와

돈을 감지해내는 육감만큼은 프로 수준이었다. 하지만 이러한 맨해튼의 계집애들도 마피아란 말을 들으면 혼비백산해서 핸드백을 놓아둔 채로 사라진 경우가 적지 않다. 기다리다 못해 여자화장실을 들어가 본 적도 두 번이나 있었지만, 계집애들은 모두 땅으로 꺼졌는지 하늘로 올라갔는지 자취도 없이 사라졌다. 그렇게 보면 '마피아'라는 단어는 정말로 마법을 부렸다.

그런 일을 겪고 나서야 나는 청순한 계집애와 저녁식사를 할 때 내 아르바이트에 대해서는 입도 뻥끗하지 않아야 한다는 법을 배웠다. 하지만 나 자신은 에이즈에 걸려 독신으로 살아야만 하는 남자가 된 듯했다. 나는 나 자신에 대한 진실을 비밀병기처럼 숨겨두었다가 판을 깰 필요가 있거나 예상치 못한 위급상황이 닥칠 때마다 꺼내들었다. 예를 들어 3일 만에 어떻게 해보고 싶은 여자가 미국의 선거제도에 대한 강연을 듣다가 랠프 네이더(Ralph Nader, 1934~. 미국의 변호사, 소비자보호 및 반공해운동의 지도자—옮긴이)에게서 "우리의 유일한 희망"이라는 이야기를 듣고 20일이 지난 다음 어떻게 해볼 것 같은 여자로 돌변했다고 치자. 그럼 차라리 여자보다 음식이 더 맛있어 보이기 마련이다. 이럴 땐 마법의 주문을 한 번 외우고 "빵!" 소리를 내면 판은 단번에 정리된다. 별다른 조치를 취할 필요가 없을 정도로.

그런데 지금 이곳의 상황은 사뭇 달랐다. 얼음아가씨는 뭔가를 골똘히 생각하더니 드디어 입을 열었다.

"그렇다면 당신은…… 대량학살자예요?"

"아냐."

"왜, 아니란 거죠?"

"나는 살인자가 아니라, 킬러야!"

"그게 그거죠."

"아냐, 그 차이는 엄청난 거야."

"뭐라고요?" 그녀는 눈살을 찌푸렸다.

"취미냐, 직업이냐 같은 차이가 있는 거야."

"무슨 뜻이죠?"

"살인은 자발적으로 저지르는 거야. 또한 대부분 옳지 않아. 하지만 킬러가 어떤 놈을 죽이는 건 달라. 죽이는 이유는 단 하나뿐이야. 죽이지 않으면 자기가 죽기 때문이지. 그건 잘못하는 게 아냐."

"헛소리."

"헛소리라니?"

"당신이 제물로 삼은 사람들은 그 차이를 모르잖아. 그걸 생각해보기나 했어? 그 사람들은 '난 살인당하는 게 아니라 그냥 죽는 거야. 참 다행이다.' 이렇게 생각했을 거 같아? 당신이 하는 말은 헛소리야. 세상에, 백 명이나 죽였다고? 잔인하고 인정머리 없는 인간. 당신, 대체 어떻게 생겨먹은 괴물이야?"

그녀는 몹시 흥분하더니 길길이 뛰었고, 나도 덩달아서 냉정함을 잃었다.

"넌 전쟁이 뭔지 알기나 해? 아이슬란드 사람들은 이렇게 허허벌판 얼음덩어리 같은 곳에서 지금껏 전쟁을 한 번도 겪어보지 못했잖아……. 텐트도 없이 집 밖에서 잠을 자 봐, 산속에서. 그것도 한겨울에! 제대로 된 먹을거리도 없어서 하루 온종일 굶어봐! 그런 상태에서 네 아버지의 시체를 눈으로 확인하고, 그 자리에서 네 오빠가 살해당했다는 소식을 전해 들었다고 해봐……. 그 사람들이 너한테 총을 주고 쏴 갈기라고 명령을 내리면 네가 총을 안 쏘고 배길 것 같아. 너도 총을 쏠 거야. 얼마나 많은 사람들이 네 총에 맞아 쓰러질지 생각할 정신머리가 어디 있어. 네가 꼬꾸라뜨린 놈들이 얼마나 많은지, 그런 건 전혀 알고 싶지도 않을 거야. 하지만 넌 네가 할 수 있는 한 더 많은 놈들을 쏴 죽이고 싶어서 미친 듯이 길길이 뛸 거야. 왜냐하면……."

가슴속 어디에선가 몇 년 동안 참고 있던 눈물이 제조되는 것이 느껴졌다.

"왜냐하면 전쟁은 한 마디로…… 똥밭이거든. 우리 모두는 그 속에 깊숙이 처박힌 거야. 이건 옳고, 저건 그르다는 말을 할 수 있는 사람은 아무도 없어. 내 편이냐 아니냐, 죽일 것인가 죽을 것인가. 이 세상의 모든 건 딱 두 가지뿐이야. 그래서……."

눈물이 완성되어 공장을 떠날 준비가 되었다. 배송포장까지 되었지만, 배송 과정이 간단치가 않았다.

"그래서 말인데 넌 아직 전쟁을 몰라……. 죽었다 깨어나도 이해하지 못할 거야. 네가 앞으로 15년 동안 총질을 해봐도, 넌 이게 옳은 건지 잘못된 건지 분간하지 못할 거야. 네가 아는 건 오로지 하나, 이건……."

나는 일장연설을 끝맺을 단어를 찾지 못해 잠시 망설이다가 "……똥밭이야"라고 무미건조한 목소리로 쓸쓸하게 말했다.

우리는 한동안 아무 말 없이 앉아 있었다. 백야가 창문으로 들어와 방 안을 밝혀주고 있었다. 웃기는 장면이었다. 영화 속 한 장면이라면 방 안은 지금 어두워야 마땅했고, 눈물이 주르륵 흘러내려야 옳았다.

그녀는 자신의 손을 내려다보고 있었다. 그녀의 손은 무릎 위에 가지런히 놓여 있었다. 엄청나게 긴 손톱에서 밝은 핑크색 매니큐어가 반짝거렸다. 보스니아 전쟁 통에 죽음의 마을로 변한 집단매장 무덤에서 봤던 손이 기억났다. 한 여자의 손이었다. 10대 소녀의 손! 그 손의 손톱도 역시 길었다. 무덤구덩이를 흙으로 메우려고 했을 때 그 소녀의 손이 계속해서 삐죽 솟아나왔다. 그 손을 땅속에 넣으려고 삽으로 평평 내려치고, 급기야 군화발로 쿵쿵 굴러 밟아보았지만, 소용이 없었다. 소녀의 손은 계속해서 땅 위로 삐죽 솟구쳐 올라왔다. 통통하게 살이 오른 하얀 손에는 초록색 매니큐어를 바른 긴 손톱이 달려 있어서 얼마나 우습게 보였는지 모른다. 땅속에서 삐져나온 손에 매니큐어를 바른 긴 손톱은 도무지 어울리지 않았다. 집단매장 무덤은 역사 속에서나 있었던 일이어서 나는 종종 2차 세계대전이 떠오르곤 했다. 집단매장 구덩이에 묻힌 사람들은 대부분 늙은 여자들과 불쌍하게 보이는 시골아이들이었다. 여자들은 땟국이 까맣게 전

머릿수건을 두르고 있었고, 아이들은 다 떨어진 누더기에 나무를 깎아 만든 슬리퍼를 신고 있었다. 이러한 판국에 매니큐어를 바른 긴 손톱의 손이 공동묘지나 다름없는 벌판에 삐죽 솟아나와 손짓을 하고 있었으니 현대예술도 여기에 비하면 빌어먹을 짓에 불과했다. 제목을 붙인다면 '오늘의 손'이 제격일 것이다. 불과 두 시간 전까지만 해도 마이클 잭슨의 노래를 듣기 위해 워크맨 카세트의 플레이 버튼을 눌렀던 손이 지금은 땅속에 묻혀서 삐죽 솟구쳐 올라와 있는 것이다.

죽은 자에게 경의를 표하기 위해 나는 '당신은 혼자가 아니야'(you are not alone, 1995년에 발표된 마이클 잭슨의 히트곡—옮긴이)를 흥얼거리기 시작했다. 집단으로 매장된 사람들의 무덤 앞에서 부를 만한 찬송가 중에 이 노래보다 완벽한 것은 없다. 하지만 땅속에서 삐죽 솟아나온 손이 노래를 불러준다고 들어갈 리는 만무했다. 땅속으로 손을 집어넣기 위해 이런저런 방법을 시도하다가 그만 머리끝까지 화가 치밀어 올랐다. 급기야 칼을 꺼내 낑낑대며 손을 싹둑 잘라 멀리 던져버렸다. 그 순간, 발밑 땅속에서 갑자기 무슨 소리가 들리는 것 같았다. 흙더미에 파묻혀 어렴풋이 들리긴 했지만 한 소녀가 울부짖는 비명이었다. 내 마음을 가장 아프게 한 전쟁의 체험이었다.

"아름다운 손톱이야." 나는 그녀의 손에 눈길을 주면서 말했다.

귄홀데르는 내 눈을 뻔히 바라보았다. 그녀는 나의 얼굴에 자기 자신을 파묻어버리고 싶은 듯이 보였다.

14. 차가운 양철지붕 위의 개구리

 발칸에서 온 짐승의 예감은 맞아 떨어졌다. 신부의 딸은 냉정하게 등을 돌리지 않고 다락방에 은신처를 내주었다. 다락방은 상당히 추웠지만 그녀의 침낭 안은 그런대로 따뜻했고, 아이슬란드 전체 지역보다 약간 더 어두웠다. 다락방에는 작은 창문이 두 개 있었다. 하나는 내가 누워 있는 구석에, 또 다른 하나는 천장 한가운데에 뚫려 있었다. 나는 이곳 지붕 밑에서 잠을 잤다. 지은 죄에 대한 형벌이라기보다는 그녀의 오빠 트뢰스테르가 지금 이 집에 머물고 있기 때문에 어쩔 수 없었다. 오빠가 어디에서 잠을 자는지 내심 궁금했다. 혹시 바깥 정원의 새장에서 자는 건 아닐까? 트뢰스테르에게 내 존재를 비밀에 부치기로 결정했기에 그가 집에 돌아와 있는 동안에는 나는 숨소리조차 죽여야만 했다. 자정부터 아침까지 나는 시체놀이를 했다. "오빠는 미친 사람처럼 일만 해요. 집에는 잠잘 때만 온다니까요." 그녀가 말했다. 오빠는 건축현장에서 크레인 기사로 일하고 있었고, 완벽한 하숙생이었다.

"오빠는 말수가 적지, 그치?" 내가 물었다.

"네, 그건 장담해요. 옛날부터 그랬으니까. 게다가 직업이…… 오빠는 하루 온종일 공중에서 지내요. 땅에서 60미터나 떨어진 곳에서 혼자 있으니까 그럴 만도 하죠. 같이 일하는 사람들은 대부분 폴란드나 리투아니아에서 온 외국인이어서 서로 말도 통하지 않아요."

그녀의 오빠가 공중으로 올라가면 나는 반대로 바닥으로 내려왔다. 그리고 허겁지겁 화장실에 들르고 아침식사를 했다. 귀양살이였지만 그런대로 재미있었다. 범법자로서 제대로 된 대우를 받고 있다는 기분이 비로소 들었다. 눈부신 금발 여자의 다락방에 몸을 숨긴 킬러, 나는 그 이상도 그 이하도 아니었다. 내 정체를 세탁하거나 위장할 필요가 더 이상 없다는 것도 맘에 쏙 들었다. 나는 미국에서 온 얼뜨기 신부도, 폴란드에서 온 칠장이도 아니었다. 나는 이 집을 벗어날 수 없다. 하지만 신부의 로만칼라를 하느님의 개목걸이처럼 목에 두르고 길거리를 다닐 때보다 훨씬 더 자유로웠다.

나는 '안네 프랑크 2.0'이었다.(나치 독일의 박해를 피해 2년 동안 네덜란드의 은신처에 숨어 지낸 유대인 소녀, 『안네의 일기』의 주인공—옮긴이) 귄홀데르는 랩톱 컴퓨터를 빌려주었다. 나는 인터넷 서핑을 통해 내 과거를 헤집어 보면서 며칠 동안 시간을 보냈다. 'Darko Radovic'는 가장 활동이 많은 블로거였다. 아마도 두 다리를 크닌(Knin, 크로아티아 북동부의 소도시—옮긴이)에서 잃어버렸기 때문일 것이다. 옛 전우들이 쓴 전쟁 이야기를 찾을 수 있었다. 우리 중대에서는 다섯 명이 목숨을 잃었고, 여섯은 다리를, 셋은 팔을, 몇몇은 손가락을 잃었다. 슬픈 이야기이지만 사실이다. 다리를 잃어버린 내 전우들은 목숨을 부지하기 위해 전쟁이나 다름없는 삶을 살고 있다. 자그레브 혹은 스플리트의 길거리에서 목발을 짚고 절룩거리며 다니는 그들을 찾는 건 어려운 일이 아니다. 단돈 1쿠나(Kuna, 크로아티아의 화폐 단위—옮긴이)를 구걸하기 위해 그들은 총 대신 깡통을 들어야 한다. 우리 조국은 병사들의 잘린 다리를 기둥 삼아 세워졌으면서도 그들을 오래전에 잊어버렸다. 사지가 멀쩡하게 전쟁에서 살아나온 건 분명 행운이지만 아버지와 형제를 잃는 대신 차라리 내 두 다리가 없어지는 편이 나았을 거란 생각을 지금도 떨칠 수 없다. 전쟁은 수많은 질문을 던졌으나 평화는 질문을 외면하고 묵묵부답이었다. 끊임없이 새로운 전쟁이 일어나는 이유는 바로 여기에 있다.

Darko의 블로그에서 내 사진 한 장을 발견했다. 1995년에 찍은 것이다. 완전군장에 AK-47 소총을 들고, 불타버린 세르비아 탱크 위에 우뚝 올라서서 미소를 짓고 있었지만 영락없이 미친놈처럼 보였다. 행복한 것처럼 보이는 얼굴에는 타고난 살인연습생의 광기가 번득였다. 군대에서 이런 식으로 찍은 스냅사진은 딱 질색이다. 나는 미래를 확신하고 있기라도 한 것처럼 능글맞은 미소를 짓고 있었다. 그런 표정을 눈으로 다시 확인한다는 것이 혐오스럽기만 했다. 돌이켜 생각해

보면 나는 지독한 착각에 빠져 살았던 것 같다. 나는 삶에 대해서 무지몽매했고, 몇 사람이나 자기 손으로 죽였는지 생각해볼 필요성도 느끼지 못했지만, 마치 올림픽에 출전해서 금메달을 목에 건 듯이 의기양양했다.

나는 내 사진보다는 내 뒤를 쫓고 있을 것 같은 경찰들의 사진을 찾아보았다. 그마저도 심드렁해지자 옛날 여자친구 센카(Senka)를 검색해 보았다. 내 인생이 한 권의 소설이라면 센카는 뜯겨 나간 페이지들이었다. 전쟁이 끝난 다음 나는 그녀를 찾아내려고 백방으로 노력했지만 허사였다. 나는 그녀에게 'Oprosti'('Sorry'라는 뜻이 담긴 크로아티아어―옮긴이)라는 말을 빚지고 있다.

귄홀데르는 10시 정각부터 일을 시작했다. "있다 봐요." 그녀는 작별인사를 하며 미소를 지었다. 그 미소는 그녀가 다시 돌아올 때까지 나를 포근하게 감싸주었다. 그녀는 얼음장처럼 차가운 태도가 매력적이었다. 하지만 내 꿈속에 나타날 때면 항상 몸가짐이 헤펐다. 내가 감방에 갇힌 죄인이라면 그녀는 귀여운 교도관이었다. 그녀는 직업이 두 개나 됐다. 낮에는 에어웨이(Airway―옮긴이)인지 에어웨이브(Airwave―옮긴이)라는 명칭을 지닌 뮤직페스티벌을 주관하는 회사에서 비서로 일했는데, 세계적으로 유명한 팝스타들과 말을 터놓고 지내는 사이라고 했다. 하지만 그들이 불렀다는 노래의 제목은 단 한 번도 들어본 적이 없었다.

"크리드(Creed, 1995년에 미국 플로리다에서 결성된 록 밴드―옮간이)가 여기서 공연한 적 있어?"

"크리드가 누구야?"

음악에 관한 대화는 항상 비껴갔다.

저녁 7시에서 8시 사이에 집으로 돌아올 때면 그녀의 손에는 무엇이 되었든 간에 항상 먹을 것이 들려 있었다. 대부분 태국 아니면 중국 음식이었다. 그녀는 저녁식사를 먹고 나서 괴상망측한 아이슬란드 음악을 틀어놓았다. 뮈이이손(Mugison, 아이슬란드의 가수—옮긴이), 귀스 귀스(Gus Gus, 1995년에 결성된 레이캬비크의 음악 그룹—옮긴이), 아니면 흑인 여자 가수 이름처럼 들리는 레이 로우(Lay Low, 아이슬란드의 영국출신 여가수—옮긴이)의 매력을 나에게 알려주려는 듯했다. 총을 한 자루 마련해주기만 하면 내가 아이슬란드 음악을 전 세계에 소개해주는 데 큰 역할을 할 수 있다고 그녀에게 말했다. 그녀는 약간 모욕을 받은 듯 큰 소리로 웃었지만 호기심이 발동한 것처럼 보였다. 나는 담배를 피우며 그녀를 지그시 건너다보았고, 그녀는 대통령집무실에 들어온 수습여기자처럼 온갖 질문들을 쏟아냈다.

"당신이 죽인 사람들 중 다른 조직에 속한 사람이 많다면 그 사람들도 당신을 죽이지 못해 안달복달하고 있겠네요. 맞죠?"

이제 더 이상 의심할 필요가 없다. 내 직업에 매료된 것이 틀림없다. 드디어 나에게도 팬이 생겼다.

"근데 그 사람들 다 기억해요? 희생자들 말이야."

"프로급 선수들은 기억하지."

"그럼 전쟁 중에 죽인 사람들은?"

"기억 못해. 전쟁 중에 상대한 놈들 얼굴은 흐리멍덩해. 하지만 난 하고 있는 이 일에 아주 만족하고 있어. 난 작업을 깔끔하게 처리하려고 항상 노력해. '고객은 왕이다'라는 게 내 모토거든. 난 고객을 귀찮게 하지 않으려고 가능한 한 간단명료하게 모시고자 애를 쓰기 때문에 거의 모든 목표물들을 현장에서 즉사시켜. 퍽! 한 방이면 아무리 시끄러운 목표물도 돌아가던 전기믹서 전원을 딸깍 내린 것처럼 순식간에 조용해지지. 고통도 없고, 아무것도 안 남아. 이런 서비스는 이 분야 어디에서도 찾을 수 없을 거야. 모든 걸 처음부터 끝까지 철저하게 준비해야만 가능한 일이거든. 분 단위로 시간과 장소를 체크하는 건 물론이고 총 쏘는 각도까지 모든 걸 미리 계산해둬야 돼. 그뿐만이 아니야. 난 인간 몸뚱이도 의사 못지않게 공부를 해둬서 어디에 구멍을 뚫어야 신속하고 정확하게 끝장을 낼 수 있는지 잘 알아. 올림픽 경기에 살인청부 종목이 있다면 나는 마크 스피츠(1972년 뮌헨 올림픽에서 세계 신기록을 일곱 개나 수립한 미국의 수영선수—옮긴이) 정도 될 거야."

"그럼 이 일을 할 때 가장 어려운 건 뭐야?"

"한 방에 놈을 명중시키는 거, 그게 가장 어려워. 대가리를 관통시키거나 심장에 구멍을 내야 하니까. 만일 녀석이 허리를 숙이고 있으면 등뼈를 일직선으로 꿰뚫어야 돼. 그러니까 등 뒤에서 쏘는 건 당구 치는 거하고 똑같아. 각도가 정확해야 되거든."

"그렇다면 열심히…… 훈련해야겠네."

"두말하면 잔소리지. 날렵한 몸매를 유지해야만 살아남으니까. 콜라도 더 이상 안 마셔. 일의 성격상 심장이 벌떡벌떡 뛰어도 자격 상실이거든."

"와우! 그럼 죽은 사람들에 대한 거라면 모든 걸 한눈에 다 꿰뚫고 있겠네?" 그녀는 커다란 푸른 눈을 크게 뜨면서 말했다. 내 앞에 있는 여자는 르윈스키(Lwinsky, 미국의 백악관에서 인턴으로 일하고 있던 중 당시 대통령 빌 클린턴과 성적인 관계로 유명해진 여자―옮긴이)로 빙의할 준비를 마친 듯했다.

"뭐, 그건 꼭 그렇지도 않아. 일일이 숫자를 셀 수 있을 정도도 아니니까. 그저 더듬더듬 기억해낼 뿐이야. 말하자면…… 너도 침대에서 같이 뒹굴었던 남자들을 다 기억하진 못하잖아, 안 그래?"

"몇몇 놈들은 아예 잊어버리려고 애를 쓰지." 그녀는 섹시한 미소를 지으며 말했다.

나는 그녀의 매력 앞에서 더 이상 참을 수가 없었다.

"으음…… 그럼 얼마나 많다는 거야?"

"나도 몰라. 그딴 건 세어보지 않았거든. 한 40명쯤 될까."

제기랄.

"40명이나?"

"왜 너무 많아? 내 친구는 140명쯤 된다고 하던데, 뭘 그래."

이젠 물증을 확실히 잡았다. 타란티노는 아이슬란드에서

139명과 관계를 가졌다고 했는데, 결코 허풍이 아니다! 크리스마스카드를 보내기 위한 주소목록이 최근에 갱신되었다면 그 여자 이름도 분명 있을 것이다.

"그렇게 말하는 당신은 67명이나 되잖아, 맞지?" 그녀가 물었다.

"여자를 말하는 거야, 목표물을 말하는 거야? 67명이 맞지. 하지만 내가 처리한 건 살인청부업자로서 67명이야. 67마리 돼지들을 바비큐로 만들었을 뿐이야."

"그 사람들을 모두 기억하고 있는 건 사실이잖아?"

"나는 그 사람들을 잊을까봐 기억 속에서 생생하게 간직하려고 노력한다고."

"그 사람들, 많이 생각나?"

"아니."

"그 사람들 가운데 당신 마음을 아프게 하는 사람 있어? 단 한 명이라도."

"없어."

"어쩜 그럴 수가 있어? 대체 양심이 조금이라도 있긴 있는 거야?"

"양심은 오래전에 얼어 뒈졌어. 그렇게 말하는 넌? 넌 만난 놈들 중에 몇몇 놈 때문에 양심의 가책 느껴봤어?"

"침대 속 친구들을 말하는 거야?" 그녀는 차가운 미소를 지으며 말했다. "아뇽."

"넌 40명이나 되는 사내놈들한테 다리를 벌려줬잖아. 그런데도 후회해본 녀석이 단 한 놈도 없단 말이야?"

"그럴 필요가 어디 있다고 그래. 어쩔 수 없이 계속 마주치는 사이인데."

새빨간 거짓말일 것이다.

"그러니까 넌…… 그 사내놈들하고 아직까지도 계속 만난다는 말이지? 40명 모두?"

"그 사람들을 찾아가서 만나는 게 아니라 우연히 부딪히는 거야. 길거리 같은 곳에서 말이야. 레이캬비크는 작디 작아. 게다가 그 남자들은 카페 단골손님들이라고."

"아하, 널 카페에 고용한 이유가 거기에 있구나."

르윈스키였던 그녀가 브리트니 스피어스(Britney Spears, 몇 차례 이혼과 결혼을 반복한 미국의 여가수—옮긴이)로 갑자기 변신한 듯이 보였다.

"말조심해! 지금 죽은 사람들을 이야기하고 있는 판에 당신은 도덕을 설교하겠다는 거야 뭐야. 사람 죽이는 거하고 잠자리 같이하는 거하고 어디 비교나 될 수 있는 일이야!"

"따지고 보면 사랑하고 죽음은 둘 다 중요한 일이야, 똑같이."

"사랑하고 죽음이라고? 내가 사랑에 연연해하는 거 같아? 내가 관심 있는 건 오로지 섹스야!"

"그거라면 비할 바 없이 훨씬 더 중요한 문제지."

그녀는 소파에서 벌떡 일어나서 큰 소리로 외쳤다.

"주둥이 닥치지 못해, 이 인간쓰레기야!" 그녀는 말을 마치자마자 방을 떠났지만, 곧바로 다시 돌아왔다. 이 집이 그녀의 것이고 내 집이 아니란 것을 금방 깨달은 표정이었다.

"내가 어쩌자고 당신 같은 사람을 여기 살게 해줬지? 경찰에 연락하든지 아니면 소르뒤르를 부르던지 그게 아니면……. 아, 맙소사! 당장 자리에서 일어나! 위로 올라가버려! 당장 꺼져버리라고! 그리고 주둥이 벌리지 마!"

"정말 미안해."

"인간쓰레기!"

"제발……. 다시 자리에 앉아줘. 그랬으면 좋겠어."

그녀는 아무 말도 하지 않고 부엌으로 사라졌다. 그리고 담배를 하나 태울 짬만큼 그곳에 머물렀다. 나는 그 틈을 이용하여 내 마음속의 질투심을 가라앉히고자 낑낑댔다. 질투는 내 삶의 원동력이다.

질투심은 나이가 들어 매사를 노심초사하는 잔소리꾼 이모와 같아서 내가 데이트를 할 때마다 항상 몸에서 떨어질 줄을 모른다. 독일 하노버에서 여자친구를 사귄 이후로 질투심이 없었다면 나는 더 이상 살아남지 못했을 것이다. 그녀의 아버지는 안경사였고, 그녀는 유럽 동북부의 프로이센 사람들의 꼼꼼함으로 나를 말끔하게 정리해버렸다. 그녀의 이름은 힐데가르트였고, 8일짜리 아가씨였다.(당시 나는 독일에 막 건너와 독일어가 서투른 아가씨들만 사냥감으로 삼았다.) 그녀는 항상 풀오버를 입었으며 천사와 같은 표정으로 바이올린을 연주했다. 입에 쌍소리를 올린 적이 단 한 번도 없었지만, 나와 헤어질 때만큼은 예외였다. 뿐인가. 나와 같은 사내자식은 지금까지 열일곱 놈이나 된다고 말하면서 내 속을 발칵 뒤집어놓았다. 그것도 모두 독일 남자라고 했다. 구레나룻을 기른 놈, 콧수염을 기른 놈 등등 그녀는 수염이 난 남자면 무조건 좋다고 했다.

"이젠 헤어지게 됐으니 기뻐해야 할 일 아니야, 나 같은……." 그녀가 말을 맺지 못했다.

"너 같은 걸레와?" 내가 말했다.

그렇고 그런 걸레 같은 여자들을 딱딱하게 굳은 내 영혼에 구덩이를 파고 모두 묻는 데에만 7년이란 세월이 걸렸다. 지금에 와서는 그런 여자들이 더 이상 내 신경을 거스르지는 않게 되었으나, 그 대가로 나는 여자들을 믿지 못하는 인간이 되었다. 남녀 관계를 즐기지 못한다는 것이 얼마나 큰 고통인지는 하느님만이 알고 계신다. 나는 내 파트너가 이중간첩인 것을 기어코 밝혀내야 하는 비밀정보기관 요원이나 된 듯이 행동했다. 남녀 간에 사랑이 축구시합이라면 나는 축구심판처럼 사랑을 즐길 수가 없었고, 언제라도 옐로카드를 꺼내 들 만반의 준비를 갖추고 있어야만 했다.

이제 또 다시 그런 일이 벌어졌다. 질투라는 성질이 고약한 수다쟁이 아줌마가 귄홀데르를 부엌으로 소환한 셈이었다. 질투라는 이름을 지닌 시대에 뒤떨어진 할망구가 아이슬란드까지 줄기차게 쫓아와 나를 엿 먹이고 있었다. 그러나 또 다른 한편에서 보면 지금 이 상황은 데이트가 아니라 살인의 기술을 속성으로 가르치는 수업시간이나 다름없었다. 이것이 프로 킬러 입문과정이라면 우리는 지금 첫날 수업시간을 마칠 때가 되었다. 선생은 지금 휴식시간에 담배를 피우러 나간, 아끼는 학생이 돌아오기를 기다리고 있었다. 아니나 다를까, 그녀의 신성한 얼굴이 다시 복도에 모습을 드러냈다. 눈은 발개져 있었고, 분노가 가지지 않은 듯 두 뺨은 부들부들 떨렸다. 그녀는 소파 위에 웅크리고 앉더니 담배에 불을 붙였다. 나는 그녀가 담배를 빨아서 연기를 내뿜는 광경을 지켜보았다.

"경찰이 들이닥치고 프렌들리 신부가 사라졌을 때 너희 부모님은 반응이 어땠어?" 오랜 침묵을 깨고 내가 먼저 말을 꺼냈다.

"굳이 말하지 않아도 알잖아. 너무 놀라서 뒤로 자빠지려고 했지. 당신을 진심으로 믿었으니까." 조롱이 섞인 웃음을 지으며 그녀가 말했다.

"당신 아버지는 노발대발했겠네."

"그랬다기보단 충격을 먹은 것 같았어. 하지만 곧바로 정신을 차리고, 두 손을 경찰의 양어깨에 올려놓더니 '하느님께서는 그놈을 반드시 찾아내십니다. 하느님의 부릅뜬 두 눈을 피해갈 수 있는 자는 이 세상에 아무도 없습니다'라고 말하더라고."

그녀는 웃음을 참지 못하겠다는 듯 깔깔대며 웃었다. 나도 그녀를 따라 같이 웃으려고 하던 찰나, 갑자기 아래층에서 문이 열리는 소리가 들렸다. 그녀의 웃음소리도 동시에 뚝 그쳤다. 그녀는 담뱃불을 비벼 끄고 자리에서 일어나 내 접시를 들고 부엌으로 재빨리 들어갔다. 나는 접이식 사다리를 타고 허겁지겁 다락방으로 기어 올라가 사다리를 접어 올리자마자 다락방 출입문을 닫았다. 나는 바닥을 천천히 기어서 내 잠자리가 있는 구석에 몸을 숨겼다. 트뢰스테르가 거실로 터벅터벅 걸어 들어오는 소리가 들렸다. 어리바리한 바보가 오늘 따라 유별나게 일찍 집에 들어온 것이었다. 잠시 후 그가 무슨 말인가를 했다. 아마도 "뭐 먹을 것 없어?"라고 묻는 것 같았다. 그녀는 "나우이"라고 대답했다. 아이슬란드 말로 'no'라는 말이었다. 그녀는 나에게 아이슬란드 말 몇 마디를 가르쳐주었다. '튀그수슬리뮈르(Tugthúslimur)'는 "굿 모닝"이고, '글라이파마뒤르(glæpamaður)'는 "굿 나잇"이다.

오누이 간에 어색한 침묵이 세 시간 동안 지속되었다. 그들은 텔레비전을 함께 보는 법도 없었고, 음악을 같이 듣지도 않았다. 대체 둘이 뭘 하고 있는 거야? 그렇다고 어느 하나 집 밖으로 나가지도 않았다. 카드놀이를 하나? 아니면 책을 읽나? 자정이 되자 화장실에서 물을 내리는 소리가 들렸다. 그리고 귀여운 비단바지가 그녀의 매끈하고 부드러운 하얀 다리를 타고 스르륵 흘러내리는 소리가 들렸다. 전쟁이 시작된 이후 내 귀는 고양이의 청력 못지않게 못 듣는 소리가 없었다.

새벽 3시에 나는 뉴욕에 있는 니코에게 전화를 걸었다. 소리를 죽이고 상황을 소곤소곤 설명했다. 니코는 아무 말도 없이 잠자코 듣고 있더니 텔레비전에 나오는 탈리아 놈처럼 시건방진 목소리로 말했다. "뭐 때문에 나한테 전화한 거야, 엉? 내 전화번호는 어떻게 알았어, 엉?" 이 말을 끝으로 그는 전화를 끊었다. 나와는 더 이상 별 볼일이 없다는 듯 수화기를 쾅 내려놓았던 것이다. 니코는 오랫동안 좋은 친구였다. 하지만 니코 네볼랴도 상황이 결코 녹록치 않은 모양이었다. 상황이 안 좋았다. 생각보다도 훨씬 좋지 않았다. 총알은 이미 발사되었다. 총알이 내 머리를 꿰뚫는 건 단지 시간문제였다. 적어도 내가 뉴욕으로 되돌아갈 수 없다는 것만큼은 분명해졌다. 그렇다고 크로아티아로 갈 수도 없는 문제였다. 제기랄.

이런 빌어먹을 일이 또 어디에 있을까.

새벽 5시가 되어서야 나는 잠이 들었다.

새벽 7시에 큰 소리로 문을 두드리는 소리에 나는 눈을 떴다. 다락방 마룻바닥 틈 사이로 나지막한 목소리가 들렸다. 그 소리를 듣는 순간 나는 이미 준비를 갖춘 것이나 마찬가지였다. 나는 마크의 옷을 입은 채 잠을 자서 단 1초 만에 핸드폰을 호주머니에 챙겨 넣고 운동화를 신었다. 그리고 2초 뒤에는 슬리핑백을 둘둘 말아 어두운 구석에 깊숙이 감추고 매트리스를 걷어서 책을 담아 둔 상자 밑에 숨겨둘 수 있었다. 발을 딛고 있는 마룻바닥 아래에서 귄홀데르가 마치 미친 사람처럼 떠드는 소리가 들렸다.

다락방의 녹슨 채광창을 통해서 빠져 나온 그녀의 목소리가 바로 내 등 뒤에서 들렸다. 채광창은 가파른 지붕의 경사면 한가운데에 있었고, 지붕은 다행스럽게도 총알이 뚫지 못할 만큼 견고했다. 집 밖은 코끝을 에어낼 것처럼 추웠다. 레이캬비크의 잿빛 하늘을 배경으로 나뭇잎은 푸르렀고 지붕들은 울긋불긋했다. 내가 서 있는 양철지붕은 적갈색이었다. 나는 재빨리 채광창을 닫고, 지붕을 엉금엉금 기어 올라갔다. 발밑으로 길 위에 서 있는 경찰차의 하얀색 지붕이 보였고, 집 정원에서는 경찰이 우렁찬 목소리로 외치는 소리가 들렸다. 나는 맞배지붕의 건너편 경사면으로 넘어가 떨어지지 않기 위해 여덟 개의 손가락으로 지붕마루를 꽉 붙잡고 바짝 엎드렸다. 경찰들이 다락방 동굴까지 올라와서 발칸 반도에서 온 불곰을 수색하는 소리가 들렸다. 경찰 하나가 채광창을 열었다. 나는 그를 볼 수 없지만, 그는 나의 여덟 개의 하얀색 손가락 손톱을 발견하게 될 것이 뻔했다. 나는 지붕마루를 붙잡고 있는 손을 놓지 않을 수 없었다. 그것도 지금 당장! 손을 놓았다. 볼록한 배가 썰매가 되어 나는 차가운 양철지붕 위를 천천히 미끄러져 내려가기 시작했다. 나는 두 팔과 두 다리를 활짝 펼치고 손바닥과 신발 밑창으로 소리가 나지 않게 조심하면서 브레이크를 걸었다. 미끄러져 내려가던 몸은 이내 제 자리에 멈추었다. 제동거리는 약 5센티미터쯤 되었다. 나는 차가운 양철지붕 위에 팔 다리를 활짝 펼치고 찰싹 달라붙은 한 마리 큰 개구리였다.

15. 아이슬란드식 포옹

 나는 아이슬란드 경찰청에게 감사편지라도 한 장 써줘야 할 것 같다. 길이가 182센티미터가 되고, 무게가 110킬로그램이나 되는 거대한 개구리가 지붕 위에 찰싹 붙어 있는데도 못 보고 넘어갔다는 것은 지금까지도 수수께끼이다. FBI는 아이슬란드 경찰청과 협력협약을 연장해야 할지 말 것인지 심각하게 고민해봐야 한다. 나는 한 시간 가까이 얼어 죽은 개구리 흉내를 냈고, 짭새가 사라지고도 남을 만큼 시간이 흘렀다는 확신이 들어 다락방으로 기어 내려왔다. 다락방 출입구는 그때까지도 열려 있었다. 나는 가상의 호숫가에 나와 있는 발레리노처럼 무릎을 꿇고 출입구에 머리를 집어넣었다. 그 순간 또 다른 머리 하나가 눈앞에 나타났다. 도톰한 입술을 지닌 머리였다. 그녀는 나 못지않게 놀라더니 안심했다는 듯 짧은 한숨을 내쉬었다. 그리고 누구의 입술이 먼저랄 것도 없이 서로 포개졌다.
 첫 번째 키스였다. 첫 입맞춤을 감안하면 이례적으로 길었다. 아이슬란드 경찰의 전폭적인 후원으로 어렵게 성사된 키스였으니 그럴 만도 했다. 길고 긴 키스를 마치자마자 나는 그녀를 아름다운 다락방 아파트로 초대했고, 몇 분이 지나 우리는 노스 페이스(North Face, 등산장비 및 의류 전문회사—옮긴이) 침낭 속에서 서로 뒤엉켰다. 이로써 나는 그녀에게서 '41번' 번호표를 받은 남자가 되었다. 그녀는 현실에서는 도무지 찾을 수 없는, 꿈속에서나 열망했던 아이스크림이었다. 그것도 따뜻한 아이스크림. 그녀는 나의 상상을 모두 뛰어넘었다. 내 욕망은 단단한 망치처럼 지칠 줄 모르고 쿵쾅거렸고, 그녀도 상당히 흥분한 듯 비명을 질렀다. 법정에서 유죄 판결을 받고 호송차로 압송되는 강간범을 향해 페미니스트가 내지르는 거칠고도 과격한 목소리처럼 들렸다. 경찰이 다시 나타날까 염려되어 그녀의 입을 틀어막아야 할 지경이었다. 그녀는 내 손을 물기까지 했다. 북극의 야수가 따로 있는 것이 아니었다. 신경이 거슬릴 정도였다. 그러나 그녀는 내가 온몸으로 벌이는 퍼포먼스를 즐기는 것 같았다. 그녀의 육체는 파킨슨병에 걸린 노인의 손처럼 부들부들 떨렸다. 잠시 뒤 우리는 무슨 짓을 저질렀는지 문득 깨닫고는 당황한 범죄자들처럼 아무런 말도 하지 않고 거친 숨을 골랐다.

"너, 너무 멋져."

먼저 말을 꺼낸 것은 당연히 나였다.

"당신은 너무······."

"뚱뚱하다고?"

"아니, 너무…… 독특해."

"독특하다고?"

"응, 당신은 너무 너무 독특해. 다른 세상에서 온 사람 같아. 난 지금까지 단 한 번도……."

"단 한 번도 킬러하고 자본 적이 없다고?"

"그래, 정말이야. 단 한 번도." 큰 소리로 짧은 웃음을 지으며 그녀가 말했다.

"그럼 다른 마흔 명이나 되는 남자들은 어땠는데? 그 남자들은……."

"그 남자들은 적어도 마피아하곤 상관없잖아."

이 순간, 나는 탈리아 놈들이 고맙기까지 했다. 우리와 같은 갱스터들의 이미지가 그나마 좋은 것은 탈리아 마피아 놈들 덕이다. 뉴욕의 맨해튼에서 우리와 같은 갱스터가 눈에 띄면 아가씨들은 화장실에서 일을 보다가도 창밖으로 뛰어내리겠지만, 나라 밖에서 우리의 존재는 위대하기까지 했다.

"내가 신부 흉내를 냈을 땐 밥맛이 없었겠군."

"맞아."

"난 원래 형편없는 배우야."

"아냐, 당신은 너무 훌륭한 연기자야."

"네 아빠가 미워서 하는 소리야?"

"난 아빨 미워하지 않아." 그녀가 부드러운 목소리로 말했다. "하지만 눈만 뜨면 교회, 교회 하는 건…… 너무 너무 역겨워. '하느님께서 우리를 창조하신 그 모습을 우리는 그대로 받아들여만 합니다,' 어쩌고저쩌고하면서 머리 염색도 한 번 할 수 없었으니까. 정말 넌더리가 나. 도망치고 싶었지만 그게 어디 내 맘대로 돼? 그래서 아예 커밍아웃해버리기로 작정했지. 내가 담배 피운다는 걸 알고 아빠는 '네 몸에서 사탄을 물리쳐야 한다'며 아빠 친구 소르뒤르를 데려오기까지 했어. 아빤 정말로 병적이야."

"그런다고 사탄이 물리쳐질까, 안 그래?"

"뭐 그렇긴 해. 하지만 윈스턴에서 윈스턴 라이트로 바꾸긴 했어."

나는 배를 잡고 웃었다.

"그러니까 넌 엄마, 아빠를 자주 만나진 않겠네?"

"가능하면 안 만나려고 해. 그래도 1년에 두 번은 집에 가. 크리스마스하고 유로비전 콘테스트가 있을 때."

"트뢰스테르는 어때? 그 친구는 그래도 아버지를 이해하겠지?"

"그 얘긴 그만둬. 아빠는 오빨 좋아해. 말수도 적고, 잘 도와주기까지 하니까 어쨌든 훌륭한 인간이지 뭐. 텔레비전 스튜디오에서 일도 많이 해. 돈을 받는 것도 아닌데 말이야. '우리가 죽어서 천국에 가면 주님께서 잊지 않고 계시다가 그만한 보상을 내려 주신다'나 뭐래나. 엄마, 아빠는 한 마디로 말해서…… 말도 안 되는 종자들이야."

말을 마치자마자 그녀는 담배를 가지러 아래층으로 내려갔다. 천장이 낮았기 때문에 허리를 약간 숙인 채 출입구를 향해 갔다. 출입구에 상체를 완전히 숙였을 때 그녀의 작은 젖가슴은 완벽하게 상반신에 붙어 있었다.(내가 말하고자 하는 건 젖가슴이 조금도 흔들리지 않았다는 것이다.) 그녀가 한 걸음씩 계단을 내려서자 젖가슴은 비로소 조금 흔들렸다. 잠시 후 그녀가 담배를 가지고 다시 나타났다. 핑크빛 매니큐어를 바른 발톱이 거친 마룻바닥을 건너서 터벅터벅 다가오더니 내 옆에 몸을 눕혔다. 그녀의 머리통이 내 눈에 들어왔다. 그녀의 버터 빛깔 금발은 뒤로 모아서 하나로 묶여져 있었다. 나는 그녀의 금발을 이마에서 시작하여 머리를 묶어놓은 곳까지 천천히 쓰다듬어주었다. 어딘지 모르게 머릿결이 딱딱하게 느껴져 마치 헬멧을 만지고 있는 느낌이었다. 뉴욕에 있는 아파트 경비원의 헤어스타일이 문득 머릿속에 떠올랐다. 그녀의 머리를 쓰다듬을 생각이 전혀 없었는데 나도 모르는 사이 손이 움직이고 있다는 것을 깨달았다. 내 시선은 발끝에서부터 담배를 문 입까지 그녀의 탄탄하고 하얀 육체를 더듬고 있었고, 그녀는 가느다랗게 피어오르는 독가스를 빨고 있었다.

"아이슬란드 말로 사랑은 뭐라고 해?"

"키이늘리브(Kynlíf)."

"킴리이프?"

"아냐. 키이늘리브라니까."

그녀는 나를 놀리고 있었다. 빌어먹을 아이슬란드 것들은 흥분을 이런 식으로 가라앉혀 놓아야만 직성이 풀릴까?

"크로아티아 말로 사랑이 뭐야?" 그녀가 물었다.

"류바브(Ljubav)."

"영어의 '러브'처럼 들리네."

"맞아. 근데 아이슬란드에서 사랑이란 말 말이야. 첫 글자는 Q로 시작하는 거야, K로 시작해?"

"농담한 거야. 키이늘리브는 섹스란 뜻이야. 사랑은 아우스트(ást)야."

"왠지 좀 거칠게 들리는데. 철자가 어떻게 되는데?"

"A 위에 점을 찍고, 그다음 철자는 S, T야."

갑자기 무니타가 떠올랐다. 2초도 안 되는 시간이었지만, 내 머릿속은 부풀어 오른 풍선처럼 그녀에 대한 생각으로 가득 찼다. 사랑하는 무니타! 나는 당신 엉덩이 뒤에서 다른 여자와 잠자리를 같이 했다, 정말 미안! 하지만 내 잘못이 아니야. 정말이야, 믿어줘. 죄가 있다면 내가 아니라 경찰이야. 그놈들이 나를 체포해서 질질 끌고 갔더라면 이런 일은 결코 일어나지 않았을 거야. 귄홀데르는 이곳에서 하얀 모자를 쓴 놈들(경찰을 의미함—옮긴이)은 무뇌아에 정박아들이고, 이 사실을 모르는 사람은 아무도 없다고 말했다. 그래서 바이킹 기동순찰대라는 게 만들어졌는데, 항상 출동하지 못한다고 했다.

"아이슬란드에는 바이킹 기동순찰대가 한 개 중대밖에 없는데, 뭔가 훨씬 더 중요한 일을 하고 있는 것 같아."

그 일이 무엇인지 나는 모욕을 느끼다 못해 질투심까지

일었다. 무기가 필요 없는 이 따위 나라에서 FBI 요원과 신부를 살해하고 잠입한 위험천만한 킬러를 쫓는 일보다도 더 중요한 일이 또 뭐가 있을 수 있단 말인가!

"대체 그 일이 뭔데?"

"내가 어떻게 알아. 하지만 그놈들은 못하는 게 없어. 여기 놀러 온 국빈을 경호했다던가 북쪽 어느 고등학교에 출동해서 디스코파티를 감시했다던가 뭐 그랬겠지."

"디스코파티? 아니 어린 것들이 벌써 손에 연장을 든단 말이야?"

"아니, 그런 게 아니야. 하지만 아이슬란드의 틴에이저들은…… 술에 취했다 하면 꼭 난장판을 벌여야 하거든."

기동순찰대가 학생들 디스코파티를 감시한다는 것 아닌가. 그게 사실이라면 내가 존에프케네디 공항에서 프렌들리 신부를 마주친 건 정말 행운이었다. 나는 바그다드행 항공권을 가진 놈을 제거할 수도 있었지만 다행히 목적지는 아이슬란드였다. 아이슬란드는 범죄자들의 천국이다. 군대도 없고, 총기도 없고, 살인도 없고, 경찰은 있으나마나 하다. 이곳에는 욕정이 넘치는 여자들이 가득하고, 그 외에 아무것도 없다.

"그리고 내 이름은 귄홀데르(Gunholder)가 아니라, 귄힐뒤르(Gunnhildur)야." 그녀가 말했다.

"귄넬뒤르(Gunneldurr)라고?"

"아니. '넬'이 아니고 '힐'. 귄힐뒤르!"

"대체 뭐라고 한 거야?"

"나 참, 그럼 아무렇게나 불러. 난 당신을 그냥 다위디 (dauði. 아이슬란드어로 '죽음'이라는 뜻—옮긴이)라고 부를게."

"다위디? 무슨 뜻이지?"

"별 뜻 없어."

그녀는 화가 난 듯 입을 삐죽거리며 마지막 담배연기를 내뿜었다. 나는 담배연기가 공기 중으로 사라지는 것을 물끄러미 쳐다보았다.

그녀는 무니타와 확실히 달랐다. 버터 빛깔 금발을 지닌 얼음여왕님이자 화로처럼 따뜻한 독거미였다. 나는 그녀의 입술에 키스를 했고, 그녀는 아이슬란드의 포옹으로 나를 맞아주었다.

16. 차갑게 식어버린 애인

유배지에서의 첫 번째 주가 지나갔다. 7일 동안 죽인 것이라곤 조그마한 개새끼 한 마리밖에 없었지만, 내 인생에서 가장 흥미진진한 한 주였다. 밤과 낮이 지나는 동안 태양이 지평선 아래로 내려앉은 적은 단 한 번도 없었다. 나는 다섯 개의 다른 국적을 지녔고, 직업도 두 개나 됐다. 그리고 덧붙일 것도 있다. 텔레비전 생방송에 출연했고, 6년 만에 처음으로 유로비전 송 콘테스트도 시청했으며 가정집을 두 곳이나 침입했고, 자동차 한 대를 비롯하여 맥주 세 병, 빵 한 조각, 아침식사용 베이컨과 계란 여섯 개를 훔쳤다. 그뿐인가. 두 여자와 사랑에 빠지기도 했다. 하나는 금발 아이슬란드 여자이고, 또 다른 하나는 인도계 혈통을 지닌 흑발 페루 여자이다.

경찰이 또 다시 들이닥칠지도 몰라 나는 금발 여자에게 새로 가입한 핸드폰을 구해달라고 부탁했다. 핸드폰이 손에 들어오자마자 나는 흑발 여자에게 전화를 걸었다. 오전, 오후를 가리지 않고 전화를 해보았지만, 받지 않았다. 그녀가 직장에 있을 시간이든, 집에 있을 시간이든 가리지 않고 문자를 보내기도 했지만, 답신이 없었다.

마지막으로 나는 아파트의 경비원에게 전화를 걸 결심을 했다. 헬멧 헤어스타일을 고집하는 흑인 경비원의 나지막한 목소리가 내 마음을 포근하게 어루만져주었다. 그 순간 갑자기 고향 생각이 나서 아랫배가 조금 아프기까지 했다.

경비원은 무니타가 며칠 전에 탈리아 놈처럼 보이는 사내와 함께 왔다고 했다. 두 사람이 집 안으로 들어가면서 무니타는 내가 집 열쇠를 자신에게 주었다는 말을 했다고 한다. 내가 그녀에게 열쇠를 맡긴 적은 지금까지 단 한 번도 없었다. 하지만 그녀와 내가 같이 있는 걸 자주 보아왔던 경비원인지라 그 말을 믿을 수밖에 없었을 것이다. 탈리아 놈은 몇 시간이 지나 다시 집 밖으로 나왔지만, 그녀는 모습을 드러내지 않았다고 했다. 걸레 같은 년!

나는 경비원에게 고맙다고 인사한 다음 전화를 끊고, 곧장 내 집으로 전화를 걸었다. 아무도 받지 않았다. 보나마나 뻔했다. 음탕한 년! 욕실의 타일 바닥 위에서 그렇고 그런 탈리아 놈과 찰싹 달라붙어서 그 짓을 하고 있는 것이 분명했다. 나는 오랫동안 주차해놓은 자신의 캠핑카가 흔들리는 걸 밖에서 지켜보는 남자처럼 안절부절못하다가 분노가 치밀어 올랐다. 해외 꽃배달서비스회사에 전화를 걸어서 독을 잔뜩 품은 백합을 보내줄까 생각까지 했다. 제 집에서 할 수도 있는 짓을 왜 하필 내 집까지 와서 저럴까? 내 하얀 가죽소파를 탈리아 놈의 땀으로 더럽혀 놓지 않으면 직성이 풀리지 않는 걸까? 대체 무슨 심보야?

나는 경비원에게 또 다시 전화를 걸었다. 뉴욕에서 나의 유일한 친구는 그 남자밖에 없다는 생각이 갑자기 들었다.(그도 그럴 것이, 뉴욕에서 내가 알고 지냈던 사람들은 대부분 내 손으로 직접 죽였지만, 그러는 6년 동안 내 삶도 허공 속으로 사라졌다는 걸 고백하지 않을 수 없다.) 나는 그에게 내 집에 인터폰을 해보고, 아무도 받지 않으면 경찰을 부르든지 어떻게든 해보라고 부탁했다. 누가 되었든 간에 현관문을 따고 들어가서 그 화냥년을 전화 앞으로 끌어내지 않으면 안 될 것만 같았다.

"당신도 내 집 열쇠를 갖고 있죠, 맞지요?"

"물론이죠." 경비원이 대답했다.

그는 한 시간 후에 다시 전화해달라고 말했다.

한 시간 후라니…… 나는 미칠 것만 같았다. 한 시간 후에는 정신불구자 트뢰스테르가 집에 돌아와 있을 것이고, 나는 더 이상 전화를 할 수 없을 뿐 아니라 쥐 죽은 듯이 조용하게 차가운 바닥에 누워 있어야 한다. 낭패였다. '넘버 66'을 차에 끌고 나가 쓰레기더미에 처박은 것은 커다란 실수였다. 그냥 그 녀석의 차에 처박아 두었더라면 FBI가 망원경으로 나를 포착해 정체를 알아내는 일만큼은 절대로 생기지 않았을 것이다. 하지만 그 녀석의 자동차는 번쩍번쩍 빛이 났고 비싸게 보였다. 그 때문에 이런 일이 벌어진 것이다.(나는 가끔 희생자들의 자동차를 라도반의 사촌에게 넘겨주고 별도로 수입을 챙겼다. 그 녀석의 사촌은 뉴욕 북부의 잭슨 헤이츠Jackson Heights에서 중고차매매업을 하고 있는데, 이름은 이보Ivo이다.)

빌어먹을 라도반. 일이 이렇게 꼬인 건 모두 그놈이 사촌을 잘못 두었기 때문이다.

나는 귄힐뒤르와 그녀의 오빠가 텔레비전 저녁뉴스를 시청하고 있는 소리에 귀를 기울였다. 난쟁이들이 사는 릴리푸트 섬에도 정치적인 사건들이 널려 있어서 뉴스 시간을 가득 채우고도 남는 것 같았다. 그게 아니라면 오늘도 어제와 같이 아무런 사건이 없어서 뉴스거리가 없다는 말을 계속 늘어놓고 있는 건 아닐까? 살인도 없고, 전쟁도 없고, 그래서 할 말이 아무것도 없는데도 뉴스는 쉽게 끝나지 않았다. 제기랄, 지금 당장 전화를 하지 않고는 더 이상 참을 수 없다. 뉴스가 끝나고 내일 아침이 될 때까지 무턱대고 기다릴 순 없다. 나는 몸을 조심조심 돌려 엎드린 다음 엉덩이를 높이 든 채 침낭 속에 머리를 깊숙이 집어넣고, 전화를 걸어 경비원에게 속삭이듯이 말했다. "다시 전화했습니다. 톰입니다. 그 여자한테 전화해봤어요?"

"네."

"그래서 어떻게 됐어요?"

"아무도 전활 받지 않아요. 별수 없어서 제가 올라가 봤죠."

"그래서? 집에 들어가 봤어요?"

"비어 있더라고요."

"비었다고요?"

"네. 그런데 무슨 냄새가 심하게 나더라고요. 아주 심하게."

"오. 도대체 무슨 냄새죠? 몸 냄새? 아니면 땀 냄새?"

"네, 그러니까…… 몸 냄새가…… 맞아요, 몸 냄새."

"빌어먹을!" 나는 아이슬란드에서 새로 구입한 핸드폰에 대고 소릴 지르지 않으려고 인내심을 발휘했다. 하지만 분노가 치밀어 올라 온몸이 부들부들 떨렸다.

"그래서 제가 방을 여기저기 다 들여다봤어요." 그가 말했다.

"그랬더니?"

"구석구석 살펴봤어요……. 욕실, 부엌……."

"뭐가 있던가요?"

"창문도 모두 체크해 봤는데, 잘 닫혀 있더라고요."

"그래요? 좋아요."

"그러고 나서…… 왜 그런 생각을 했는지 모르겠지만…… 냉장고를 열어봤어요."

"냉장고?"

"네. 냉장고 문을 열어봤는데…… 거기…… 바로 거기에……."

"뭔가가 썩어 있던가요? 냉동고에 있어야 할 것이 거기 있던가요?"

"정말로 유감스러운 일이…… 어떻게 이걸 말해야 할지

모르겠어요."

경비원은 그렇지 않아도 세심한 사람이었는데, 바리톤의 낮은 목소리는 평소보다 더 조심스러워졌다.

"도대체 뭔데요?" 나는 긴장과 궁금증 때문에 미칠 지경이었다.

"그곳에 그 여자 머리가."

"머리? 냉장고 안에?"

"네, 그렇습죠. 여자 머리가 그 안에, 그것도 접시 위에. 얼굴은 퉁퉁 부어 있고, 파랗고 노란색이 피어 있었어요. 근데……"

"근데?"

"그 여자였습니다. 틀림없이 선생님 여자친구가 맞습니다."

"접시 위에?"

"네, 선생님. 냉장고 안에. 말로 하기엔 정말 너무나……"

"달랑 머리만?"

질문을 던지는 동안 나는 무니타가 죽었다는 사실을 차츰 깨닫고 있었다.

"네, 선생님. 머리만 있고, 몸통은 찾을 수 없었어요."

"으음…… 혹시 다른 냄새가 나진 않던가요?"

"……제 생각으론 몸통은 다른 곳에 있어요."

"어떤 몸 냄새가 나던가요?"

"어떤 몸 냄새라뇨……?"

"살? 사타구니 냄새?"

지금 뭔 소리를 내뱉은 거지? 내 머리는 크로아티아에서부터 고질병에 걸린 게 틀림없다. 나 같은 인간은 당장 뒈져야 한다. 오우, 무니타. 대체 왜 바람둥이 탈리아놈하고 배가 맞아서 날 속인 거야? 뭐 나도 아이슬란드의 순진무구한 쥐하고 놀아났으니까 피차일반이다. 내 눈에서는 눈물이 나야 마땅했다. 네 머리가 냉장고 속에 있다니! 탐스러운 네 입술은 이제 차갑게 식었고, 두 눈에는 차가운 냉기가 흐르고, 머리칼은 먹다 남은 국수발처럼 헝클어졌을 것이다. 네 머리는 지금 어디에 있단 거야? 그놈들이 먹어치우기라도 한 거야? 네 영혼은? 머리도 없이 하늘나라를 떠올리며 팔다리가 뿔뿔이 흩어진 당신 부모님을 얼싸 안고 통곡하고 있을까? 오우, 무니타……

"그렇다고도 할 수 있겠네요, 선생님. 사타구니…… 냄새가 아주 심합니다." 내 오른쪽 귀에 대고 뉴욕 아파트의 흑인 경비원이 말했다.

17. 하얀 밤 잿빛 아침

 나는 아래로 내려갈 작정이다. 앞날 따위는 어찌되든 상관없다. 다락방 출입구를 열어젖히고 접이식 사다리를 내렸다. 오누이가 깜짝 놀라서 자리에서 일어날 것은 불 보듯 뻔했다.

 트뢰스테르가 곧바로 나에게 달려들더니 주먹을 날렸다. 나를 별 볼일 없는 좀도둑으로 착각한 것이다. 나는 날아오는 주먹을 손으로 쳐서 떨어뜨리고, 그의 팔을 잡았다. 그는 힘이 셌다. 하지만 군대는 문턱도 넘어보지 못한 존재이다. 귄힐뒤르가 오빠를 진정시키며 도대체 이게 무슨 짓이냐고 나에게 물었다.

 "될 대로 되라지!"

 그녀는 나를, 트뢰스테르는 그녀를 노려보았다. 두 사람 모두 어안이 벙벙한 표정이었다. 트뢰스테르는 귄힐뒤르에게 내가 누구인지 이미 알고 있었냐고 묻는 것 같았다. 지금 내 모습은 며칠 전 그의 부모 집에서 마주쳤던 그 신부와는 전혀 딴판이었기 때문이다.

그녀는 대답을 하지 않았다. 그녀의 오빠는 꺼벙해 보이는 팬티 이외에는 아무것도 걸치지 않았다. 호머 심슨(Homer Simpson, 텔레비전 만화영화 〈심슨 가족〉의 주인공—옮긴이)처럼 보이는 그가 한 걸음밖에 떨어지지 않은 곳에서 음흉한 미소를 지으며 나를 째려보았다. 귄힐뒤르는 'Sorry'라는 글씨가 크게 적혀 있는 짙은 파란색 티셔츠를 입고 있었다. 나는 외출용 복장을 완전하게 갖춘 것도 모자라서 운동화까지 신고 있었다. 이고르의 운동화이다. 집 밖으로 나가 계단을 내려섰다. 귄힐뒤르가 뒤를 쫓아오며 왜 그러느냐고 온갖 것을 꼬치꼬치 캐물었지만, 나는 대답하지 않았다. 고개를 돌려 눈길조차 주지 않았다. 지금 달콤한 것은 필요하지 않다.

이 세상이 어찌 되든 나와는 상관이 없었다. 나는 어떻게든 끝장을 보고 이 세상과 결별할 생각이었다.

상당히 이른 아침이었다. 낮과는 비교할 수 없을 만큼 길거리는 조용했다. 개미새끼 한 마리 얼씬거리지 않았다. 죽음의 마을에서 맞이하는 첫 번째 아침 같았다. 날은 지나치게 밝았지만, 구름은 잔뜩 끼어 있었다. 풍성한 안개구름이 프라이팬 뚜껑처럼 도시 위에 낮게 드리워져 있었다. 구름은 얼음처럼 밝은 잿빛이었다. 냉장고 속에 들어와 있는 것처럼 여전히 추웠다.

빌어먹을 냉장고.

나는 지금 접시를 하나 찾고 있다. 내 머리통을 받혀놓을 수 있을 만큼 큰 접시를.

큰 길을 따라서 내려갔다. 어디로 가는지, 왜 가야 하는지 아무 생각이 없었다. 그저 어디로든 가야만 했다. 머릿속 생각이 죽으면 다리가 가자는 대로 따라갔다. 머리가 잘려 목에서 피가 솟구치는 닭처럼 나는 앞만 보고 달려 나갔다. 집들 사이로 시청 연못이 얼핏얼핏 눈에 들어왔고, 멍청하게 보이는 백조 한 마리가 미끄러지듯 지나갔다. 부랑배들이 무니타의 목을 잘라 접시 위에 올려놓았다니…… 대체 왜? 날 겁주려고? 이 사건을 생각하면 생각할수록 탈리아 놈들의 요리 냄새가 진하게 피어올랐다. "여자친구의 머리를 냉장고 속에"라는 말을 하나의 문장으로 스스로 완성해보면 놈들이 전달하려는 메시지는 그 안에 들어 있을 것이다. 하지만 놈들은 이곳으로 건너와 나를 간단하게 처치할 수도 있었다. 왜 그렇지 않았을까? 정말 더럽고 치사한 암시였다.

내 사랑하는 무니타. 나는 그녀의 죽음을 믿을 수가 없다. 그렇게 뻔뻔하고 치졸한 방식으로 잔혹한 죽음을 맞이하다니. 모든 것이 패밀리의 고리타분한 전통에 따른 것이라고밖에 볼 수 없다. 머리를 잘라 내다니. 그 아름다운 몸에서. 얼마 전까지만 해도 이 세상에서 가장 뜨거운 여자였던 무니타가 지금 차가운 냉장고 속에 있다.

나 또한 얼음으로 가득 찬 나라에 감금되어 있으니 나나 무니타나 처지가 다르지 않다. 나는 지금 벌을 받고 있다. 그녀를 속였기 때문에 당해도 싸다. 하지만 내 머리는 몸통 위에 아직도 붙어 있지 않은가! 그렇다면 그녀가 나에 비해서 열 배, 아니 그보다 더 많이 나를 배신했다는 말인가. 거짓말을 반복해서 목이 돌려지고 또 돌려져서 결국 모가지가 떨어졌다는 말인가. 사람들은 예수님과 로라 부시(Laura Bush, 미대통령 조지 W. 부시의 영부인—옮긴이)를 빼놓으면 이 세상에 믿을 사람은 아무도 없다는 말을 종종 하지만, 자신의 여자 친구만큼은 성스러운 이 클럽에 적어도 준회원 가입신청서를 제출할 수 있는 자격이 있기를 바란다.

예전에 이스트사이드(East Side, 맨해튼의 동부—옮긴이)의 제법 근사한 레스토랑에서 무니타와 저녁식사를 마치고 집으로 돌아오던 때가 기억난다. 여름밤의 산들바람이 자동차의 배기가스처럼 포근하게 우리를 감싸주었다. 그녀는 어깨에 걸친 핸드백 줄을 잡고 인도 위를 천천히 걸었다. 나는 그녀의 늘씬한 장단지가 빨간색 비단 바지와 마찰을 일으키면서 고상하게 사각거리는 소리를 확실하게 감지할 수 있었다.(언제나 드레시한 의상을 입고 다니는 여자들은 극소수였는데, 그 중 하나가 무니타였다.) 그녀의 드레스 등판은 삼각형으로 깊게 파여서 엉덩이가 보일 것만 같았다. 빨간색 드레스에 숨겨놓은 그녀의 탐스러운 몸을 노란 택시의 전조등이 비출 때마다 정신이 혼미해지는 바람에 나도 모르게 시선은 삼각형으로 파인 등판 구멍을 통해 어둠 속으로 기어들어갔다. 히프의 굴곡을 타고 늘씬하게 뻗은 다리를 더듬어 내려가면서 이번 주 아니면 오늘 아니면 올해에 그녀가 다른 남자와 잠자리를 같이했는지 심각하게 따져보았다.

우리는 레스토랑에서 인간관계에 대해 잡담을 나누었다. 그러다가 화제는 세 개의 테이블 건너편에 앉아 있는 청교도적인 분위기를 풍기는 부부로 옮겨갔다. "보아하니 저 여자는 구멍에다 지퍼를 채워놓았을 거야, 분명히!" 태국식 스프를 한 숟가락 손에 든 채로 무니타가 속삭이듯이 말했다. 구멍 지퍼라니? 그런 말은 난생 처음 들었지만, 그 말은 내 마음을 한꺼번에 사로잡았다. 그녀는 혼란스러운 내 꿈에 종지부를 찍을 수 있는 여자였다. 계산을 할 때 내 아랫도리는 이미 빳빳해졌고, 레스토랑을 나가자마자 당신을 사랑한다는 말을 해주리라 굳게 마음먹었다.

그녀에게 사랑고백을 하겠다는 생각을 처음 품은 건 그때가 처음이었다.

레스토랑 밖으로 나오자마자 내 정신머리는 벌써 그녀의 드레스 속을 거칠게 파고들었다. 그 순간 눈앞에 갑자기 그 손이 나타났다. 털이 송송 돋아난 어느 남자의 손이 그녀의 허벅지를 더듬고 있었다. 그 손가락에는 두꺼운 결혼금반지가 끼어 있었다. 그 손은 내 눈앞에 번개처럼 나타났다가 사라진 상상에 불과했다.

그녀는 우아하게 몸을 돌려 반짝이는 눈으로 나를 쳐다보았다. 그녀의 표정은 빨간색 비단옷처럼 화사했고, 도톰한 입술을 다문 채 가벼운 미소를 지었는데, 뇌쇄적인 힘이 느껴졌다.

"자기야, 저녁 잘 먹었어. 정말 최고야."

그녀는 가볍게 입맞춤을 해주었다. 내 가슴은 불이 붙은 듯 활활 타올라서 열 블록 정도 떨어진 곳에서 소방차의 사이렌이 들리는 것만 같았다.

"그 남자 결혼했어?"

"그 남자, 누구?"

"그 자식 말이야."

"어떤 자식을 말하는 거야? 레스토랑에 있던 그 자식? 물론이지. 그 둘은 분명 부부야."

"아니, 당신이…… 그랬다는 남자."

수많은 자동차가 오고가는 여명 속에서도 해바라기처럼 빛을 발하던 그녀의 이국적인 얼굴이 고통스럽다는 듯 일그러졌다. 누군가가 분발하라고 그녀의 엉덩이를 세게 걷어차기라도 한 것 같았다.

"내가 어떤 자식을 뭘 어떻게 했다고 그래?"

"당신이 만난 그 자식."

"내가 만난 자식? 내가 어떤 자식하고 만났다고 그러는 거야?"

"그래. 그 자식은 결혼했어?"

"아냐. 아니야. 왜 그딴 걸 묻고 그래?"

목소리에는 아무런 저의도 담겨 있지 않은 듯 꾸밈이 없었지만 그녀는 무심코 자신의 속마음을 털어놓고야 말았다. "톰, 당신도 잘 알고 있잖아. 난 결혼한 남자랑은 절대 뒹굴지 않을 거야."

그녀의 눈빛에는 '헉, 이런 말은 하지 말았어야 했는데!'라는 기색이 역력했다. 당황한 듯 그녀는 어색한 미소를 짓더니 "그렇다고 날 오해하지는 마!"라고 혼잣말처럼 중얼거리고 화제를 돌렸다.

그 후 몇 달 동안 나는 그녀가 나에게 던진 마지막 문장을 매일같이 되뇌었다. 아라라트 산(Ararat, 터키 동부에 있는 산. 산의 정상은 노아의 방주가 도착한 곳이고, 북쪽 골짜기에는 에덴동산이 있었다는 전설이 있음—옮긴이)의 유물파편을 조사하는 저주를 타고 난 고고학자처럼 나는 그 문장을 연구했다. 제기랄, 대체 무슨 뜻일까? "당신도 잘 알고 있잖아. 난 결혼한 남자랑은 결코 뒹굴지 않을 거야." 나는 사전을 뒤지고, 인터넷을 검색하고, 지하철에서 사람들의 대화를 수없이 엿듣고, 심야 토크쇼까지 봤지만 그 의미는 여전히 오리무중이었다. 내 영어실력은 그때만 해도 아직 충분하지 않았다. 영어가 아무리 세계 공통어라 해도 그 언어가 지닌 기막히게 섬세한 뉘앙스에는 통달할 수가 없었다. 그녀보다 더 오랫동안 미국에서 살았지만, 어쩔 수 없었다. 나 역시 사내자식들과 같이 "뒹굴지"는 않을 것이지만, 그렇다고 새벽까지 침대 속에서 말만 주고받을 수도 없는 노릇 아닌가. 다행스럽게도 나의 데이트 상대들은 일을 마치면 곧장 화장실로 가 가미가제 전투기가 자폭공격을 하듯이 변기의 물을 내리기 일쑤였다.

그녀가 내뱉은 문장 하나가 맨해튼의 하늘을 어두컴컴하게 만들어버렸다. 결국 나는 자존심을 버리고 이민자들에게 우호적인 영어강습소 야간반에 등록했다. 네온 전등이 깜빡이는 지저분한 교실에는 낡은 플라스틱 의자가 놓여 있었고, 종달새처럼 쾌활한 15일짜리 필리핀 여자들과 알카에다 조직원으로 보이는 남자 몇 명 그리고 핀란드 출신의 영어선생 카리(Kaari)가 앉아 있었다. 카리는 뼈만 앙상한 말라깽이로 섹스를 혐오하고 있어서 그녀가 5일짜리인지, 아니면 25일짜리인지는 도무지 판단할 수 없었다. 학기가 끝나갈 무렵 나는 용기를 내어 손을 들고, 그녀에게 질문을 던졌다. "만일에요, 그러니까…… 어떤 남자가 아주 오래전부터 어떤 여자를 만나고 있었는데요. 그 여자가 어떤 계기로 해서 남자한테 확실하게 이야기해줬어요. 그 여자는 결혼한 남자하곤 결코 뒹굴지 않을 거라고요. 그게 무슨 뜻이죠?"

"그 말은 당신을 더 이상 만나고 싶지 않으니 쫓아다니지 마란 뜻이에요." 판결문이 낭독되었다.

교실에서 폭소가 터졌다. 항상 미소를 짓던 필리핀여자들뿐 아니라 빈 라덴의 추종자들도 합세했다. 다음 수업시간에 기관총을 가지고 와야 할 것인지 나는 심각하게 고민했다. 하지만 나는 단 3개월 만에 내 영어실력을 20층짜리 건물만큼 향상시켜준 카리가 고마웠다. 그리고 제자들이 죽어가는 모습을 보면 카리의 기분이 좋을 리 없다는 점을 감안하지 않을 수 없었다.

내 영어실력이 이만큼 향상된 데에는 질투심이 결정적인 역할을 했다. 사사건건 참견하는 고모처럼 질투심은 내가 게

으름을 피울 때마다 내 한계를 뛰어넘어 성장할 수 있도록 도와주었다. 디칸과 그를 따르는 무리는 영어공부에 입문조차 못해본 놈들이어서 "자동차 가져와"라는 말을 "나를 자동차로 가져와"라고 표현해서 나를 종종 혼란에 빠뜨렸다. 그럴 때마다 나는 내가 아는 지식을 감추기 위해 애를 써야만 했다.(조직에 몸담은 사람은 자신의 보스보다도 똑똑한 체를 해서는 안 되는 법이다.) 그러나 디칸은 어느 때부터인가 내 영어실력을 눈치 챘고, 그 이후론 굉장히 중요한 협상이 있을 때면 나를 종종 통역으로 데려가곤 했다. 자그레브 사모바르 레스토랑에서 내가 시카고에서 온 조무래기들과 폴란드 출신의 양키들에게 우리의 입장을 설명해줄 때 디칸은 내 옆에 자리를 잡고 앉아 있었다. 손가락을 쪽쪽 빠는 그가 불이 꺼진 시가를 빨며 나를 빤히 쳐다보고 있는 모습을 볼 때 속이 얼마나 메스꺼웠는지 모른다. 그가 보기에 내 위치가 하루가 다르게 높아지는 건 수상쩍은 일이었다. 디칸은 내가 부시의 쌍둥이 딸 가운데 하나와 약혼을 했거나, 주말을 웨스트 윙(West Wing, 미대통령의 집무실과 비서진이 있는 백악관 서관을 지칭함—옮긴이)에서 보내거나, FBI 국장과 부인을 대동한 비밀만찬을 하고 있어서 주변에 사람들이 몰려든다고 생각하는 듯했다.

하지만 번지수를 잘못 짚어도 한참 잘못 짚었다. 내가 급속하게 커나가게 된 건 무니타와 사랑에 빠졌기 때문이다. 그녀를 너무나 사랑한 나머지 나는 그녀의 뒷조사까지 해봤지만, 아무런 성과가 없었다.

그렇다고 성과가 전혀 없는 건 아니었다. 그녀가 화두처럼 내뱉은 문장의 비밀을 풀어냈기 때문이다. 결혼한 남자하곤 절대 뒹굴지 않겠다는 말을 뒤집어 보면 결혼하지 않은 남자와는 뒹굴 마음이 있다는 걸 고백한 것이다. 뿐인가. 뒹굴다라는 일상생활 용어를 사용한 것으로 그녀에게 이런 일은 밥 먹듯이 일어날 것이라는 걸 암시해주기까지 했다. 뒹굴다라는 말은 창녀들이나 쓸 수 있는 단어이다. 무니타는 결국 맨해튼 남자들이라면 누구라도 쓸 수 있는 매트리스이다. 이건 그녀가 침대를 이용해서라도 트럼프타워의 꼭대기층으로 올라가겠다는 독한 결심을 했기에 가능한 일이었다.

하지만 내가 그녀를 상대로 이런 말을 골백번 늘어놓아봤자 아무런 의미가 없다. 나는 그녀와 헤어지지 않고 계속해서 함께 놀러 다녔고, 게다가 결혼을 하지 않는 남자였다. 우리의 만남에서 사랑은 언제나 문 밖에서 진행되는 남의 이야기였다. 우리에게 사랑이란 항구가 너무 작아서 입항하지 못하는 하얀색 십자군 전함과도 같은 것이었다. 이 사실은 지금도 마찬가지인데, 단지 나는 그녀가 죽었다는 것을 알고 감성적으로 변한 것뿐이다. 나 자신도 스스로를 이해하지 못하겠다. 무니타가 정당한 벌을 받았다고 오히려 기뻐해야 할 일이 아닐까? 지나치게 난잡한 일을 스스럼없이 저질렀기에 벌을 받아도 싸지 않을까? 하지만 왜 하필 내 집에서, 그것도 내 가죽소파 위에서 뒹굴어야 할 이유는 뭐지?

그게 아니라면 탈리아놈들이 그녀를 겁박하지는 않았을까? 나를 처벌한다는 차원에서 그녀를 처형해버린 건 아닐까? 그렇다면 이 모든 건 내가 목숨 줄을 끊어놓은 66명 가운데 어느 한 놈에게 바치는 보복인 건가? 대체 어떤 놈일까? 아니 어떤 놈들일까? 하지만 이런 질문은 중요하지 않다. 이런 사태가 언젠가는 한 번 오리란 건 불을 보듯 뻔한 일이었다. 맨해튼에서 3연속 식스팩 기록의 보유자, 크로아티아 출신의 잔혹한 킬러이자 진정한 의미에서 유일무이한 '톡시'인 내가 영원히 퇴출돼야 문제는 해결될 것이다. 혹시 내 가족들이 이 일을 저지른 건 아닐까? 설마 "뭐 때문에 나한테 전화한 거야, 엉?"이라고 말했던 니코가? 경비원 말로는 그녀는 "탈리아놈처럼 보이는 사내"와 함께 위층으로 올라갔다고 하지 않았던가. 그렇다면 충분히 크로아티아 놈일 수도 있다는 말이다.

이제 알았다. 그놈들이 무니타를 죽였다. 내 친구라는 놈들과 고용인들이. 여자친구가 살해당하고 나서야 나는 그녀가 얼마나 소중한 존재였는지 비로소 깨달았다. 그녀는 흠잡을 데가 하나도 없는 여자였다. 그녀는 나에게 올 때마다 항상 꽃을 들고 있었고, 어린 시절 리마에서 즐겨 먹었던 음식을 2주에 한 번 꼴로 만들어 주었다. 세비체(ceviche)라는 생선샐러드와 안티쿠코스(anticuchos)라는 페루식 꼬치구이였는데, 특히 세비체는 내 고향 크로아티아의 체바비(cevapi)와 발음이 비슷해서 향수에 젖곤 했다.

제기랄, 그녀가 너무너무 그립다.

지금은 그녀가 말했던 악담도 신경을 거스르지 않는다. "톰, 당신도 잘 알고 있잖아, 나는 결혼한 남자랑은 절대 뒹굴지 않을 거야." 그러니까 이 말은 그녀에게 혹시 그런 기회가 주어진다 해도 그런 놈하고는 결코 뒹굴지 않겠다는 것을 의미할 뿐, 그 이상도 그 이하도 아니다. 그녀의 말은 단지 그런 조건이 주어졌을 때 의미를 갖는 것이고, 뒤집어 이야기하면 결혼하지 않는 남자와는 기꺼이 뒹굴겠다는 뜻이다.

제기랄. 무니타가 죽은 이 판국에 그런 생각을 백 번 천 번 해봤자 무슨 소용이야.

나는 큰 길을 따라서 계속 걸었다. 그리고 어느 순간 무니타가 갑자기 내 눈에 들어왔다. 그녀는 길 건너편에 세워진 승용차 안에 앉아 있었다. 네온 등불을 켜놓은 것처럼 밝은 아이슬란드의 밤이었다. 그녀는 나에게 윙크를 했다. 혼다 승용차로 나를 데리러 올 때마다 보여주었던 예전의 그 미소를 짓고 있었다. 그녀의 친구 웬디(Wendy)에게 전화를 걸어 내가 헛것을 보고 있는지 확인해봐야 하는 게 아닐까…….

그러는 동안 레이카뷔크 위를 뒤덮고 있던 눅눅한 구름이 눈에 띄는가 싶더니 총 맞은 자리에서 폴오버를 순식간에 적시는 핏물처럼 금세 내 눈이 축축해졌다. 그 순간 심근경색 같은 것이 일어난 듯 발작적인 울음이 쏟아지며 온몸을 뒤흔들었다. 도무지 울음을 멈출 수가 없었다. 가만있어도 눈물은 저절로 흘러내렸다. 1998년 프랑스 월드컵 준결승전에서 크로아티아가 프랑스에게 패했을 때 운 이후 나는 더 이상 눈물을 흘리지 않았다. 나는 몸을 가누지 못하고 주차장에 세워진 소형 지프차에 몸을 기댔고, 지프차는 절망에 빠져 비틀거리는 기병을 받쳐주는 말처럼 내 몸을 지탱해주었다.

어느 중년 부인이 목줄을 맨 늙은 개 한 마리와 함께 모퉁이를 돌아 눈앞에 나타났다. 꼴을 보아하니 아침산책을 하고 있는 연금생활자 같았다. 고개를 들고 있었던 나와 그 여자의 시선이 마주쳤다. 나는 눈물샘의 뚜껑을 닫고서 마지막 술병에 술이 떨어져 슬픔에 젖은 노숙자처럼 행동했다. 그녀는 나를 멀뚱멀뚱 바라보았다. 뉴욕의 마피아가 새벽 5시에 자신의 산책길에 나타나 눈물바람을 한다 해도 이상할 것이 전혀 없다는 표정이었다. 그녀는 두꺼운 풀오버에 몸에 짝 달라붙는 얇은 바지를 입고 있었다. 회색 머리칼에 하얀색 나이키를 신은 그 여자는 365일짜리였다. 맨해튼의 중년 부인들을 떠오르게 하는 외모였다. 그 여자들은 하나같이 각이 진 얼굴을 요란한 헤어스타일로 꾸미고, 아침식사를 마치면 곧바로 점심식사를 약속한 레스토랑으로 가기 위해 10대 애들이나 신을 법한 운동화를 발에 걸치고 종종걸음을 쳤다. 마치 자신의 유년 시절부터 관 속에 들어갈 때까지 전 생애를 몸으로 표현하고 싶어 안달이 난 사람들 같았다.

지금 뭘 어떻게 해야 좋을지 망연자실했지만, 내 손은 뭔가를 이미 알고 있었다. 나도 모르는 사이 내 손은 그녀를 향해 손짓을 하고 있었다. 그녀는 걸음을 멈추지 않았다. 반응을 보인 것은 엉뚱하게도 그녀의 개였다. 개는 주차되어 있는 자동차 사이를 통해 길거리로 뛰쳐나와 내가 몸을 기대고 있는 하얀색 지프차를 향해 달려오려고 했다. 육상선수처럼 날렵한 몸매를 지닌 중년부인은 제 자리에 서서 개를 맨 목줄을 힘껏 당겼지만, 줄은 자동차 사이에 걸렸는지 꼼짝도 하지 않았다. 그녀는 개를 향해 돌아오라고 소리를 질렀다. 회색 머리칼이 부들부들 떨렸다. 그녀의 개는 슬픔에 목말라 있는 것 같았다. 금단증상에 시달리는 마약중독자가 산책길을 걷다가 바닥에 떨어진 코카인 분말을 발견하고 킁킁거리는 것처럼 개는 길거리에 떨어진 내 눈물을 열심히 핥았다. 나는 새삼스럽게 개의 주인을 다시 한 번 바라보았다. 나도 모르게 예상치 못한 질문을 그녀에게 던지는 바람에 나는 손짓을 보냈을 때보다 더욱 나 자신에게 놀라고 말았다.

"죄송합니다. 이 근처에 교회가 있습니까?"

18. 산송장의 방랑기

 교회의 문은 닫혀 있었다. 호숫가에 붙어 서 있는 교회는 초록색 양철 갑옷을 입고 있었다. 거울처럼 반짝이는 물 위를 미끄러지듯이 헤엄치고 있는 백조와 오리들이 있는가 하면, 날개 밑에 머리를 처박고 잠을 자고 있는 것처럼 보이는 무리도 있었다. 새들은 모두 베트 미들러(Bette Midler, 1945~. 미국의 가수, 배우, 코미디언—옮긴이)의 뮤직비디오에 찬조출연 중인 것 같았다.
 꽥, 꽥. 꽥, 꽥.
 나는 교회 현관의 계단에 걸터앉았다. 갈매기 몇 마리가 내 머리 위를 지나갔다. 끼룩거리는 갈매기의 울음소리는 술에 취한 천사가 퍼붓는 욕설처럼 들렸다. 귄힐뒤르는 새로 구입한 내 핸드폰에 두 번이나 전화를 했지만, 나는 받지 않았다. 아내를 잃은 슬픔에 잠겨 있는 남자에게 애인은 도움이 되지 못한다. 잠이 덜 깬 환경미화원이 덩치는 작지만 매우 요란한 소리를 내는 노란색 청소차를 몰고 인도 위를 헤집고 다녔다. 괴물처럼 보이는 청소차량의 꽁무니에 부착된 경광등은 디스코텍 조명처럼 빙글빙글 돌아갔다. 청소차에는 코끼리의 코처럼 생긴 주둥이가 달려 있었는데, 그 속으로 쓰레기들이 빨려 들어갔다. 흡입되지 못한 먼지들은 회전식 빗자루가 쓸어냈다. 청소차는 쓰레기를 먹고사는 짐승처럼 보였다. 청소차가 내 인생길도 저토록 깨끗하게 청소해줄 수 있다면 얼마나 좋을까. 학교를 졸업하고 나서 내가 한 일이라곤 사람들을 십자가에 못 박아 죽이는 것 외에 아무것도 없다. 다른 사람들은 대개 신장에 결석이 생긴다고 하는데, 나는 양심에 돌이 박혔다. 차이점이 있다면 내 양심에 생긴 돌덩이가 다른 사람의 신장만큼이나 크다는 것이다. 나는 자리에서 벌떡 일어나 발걸음을 옮겼다. 괴물청소차의 꽁무니를 따라 시내 중심부로 들어가기 시작했다.

무니타를 처음 알게 된 곳은 맨해튼 남쪽 휴스턴 거리와 톰슨 거리 모퉁이에 있는 아르투로(Arturo) 레스토랑이었다. 아담하고 깨끗한 곳이었다. 그녀는 그곳에서 나에게 음식을 날라다 주었고, 나는 가능한 한 많은 팁을 주었다. 내가 일곱 차례나 레스토랑을 찾고 나서야 무니타는 비로소 미소를 딱 한 번 보여주었다. '미스 맨해튼급 매트리스'를 한 장 구하기 위해서는 그 정도의 투자가 필요했다. 그녀의 마음에서 빗장을 푸는 비밀 코드를 알아내기 위해서 나는 서로 다른 피자를 일곱 판이나 주문했다. 그러고 나서야 검은 올리브, 빨간 양파 그리고 루콜라 속에 정답이 있다는 것을 알아냈고, 한 달이 지난 다음부터는 오직 루콜라 햄버거, 루콜라 파스타만 먹었고, 또 석 달이 지나고 나서 첫 키스를 했다. 하지만 이 과정은 진저리칠 정도로 힘들었다. 또한 원래 내 방식이 아니었다.

그녀는 유독 내 앞에만 오면 새침을 떨었는데, 나는 아직도 그 이유를 알지 못한다. 트럼프타워의 미혼남자들은 그저 엘리베이터 단추를 누르기만 하면 해결됐고, 그녀는 매 4주마다 한 층씩 위로 올라갔다. 그녀의 수업시대는 다름 아닌 '남성편력시대'였다.

지금 시간은 새벽 5시 2분. 나는 아이슬란드의 수도에 있는 한 광장에서 사형집행을 눈앞에 둔 죄수처럼 우두커니 서 있다. 사형집행인을 대동하고, 격분한 군중이 구름처럼 몰려들기를 기다리고 있지만 광장에는 아무도 없다. 괴물 같은 노란색 청소차의 굉음 이외엔 아무 소리도 들리지 않았다. 청소차가 큰 길을 따라서 천천히 저 아래로 내려가버리자 광장 한가운데 서 있는 시계탑 꼭대기에서 까마귀 한 마리가 처량하게 까옥거리는 소리만이 들렸다. 만(灣) 건너편에 우뚝 선 산의 푸른 빛 발치는 안개 속으로 사라져 보이지 않는다. 나는 그 방향을 향해 무작정 걸었다.

사거리에서 은색 자동차 한 대가 빨간색 신호등이 바뀌기를 기다리고 있었다. 풍성한 금발 여자가 운전석에 앉아 있었다. 16일짜리 여자였다. 출근길이 분명했다. 나도 저 여자처럼 출근했던 적이 있다. 첫새벽에 핸들을 잡으면 백미러에 자동차가 한 대도 보이지 않았고, 스피커에서는 윌리 넬슨(Willie Nelson, 미국의 가수—옮긴이)의 노래, '내가 사랑했던 모든 소녀들에게(To all the girls I've loved before)'가 흘러나왔다. 66번의 살인 가운데 적어도 절반 정도는 오전에 착수되었다. 하루가 시작되는 아침이야말로 살인을 위한 최적의 시간대이다. 아침식사와 함께 총알이 날아올 것을 염두에 두는 사람은 아무도 없기 때문이다.

나는 바닷가를 따라 걸었다. 문득 엉뚱한 생각이 들었다. 거울처럼 반짝이는 바다 밑에 야수가 살고 있다. 그렇게 생각하고 보니 큰 바위를 쌓아 만든 방파제는 뭍과 물 사이를 덧대어 감춰 놓은 줄처럼 보였다. 바다 밑에 갇힌 미친 야수는 내 친구이다. 아스팔트로 포장된 인도는 돌덩이들과 교외로 빠져나가는 적막한 도로 사이에 뻗어 있었다. 무니타의 푸르스레한 머리가 내 눈앞에 불쑥 나타나 긴 털이 달린 거미처럼 공중에서 둥실둥실 떠다녔다. 발걸음을 계속 내딛으며 나는 나 자신과 그녀를 상대로 대화를 나누었다. 냉장고 섬에 홀로 감금된 나는 대화를 나눌 상대가 따로 없었다.

66명 가운데에 '넘버 44'는 캐나다의 위니펙(Winnipeg) 출신의 유복한 사업가였는데, 디칸에게 갚을 돈이 있다. 나는 46층으로 엘리베이터를 타고 올라갔다. 그 남자가 묵고 있는 작은 호텔 방으로 들어가서 보니 그는 더블베드 위에서 요상한 요가동작을 하고 있었다. 두 다리는 하늘을 향해 쭉 뻗어 있고, 엉덩이는 나를 향해 있었다. 그는 자신의 죽음이 방 안으로 들어오는 것을 눈치 채지 못했다. 나는 그의 똥구멍에 총알을 한 방 먹였다. 너무 재미있을 것 같기도 했고, 그 방법 이외에는 다른 길이 없었다. 넥타이를 맨 그 친구는 곧바로 죽지 않았다. 그는 고통 속에서 죽어야만 했던 몇 안 되는 놈들 가운데 하나였다. 40초 동안 내가 할 수 있는 일이 무엇인지 곰곰이 생각해봤지만, 나는 하늘이 무너져도 두 번째 총알을 낭비하고 싶지 않았다. 총알 두 개만 제대로 사용하면 3연속 식스팩을 달성하게 되기 때문이었다. 그가 몸부림을 치다가 결국 제 운명을 받아들일 때까지 나는 그 자리에 그냥 서 있었다. 다행스럽게도 그는 내 입장을 이해해주는 것 같았다. 그는 나에게 협력해준 사람이었다. 마피아를 위한 오스카상이 제정되어 내가 수상을 하게 된다면 시상식장에서 그를 위해 감동적인 인사말을 할 준비가 되어 있다.

엄청난 고통 속에서도 몇 번을 시도한 끝에 그는 결국 몸을 뒤집었다. 그리고 안간힘을 다해 피가 흥건한 침대 위를 기어 탁자를 향했다. 총알은 대장, 위장 그리고 허파를 꿰뚫고 지나가서 목에 맨 넥타이 매듭에 구멍을 내놓았다. 그의 턱 아래에서 피가 뿜어져 나왔다. 탁자에 총기가 있을 수 있다는 생각이 들어 나는 망설이지 않고 그의 몸을 덮쳤다. 그러나 그가 손을 뻗어 잡은 것은 지갑이었다. 그는 그 속에 든 가족사진을 들여다보며 마지막 숨을 거두었다. 사진 속 주인공은 아내와 세 자식들이었다. 쾌활하게 웃고 있는, 전형적인 캐나다인들의 얼굴이었다. 남자의 코에서 피가 뚝뚝 떨어져 사진 속 인물들이 핏빛으로 물들었는데, 한 사람씩 핏물 속으로 빠져 죽는 것처럼 보였다. 나는 침대에 걸터앉아 30분 동안 꼼짝도 하지 않고 있다가 창문에서 6번가로 뛰어내리기로 마음먹었다. 하지만 그 빌어먹을 창문은 도저히 열리지 않았다. 현대식 호텔은 낡은 악습을 타파하는 데 일조하고 있었다.

물론 간단하게 권총으로 자살할 생각을 해보지 않은 것은 아니다. 하지만 나는 세 번째 식스팩의 완성을 눈앞에 두고 있었다. 우울증을 치료하는 데 명예욕은 특효약이었다.

얼마 지난 뒤 무니타와 데이트를 하면서 나는 그녀에게서 아이를 갖고, 가정을 꾸미고 싶다고 말했다. 딸과 아들을 낳고, 그래서 행복한 미소를 지은 가족사진을 지갑 속에 넣어 두었으면 좋겠다고 했다. 하지만 그녀는 자신이 적어도 21층으로 올라갈 때까지 기다리라고 했다. 아직 다섯 개 층이 더 남았고, 그렇다면 결혼하지 않은 난봉꾼 다섯 놈을 더 거쳐야 했다.

인도는 바닷가를 벗어나서 도로를 따라 이어져 있었다. 이 길을 따라 계속 가면 백러시아 같은 곳이 나올 것만 같았다. 왼쪽은 낮은 건물이 들어선 공장지역, 오른쪽은 높은 건물로 이루어진 주거지역이었다. 나는 민스크에서 지냈던 일주일을 떠올렸다. 나와 니코는 한 호텔 방에 갇혀 하찮은 서류가 들어 있는 가방을 5일 동안이나 기다려야만 했고, 우리는 하릴없이 여자 핸드볼 세계선수권대회의 모든 경기를 보았다. 노르웨이 여자팀은 정말 멋진 경기를 펼치며 펄펄 날았다.

그동안 자동차가 몇 대 눈에 띄기 시작했다. 시내 방향으로 출근길 교통량이 늘어났지만, 나에게는 목적지가 없었다. 무니타의 얼어붙은 머리가 7분마다 눈앞에서 어른거렸고, 나는 오로지 그녀의 얼굴이 보이는 방향을 쫓아가며 순찰차가 나타나기를 바랐다. 이제 볼 장을 다 보았다. 모든 살인청부업자는 언젠가 막장에 도달하게 되는 법, 그 순간이 오면 어서 빨리 손목에 은팔찌가 채워지기를 갈망하다 못해 주변사람들에게 애원하며 매달리고 싶은 충동을 느낀다. 어서, 어서 빨리 와서 나를 체포하세요, 제발!

극장 옆을 지나치자(형편없는 탈리아 마피아 영화가 상영되고 있었다) 이케아(IKEA, 조립식 가구 전문점—옮긴이)가 눈에 들어왔다. 그곳에는 노란색과 파란색 가구들이 괴물처럼 서 있었다. 드디어 아침이 밝았다. 자동차들이 래퍼의 입에서 쏟아져 나오는 운율처럼 꼬리에 꼬리를 물고 이어졌다. 이곳에서 나는 유일한 보병이다. 사방팔방 거리에 개미 한 마리 없으니 인도가 갑자기 끊어진 것은 전혀 이상한 일이 아니다. 그러면 어떠랴! 나는 도시 고속도로 옆을 따라 더럽혀진 잔디를 밟고 계속 걸어갔다. 눈앞에 콘크리트로 만든 고속도로 출구, 입구 그리고 다리가 어지럽게 뒤엉켜 있었다. 그동안 교통 체증이 빚어져 차들은 엉금엉금 움직였고, 차 속의 사람들은 한니발 렉터(Hannibal Lecter, 미국의 범죄소설 작가 토머스 해리스가 발표한 연작소설 속의 주인공이자 광기 어린 살인마—옮긴이)라도 발견했다는 듯 나를 빤히 쳐다보았다. 맞다. 렉터가 밤새 살인 작업을 마치고 아침식사를 하려고 집으로 돌아가고 있는 중이다.

시체라면 정말 넌더리가 난다. 내 머리는 속이 꽉 들어찬 시체냉동실과 다름없었지만 지금은 전원 코드가 뽑혀 있어 모든 것이 하나씩 드러날 수밖에 없다. 죽음의 마을에 처음 도착했던 때가 그랬다. 우리는 밤이 늦도록 총을 쏘아댔지만, 밤새 눈이 펑펑 내려 그다음 날 아침이 되자 온 세상이 고요하고 평화스럽기만 했다. 그러나 그날 정오까지 눈이 녹아 없어지자 시체들이 곳곳에서 눈에 들어오기 시작했다.

'넘버 51'은 치즈버거처럼 키가 작달막하고 콧수염을 기른 놈이었다. 그는 뉴저지 주의 숲 속에 있는 단독주택에 한 달 넘게 처박혀서 꼼짝도 않고 숨어 지냈다. 그의 마누라와 새끼들이 차를 타고 집을 떠날 때까지 나는 두 시간이 넘게 자동차에 앉아 있었다. 그가 바닥에 쓰러져서 오줌과 피로 양탄자를 물들이기 시작하는데, 마누라가 다시 집으로 되돌아왔다. 무엇인가 빠트린 모양이었다. "여보, 나야. 잊고 간 게 있어!" 여자의 목소리가 집 안에 울려 퍼졌다. 그녀는 곧장 부엌으로 갔고, 나는 그 틈을 이용해 소파 뒤에 엎드려 그녀가 장과 서랍을 뒤지는 동안 창문으로 기어가 바닥까지 내려온 커튼 뒤에 몸을 숨겼다. 나는 그 여자마저 죽이고 싶지 않았다. 새끼들이 자동차에서 기다리고 있었다. 그리고 그때까지 여자를 죽인 적이 단 한 번도 없었다.(죽음의 마을에서 죽인 두 할망구들은 제외시켜야 한다. 더 이상 여자가 아니니까.)

잠시 후 그녀가 거실로 돌아오는 소리가 들렸다. "여보, 나는……." 끔찍한 비명소리가 말끝을 이었다. 나는 꼬박 한 시간 동안 꼼짝도 하지 못한 채 제 자리를 지킨 후에야 몸을 겨우 빼낼 수 있었다. 그녀는 30분 동안 울음을 터트렸고, 또다시 30분 동안 망연자실 앉아 있다가 드디어 경찰에 전화를 했다. 그녀를 처치해버리는 게 옳았던 걸까? 그녀를 배려했다면 차라리 그런 행동이 더 나았을지도 모른다. 하지만 나는 그 대신 그의 장례식에 참석했다. 미망인을 한 번 더 보고 싶었다. 그녀는 섹시했다. 정말 마음에 들었다. 매력적인 여자들은 그런 일을 겪어도 빨리 회복되는 것 같았다. 그녀는 〈미국을 대표하는 다음번 미망인〉(America's Next Widow, 미국 CWTV의 프로그램 명—옮긴이)에 출연한다 해도 전혀 손색이 없었고, 장례식장에 잘생긴 미혼남이 적어도 여섯 명 정도 있는 것을 확인하자 내 마음은 한결 가벼워졌다. 수년 동안 유지됐던 파경 상태에 내가 확실한 해답을 제공한 것인지도 모른다는 생각이 들었다.

내 머릿속은 다른 사람들의 머리로 가득 차 있다. 어떤 머리들은 아직도 비명을 지르고, 다른 것들은 침묵하고 있다. 무니타의 머리가 눈앞에 다시 나타났지만 언제나 3미터의 간격을 유지하고 있었다. 나는 그녀의 머리를 향해 걸음을 재촉했다. 그녀의 머리를 잘라 은쟁반 위에 놓아두고 싶다는 생각을 한동안 해본 적이 있다는 고백을 하지 않을 수 없다. 소원이 이루어졌으니 기뻐해도 될까. 그 순간 그녀가 미소를 지었다. 사람을 홀리는 매혹적인 미소였다. 나는 보랏빛으로 변한 차가운 그녀의 입술에 키스를 하고 싶었지만, 그녀는 가까이 다가오지 않고 오히려 도시고속도로 출구 너머로 둥실둥실 흘러가버렸다. 나는 그녀의 뒤를 쫓았다. 자동차 경적소리로 구성된 대형 밴드가 듣기 싫은 멜로디를 쏟아냈다.

'넘버 56'은 로버트 레드포드(Robert Redford, 영화배우 겸 감독―옮긴이)를 쏙 빼닮은 근육질 남자였다. 회색 머리에 노란색 넥타이를 매고 있었다. 그가 우리 레스토랑 골방에서 숨을 거둘 때까지 몇 분이 걸렸다. 나는 제대로 걸린 전형적인 미국 놈을 하나 죽였다는 사실에 마음이 뿌듯했다.

'넘버 59'는 폴란드 출신의 포르노영화 제작자였다. 4월 어느 날, 뉴욕 퀸즈의 태양이 뉘엿뉘엿 저물면서 그림자를 바닥에 길게 드리울 즘 나는 복면을 하고 현장에 나타났다. 그는 여자친구와 함께 있었다.

콘크리트 다리 아래로 도로가 사라지며 끝이 보이지 않았다. 나는 길 가장자리에 이어진 급경사 진 작은 언덕을 기어 올라갔다. 언덕 위로 올라서자 아까 보았던 다리가 나왔다. 또 다른 도시고속도로가 그 위로 뻗어 있었고, 자동차들은 훨씬 더 빠른 속도로 달렸다.

'넘버 63'은 맨해튼 캐널 스트리트에 사는 키가 작고 소심한 중국인이었다. 그는 너무 외로워 보였다. 죽음이 방문턱을 넘어서는 것을 발견하고 오히려 기뻐하는 듯했다.

'넘버 68'은 나다. 내 고향 스플리트에게 짧은 작별인사를 하고, 이 다리 위에서 차가 쌩쌩 달리는 도로 위로 몸을 던지면 그만이다.

19. 저세상 속으로, 안녕

 그 집 앞에 도착할 즘 나는 거의 기다시피 걷고 있었다. 이 집이 틀림없었다. 은회색 랜드크루저를 바로 알아볼 수 있었다. 그들이 집에 있다는 뜻이다. 나는 이 나라에서 유래를 찾을 수 없는 유일무이한 처참한 보행인이었다. 출혈은 멈추었으나 이가 부러지고 빠지기까지 했다. 내 몰골은 며칠 동안 십자가에 매달렸다가 살아나온 사람처럼 보였을 것이다. 오도 가도 못하는 처지에서 나는 이판사판 현관 초인종을 눌렀다.
 안에서 교회 종소리가 울렸다. 빌어먹을 소리!
 시크리타가 문을 열어 밖을 내다보았다고 생각되는 순간 문은 쾅 소리를 내며 다시 닫혔다. 나는 골절된 내 코를 내밀다가 거두어 들였다. 초인종을 몇 번 더 눌렀다. 귀트뮌뒤흐르의 얼굴이 현관 옆 쪽창을 통해 나타났다. 선량해 보이는 라마 머리에 긴 송곳니가 달려 있었다. 산전수전을 통해 자기 영혼의 심연을 들락날락해본 귀트뮌뒤흐르 같은 인간은 피와 땀과 눈물이 뒤범벅이 된 처참한 내 몰골을 보고도 눈

하나 깜빡 안 하고 문을 열어주었다. 우리는 서로를 마주 보고 섰다. 한 사람의 이는 반들반들 칫솔질을 한 상태였고, 나머지 한 사람은 이가 부러져 있었다.

"뭐요……. 뭐가 당신을 다시 보게 만든 거야?" 그가 물었다. 그의 질문은 아이슬란드어의 어법인 것 같았다. "도대체 무슨 일이 있었던 거요? 앗, 피가 나잖아요."

"하이."

입 밖으로 말을 꺼내자 몸서리쳐지는 통증이 몰려왔다. 단어 하나하나를 말할 때마다 목구멍에 불이 난 것처럼 화끈거렸고, 해골이 쪼개지는 것처럼 아팠다. 나는 눈빛과 손짓으로 말을 대신할 수밖에 없었다. '당신을 다시 보게 되어 너무 기쁩니다.' 나는 몸을 가눌 수 없어 그들의 황금빛 문턱 위에 비틀비틀 무릎을 꿇고 앉았다. 그의 바짓가랑이를 붙잡자 그는 움찔 놀라 뒤로 물러섰다. 그의 아내가 등 뒤에 서 있었다. 부상을 입어 퉁퉁 부은 내 손이 양말을 신은 그의 발톱을 어루만졌고, 나는 꼬리가 부러진 해마처럼 대성통곡했다.

"귀트무인……" 나는 더 이상 말할 수 없었다. 통증이 너무 심했다. 하지만 내 영혼과 그를 하나로 묶어내고, 그가 무슨 말이든 뱉어내도록 유도해야 했다. 그의 목소리는 배리 화이트(Barry White, 흑인 솔로 가수―옮긴이)처럼 낮게 깔렸다. 물속에서 웅얼거리는 것 같아서 무슨 말인지 알아들을 수 없었지만 "나더러 어쩌라고!"라고 말하는 것처럼 들렸다.

이제 상황은 재미있게 되었다.

나는 복도로 기어 들어가며 그들의 하얀색 타일바닥에 나의 시커먼 죄악을 떡칠해 놓았다. 내 죄를 굽어 살피소서, 나의 목자여. 내 죄를 굽어 살피시고, 내 죄를 거두어 지옥의 커다란 화형대에 던져버리소서. 그렇게 못하실 바라면 차라리 천국으로 저를 인도하시어 저의 죄를 깨끗하게 사해주소서.

머리 위에서 상대가 머뭇머뭇 망설이고 있는 것이 느껴졌다. 잠시 뒤 귀트뮌뒤흐르는 혼잣말로 뭔가 중얼거리더니 내 몸 위로 손을 뻗어 현관문을 밀쳐 닫았다. 그는 내 몸을 붙잡았다. 그리고 몸을 일으켜 세우더니 욕실로 안내했다.

시크리타는 통증이 심한 내 머리와 통통 부은 얼굴을 씻겨주었다. 거울 속의 얼굴을 들여다보고 싶지 않았지만, 귀트뮌뒤흐르는 귓속말로 내 얼굴이 코끼리인간(안면기형의 인간—옮긴이)처럼 보인다고 했다. 왼쪽 눈으로는 아무것도 보이지 않았다. 코는 평소보다 두 배는 더 커졌다. 골절된 것이 분명했다. 오른쪽 송곳니는 빠져 없어지고, 아랫입술은 오트볼타(Upper Volta, 아프리카 서부의 공화국—옮긴이) 흑인처럼 부풀어 있었다. 피가 가장 많이 나는 곳은 이마였다. 시크리타가 물을 부어 얼굴을 씻어내자 왼쪽 눈 가장자리에서부터 머리털이 난 곳까지 칼로 베인 것처럼 깊은 상처가 뚜렷하게 드러났다. 어깨의 통증 때문에 오른팔도 전혀 쓸 수가 없었다. 하지만 한쪽 팔을 못쓰는 것 정도는 놀랄 일이 아니었다. 가슴뼈는 X-레이 사진을 찍어놓은 것처럼 부분적으로 드러나 있었다. 돼지갈비처럼 드러난 가슴통이 숨을 쉴 때마다 아팠다. 오른쪽 발목에도 이상이 있었다. 온 힘을 다해 비틀어 짜다가 결국 포기해버린 젖은 수건처럼 발목은 돌아가 있었다.

"사고를 당했나요?" 그가 물었다.

"으으으음."

손가락 다섯 개가 다 들어갈 정도로 입을 크게 벌린 상태에서 치과의사와 대화를 나누는 것처럼 말이 나오지 않았다.

"어디서?"

"자도옹……" 부풀어 오른 입술 사이에서 말이 새어나왔다.

"오우, 자동차 사고라고요? 저런 끔찍해라. 의사한테 가봐야…… 병원으로."

"우선 출혈부터 막아야 돼요. 그게 급해요. 이런 상태론 차를 타고 갈 순 없어요." 시크리타는 경험 많은 간호사처럼 말하며 작은 수건으로 내 이마에서 흐르는 피를 조심스럽게 톡톡 찍어냈다.

"노오오." 내가 이의를 제기했다. "벼엉우언 아안 가아."

"병원 안 간다고? 왜 안 가? 아주 깨끗한 곳이요. 여기 의료시스템은 정말 좋아요. 세계에서 가장 훌륭할 거요. 아니면…… 당신이 다니는 교회 율법에 맞지 않아서 그래요?" 귀트뮌뒤흐르가 질문을 던지며 눈썹을 치켜세웠다.

"여보, 당신도 잘 알면서 왜 그래요? 이 남잔 더 이상 프렌들리 신부님이 아니에요. 그렇지 않나요? 이 남자가 프렌들리 신부를 살해했어요. 이 남자는 살인자예요." 귀트뮌뒤흐르의 부인이 말했다. 얼굴은 마가렛 대처 같은 표정이었지만,

두 손은 플로렌스의 나이팅게일 것이었다.

말귀가 어두운 남편은 잠시 머뭇거렸다.

"그래, 맞아. 당신은 범죄자지. 그럼 경찰을 불러야겠군." 그가 말했다.

나는 시크리타가 손에 든 수건에서 고개를 돌려 나의 심판관을 바라보았다.

"제바알, 사알려… 사알려주세요."

그는 나를 뚫어지게 바라보다가 고개를 돌려 마누라를 보고, 다시 나를 바라보았다. 기가 막힌 듯 얼굴에는 물음표가 가득 들어차 있었다. 나는 때를 놓치지 않고 그의 가슴에 내 못생긴 머리를 파묻었고(핑크색 와이셔츠와 파란색 넥타이가 지르는 소리에 귀가 먹먹했다), 두 팔로 그를 얼싸 안았다. 그는 한 걸음 뒤로 물러서려고 했지만 나는 놓아주지 않고 더욱 세게 껴안았다.

"제에발." 나는 그의 뱃속 내장에 대고 애원하면서 잠깐 동안 내 몸의 통증을 잊었다. "그들이…… 나알, 날 죽이려고……."

부부가 의미심장한 시선을 주고받는 것 같았다. 성스러운 빛을 지키는 두 병사가 포로로 사로잡은 적군의 운명을 의논하고 있었다. 그들은 한참 동안 아이슬란드어로 대화를 나누었고, 나는 '가능한 한 남의 눈에 띄지 않도록 행동하라는 원칙(BUP)'을 준수하면서도, 갓 태어난 원숭이새끼가 제 어미의 품에 달라붙듯 전도사의 가슴속을 파고들었다. 피가 섞인 눈물 두 방울이 바닥에 떨어지는 것이 보였다. 하얀 대리석 바닥 위에서 눈물 두 방울은 각각 작은 연못을 만들었고, 크리스털처럼 맑은 연못에 빨간 핏물이 가느다란 채찍자국처럼 이어져 나갔다.

그들은 논의결과를 알려주지도 않고 미라를 만들기라도 하듯 내 온몸에 붕대를 칭칭 감더니 위층으로 데려가 내가 예전에 사용했던 침대에 눕혀주었다. 시크리타는 내 코 위에 차가운 수건을 올려주고 몸부터 잘 회복하라 말하고 방을 나갔다.

엄마와 아빠가 따로 없었다.

나는 잠을 자려고 애를 썼다. 내 영혼은 안식이 필요했다. 그러나 육체적인 고통이 나를 가만히 놓아두지 않았다. 아프지 않은 곳이 없었다. 고통이 온몸 구석구석에서 들고 일어나 서로 뒤섞이면서 하나의 커다란 통증으로 느껴졌다. 내 몸 전체가 비명을 지르는 것 같았다. 그러다가 통증을 잊는 순간이 가끔 찾아오기 시작했다. 공사현장 근처에 사는 사람에게 압축공기드릴 소리는 처음엔 참을 수 없을 만큼 시끄럽게 들리다가도 어느 순간부터 아예 들리지 않는 것과 같았다.

나는 너무 늦게 뛰어내렸다. 정말 재수가 없었다. 내 뚱뚱한 몸무게를 염두에 두지 않아서 5미터를 뛰어내리는 데 걸리는 시간을 잘못 계산한 것이었다. 하얀색 대형화물트럭을 조준했다. 트럭의 검은색 범퍼가 아직 남아 있는 내 목숨을 확실하게 끊어주기를 바랐다. 하지만 맞부딪혔을 때 트럭은 이미 다리 아래로 반쯤 들어와 있었다. 나는 트럭 지붕 위에 떨어졌고, 그 바람에 지붕에서 튕겨 왼쪽 얼굴이 다리와 정면충돌하고, 떨어지면서 트럭 측면에 어깨가 심하게 부딪히고, 갓길에 떨어져 나뒹굴었다. 한참 동안 자리에 쓰러져 누워 있었다. 내가 투신한 것도, 다리 아래에 멧돼지 한 마리가 죽어서 나자빠져 있다는 사실을 아무도 눈치 채지 못했다. 겨우 몸을 일으켜 세웠을 때에야 몇몇 자동차들이 속도를 슬쩍 늦추었을 뿐, 멈추지 않고 모두 지나쳐갔다.

나는 그 자리를 떠났다. 죽음과의 데이트에서 바람을 맞은 셈이었다. 의식이 흐릿한 상태에서 다리를 질질 끌며 교차로를 벗어나 줄곧 같은 방향으로 걸어갔다. 죽음과 데이트를 하기 전에 걸어갔던 방향이었다. 차선이 넓은 도로의 한가운데 있는 녹지 분리대 위를 걸어갔다. 발목은 진흙투성이였고, 얼굴에서는 피가 흘러내렸다. 운전대를 잡고 행복을 찾아가고 있는 사람들은 놀란 눈으로 나를 멍청하게 바라보았지만, 차를 세우는 사람은 단 한 명도 없었다. 나무랄 데 없이 순진하기만 한 이곳 사람들은 빨간 신호등을 단 한 번도 어긴 적이 없지만, 토니 소프라노(미국 케이블 채널 HBD를 통해 방영된 마피아 소재의 드라마 〈소프라노스The Sopranos〉의 주인공—옮긴이)의 얼굴만 보이면 기분을 잡쳤다는 듯 채널을 바로 돌려버린다.

얼마 지나지 않아 비가 내리기 시작했다. 그때부터 나는 이 세상에서 보이지 않는 투명인간이 되었다.

나는 계속 걸었다. 자신의 죽음을 예감하면 본능적으로

북극점을 향해 걸어가는, 상처 입은 북극곰처럼 어디로 가고 있는지도 모른 채 계속 앞만 보고 걸었다. 공항 방향으로 가고 있다는 것을 알려준 것은 도로 표지판이었다. 케플라비크(Keflavik)라는 지명과 이륙하고 있는 비행기의 그림이 함께 있었다. 다시 이고르가 되어 이 나라를 떠나서 새로운 삶을 시작해볼 수 있지 않을까? 스몰렌스크에서 공동묘지 관리인으로 묻혀 사는 것도 괜찮을 것 같았다.

일곱 개의 다리 밑을 통과하는 동안 피자헛과 우주선처럼 보이는 쇼핑센터를 지나쳤다. 쇼핑센터는 한 번 본 기억이 있었다. 도로의 중앙 분리대가 어느 순간 사라졌다. 어쩔 수 없이 자리를 옮겨 갓길을 따라 비틀거리며 걷다가 무심코 오른쪽으로 고개를 돌렸다. 지붕 꼭대기에 세워진 커다란 푸른색 십자가가 새로 지은 건물들 사이에서 불쑥 나타났다. 고문이의 교회였다. 지난주에 귀트뮌뒤흐르와 함께 방문했던 바로 그 교회를 보자 힘이 솟구쳤다. 성스러운 부부가 사는 그 집이 여기서 멀지 않을 것이라는 생각이 떠올랐다. 이 순간 귄힐뒤르의 부모가 나의 유일한 희망이라는 것은 더 말할 것도 없었다. 그들은 근본적으로 선량한 사람들이었기 때문이다.

돌아온 탕자처럼 나는 지금 예전의 내 침대에 다시 누워 있게 되었다.

귀트뮌뒤흐르가 방문을 열었다. 그의 표정은 여느 아버지처럼 엄숙했다. 눈이 내린 듯 하얀 백발에 얼굴은 혈기가 넘치는 진홍빛이었다. 그의 얼굴빛에는 절제 없이 살았던 젊은 시절에 대한 추억이 듬뿍 담겨 있었다. 그는 의자를 하나 끌고 와 내 침대 머리맡에 앉았다. 와이셔츠는 파란색이었고, 넥타이가 핑크색으로 변해 있었다.

"그러니까 우리는 그 문제를 이야기해봤어요……. 당신에 대해서 말입니다. 두 가지 길이 있더군요. 하나, 경찰을 부른다. 둘, 당신을 돌봐준다. 하지만 결정하기가 쉽지 않군요." 그는 침묵을 지키다가 한숨을 내쉬더니 한 손을 들어 자신의 길쭉한 얼굴을 비볐다. "자칫 잘못하면 우리가 위험을 떠안을 수 있습니다."

"으으으음." 축축한 수건 아래에서 내 목소리가 낮게 깔렸다.

"내 친구 소르뒤르한테도 전화했어요."

"으으음?"

"당신을 도와줄 수 있을 것 같다고 그러네요."

침묵이 흘렀다.

"우리가 당신을 도와주길 원하는 거요?"

"으음으음으음." 나는 통증을 참고, 고개를 끄덕였다.

"하지만 한 가지 조건이 있어요."

"으음음?"

"당신은 주 예수 그리스도와 살아계신 하느님의 교회를 믿고 따라야만 합니다."

나는 고개를 끄덕였다.

20. 고문 치료법

 수면이 천국에서 송출되는 방송이라면 내 라디오에는 잡음이 너무 많다. 도저히 잠을 이룰 수 없었다. 머릿속에는 너무 많은 상념들이 좌충우돌 시끌벅적했다. 나는 자살미수자이다. 죽지 못한 아쉬움에 눈물이 흘러나왔다. 아직도 사방팔방에서 하얀색 화물트럭들이 나를 향해 전속력으로 돌진해 왔다. 도로 한가운데에서 무니타와 함께 잠을 자고 있는데, 그녀의 입술이 얼음조각으로 변했다. 바로 그 순간 자동차 범퍼가 내 머리를 치고 지나갔다. '넘버 23'에 대한 기억이 떠오르는가 하면 어느 사이 나는 스몰렌스크에 장례회사를 차리고 사무실을 꾸미고 있었다. 가능하면 커다란 멋진 쇼윈도가 있는 가게를 얻어 미국식으로 그 뜻이 아리송한 광고문을 걸어 놓아야 성공할 수 있을 거란 생각도 했다. 몇 년 전부터 또 다른 당신의 죽음을 생각하는 당신, 저희가 도와드리겠습니다! 여기에 덧붙여서 우리 서비스에 만족한 고객의 말을 인용해놓는 것도 좋을 것 같았다. 확실한 마무리, 끝내

줍니다. 이고르라면 안심하고 영면할 것 같습니다. 블라디미르 페도로프Vladimir Fedorov(1932~2008).

나는 미라 놀이를 했다. 무덤 속에 누워 있는 페도로프처럼 꼼짝달싹하지 않았다. 조금만 움직여도 아팠다. 귀트뮌뒤흐르가 내 방에 왔을 때 나는 아스피린이 있는지 물어보았다.

"아쉬브리?"

"아니요오, 아 스으 피이 리인. 지인토옹제에."

"아, 그거…… 아니요. 미안하지만 없어요. 주님이 우리의 진통제입니다. 우리는 그딴 건 아예 없습니다." 말을 마치자 귀트뮌뒤흐르는 멍청해 보이는 미소를 지었다.

나는 아직도 청바지를 입고 있었다. 그들은 내 청바지까지 손을 댈 생각은 하지 않아서 핸드폰은 여전히 오른쪽 호주머니에 들어 있었다. 귄힐뒤르가 때때로 나에게 전화를 하는지 핸드폰 진동소리가 들렸다. 하지만 나는 기운이 너무 없어 호주머니에서 전화를 꺼낼 수 없었다. 설사 전화를 받을 기력이 있다 해도 받지 않을 생각이었다. 이런 내 몰골을 그녀에게 보여주는 것이 내키지 않았다.

고문이, 즉 소르뒤르가 내 눈앞에 나타났을 때는 이미 오후가 되었다. 그는 의사처럼 손에 작은 가방을 들고 나의 하얀색 방에 발을 들여 놓았다. 성유를 발라 뒤로 넘긴 머리칼과 존 레논의 안경처럼 둥근 안경은 완벽하게 어울렸다. 그는 내 눈을 뚫어지게 들여다보더니 명령조로 말했다. 하느님과 사탄이 언젠가 텔레비전 토론회를 한다면 저 위에 계신 분이

냈을 법한 억양을 듣는 것 같았다.

"당신은 이 세상 모든 죄인들 가운데에 가장 죄질이 나쁜 자이다. 당신은 하느님의 영원한 말씀을 전하는 선지자를 살해했으니, 당신이 죽인 그분은 복음을 전하는 사도이시다. 당신은 인간이 저지를 수 있는 모든 범죄 가운데에서 가장 저주받을 만한 죄를 저질렀도다. 이의가 있는가? 당신이 저지른 행동과 당신이 지은 죄를 인정하는가?"

미라는 고개를 끄덕였다.

"그렇다면 당신의 시커먼 사탄의 혀로 죄를 고백합시다!"

"네, 네. 저는 고백합니다. 저는 죄를 지었습니다." 풍선처럼 부어오른 입술로 코끼리인간이 더듬더듬 말했다.

"그리고 살인도 했습니다!"

"네. 살인했습니다."

"당신은 프렌들리 신부님을 살해했는가? 그분은 불쌍한 영혼 수백만 명을 구원하셨던, 우리의 사랑하는 형제이시다. 하느님 앞에 당신의 죄를 진심으로 뉘우치는가?"

"네. 저는 프렌들리 신부님을 살해했습니다. 그건…… 좋은 일이 아닙니다."

"좋은 일이 아니었다니? 아닙니다. 당신은 그분과 함께 같은 공간에서 숨을 쉴 자격조차 없었습니다. 좋은 일이 아니었던 건 바로 그것입니다. 하지만 나의 사랑하는 형제, 그뷔드뮌뒤르와 시그리뒤르는 당신이 잃어버린 영혼을 구원하기 위해 모든 것을 다 바칠 각오가 되어 있습니다. 저도 마찬가지입니다. 우리는 엄청난 위험을 눈앞에 두고 있습니다. 내가 이 자리에서 당신에게 이르노니, 그들은 자신의 직업과 지금까지 쌓아온 명성, 그들의 텔레비전 방송국과 집, 그리고 자동차, 이 모든 것을 한꺼번에 내던질 각오를 하고 있습니다."

소르뒤르의 등 뒤에서 성스러운 부부가 서 있었다. 크게 뜬 두 눈에는 자랑스러운 빛이 역력했다.

"네, 그렇습니다. 이 세상에서 유일무이한 단 하나의 영혼을 구원하여 하느님의 나라로 인도하는 일은…… 당신과 같이 이 세상 모든 사람들 가운데에 가장 큰 죄악에 빠진, 단 하나의 영혼을 구원하는 일은…… 단 하나의 영혼을 구원하는 일은 말하자면 모든 지프, 모든 집, 모든 직업을 다 합친 것보다 더 가치 있는 일입니다. 살아계신 하느님의 믿음 속에서 진정한 형제들이라면 이웃사랑과 죄의 사함을 믿고 따라야 합니다. 주 예수 그리스도를 따르는 자라면 가장 사악한 원수에게도 사랑과 용서를 베풀어야 합니다. 그렇습니다. 당신은 살아 있는 날까지, 이 세상이 종말을 고하는 그날까지 이분들에게 당신의 사랑으로 그 은혜에 보답해야 합니다. 자신의 목숨까지 내놓고 원수에게 베푸는 이웃사랑은 영원히 사라지지 않는 선물이니 그 무엇과도 바꿀 수 없는 것입니다. 이는 주님의 말씀입니다. 자, 기도합시다……."

그들은 나를 위해, 아니 내가 잃어버린 영혼을 위해 기도했다. 내 영혼을 구원하기 위해서 나는 자리에 누워 밤과 낮을 구별하지 않고 7일 동안 금식을 해야만 했다. 내가 마실 수 있는 것은 하루에 한 번 지급되는 성수, 한 잔뿐이었다. 소르뒤르는 내 이마 위의 상처를 꿰매주면서, 잃어버린 영혼을 되찾을 수 있는 길은 육신의 욕구를 완전히 잊는 것 이외에는 없다고 했다. 어렸을 적 전쟁이 일어난 첫날 밤, 주차된 스쿨버스의 뒷좌석에서 내 다리에 난 작은 상처를 꿰매주던 아버지가 떠올랐다. 수염이 난 넓은 얼굴이 집중력을 발휘하느라 입을 다문 채 잔뜩 일그러져 있었다. 지금 소르뒤르의 표정과 똑같았다. 귀트뮌뒤흐르는 시크리타를 도와주고 있었고, 시크리타는 하얀색 래커를 칠한 벽에 피가 튀기지 않도록 소르뒤르를 거들어주었다.

"그가 육신에 상처를 낸 것은 하늘나라에서 오신 우리 구세주 예수 그리스도의 피가 그의 육신 속으로 흐르도록 함이라……." 내 이마에 붕대를 감아주면서 소르뒤르가 혼자 중얼거렸다.

아래층에서 음식을 만드는 냄새만 나지 않는다면 금식은 아무 문제가 없을 것 같았다. 향수 냄새를 맡으면 아랫도리가 뻣뻣해진다는 건 아주 오래된 이야기이다. 나는 물 한 잔을 하루 온종일 마실 수 있게 반의 반 모금씩 나누어 삼켰다. 소르뒤르는 폭군이었다. 내 위장 속에는 내 양심을 갉아먹었던, 부러진 내 이빨 조각 이외에는 아무것도 없었다.

하지만 이런 증상은 소르뒤르의 치료법이 근본적으로 아주 잘 진행되고 있다는 걸 반증하고 있는 것인지도 모른다.

내가 다른 사람들의 삶에 뚫어놓은 구멍들을 들여다볼 수 있는 시간이 넉넉했기 때문이다. 나는 사람들의 가슴, 머리 혹은 대장에 쑤셔 박았던 총알들을 하나씩 추적해 보았다. 후회가 물밀 듯이 몰려왔다. 내가 쐈던 총알들을 비디오의 영상처럼 모두 되감아서 나에게 되돌아오게 하고 살펴보았다. 내 머리에 100개의 총구멍이 벌집처럼 뚫렸고, 내 머리는 피, 오줌, 똥 그리고 게워낸 음식물로 온통 뒤범벅이 되었다. 나는 샤워꼭지 밑에 머리를 집어넣고, 흐르는 물에 죽을죄를 모두 씻어내는 상상을 했다.

금식기간 1주일은 대청소 주간이었다.

금식 7일째가 되는 날, 귄힐뒤르가 부모의 집에 나타났다. 있는 사실을 굳이 부정할 필요가 없어서 하는 말이지만, 평화롭고 고요한 주님의 전당에서 갑자기 큰 소음이 발생했다. 부모 사이에 격렬한 말다툼이 벌어졌고, 딸이 울부짖으며 누군가와 전화통화를 시작했을 때에야 말다툼은 비로소 끝났다. 아마도 오빠와 여동생의 공동주거방식에 위기가 닥친 것 같았다. 아무런 문제가 없었다면 그녀가 이곳에 나타날 까닭이 없다. 아니면 혹시 내가 그 이유는 아닐까? 엄마와 딸 사이에 오랫동안 대화 소리가 들리더니 리모컨으로 조종되는 나체 요정들처럼 계단을 밟고 2층으로 올라오는 발소리가 들렸다.

시크리타가 천천히 내 방문을 열고 울어서 눈이 발개진 요정을 방 안으로 들여보냈다. 나는 습관처럼 배를 당겨 집어넣었다. 사실 그럴 이유는 전혀 없었다. 1주일 동안 나는 아무것도 먹지 못한 채 오리털 이불 밑에 누워 있기만 했으니까. 권힐뒤르는 침대 맡으로 다가왔다가 미라처럼 변한 내 모습을 놀란 눈으로 바라보았다. 그녀의 얼굴이 내 눈에 가득 들어왔다. 지난 1주일 동안 맛있는 것이라곤 아무것도 보지 못한 나는 아사 직전이었던 터라 그녀를 통째로 삼켜도 직성이 풀리지 않을 것 같았다. 그녀의 어머니는 문가에 서 있었다. 냉정한 얼굴 표정을 보아하니 나에게 그렇게까지 호의를 베풀어 줄 마음은 눈곱만큼도 없는 듯했다. 지금 이 순간은 우리 둘만을 위한 오붓한 면회시간이 아니었다. 시크리타는 산산조각이 난 딸과의 관계를 이어붙이기 위해 나를 이용하는 것 같았다. 권힐뒤르가 내 상황을 눈으로 확인하게 된다면 엄마, 아빠에게 어느 정도 존경심을 갖지 않을까 하는 속셈이 깔려 있는 것 같았다. 신부와 경찰을 죽이고 전 세계에 지명수배가 된 인간이지만, 비밀리에 자신들이 보호해주고 있다는 걸 알게 된다면 자신의 부모를 다른 눈으로 볼 수도 있기 때문이다. 그렇다고 그들을 나쁘게만 생각할 일은 아니다. 또 내가 그들에게 구세주가 되지 말란 법이 어디에 있단 말인가. 소르뒤르의 치료법이 제법 효과가 있는 것 같았다. 와우!

전화벨이 울렸다. 시크리타가 전화를 받으러 잠시 동안 사라졌고, 우리 둘만 남게 되었다. 조금 전까지 울고불고했던 권힐뒤르 그리고 나.

"하이." 그녀가 기운이 없는 목소리로 속삭이듯 말했다. 허리케인이 사라진 뒤 떠났던 집으로 다시 돌아온 사람 같은 목소리였다.

"하이."

"내가 전화했는데……."

"알고 있어."

그 사이 나는 어느 정도 말을 할 수 있게 되었다.

"그래, 몸은 좀 어때?" 그녀가 물었다.

"배가 고파."

그녀가 미소를 지었다.

"왜 갑자기 사라져버렸어? 무슨 일이 있었던 거야?"

"나쁜…… 소식을 들었어."

"무슨 소식이었는데?"

"그놈들이 내 여자친구를 죽였어."

"당신의 여자친구? 누군데……?"

"마피아. 우리 쪽 아니면 탈리아 쪽이야."

"그게 아니라 내가 말한 건…… 여자친구가 있어?"

"있었지. 하지만 그놈들이 내 여자를 죽였어."

"그래, 그래. 당신한텐 잘된 일이겠네."

"나한테 잘된 일이라고?"

"여자친구가 있었었다고 말했잖아. 난 그런 줄은 전혀 몰랐어."

"나도 마찬가지로 몰랐어."

"무슨 말이야?"

"우리는 그저…… 집 밖에서 만나서 같이 돌아다녔거든."

"얼마나 오랫동안?"

"1년 반 동안."

"아이슬란드에서는 그 정도 만나면 결혼한 사이야. 미국에서는 둘이 얼마나 오랫동안 '집 밖에서 만나 같이 돌아다니기'만 할 수 있어?"

"내 생각으론, 영원히. 한 35년은 지나야 비로소 약간 진지해지지. 그 정돈 돼야 재산 상속권을 주장할 수 있거든."

그녀는 웃음을 터뜨리려다가 참았다.

"그 여자, 이름이 뭐야?"

"무니타."

"무니타. 그 여잔 어땠어?"

"그 여잔…… 부지런했지."

이딴 소리를 지껄일 수 있는 건 내가 아니라 내 위장 속의 부러진 이빨이다.

"부지런했다고?"

"그래. 그 여자는…… 그 여자는 메인메뉴 같았어."

버터 빛 금발 여자는 나를 빤히 바라보았다. 이번 사고로 망가진 것은 내 몸뿐만이 아니라는 표정이었다. 나는 입을 꽉 다물고, 잠자코 있기로 했다.

"오케이." 그녀가 말했다. 그녀는 빨간색 딸기 같은 혀로 셔벗 같은 입술을 핥았다.

"하지만 누군가가 그 여자를 통째로 먹어치웠어. 머리만 남겨 놓고. 머리는 아직도 우리 집 냉장고 안에 있어."

고문 치료법

잠시 동안 침묵을 지키던 그녀는 환자의 판단능력을 테스트해보려는 의사처럼 물었다. "헌데 당신은…… 그 여잘 사랑했지?"

"아니. 그땐 아니었어. 이제야 비로소, 어떤 식으로든."

죽음은 사랑의 묘약이다. 내가 아버지를 사랑했다는 것도 아버지가 죽고 난 다음에야 명확하게 깨달았다.

귄힐뒤르는 잠깐 동안 아무 말이 없다가 나에게 다가와 몸을 굽히고 자기 입술을 내 입술 위에 올려놓았다. 이상야릇한 느낌이었다. 지금까지 살아오면서 느꼈던 감정 중 가장 인상적인 감정이었다. 위장과 페니스를 협상테이블로 불러내어 합의를 성사시키려면 모두가 깜짝 놀랄 만한 시간 안에 해치워야 했다. 하지만 나는 위장과 페니스라는 두 마리 굶주린 야수를 모른 척하며 그녀와의 키스에 정신없이 빠져들었다. 그러나 이러한 기적이 사라지자 나는 이들을 중재시키기 위해 나서야 했다. 백악관 앞의 잔디밭 위에서 아라파트(팔레스타인 해방 기구 의장—옮긴이)와 라빈(이스라엘 총재—옮긴이) 사이에 서서 중동평화를 위해 그 유명한 악수를 종용했던 빌 클린턴이 느꼈을 법한 심정이었다. 문제는 그녀와 나, 둘 중 누가 페니스 역할을 하는가였다.

그녀는 흐트러진 내 코 위의 붕대를 똑바로 잡아주었다.

"엄마, 아빠는 당신을 위해 엄청난 계획을 세워놓았대. 아주 흥분해 있더라고. 두 사람은 당신을 두고 목숨이라도 걸고 내기할 기세던데."

"두 사람을 실망시키지 않도록 노력해봐야지."

"둘을 죽여버리고 싶다는 생각 먼저 내버릴 수 있는 노력부터 해봐."

이 여자, 정말 맘에 든다.

"트뢰스테르하고 무슨 일 있었어?"

"다퇐어. 지난 한 주는 정말 미칠 것 같았어."

"그랬구나."

"오늘 밤 여기서 잘 거야. 내가 예전에 썼던 방에서, 6년 만에 처음이야……. 소르뒤르 아저씨는 내일 온댔어."

"뭐라고? 고문이가?"

그녀는 큰 소리로 웃었다.

"맞아. 그 아저씨가 당신을 자기 교회로 데려 간댔어."

"정말?"

"응. 당신은 이제 지옥의 문이라던가 뭐라던가 암튼 그런 걸 통과해야 할 거야. 아빠가 그러더라고."

그녀는 깨물어주고 싶을 만큼 귀여웠다.

21. 지옥문이 열리면

 고문 치료법 제2단계.
 나는 교회 안의 양탄자 위에 서 있다. 수염을 덥수룩하게 기르고, 이마는 커다란 돌로 포장된 듯 주름이 잡혔으며 송곳니도 빠져 있다. 그러나 부기는 완전히 사라졌고 발목의 통증도 많이 가셨다. 약간 불편한 곳은 오른쪽 어깨뿐이었다. 체중은 그 사이 8킬로그램이나 빠졌다. 금식주간 동안 내 위장은 정신치료라도 받은 듯 지금은 아무것이나 쉽게 받아들이지 못한다.
 이곳으로 오는 동안 나는 자동차 트렁크 안에 들어가 누워 있었다. 이 사람들을 경탄하지 않을 수 없다. 자신의 친구를 죽인 살인자를 위해 모든 것을 철두철미하게 준비하는 이유를 모르는 바는 물론 아니지만, 나라면 그렇게까지 할 수는 없을 것이다. 어쩌자고 나를 지옥에 곧바로 처넣지 않는 것일까? 아니, 혹시 나는 지금 지옥으로 가고 있는 것일까?
 교회는 텅 비어 있었다. 소르뒤르는 사무실에 있다가 멍청하게 보이는 하얀색 성직자 가운을 걸치고 맨발로 나타났다. 허리에는 검은색 혁대가 매어져 있었다. 그가 가까이 다가와 복장을 자세히 볼 수 있었는데 가라테인지, 가라오케인지 좌우간 일본에서 건너온 도복 같은 것이었다. 가까이서 보건 떨어져서 보건 우스꽝스럽기는 매한가지였다. 그는 여자에게나 어울리는 의상을 걸친 맨발의 투사였다.

소르뒤르는 자기를 따라 들어오라고 나에게 명령했다. 진홍색 문을 지나자 정육면체 방이 나타났다. 바닥 면적에 비하면 천장이 꽤 높았고, 벽들은 모두 하얀색이었다. 방 한가운데에는 육중한 4각형 하얀색 기둥이 자리 잡고 있었고, 한쪽 벽 높은 곳에 작은 창문들이 몇 개 붙어 있었다. 바닥에는 빨간색 매트리스가 깔려 있었고, 식은땀 냄새가 풍겼다.

"신발, 와이셔츠 그리고 바지도 벗어요." 이 말과 함께 그는 출입문을 잠그고 불을 껐다.

나는 일본식으로 강간 당할 위험에 대비했다.

"당신도 알다시피 이 세상은 천국과 지옥이라는 두 개의 영역으로 나누어지는데, 그 사이를 가로막는 것은 불로 만들어진 커다란 벽입니다. 에덴동산 때부터 오늘날까지도 마찬가지입니다. 이 세상에서 가장 깊은 탄광의 막장에서부터 이 우주의 손가락 끝까지 모든 걸 살펴봐도 이 원리에서 벗어나 있는 건 없습니다. 아무리 높이 나는 새가 있다 하더라도 이 벽을 넘지 못하고, 아무리 깊이 잠수하는 물고기도 이 벽에 막히고 맙니다. 그 어떤 영혼도 이 벽을 뚫지 못합니다!" 그는 갑자기 목소리를 높여 큰 소리로 외치더니 속삭이듯이 말했다.
"하지만 그 벽에는 문이 하나 있습니다."

그는 커다란 원을 그리며 기둥 주위를 돌기 시작했다. 호흡은 점점 가빠졌다. 저질 코미디영화에 나오는 정신병자처럼 보였다. 나는 옷을 모두 벗어 구석에 내려놓았다. 며칠 동안 팬티를 갈아입지 못해 지린내가 풀풀 났다.

소르뒤르가 말을 계속 이어나갔다. "당신은 천국으로 들어가는 황금의 문을 알고 있지요? 일반 사람들은 황금의 문은 그냥 통과할 수 있는 거라고 쉽게 생각합니다. 죄인들 중에서 가장 사악한 사람들까지도 그렇게 생각하니까요. 하지만 어림 반 푼 어치도 없는 소리입니다." 그는 흥분해서 검지를 세워 공중에서 흔들었다. 발걸음이 더 빨라지면서 기둥과 나를 가운데에 두고 맴돌았다.

"천부당만부당합니다. 사람들은 죽으면 천국 아니면 지옥에 간다고들 생각하지요. 틀렸습니다. 우리는 이미 그곳에 와 있습니다! 당신은 지금 그리고 이 자리에 서 있습니다. 당신은 천국 아니면 지옥에 이미 와 있습니다. 이도 저도 아닌 중간은 없습니다. 절충지대란 건 없습니다. 그리고 당신, 내 친구여, 당신은 지금 지옥에 있습니다! 당신이 천국에 들어가기를 원한다면 우선 지옥을 떠나야만 합니다. 황금의 문을 통과해서 천국으로 들어가기 위해서 우선 지옥의 문을 당장 나가야만 합니다!"

갑자기 그의 목소리가 아들에게 말을 거는 자상한 아버지처럼 변했다. "그래 어떻게 생각하니, 토미슬라브…… 생각해 보자, 왜 큰 은행이나 거대한 교회 출입문이 모두 그런지, 왜 그곳 출입문들이 모두 이중문인지 생각해봐! 왜 그렇게 만들어졌다고 생각하니?"

"전혀 생각해보진 않았는데…… 사람들이 빨리…… 도망칠 수 없게 하려고?"

"그 이유는 밖의 공기와 안의 공기가 서로 섞이지 않게 하려는 거야. 그래서 첫 번째 문을 열고 들어가면 그 문이 닫힌 다음에 두 번째 문이 열리게 되어 있어. 완벽한 시스템이지. 황금의 문 그리고 지옥의 문, 이 두 개의 문에도 바로 그런 원리가 적용되어 있어. 천국에 있는 사람들 중에 그 누가 지옥의 유황불 냄새를 좋다고 하겠니? 그러니까 넌 우선 지옥의 문부터 열고 안으로 들어가야 하는 거야, 알겠니!" 그는 화약가루를 코로 흡입한 세르비아의 사령관처럼 갑자기 고래고래 소리를 지르고, 말을 마치기 무섭게 홍콩의 액션배우 성룡처럼 기합소리를 질러댔다. 그러더니 느닷없이 몸을 돌려 오른발로 내 얼굴을 걷어찼다. 피가 가득 들어 있는 풍선이 터지듯 내 입술이 터졌다.

빌어먹을!

그게 전부가 아니었다. 그는 등 뒤에서 다가와 벽돌처럼 단단한 주먹으로 내 뒤통수에 일격을 가했다. 나는 그 자리에서 푹 고꾸라졌다. 피가 매트리스 위로 뚝뚝 떨어졌다. 소르뒤르는 내 양쪽 귀를 꽉 붙잡고 설교를 늘어놓기 시작했다.

비몽사몽인 상태에서 나는 어쨌든 간에 그 미친놈이 말하는 지옥의 문이라는 것을 붙잡아야 했다. "이 저주받을 발칸 망나니 새끼야! 똑똑히 들어! 넌 이 세상에 있으나마나 한 쓸모없는 인간쓰레기야. 더러운 살인자! 불쌍한 돼지새끼! 막장새끼 중 막장새끼! 악마 중 악마! 우주의 맹장 같은 새끼! 그게 바로 너다!"

그는 여전히 내 양쪽 귀를 붙잡고 반쯤 일으켜 세우더니 박치기해서 나를 다시 바닥에 쓰러뜨렸다. 케이오 일보 직전이었다. 나는 흘린 피 위를 기어서 도망치려 했지만 그는 내 불알을 걷어차고 위에서 짓밟았다. 그러더니 메디슨 스퀘어 가든(Madison Square Garden, 뉴욕의 실내 스포츠 센터—옮긴이)의 프로레슬러처럼 육중한 몸을 날려 나를 덮쳐눌렀다. 그리고 오른팔로 내 목을 휘감아 잡고 왼손으로 내 머리를 비틀어 돌렸다. 빌어먹을. 나는 이놈의 손에 숨통이 끊어질 판이었다.

이렇게 죽도록 나 자신을 놓아둘 수는 없었다.

내 마음속 깊은 곳에서 잠자고 있던, 산전수전을 다 겪은 베테랑 병사의 정신이 다시 되살아났다. 티토가 무덤을 열어젖히고 걸어 나오듯 나는 몸을 일으켜 세우고, 곧바로 작업에 착수했다. 정신적인 그리고 육체적인 탈진 상태는 바람에 날리듯 사라졌다. 악에 받친 멧돼지의 힘이 굶주림에 지친 내 육체에 흘러넘쳤다. 나는 이 끝에서 뼈의 감촉이 느껴질 때까지 그의 손을 깨물고, 재빨리 등을 비틀어 돌면서 그를 떨쳐냈다. 그는 바닥으로 나뒹굴며 손을 붙잡고 비명을 질렀다. 나는 몸을 던져 그를 깔고 앉아, 있는 힘껏 목을 강하게 졸라댔다. 그에게 영원한 침묵을 선물로 안겨주려는 찰나 갑자기 티토 동지가 눈앞에 나타났다. 멋진 사령관 제복을 걸친 티토의 손에는 무니타의 머리가 들려 있었다. 나는 내 눈을 의심했다. 눈을 질끈 감고 머리를 흔들고 다시 눈을 떴다. 하지만 그들은 여전히 눈앞에 있었다. 소르뒤르의 목을 강하게 조르면 조를수록 두 사람의 환영은 그만큼 더 또렷해졌다. 그의 목을 느슨하게 풀어주자마자 환영은 순식간에 사라졌고, 다시 목을 조르면 선명하게 나타났다. 내 고향의 최고 사령관이 내가 사랑하는 여인의 머리를 들고 눈앞에 나타나다니…… 도대체 뭘 어떻게 하란 말인가?

소르뒤르는 내가 혼란에 빠져 있다는 걸 알아채고, 자기 목을 조르고 있던 내 왼손을 쳐냈다. 그 바람에 그의 안경이 큰 포물선을 그리며 저편으로 날아가버렸다. 나는 티토를 잊고, 내 거룩한 희생양 위로 다시 몸을 숙이고 가까스로 목을 움켜잡았다. 힘껏 조르기 시작했다. 인정사정 볼 것 없다. 그의 얼굴빛은 붉은색에서 검붉은 빛으로, 검붉은 빛에서 새파랗게, 점점 하얗게 변해갔다. 눈앞에 벌어지는 영상을 믿을 수 없어 나는 더 이상 고개를 들어 앞을 보지 않기로 작정했다. 하지만 그 무엇인가 내 마음을 혼란스럽게 흔들어놓는 것이 있었다. 갑자기 소르뒤르의 얼굴에서 아버지의 얼굴이 떠올랐다. 안경을 벗은 소르뒤르는 아버지처럼 보였다. 그렇다. 나는 지금 내 아버지의 목을 조르고 있었다.

나는 재빨리 그의 목을 놓아주고, 자리에서 벌떡 일어나 구석으로 물러났다. 등을 돌리지 않은 채 벽을 보고 거친 숨을 골랐다. 윗입술에서 피가 뚝뚝 떨어졌다.

빌어먹을.

7일 동안이나 영혼을 구원받기 위해 쏟았던 노력이 한순간에 물거품이 되었다. 내 금식주간은 멧돼지 한 마리를 죽이는 것으로 막을 내렸고, 종교에 귀의하려던 나는 스스로 죽음을 선택했다. 신부를 둘이나 죽인 경력 탓에 천국의 입국심사에서 좋은 평가를 받기는 애당초 글러먹었는데, 이제 나까지 포함하면 신앙인을 셋이나 죽인 놈이 됐다.

잠시 후 매트리스 위에서 무엇인가가 움직이고 있다는 느낌이 들었다. 거룩한 그 짐승은 다시 자리에서 일어나 가까이 다가왔다.

"토미슬라브 보크시치……." 내 이름을 부르는 그 목소리는 까칠했지만, 무엇인가 할 말이 있는 것 같았다. "토미슬라브 보크시치, 발칸의 병사……." 그는 자신이 해야 할 과제를 모두 마친 듯이 보였다. "네 주특기가 발휘되는 게임에서는 널 이길 수가 없구나. 그렇다면 이제 내가 준비한 게임을 해보는 게 어떠냐?"

그는 내 어깨를 붙잡고 돌려세웠다.

안경이 그의 코 위에 다시 걸쳐져 있었다. 두 뺨에는 어느 정도 화색이 돌아왔지만, 피범벅이 된 의복은 더 이상 못쓰게 되었다. 그가 길게 숨을 들이쉬는 모습을 보자 내심 기뻤다.

"너 이 자식, 크로아티아 갈보의 씹에서 주워온 인간쓰레기야." 이 말과 함께 그는 내 뺨따귀를 사정없이 올려붙였다. "넌 지옥으로 떨어진 크로아티아 갈보 새끼야!" 그는 내 양쪽 어깨를 붙잡고 내 눈을 노려보며 말했다. "넌 대체 너 자신이 누구라고 생각하는 거냐? 빌어먹을 바퀴벌레보다 네가 조금이라도 나은 점이 뭐냐? 네가 천국에 간다고 해도 넌 등판에 지옥 불을 달고, 부엌바닥을 기어 다니는 바퀴벌레에 불과해! 알아? 이 멍청한 녀석아!"

그는 나를 밀쳐냈다. 내가 아무런 반응을 보이지 않자 내 어깨 위에 양손을 올려놓더니 힘껏 밀었다. 나는 뒷걸음을 쳤다. 그러나 탈진상태에 빠진 무릎이 부들부들 떨리던 그는 나를 자신의 보행을 돕는 조수로 이용하며 술 취한 사람처럼 웅얼거렸다.

"이 자식아, 넌 저주받은 멍청이야. 너는 세르보크로아티아 병신이 낳은 빌어먹을 새끼야."

"크로아티안데……."

"주둥이 닥쳐!"

그가 걸음을 멈췄다. 우리는 아무 말 없이 서로를 노려보았다. 그는 목소리를 약간 누그러뜨리고 물었다. "도대체 사람을 얼마나 많이 죽인 거야?"

"얼마나? 음…… 120명, 아마 그 정도."

"120명, 아마 그 정도라니?"

"정확히는 모르겠어."

"그러니까 숫자를 세어보지 않았다, 그런 말이야? 네가 따먹었던 여자를 세어본 것처럼 죽인 사람을 세어보지도 않았단 말이야? 도대체 얼마나 되기에?"

"나도 모르겠어. 냄비들도 거기에 포함시켜야 하나?"

"냄비들을 포함시켜야 하냐니 무슨 말이야, 뭘 모르겠단 말이야? 말장난하지 마, 내가 지금 할 일 없어서 묻는 게 아니야."

"잘 모르겠지만…… 60명, 70명쯤……."

"60, 70명이라고? 너랑 같이 잔 여자들보다 죽인 사람이 더 많다는 거야, 그렇다는 거냐? 넌 내가 생각했던 것보다 훨씬 더 나쁜 놈이구나!"

"하지만 난 창녀를 죽인 적은 단 한 번도 없어."

"무슨 뜻이야?"

"그러니까…… 여자를…… 내 손으로 여자를 죽인 적은 전혀 없다, 그런 말이야."

"여자는 전혀 죽이지 않는다고?"

"아니야……. 전쟁 통에 얼떨결에 죽인 여자들이 몇몇 있기는 하지만, 그건 사안이 달라서 별개의 문제야."

"사안이 다르다니?"

"난 사격 명령을 따랐을 뿐이야. 쏴 죽이든지 아니면 총에 맞아 죽든지, 둘 중 하나야."

침묵이 흘렀다. 그는 나를 노려보다가 한숨을 내쉬고, 잠시 뒤에 말을 꺼냈다. "네가 무슨 짓을 저질렀는지 확실하게 알고는 있겠지?"

"네."

"후회하고 있는가?"

"네."

"너는 하느님의 권능을 너의 손에 쥐고 흔들었다."

"무슨 뜻인지……?"

"이는 모든 죄악들 가운데 가장 사악한 죄이다."

"그렇다면 하느님이 인간을 죽이기도 한단 말인가요?"

"하느님께서는 생명을 주시기도 하지만 다시 거두기도 하시니, 하느님은 우리의 영원한 통치자이시다! 우리는 하느님께 복종해야 할 의무가 있나니, 감히 하느님의 사업에 손을 대어서는 아니 되는 것이다! 내 말을 듣고도 느끼는 것이 없는가?"

"뭘 어떻게 느끼란 건지……?"

"**누군가를 죽일 때 어떤 느낌을 받는가** 묻는 것이다."

"어떤 느낌…… 어떤 느낌이냐면 마치……."

"마치?"

"전도를 하는 것 같은."

"뭐라고?"

"네. 힘이 있다는 느낌, 그럴 만한 권능을 갖고 있다는 느낌이……."

"어리석은 말이다. 너는 생명에 대해서 권능을 행사했다고 생각하지만, 너를 지배하고 있는 것은 사실은 죽음이었다. 누가 첫 번째였는가?"

"무슨 뜻이죠?"

"너의 첫 번째 희생자가 누구였는가 묻는 것이다."

페르시아 만의 항공모함에서 발사된 미사일 못지않게 빠른 속도로 나는 머릿속으로 살인 리스트의 첫 페이지를 찾아 나섰다. 콘크리트 바닥과 녹슨 해치를 깨어 부수고, 내 영혼의 지하공동묘지에서 가장 깊은 곳을 찾아갔다. 그곳에서는 어둠이 악취를 풍겼다. 악취는 어둠 속에 있었다. 그리고 드디어 먼지와 습기가 가득 찬 한쪽 구석에서 썩어 문드러진 오래된 관을 하나 찾아내 뚜껑을 열어젖혔다.

"내 아버지." 내가 말했다.

"너의 아버지라고?"

"네."

"네가 너의 아버지를 죽였단 말이냐?"

"네."

나는 나의 아버지를 죽였다. 이런 말은 진작 언급했어야 했을 것이다.

"네가 정말로 너의 아버지를 죽였단 말이냐?"

"네."

"너의 친아버지를?"

"네. 하지만 아는 사람은 아무도 없어요."

"아무도?"

"네. 그 누구한테도 말한 적이 없고, 본 사람도 아무도 없어요."

"아무도 못 봤다고? 하느님께서는 모든 것을 다 알고 계십니다! 살인은 어쨌거나 영원히 살인으로 남습니다. 네가 너의 아버지를 설령 죽였다 할지라도 아버지는 아버지입니다. 사람이 어떻게 하면 그런 짓을 저지를 수 있단 말입니까? 이유가 무엇이오?"

"그건……."

"그건 도대체 어쨌단 말이야? 악마가 창녀 70명을 데리고 와서 꼬드겼단 말이야 뭐야?"

"그건 사고였습니다."

나는 그 사건에 대해 이야기를 꺼내 본 적이 단 한 번도 없었다. 신부 앞이라는 점을 감안한다 해도 그 생각이 떠오르면 내 무릎은 힘이 풀렸다. 하얀색 의상을 걸친 여왕 앞에선, 반라의 기사처럼 나는 그의 앞에서 무릎을 꿇었다.

"사고였다고? 하지만 넌 죽였다고 하지 않았느냐?"

"네. 하지만……."

"그 사람은 죄를 지었습니다."

"그 사람이 죄를 지었다고?"

"네, 왜냐하면……."

내 배터리가 방전되었다. 15년이 지나서야 비로소 효과가 나타나는 독약을 한 봉지 먹은 것처럼 마음속에 숨겨 두었던 엄청난 비밀 때문에 나는 소르뒤르의 발밑에 쓰러지고 말았다.

"왜냐하면? 도대체 뭣 때문에?"

"왜냐……."

몸을 흔드는 격렬한 기침과 함께 입에서 비명이 터져 나왔다. 내 몸에서 이런 소리가 나올 수 있다니, 상상조차 못했다. 내 비명소리는 야구방망이로 두들겨 맞고 있는 물개의 비명처럼 들렸을 것이다. 소르뒤르는 한동안 내 비명소리에 귀를 기울이더니 상황을 수습했다.

"너는 너의 아버지를 죽였다. 주여, 여기 이 불쌍한 영혼을 가엾게 여기소서."

소르뒤르는 적군을 섬멸하고 승리를 자축하는 총사령관처럼 부들부들 떨고 있는 자신의 맨발을 내 등판 위에 올려놓았다. 그러한 그의 태도를 보고 있노라니, 그 이유는 알 수 없었지만, 어쨌든 안심이 되었다. 나는 비명을 멈추었다. 그러자 견딜 수 없는 허기가 기습적으로 오장을 덮쳤다. 피자 한 판을 통째로 입에 우겨넣고 꿀꺽 삼키거나, 아침 겸 점심 뷔페레스토랑의 음식을 모두 비워버려야 해결될 것만 같았다. 지금 당장 교회 안으로 달려 들어가 커다란 나무 십자가라도 죽을힘을 다해 갉아 먹어야 살 것 같았다.

내 왼쪽 귀에서 사람이 만든 부드러운 공기의 흐름이 느껴졌다. 소르뒤르의 엉덩이에서 나온 바람, 아니면 그가 불행한 내 육신 위에서 십자성호를 긋고 있는 것 같았다.

"주여, 여기 이 불쌍한 영혼을 가엾게 여기시어." 그는 기도문을 이어갔다. "당신의 뜻대로 하소서."

소르뒤르는 '그가 뜻하는 대로' 나에게 먹을 것을 조금 갖다 주었다.

22. 조국을 위한 서비스

 나는 사랑하는 아버지의 육신을 두 팔로 받쳐 들고 지옥의 문을 걸어 나와 황금의 문에 달린 초인종을 눌렀다. 하느님은 나를 문밖에서 한동안 기다리게 했다. 내가 제출한 천국 입국 지원서가 하느님이 주재하는 본 심사에 들어가기에 앞서 별도의 특별 심사위원회를 열어 가혹한 검증 절차를 거쳐야만 했기 때문이다.

 그동안 소르뒤르는 나를 자기 집으로 데리고 갔다. 교회에서 그리 멀지 않은 곳, 언덕 위에 있는 커다란 하얀 집이었다. 그는 나를 창문도 없는 지하 방에 가두었다. 그곳에서 내가 어쩌다가 한 번 만날 수 있는 사람은 그와 그의 아내뿐이었다. 그들은 아이가 셋이나 있다고 했지만, 아이들의 소리는 단 한 번도 들리지 않았다. 나와 마찬가지로 하루 온종일 꼼짝달싹 하지 않고 성경을 읽고 있는 것 같았다. 신부는 매일 아침 내가 그날 읽어야 할 성경구절을 세 개씩 골라주었다. "혹 네가 하나님의 인자하심이 너를 인도하여 회개케 하심을 알지 못

하여 그의 인자하심과 용납하심과 길이 참으심의 풍성함을 멸시하느뇨?"[로마서 2:4]

고문(소르뒤르) 치료법 제3단계.

소르뒤르의 비밀병기는 그의 아내, 한나(Hanna)였다. 그녀는 체격이 탄탄할 뿐 아니라 피부도 부드러웠고, 젖가슴 또한 풍만했다. 눈주름에서 친절이 넘쳐흘렀고, 목소리마저 상냥하기 짝이 없었다. 눈에 드러난 겉모습만 보면 그녀는 남편 못지않게 고전주의의 이상에 부합되는 인간처럼 보였다. 그녀는 언제나 무색의 긴 티셔츠와 긴 치마를 입었고, 길게 기른 회색머리에 화장도 하지 않은 채 조용조용 집 안을 걸어 다녔다. 만일 텔레비전 방송에 '자연산 어머니'라는 프로그램이 편성된다면 카메라 팀이 그녀를 취재하러 올 것이 분명했다. 그녀의 말꼬리처럼 긴 머리는 매일 50센티미터가 자라서 잠들기 전에 싹둑 잘라줘야 할 것 같았다. 그녀는 매일 아침 거대한 유방에서 젖을 짜내 식구들이 하루 온종일 마실 수 있는 우유를 제공할 것이다. 그러고도 남아도는 젖은 젖가슴이 말라붙은 직장 여성들에게 기증할지도 모른다. 그녀는 "남편 뒤에서 안주하는 안방마님"이 아니라 거대한 산 같은 여자였다. 한나가 기독교에서 일컬어지는 이웃사랑의 화신이라면, 성격이 불같은 그녀의 남편은 그녀가 지닌 이웃사랑을 주변에 전도하는 일이라면 주먹다짐도 망설이지 않는 선교사였다.

한나에게 유일한 흠이 있다면 입에서 악취가 난다는 것이다. 그녀의 친절한 인상과도 전혀 어울리지 않는 의외의 모습이었다. 그녀는 오랜 세월 동안 성경에서나 찾아볼 수 있는 엄청난 좌절감을 속으로 삭이고 있는 것이 분명했는데, 구취는 아마 그 고통 속에서 비롯됐을 것이다. 소르뒤르 같은 남자를 남편으로 떠받들고 사는 일은 결코 단순한 문제가 아니다.

만일 그녀가 우리 부대에서 유일한 여자 대원이고, 한 달 동안 산속에서 숨어 지내야 한다면 나는 일곱 번째가 되는 날 저 여자를 어떻게 해보려고 꿈을 꾸기 시작할 것이다.

아침식사로 집에서 만든 빵이 나왔다. 나는 빵을 먹기 전에 우선 빵에 키스부터 했고, 빵과 함께 나오는 우유도 집에서 만든 것이기를 간절히 바랐다. 점심식사는 아침과 똑같았지만 저녁식사에는 빠짐없이 고기가 나왔다. 양 새끼, 말 새끼, 소 새끼, 무슨 새끼가 되었든 간에 소르뒤르가 자신의 차고에서 직접 도살한 고기가 식탁의 접시 위까지 올라올 것이었다. 나는 시간을 거슬러 구약성서의 시대에 살고 있었다. 아브라함의 아내, 사라의 보호를 받고 있으며 창문이 없는 방에서 지냈다. 딱딱한 침대에 누운 나의 손에 들려진 유일한 책은 성경이었다. 낮은 단조로웠지만 밤은 점점 더 평온해졌다.

고문 치료법은 효과가 있는 것 같았다. 나는 머릿속에서 100개가 넘는 살인 장면을 말끔하게 지워버렸다. 그러나 단 하나만은 끝끝내 머릿속을 떠나지 않았다. 둥근 안경을 걸친 보호자는 매일같이 나를 찾아와 30분 동안 내 말에 귀를 기울였다. 믿음을 위해서라면 소르뒤르는 구약성서시대에서나 있었을 법한 사람처럼 폭력도 불사했지만, 그의 눈빛은 내가 익숙해진 것인지 광기가 누그러진 듯이 보였다. 그는 정통에서 벗어난 자신의 치료법에 대해 이야기해주었다.

"나는 유도와 가라테 유단자입니다. 한때 이것 말고 다른 것들은 아예 거들떠보지 않을 정도로 푹 빠져 살았습니다. 그러다가 서른다섯 살에 한나를 만났고, 한나는 나를 하느님께 인도해주었습니다. 그래서 나는 하느님과 결혼했습니다, 항상 그렇게 말하고 다닙니다." 입가에 가벼운 웃음을 지으며 그가 말했다. 그는 정신적으로 할례를 받은 셈이었고, 나는 그의 잡담을 조금씩 이해하게 되었다. 저런 놈이 하느님과 결혼을 했다면 뭔가 조건이 따라붙었을 것이 분명하기 때문이다. "쉽게 말해서 땡잡은 거죠!" 그는 큰 소리로 껄껄 웃으며 말을 덧붙였다. 그의 웃음소리는 어딘지 모르게 가식적으로 들렸다. 청중의 긴장을 풀어줄 필요가 있을 때를 대비해서 신학교에서 저런 웃음소리를 배우는 것 같았다. "그렇습니다. 저는 하느님을 가장 잘 섬기는 일이라면 무엇이든 가리지 않고 실천에 옮길 뿐, 이것저것 머릿속으로 따지지 않습니다. 악은 악으로 물리쳐라, 이것이 아이슬란드 속담입니다."

내 인생에서 가장 고약했던 순간이 기억 속에서 끊임없이 떠올라 사그라질 줄을 몰랐다. 나는 그 순간을 잊어버리기 위해 노력했다. 나름대로 예의를 갖춰 아버지의 장례식을 치러야만 했다. 뉴욕 이스트사이드의 어두운 선술집에서 우연히 만났던 한 예술가가 생각났다. 그는 그리고 있는 그림이

두 번 다시 보고 싶지 않은 것들뿐이라고 했다. "이 친구야, 이런 작업은 말이야, 쓰레기를 내다버리는 거하고 똑같아." 그는 얼마 전 추악한 사건 때문에 이혼의 아픔을 겪었고, 이제는 전처의 모습만을 화폭에 담아내고 있었다. 욕지기를 불러일으키는 대형 누드화였다.

15년 동안이나 나는 몸서리치는 공포에 시달려야 했다. 15년 동안이나 나는 이 세상에서 이미 죽은 아버지를 아직 태어나지 않은 아기처럼 품에 안고, 세상을 떠돌아다녀야만 했다. 그래서 내가 살이 빠지지 않고 항상 이렇게 뚱뚱한지도 모른다. 그러나 죽은 아버지가 세상의 빛을 다시 보게 된 마당에 나는 목구멍을 틀어막은 타조처럼 어쭙잖게 행동할 필요는 없었다. 출산은 지옥에 떨어진 것과 다름없는 엄청난 고통이 따랐지만, 가라테 도복을 입은 아이슬란드 목사가 초특급 조산사가 되어 내 곁에 달라붙었다. 그리고 출산한 아기의 내력은 다음과 같다.

부코바르(Vukovar. 크로아티아 동부 도시—옮긴이)가 함락된 직후 크로아티아는 동부전선에서 대공세를 계획하고 있었다. 아버지, 다리오 형 그리고 나는 망설이지 않고 군에 자원입대했다. 전쟁에 참여하고 일주일이 지날 무렵 우리는 부카(Vuka—옮긴이) 강을 건너라는 명령을 받았다.

하지만 사령부는 일가족이 최전선에 배치되는 것을 한사코 용인하지 않았다. 나는 후방에 남으라고 명령했다. "그 자리에서 꼼짝도 하지 마, 움직이면 모두 쏴 죽일 거야!" 그날 밤, 나는 아직도 피 맛을 보지 못한 순결한 총을 들고, 추위에 이를 덜덜 떨며 막사 세 동과 지프차 앞에서 보초를 섰다. 저 먼 곳에서 미친 듯이 날뛰는 곤충들처럼 총알들이 어지럽게 날아다니는 소리가 끊임없이 이어졌고, 가끔 섬광이 번쩍일 때면 잎을 떨어트린 숲의 앙상한 나뭇가지들이 그 모습을 드러냈다. 그 어디에선가 저 바깥세상에서 나의 아버지와 형은 초겨울 낙엽이 진 숲 속의 차가운 진창을 기어 다니며 조국에 대한 의무를 다하고 있었다. 나는 세르비아 놈들의 총소리와 우리 군의 총소리를 구별해 내려고 귀를 쫑긋 세우며 크로아티아의 총소리가 울리고 나서 세르비아의 총소리가 침묵에 빠지기를 고대했다. 그러나 세르비아 놈들이나 우리가 손에 쥐고 있는 것은 모두 부질없는 총에 불과했다. 서로 미친 듯이 총을 쏘아댔다. 이곳에서 멀리 떨어져 있지 않은 그 어느 곳에선가 살이 뒤룩뒤룩 찐 인간 막장들이 전쟁을 통해 쌓아놓을 수 있는 막대한 재산을 매트리스처럼 깔고 편안하게 누워 깊은 잠에 빠져 있었다.

어느덧 눈이 내리기 시작했다. 진득진득한 함박눈은 참다 참다 쏟아내는 물똥처럼 묵직하게 쏟아져 내렸다. 나는 혀를 길게 빼 내밀어 눈송이 하나를 받아먹었다. 더러운 진흙 찌기 맛이 났다.

아침 여명이 찾아오기 직전 사람의 목소리가 들리는가 싶더니 연이어서 덤불 속에서 부스럭거리는 소리가 났다. 나는 조금도 망설이지 않고 소리가 난 곳을 향해 방아쇠를 당겼다. 총소리의 여운이 사라지면서 사방이 조용해졌다. 명중한 것이 분명했다. 생애 처음으로 쏜 진짜 총알이었지만, 나는 나 자신이 이렇게 빨리 목표물을 향해 정확하게 응사한 것이 놀라웠다. 하지만 나는 그 후로도 30분 동안 만일의 상황을 대비해 방아쇠에 집게손가락을 올려놓은 채 총을 겨누고 있었다. 눈송이들이 내 총과 손 위에 하염없이 떨어졌다. 총열에 내린 눈은 그대로 쌓였고, 손 위에 내린 눈은 그 자리에서 녹아 물이 되어 흘렀다. 그러다가 조금 전 그 소리, 뭐라고 웅얼거리는 것 같은 나지막한 목소리가 덤불 속에서 다시 들리는 듯했다. 나는 다시 한 번 방아쇠를 당겼다. 하지만 여전히 웅얼거리는 소리 이외에는 아무런 반응이 없었다. 나는 또 30분 동안 숨을 죽이고 있다가 총을 쏘았지만, 그 목소리를 손쉽게 잠재울 수 없었다. 더 이상 참지 못하고 덤불을 향해 뱀처럼 구불구불 기어갔다. 덤불속 잔가지 사이에서 누군가가 바닥에 쓰러져 혼잣말을 중얼거리고 있었다. 아군의 군복을 입고 있는 것 같았다. 나는 기합소리를 내지르며 사격자세를 취한 채 덤불을 뚫고 정체불명의 상대를 향해 진격했다.

그렇게 해서 심장에 구멍이 뚫려 있는 아버지를 발견했다. 하체가 눈으로 덮여 있어 아버지는 양다리가 절단된 것처럼 보였다. 종이처럼 창백한 얼굴에 두 눈을 크게 뜨고 있었지만, 나를 본 순간 아버지의 시선은 뻣뻣하게 굳어버렸고, 내 이름의 첫 글자만을 꺼져가듯이 부르더니 숨을 거두었다.

나는 아버지에게 총을 쏘아 중상을 입혔고, 그것도 모자라 한 시간 동안이나 덤불 속에 방치해 두었다. 아버지의 말에 귀를 기울이고 있을 때 그의 입에서 흘러나온 것은 반 토막이 난 내 이름뿐이었다.

"톰……." 아버지가 유언처럼 불러준 내 이름은 톰이었고, 톰은 훗날 살아가야 할 내 모습이었다. 이 이름에서 벗어났을 때에도 '톰'은 저주처럼 나를 따라다녔다.

나는 실수로 내 이름의 마지막 반절을 총으로 쏘아 없애버렸다. 때문에 나에게 남아 있어야 할 것은 바람직한 인생의 반절이어야 했다.

나는 몇 분 동안 그 자리에 못이 박힌 듯 서서 나와 너무나도 닮은 얼굴을 뚫어지게 바라보았다. 눈은 그칠 줄 몰랐고, 눈송이들이 아버지의 두 뺨과 이마 위에서 녹아 흘러내리는 광경을 지켜보았다. 아버지의 크게 뜬 두 눈을 둘러싸고 내린 눈은 완전히 녹지 않고 눈두덩에 조금씩 쌓여갔다. 아버지의 시체는 빠르게 식어갔다. 그런 모습에 나는 놀라움을 금치 못했다. 나는 아버지를 어떻게든 손을 써야겠다는 생각조차 못하고, 크게 뜬 두 눈을 감겨주지도 못하고 그저 그 자리에 눕혀 두었다.

눈물이 나오지 않았다.

사령부에서는 아버지가 전사한 것을 알려주고, 곧바로 형 다리오가 영웅적인 죽음을 맞이한 과정을 들려주었다. 형은 자메이카 출신의 단거리 육상선수처럼 세르비아 놈들의 창끝을 향해 돌진해 몸을 던졌다고 했다. 다리오다운 죽음이었다.

아버지는 형이 죽는 모습을 두 눈으로 지켜보더니 실성을 했다고 했다. 아버지는 형의 시체에 몸을 던져 끌어안고 통곡을 하더니 갑자기 총을 내던져버린 다음 우리 진영을 향해 달려가면서 내 이름을 불렀다고 했다. "토모! 토모!"

"아, 그랬구나!" 나는 동료들에게서 축구시합 결과를 전해 들은 것처럼 건성으로 대답하며 고개를 끄덕였다. "그런데 말이야…… 우리 편 공격은 어떻게 됐어?"

"강변을 탈환했어. 지금은 아군이 지배하고 있어."

그들이 말하는 그 강변을 잘 알고 있다. 별 볼일 없는 강변이었다.

23. 메이드 인 아이슬란드

한나의 두 손은 믿기지 않을 정도로 하얗다. 팔과 비교해 보면 너무 하얘서 꼭 하얀색 장갑을 낀 것처럼 보인다. 그녀의 길고 힘센 열 손가락은 매우 민첩하게 움직였지만, 소리가 전혀 나지 않았다. 청소를 할 때에도 소음이 거의 들리지 않았다. 내 어머니는 한나와 정반대였다. 빨래라도 한 번 할라치면 펑크 밴드가 연주하듯 요란스럽기 그지없었다. 아버지가 어머니와 잠자리를 자주 같이하지 않은 것도 그 때문인 것 같다. 이런 인간관계가 정말 성립된다면 소르뒤르는 분명 침대 속에서 신적인 존재나 다름없다.

"좀 어때요? 나아졌나요?" 한나가 걱정스러운 목소리로 물었다. 그녀의 목소리가 들리면 내 귀는 저절로 쫑긋 세워지고 동시에 콧구멍이 벌름거린다.

"네."

"다행이네요."

무슨 근거가 있어서 그런 것인지 알 길이 없지만, 그녀는 나를 100퍼센트 신뢰했다. 그녀는 내가 아이슬란드 말로 '고 뒤르(góður)' 할 것이라고 항상 입에 달고 다녔다. 그 말은 영어의 good과 같은 말이었는데, "다시 건강해질 것"이라는 의미도 지니고 있었다.

나는 터키의 타르수스 출신으로 성인의 반열에 오른 사울의 이야기를 읽고 또 읽었다. 내가 아이슬란드에 도착한 첫날 밤 텔레비전 선교방송에서 귀트뮌뒤흐르가 우발적으로 꺼낸 것이 사울의 이야기였고, 사울은 내 영혼이 치유될 수 있다는 반증이라고 말한 사람은 소르뒤르였다. 이 얼마나 정확한 말인가. 나와 마찬가지로 그 친구도 자기 이름을 바꾸었고, 나와 마찬가지로 그 친구에게도 어두운 과거가 있었다. 하지만 사울은 이름을 바꾸어 성 바오로가 되고, "교회의 아버지"라는 칭호를 얻지 않았던가. 나도 무슨무슨 아버지가 되지 마란 법은 이 세상 어디에도 없다. 하지만 희망컨대 교회의 아버지만큼은 안 되기를 바란다.

소르뒤르의 지하실에 내려온 지 2주째가 되는 어느 날, 저녁을 다 먹고 난 다음 한나는 편지 한 장을 가져와 말없이 내 가슴 위에 내려놓았다. 그녀는 미소를 지으며 편지를 읽어보라는 뜻으로 고개를 끄덕였다. 미소를 짓는 그녀의 눈가에 숨어 있던 잔주름이 자글자글 모습을 드러냈다. "읽어보세요!" 그녀는 말을 마치자마자 내 작은 탁자 위에 있는 접시들을 조용히 거두어 위층으로 올라갔다. 팽팽한 엉덩이까지 내려오는 긴 포니테일이 그녀의 등 뒤에서 물결을 쳤다.

나는 편지 봉투를 뜯었다. 손으로 쓴 편지였다. 아브라함의 집에 E-메일이 있을 리 없다. 파란 잉크로 쓴 아름다운 필기체였다. "친애하는 소르뒤르 씨……." 프렌들리 신부가 지난 10월에 버지니아 주의 집에서 보낸 편지였다.

무엇보다도 먼저 저에게 호의를 베푸시어 아이슬란드로 초청해주신 것에 진심으로 감사드립니다. 당신이 살고 계신 섬나라에는 이국적이면서도 매혹적인 풍광이 수없이 펼쳐져 있다는 것을 익히 들어 잘 알고 있습니다. 그러한 섬에 가본다는 상상만으로도 벅차오르는 가슴을 억누르기가 쉽지 않습니다.

저의 친구이자 거룩한 성직을 감당하고 있는 칼 시몬슨(Carl Simonsen)이 하느님의 이름으로 수행하고 있는 당신의 특출한 사업뿐 아니라 당신의 친구가 운영하고 있는 텔레비전 선교방송에 대해 많은 이야기를 해주었습니다. 그곳에 출연하여 몇몇 프로를 진행하는 것은 저에게도 큰 기쁨입니다.

이러한 상황에서 당신의 친절한 초청을 수락할 수 없다는 뜻을 전하려 하니 제 마음이 무겁기 짝이 없습니다. 제 안사람이 지난달에 교통사고를 당해 적어도 석 달 동안 병원에 있어야 합니다. 이해해주시리라 믿지만 이 기간 동안 장기 여행은 포기하는 것이 마땅하다는 생각입니다.

당신이 내년 초에 다시 한 번 편지를 주시길 고대하고 있겠습니다.

전문가의 '포스'가 물씬 묻어나는 편지였지만, 예의를 벗어나는 말투도 아니었다. 어찌됐든 불쌍한 녀석이었다. 마누라의 임종을 곁에서 지키겠다는 마음이 갸륵했지만, 보상으로 엉뚱하게도 자신의 죽음을 맞이하게 됐다. 아, 나는 얼마나 잔혹한 놈인가!

편지에는 프렌들리의 서명이 들어간 가족사진이 한 장이 들어 있었다. 배경은 커다란 하얀색 건물이었다. 그의 교회 혹은 그의 집, 아니면 둘 다인 것 같았다. 하얀색 칼라를 목에 두른 대머리 희생양이 보였고, 곁에는 주디라는 이름을 지닌 눈부신 금발 부인이 서 있었다. 이 여자와 나는 몇 주 전 비록 2초에 불과했지만, 귀트뮌뒤흐르의 차 안에서 결혼을 한 사이였다. 그녀는 로라 던(Laura Derns, 미국의 여배우—옮긴이)을 닮은 미모의 소유자였고, 아이가 딸린 유부녀였지만 몸매는 여전히 섹시해서 일곱 번째 날의 여자가 되기에 충분했다. 부부는 자랑스러운 듯 두 아이를 앞에 두고 있었는데, 아이들은 여덟이나 아홉 살 정도 되어 보였다. 한 녀석은 깜둥이, 휠체어를 탄 녀석은 흰둥이였다. 프렌들리 부인은 만면에 화사한 미소를 활짝 짓고 있었다. 토박이 미국여자가 아니라면 감히 흉내조차 낼 수 없는 미소였다. 두 눈은 은총을 받아서 너무 부신 듯 반쯤 감겨 있었다. 저런 상태에서는 카메라가 보일 것 같지도 않았다. 천국에 있는 최상급 호텔을 선전하는 모델이라도 된 듯 그녀는 황홀경에 빠져 이 세상의 것이 아닌 미소를 짓고 있었다. 그저 그렇고 그런 삶에 대한 환멸은 신체장애가 있는 아이의 미소 속에 배어나올 뿐이었다.

편지의 어투뿐 아니라 프렌들리 신부의 외모에서도 그는 미국 남부의 전형적인 텔레비전 선교사와 거리가 있었다. 그는 적어도 하느님의 기관총은 아닌 것 같았고, 왠지 진정성이 배어 있는 것 같았다. 동성애를 증오한 사람이지만, 그렇다고 마흔 살에 저세상으로 가기에는 아까운 인물이었다. 적어도 나보다 더 오래 살 가치가 있었다. 더구나 신체장애를 겪고 있는 아이와 입양한 아이가 딸려 있기까지 했으니……. 아이들은 이제 엄마와 아빠를 잃고 고아가 되었다. 내가 나서서 이 아이들을 입양하겠다고 말해야 하지 않을까.

그다음 날, 한나는 지난일을 모두 싸잡아서 내 코앞에 들이밀었다. 그녀는 내가 그 편지를 읽었는지, 사진도 보았는지 물었다. 나는 그렇다고 대답했다.

"그분은 착한 사람이었습니다." 목소리에는 나를 비난하는 기색이 조금도 들어 있지 않았다.

"그러하신 분이 부인까지 잃다니."

"아니에요." 그녀가 말했다. "사고를 당하고 불구가 됐습니다."

"불구라고요?"

"네, 지금은 휠체어를 타고 다녀요."

"하지만 귀트뮌뒤흐르의 말로는 죽었다고 했는데."

"네, 거의 죽다가 살아나서 지금은 회복하고 있다고 하던데요."

"그렇군요. 아이가 둘이나 있나요?"

"네, 둘을 입양했어요. 한 녀석은 잠비아에서 왔고, 걔보다 나이가 더 많은 녀석도 휠체어 신세를 지고 있어요."

아, 사람이 이럴 수가! 아이가 불구인데도 입양을 하다니, 이보다 더 거룩한 일이 세상에 또 어디 있단 말인가. 그런데도 이러한 가족이 바퀴 여덟 개에 의지해서 살아야 하다니…….

"혹시 이분들한테 편지 쓸 의향이 있나요?" 소르뒤르 부인이 말했다.

아니, 전혀!

"네. 그럴 수만 있다면."

"당신이 누구인지 말할 필요는 물론 없어요. 그냥 간단하게 적으면 돼요. 프렌들리 신부님을 알고 지내는 사람이고, 그분이 돌아가셨다는 소식을 들었고…… 그래서 마음이 아프다고."

그녀는 잠시 말을 멈추었고, 우리는 서로의 눈을 바라보았다. 내 앞에 선 그녀는 대지처럼 보이는 어머니였다.

"단 전제되어야 하는 건 그 말이 사실이어야 한다는 거죠." 그녀가 말을 덧붙였다.

"물론 마음이 아픕니다."

"그래요. 당신은 점점 좋아지고 있어요."

그녀는 커다랗고 하얀 손으로 내 뺨을 어루만져주었다. 그녀의 손가락에서 부드러우면서도 강한 힘이 느껴졌다. 만일 우리가 주인공으로 등장하는 영화를 찍게 된다면 나는 톰

크루즈(Tom Cruise, 미국의 영화배우—옮긴이) 같은 내 전투부대에 그녀를 편입시킬 생각이다. 우리는 전투 중 낙오되어 일주일 동안 사막을 헤매다가 가까스로 구조된다. 그리고 자몽을 처음 대하는 주인공이 되어 누가 먼저랄 것도 없이 서로의 입을 정신없이 쪽쪽 빨아먹다가 내가 그녀의 옷을 찢어버릴 듯이 거칠게 벗겨낸다. 우리는 딱딱하고 신성한 내 나무 침상 위에서 서로의 몸이 뒤엉켜 성경에나 나올 법한 거룩한 사랑을 한다. 죄인과 신부와 신부 부인, 세 사람의 삼각관계가 테마인 영화이기 때문에 영화 제목으로는 '뜨거운 삼위일체 축일'이 제격일 것이다.

"만일 당신이 편지를 쓴다면 당신 자신한테도 좋은 일이라고 생각해요."

"네. 심사숙고해보겠습니다."

그들에게만 편지를 쓰는 것보다는 66명의 미망인들에게 편지를 쓰는 편이 차라리 낫겠다. 수신인 이름만 바꾸어서 이들에게 용서를 구하는 똑같은 내용의 편지가 머릿속에 떠올랐다.

친애하는 아무개 부인께

유감스럽게도 제가 당신의 남편을 살해했음을 통보하고자 슬픈 마음으로 펜을 듭니다. 당신이 사랑하는 남편을 대신해 줄 수 있는 것은 이 세상에 아무것도 없고, 사랑하는 그이를 다시 살려낼 방법도 없음을 저 자신이 너무도 잘 알고 있기에 제가 저의 행동을 아무리 후회한다고 말해보았자 아무런 소용이 없을 것입니다.

그럼에도 저의 상황을 조금이라도 이해해주시기를 간곡히 부탁드리고자 합니다. 당신의 남편이 사망했던 순간 저는 특정 조직을 위해 일하는 살인청부업자였습니다. 사람을 죽이는 것이 저의 직업입니다. 지금까지 저는 67명의 사내를 살해했습니다. 당신의 남편은 그중 하나일 뿐입니다.

아무개 씨는 살인번호 아무 번이었습니다.

저는 이 자리를 빌려 당신 남편은 제 살인리스트에서 가장 추념할 만한 죽음들 가운데 그 하나를 맞이했음을 보증해드리고자 합니다. 당신의 남편은 좋은 사람이었습니다. 그는 장렬하게 죽어갔으며 자신의 운명을 조금도 원망하지 않았습니다.

이 밖에도 저는 그 사이에 삶이란 정글을 뚫고 새로운 길을 개척하고자 노력하고 있고, 이러한 사실을 당신에게 통보할 수 있게 되어 매우 기쁘게 생각합니다. 얼마 전 저는 살인청부업계를 떠났습니다. 사람을 쏘아 죽이는 일은 가장 힘든 3D 업종 가운데 하나입니다. 육체적인 요구사항과 정신적인 압박은 일반인들의 상상을 초월한답니다. 저는 이제 정말 질렸습니다. 따라서 당신이 혹시 그 사이에 새로운 파트너를 찾아내셨다면(그런 분이 계시다면 진심으로 축하드립니다) 그 남자만큼은 어떠한 경우에도 예전처럼 죽이지 않을 것이란 점을 이 자리를 빌려 확약하는 바입니다.

인사를 드리며
토미슬라브 보크시치

아버지로부터 물려받은 성을 포함하여 내 이름 전체를 사용한 것은 이것이 마지막이었다. 이로써 나의 아버지는 죽었다.

새로운 삶을 선택한 나는 자연스럽게 새로운 이름을 얻게 되었다. 두 성직자를 죽이고 난 다음에야 나는 또 다른 두 성직자에게서 새롭게 세례를 받았다.

"굿 모닝, 미스터 올라프손(Ólafsson)!" 두 번째 주가 끝나갈 무렵 귀트뮌뒤흐르가 갑자기 내 은신처에 나타나서는 잇몸이 거의 다 드러날 정도로 함지박 같은 미소를 지으며 말했다. 그는 나에게 새로운 아이슬란드 여권을 건네주었다. 내 사진은 물론 주민등록번호(고유한 사회보장번호가 찍혀 있는 신분증을 뜻함—옮긴이)까지 찍혀 있는 여권이었다. 나는 토마스 레이뷔르 올라프손(Tómas Leifur Ólafsson)이라는 이름으로 부활했다. 두 신부는 내가 여권에 표시된 이름을 읽는 모습을 지켜보다가 배꼽을 잡고 한동안 웃음을 그치지 못했다. 나는 그 이유를 알지 못했지만, 그들은 너무너무 재미있다는 표정이었다.

"토마스 레이뷔르 올라프손! 진심으로 축하합니다! 당신은 이제 아이슬란드 사람입니다! 지금부터 아이슬란드 말을 배워야 합니다!" 귀트뮌뒤흐르는 속사포처럼 말을 뱉었다.

나는 여권을 꼼꼼히 살펴보았다. 흠잡을 데 없이 완벽해 보였다. 중국사람 손으로 만든 이고르의 여권보다도 더 믿음이 갔다.

"어떻게 이걸…… 어떻게 이걸 구하셨습니까?" 내가 물었다.

"그건…… 진짜로 메이드 인 아이슬란드입니다. 수공예 작품입니다!"

귀트뮌뒤흐르는 기쁨을 참지 못하는 것뿐 아니라 나에게 위조된 증명서를 만들어준 자기 능력 또한 자랑스러워하는 낯빛이 역력했다.

"경찰 쪽에 잘 아는 친구가 있어요." 그는 히죽히죽 웃으며 말을 덧붙였다. "어디 그것만으로 되나, 정치하는 친구한테도 손을 좀 썼지요."

나는 하마터면 포복절도할 뻔했다. 법을 식은 죽 먹듯이 여기는 성직자보다 이 세상에서 더 웃기는 건 없다.

그들은 내 이름을 다시 한 번 더 발음해보라고 했다. 그 바람에 한바탕 웃음보따리가 터졌다. 처음에 나는 이 이름을 "토마스 라이프우어"라고 읽었다. 나름대로 논리적으로 추론해낸 발음이었다. 하지만 보아하니 아이슬란드어로는 "토마스 레이뷔르"라고 읽는 것 같다. 그들은 내 이름을 큰 소리로 또박또박 말하며 몇 번을 따라 하게 했다. 그러고 나서 소르뒤르는 축성을 한 번 하고, 미소를 짓고 수돗물을 성수로 만들어 그동안 더부룩하게 자란 내 머리카락을 얼룩지게 했다. 그것이 세례였고, 그것이 그들의 삶에서 즐거움이었다.

"사실 당신 이름을 토마스 레이뷔르 보아손(Tómas Leifur Bogason)이라 지으려고 했지요." 소르뒤르가 설명해주었다. "당신의 크로아티아 이름을 그대로 직역하면 그 이름이 됩니다. 이곳 아이슬란드에서 오랫동안 지켜온 관행에 따르면 이민 온 사람들은 아이슬란드 식으로 이름을 지어야 해요. 그렇게 하면 사람들은 대부분 원래 이름을 직역하거나 아이슬란드 식으로 바꿉니다. 하지만 우린 쓸데없이 그런 위험을 자초가 필요가 없다고 생각했어요. 그래서 고민 끝에 생각해 낸 것이 올라프손(Ólafsson)입니다. '올라뷔르(Ólafur)의 아들'이란 뜻인데, 우리나라 대통령의 성이기도 합니다."

아이슬란드 사람들은 그 이름에서 많은 것을 읽어낼 수 있기 때문에 성은 거의 쓰지 않았다. 그들은 아버지의 이름과 연관된 성을 자식들에게 붙여주는데, 바이킹의 관습이라고 한다. 지금 나에게 자식이 있다면 더 물어볼 것도 없이 아들에게는 토마스의 아들이란 의미로 토마손(Tómasson), 딸에게는 토마스의 딸이란 의미로 토마스도티르(Tómasdóttir)라고 성을 붙이겠다.

24. 하드워크(Hardwork) 호텔의 이상한 손님들

 그들은 위조여권 소지자에게 딱 어울리는 불법적인 숙소를 마련해주었다. 소르뒤르의 교회에서 그리 멀지 않은 곳이었다. 숙소는 신축건물 안에 있었다. 1층은 세련된 상점이었지만, 그 위층에는 어지간히 초라한 외국인 노동자들이 옹기종기 모여 살고 있었다.

 이제 나는 아이슬란드의 암흑가에서 살아야 할 운명이었다. 교회와 연결되어 있다는 친구들과 나는 역할이 뒤바뀐 것만 같았다. 정치판에서 논다는 귀트뮌뒤흐르의 친구는 국제적으로 조직화된 범죄 조직을 이용하여 하느님께 영광을 돌릴 생각을 지니고 있었다. 경험이 없는 일반인들에게는 설명하기가 어려운 일이지만, 조직생활을 해본 사람이라면 그의 눈빛만 봐도 곧바로 그 사업내용을 알 수 있었다. 빨간 코에 허우대가 큰 이 녀석의 이름은 귀트 니에(Gut Nie)였다.

 귀트 니에는 찌그러진 검은색 지프차에서 내리자마자 현관을 향해 허겁지겁 달려왔다. 늘어진 살이 비대한 몸집에서 출렁거렸다. 단정치 못한 외모에 제 치수에서 하나 정도 큰 진청색 방풍재킷을 입은 그는 얼추 오십은 되어 보였다. 가까이 다가왔을 때 나는 그의 모든 주머니에 열쇠꾸러미들(혹시 총기도?)이 하나 가득 들어 있다는 걸 눈치 챘다. 그는 열쇠꾸러미를 하나 끄집어내더니 세 개의 열쇠를 하나씩 열쇠구멍에 넣고 돌려 본 다음 제 열쇠를 찾아냈다.

귀트뮌뒤흐르는 우리를 서로에게 소개해주면서 유명한 축구팀 감독에게 장래가 유망한 아들을 마지못해 넘겨주는 아버지처럼 멍청한 웃음을 지었다. 귀트 니에는 나를 홀낏 한 번 쳐다보더니 전형적인 아이슬란드 방식으로 "헤이"라는 단어를 우물우물 집어삼키고, 바닥이 닳아 군데군데 떨어진 현관에 발을 들여놓았다. 현관에는 읽지도 않은 지역신문들과 발자국이 어지럽게 찍힌 전단지들이 널려 있었다. 우리는 그의 뒤를 쫓아 계단을 밟고 위층으로 올라가 아무런 장식도 없는 긴 복도를 걸어갔다. 좌우측의 벽에 약 5미터 간격을 두고 문이 하나씩 있었고, 상당히 높은 천장의 한가운데는 뾰족하게 솟아 있었다. 하지만 벽의 높이는 3미터 정도에 불과해 꼭대기에는 미치지 못했다.

복도 끝에는 작은 부엌이 하나 있었다. 그 안에는 눈썹이 검은 사내들이 붉게 충혈된 눈으로 커다란 손에 작은 맥주병을 들고 앉아 있었는데, 콘크리트 반죽이 튀어 묻은 듯한 그들의 머리카락은 떡이 되어 있었다. 싸구려 작업대 위에는 텔레비전이 놓여 있었고, 그 옆에는 아주 낡아 보이는 낡은 전자레인지가 있었다. 예술적인 감각으로 표현된 살인행위가 텔레비전 화면 위에서 어지럽게 펼쳐졌지만 눈여겨보는 사람은 아무도 없었다. 귀트 니에는 도무지 알아들을 수 없는 마피아들의 언어로 그들에게 몇 마디 인사를 나누었다.

노동자들 중 한 사람이 우리가 들어왔던 복도를 손으로 가리키더니 동유럽어의 강한 억양이 섞인 영어로 "3호실 오른쪽"이라고 대답했다.

그것이 내 방이었다. 나는 대통령의 아들이지만 부속품 보관창고 같은 공간에 만족해야만 했다. 침실은 얇은 널빤지로 분리되어 있었고, 침대라고 해봤자 통나무에 허술한 나무판자를 걸쳐놓고 그 위에 달랑 매트리스 한 장을 올린 게 전부였다. 그 밖에 방 안에 있는 것이라곤 낡은 사무용 의자, 전구도 없고 갓도 없는 스탠드 그리고 더러운 바닥에 떨어져 있는 티스푼 하나가 전부였다. 외벽에는 기다란 창문이 하나 나 있었고 그 아래에 난방장치가 있었다. 창문을 통해서 이 건물과 매우 비슷하게 생긴 또 다른 건물이 보였다. 1층은 상점이었고, 상점 앞은 주차장이었다. 귀트뮌뒤흐르는 이불과 침대보가 든 비닐봉지를 매트리스 위에 내던지며 그의 친구에게 "생각보다 괜찮네"라고 말한 다음 거룩한 미소를 지으며 나를 향해 몸을 돌렸다. "뭔가 먹고 싶거나 빨래할 게 있거나 텔레비전을 보고 싶으면 언제라도 우리 집에 오셔도 됩니다."

언젠가 아버지한테서 꼭 듣고 싶었던 말을 그는 해주었다. 귀트 니에는 나에게 방 열쇠와 그의 소중한 핸드폰 번호를 주었다. 바라크에서 혹시 폭동이 일어나면 연락하라는 것이었다. 비록 외국인 노동자들과 한 지붕에서 기거하는 사이가 됐지만, 나는 대통령의 외동아들이라는 것만큼은 절대 이야기하지 않겠다고 마음을 단단히 먹었다. 내가 사는 이 골방을 위해 초스피드로 축복의 기도를 귀트뮌뒤흐르에게 부탁하는 것이 좋지 않을까 하는 생각이 문득 들었지만, 그들은 이미 사라지고 없었다. 새로운 삶은 생각했던 것보다도 더 빨리 시작됐다.

그 시작은 작은 스포츠가방과 커다란 성경이었다.

이 건물의 수용자들 중에는 폴란드와 리투아니아에서 온 녀석들이 많았지만, 불가리아 출신도 한 놈 있었다. 그의 이름은 발라토프(Balatov)였다. 눈썹이 검고, 머리카락이 얇은 녀석이었는데, 그놈 역시 살인청부업자처럼 보였다. 우리는 숙소에 하나밖에 없는 화장실을 마우솔레움(Mausoleum, 고대 페르시아의 초대형 묘—옮긴이)이라 불렀고, 욕실을 갈 때면 이곳에서만 통용되는 은어를 썼다. 레닌을 만나러 간다고 하면 노란색 오줌, 스탈린을 만나러 간다고 하면 갈색 똥을 의미했다. 그들은 숙소를 '하드워크 호텔'이라고 불렀다. 대개 밤 11시가 되어야 지친 몸을 질질 끌며 계단을 올라왔고, 그 다음 날 아침 7시 정각이 되면 한숨을 쉬며 복도에서 무거운 작업화를 발에 꿰고 호텔을 나섰다.

"나는 세븐일레븐이 아니야." 발라토프가 말했다. 그는 하루 온종일 집에 처박혀서 고물 라디오로 동유럽의 록음악을 듣거나 부엌에 나와 텔레비전을 보면서 화면에 나오는 것은 무엇이 되었든 모국어로 저주를 퍼부었다. 나는 그가 말하는 몇몇 단어를 알아들었지만, 이 사실을 들키지 않게 조심했다.

불가리아의 흑해에서 온 이 녀석은 자신의 출생지를 유독 강조했다. 그 때문인지 모르겠지만 그는 눈썹과 눈동자뿐 아니라 수염과 머리 또한 검었다. 그는 늘 검은색 풀오버를 입고 다녔는데, 무엇이 됐든 검은색이라면 사족을 못 썼다.

치과의사의 치아처럼 하얀 백인들이 주인공으로 나와 눈물을 짜내는 3류영화에 어쩌다가 흑인여자가 한 명이라도 나올라 치면 그는 서른 개의 단어밖에 모르는 영어로 나에게 말을 걸었다. "검은색이야, 나는 검은색하고 썹할 거야. 검은색 좋아."

낮에 집에 있는 사람은 발라토프와 나, 둘뿐이었다. 그의 몸에서는 말똥을 휘발유에 절여놓은 것 같은 냄새가 났다. 그는 매일 대여섯 번씩 자기의 성적인 취향을 설명해주었고, 기회가 있을 때마다 나에게 자기 생각을 설득하려고 했다. "내가 검은색 있는 사진 보여줄게. 방에서. 따라와." 나는 망망대해 인도양에서 호랑이 한 마리와 고무보트에 타는 심정으로 그를 따라갔고, 여차하면 방어할 수 있게끔 모든 동작에 세심한 주의를 기울였다.

나는 남몰래 점심식사를 부엌에서 훔쳐 먹었다. 발라토프의 낡은 라디오에서 음악소리가 흘러나올 때 복도에서 예기치 않게 마주친 사람은 레닌뿐이었다. 시간을 대부분 방에서 보내며 예언자들의 말씀을 읽었지만, 불가리아 헤비메탈 음악과 구별하기 위해서 온 신경을 집중해야 했다. 야심만만한 이 밴드는 아칸소 주 아니면 에콰도르 출신일 거란 생각이 들었다. 이러한 음악은 전 세계에 퍼져 있었지만, 긴 갈기털을 기른 록음악 가수는 왠지 그와 같은 민족일 거란 생각이 들었다.

흑해 출신의 이 녀석은 내가 BUP의 원칙을 지키려고 하는 걸 전혀 눈치 채지 못하고 시도 때도 없이 내 방문을 두드렸고, 나는 반사적으로 총을 잡으려고 더듬거렸다. 청소부가 빗자루가 없는 것을 아쉬워하듯 나는 총이 간절했다.

"면도크림 있어?" 그가 물었다.

"없어. 미안. 난 하나도 없어."

"나 얼굴 면도한다."

"아, 그거 좋다."

"너 아이슬란드 사람?"

"음, 살짝. 난 부분적으로만 아이슬란드 사람이야."

아이슬란드라는 나라는 화산 폭발이 역방향으로 진행되듯이 나를 집어 삼켰다. 내년 겨울이 되면 나는 조약돌을 박아 코를 만들어놓은 눈사람처럼 평퍼짐한 얼굴로 다시 태어나게 될 것이다.

"너, 아르바이트 없어?"

도대체 이 자식은 뭐가 알고 싶은 거야? 이젠 다짜고짜 내 여권부터 보자고 할 참인가! 그러나 그는 질문을 바꿔 귀트 니에와 귀트묀뒤흐르에 대해 질문을 던졌고, 나는 짧게 대답했다.

"귀트 니에하고 그 목사, 정말 친구야?" 그는 자기가 알고 싶은 것은 바로 이것이라는 듯 만족스러운 표정을 지으며 짧게 웃더니 곧바로 좋아하는 색깔 이야기로 되돌아갔다. "너 검은색하고 씹해?"

"그래, 한 번 해봤어."

그는 역겨운 미소를 지으며 "좋았어?"라고 묻더니 이내 정신박약아 같은 웃음을 터뜨렸다. "좋지!" 그는 자기 방으로 되돌아갈 때까지 웃음을 참지 못했다. "검은색 좋아!"

나는 소르뒤르에게 업계에서 깨끗이 손 턴 것을 기념으로 마지막 살인 이벤트를 해도 되는지 물어보지 않고는 견딜 수 없을 것만 같았다.

토요일 저녁에 방풍재킷을 입은 귀트 니에가 보드카 술병이 가득 담긴 상자를 하나 들고 나타났다. 그는 큰 소리가 날 만큼 부엌의 식탁에 상자를 내려놓고 주위를 둘러보았다. 마치 19세기 식민지시대에 아프리카 농장의 주인이라도 된 듯 자신의 노예들을 어떻게 다루어야 하는지 잘 알고 있다는 표정이었다. 보드카 술병상자 위에는 **장물압수품**이라는 스티커가 떨어져 나간 듯이 보였다. 그는 상자를 개봉하지 않고, 코로 한숨을 몇 번 거칠게 내쉬더니 자리를 급히 떠났다. 나는 거의 뜬눈으로 밤을 샜으나 그다음 날 아침까지 술병상자는 무사했다. 그러나 일요일이 되자 폴란드 놈들이 아침 일찍부터 사탕수수밭에 몰려든 메뚜기 떼처럼 술병상자에 달라붙었다. 점심 무렵이 되자 그들은 부엌에서 큰 소리로 폴카 히트곡을 부르고, 토마시(Tomasz, 폴란드 국가대표팀 출신의 축구선수, 영국 프리미어리그 맨체스터 유나이티드 골키퍼—옮긴이)의 이름을 연호했다.

그들이 방문을 두드렸을 때 나는 죽은 사람이라도 된 듯 인기척을 내지 않았다. 지금 이 순간 나는 나 자신이 이 세상에 없는 사람이기를 바랐다.

하드워크 호텔에 투숙한 사람들은 모두 외국인 노동자였는데, 그들은 나를 아이슬란드 사람으로 착각하고 있었다. 왜 아이슬란드 사람이 이런 으슥한 구멍 같은 곳에서 숨어 사는 것인지 의아하게 생각하며 동유럽 사람들과 함께 지낸다는 의미에서 나를 "아이슬란드+스키"라고 불렀다. 나는 그럴싸한 이야기를 꾸며 내어 과거를 덮어 놓을 수밖에 없었다. 나는 내 아버지는 아이슬란드계로서 이름은 척 올라프손(Chuk Olafsson)이고, 캘리포니아에서 와인과 과일산지로 유명한 프레즈노(Fresno—옮긴이)에서 자랐고, 레이건 정권 때 입대했다가 카리브 해의 한 전투에서(뒷줄에서 사격하던 아군의 총에 등을 맞은 슬픈 사고로) 전사했다고 말했다. 어머니는 독일계로 아버지가 죽은 뒤 크로아티아 신부와 결혼을 했고, 지금은 오스트리아 빈에 산다고 말했다.

"너희 라피드 빈(Rapid Wien—옮긴이) 알아?" 이야기를 마치면서 내가 물었다.

"그 축구 클럽 말이야? 지난해에 레기아 바르샤바(Legia Warszawa, 폴란드의 유명 축구클럽—옮긴이)하고 붙었잖아. 라피드 빈 팬이야?"

"그래. 열 살 때 아버지가 돌아가시고 나서 어머니하고 나는 오스트리아로 이사를 갔어. 그때부터 얼마 전까지 난 거기서 살았어."

모두 꾸며 낸 이야기였다. 그런데 하필이면 왜 빈이라고 했을까? 빈에서 주말을 보낸 적이 있기는 하다. 그곳에는 언제나 나의 BMW가 있었다. BMW는 'Best Massage World'의 약자인데, 그 주인공은 헝가리여자였다. 그녀는 스무 살이라고 했지만 오십은 되어 보였다. 하지만 그녀가 자기 유방으로 내 등을 위아래로 비벼대면 천상에 와 있는 느낌이 들었다. 그 유방은 마치 하느님의 달걀과도 같았다. 나는 다시 정신을 차리고 이야기를 마쳤다. "난 여태껏 아이슬란드에는 한 번도 살아본 적 없어."

"하지만 넌 아이슬란드 말 알잖아?" 세 폴란드 놈들 가운데 한 녀석이 물었다. 이놈들은 왠지 모르지만 2차 세계대전에서 살아남은 폴란드 병사들 같은 느낌이 든다. 이놈들이 오스카상을 수상한 흑백영화에 출연한 엑스트라 배우들이라면 모두 군용 트럭에 올라타게 한 다음 장면이 바뀌면 곧장 폭탄으로 날려버리고 싶다.

"그건 말이야, 내 어머니가…… 아니, 그게 아니라 내가 어렸을 때 외할머니하고 이야기를 할 때 항상 아이슬란드 말을 했기 때문이야."

헉, 너무 멀리 나가버렸다. 그 녀석들 가운데 한 놈이 사라졌다가 잠시 후에 돌아왔다. 손에는 아이슬란드 말로 쓰인 편지가 들려 있었다. 완전히 비뚤배뚤한 글씨체였다. 대문자 I는 배불뚝이였고, A는 E와 구분이 되지 않았다. 나는 편지를 받아 방으로 돌아와 한나에게 전화를 했다. 읽어낼 수 없는 단어를 그녀에게 하나씩 하나씩 읽어주기까지 시간이 한도 끝도 없이 흘렀다. 편지의 내용은 녀석이 일하는 건물의 낙성식에 그 녀석을 초대한다는 것이었다. 하지만 그 자식은 하드워크 호텔에서 할 일이 너무 많아서 낙성식에 갈 수 없다고 했다. '세븐일레븐'들은 정말 일밖에 모르는 짐승들이다. 놈들은 자정쯤 잠이 들어도 정각 6시면 어김없이 벌떡벌떡 일어나는 통에 일요일에도 잠을 제대로 잘 수가 없었다. 그들이 토요일 저녁에 술을 마시지 않은 이유도 그 때문이었다. 일요일 아침이 되자 그들은 아침 7시부터 술을 마시기 시작하더니 저녁 11시가 되어서야 술판을 거두었다.

25. 끝내주는 스트립쇼 클럽, 할망구

발라토프는 마음에 드는 것이 하나도 없는 녀석이었다. 그 놈에게 영향을 받은 것인지 외국인 노동자 숙소에 들어온 지 일주일이 지나자 나는 섹스 이외에는 아무것도 생각할 수 없게 됐다. 몇 시간 동안 눈으로는 성경을 읽고 있었지만, 머릿속을 맴돌고 있는 것은 지난날에 대한 회상과 백일몽뿐이었고, 그 가운데 떠오르는 유일한 인물은 스플리트에서 만났던 여자친구, 센카였다. 그녀의 육체는 내 무의식 속에 잠재된 더러운 잔해를 뚫고 팝업창처럼 불쑥불쑥 뛰쳐나왔다. 3일 연속 꿈속에 나타나기도 했다. 어쩌다 한 번씩 구글에서 그녀의 이름을 검색해본 적은 있었지만, 지난 수년 동안 그녀를 생각해본 적은 전혀 없었다. 이상한 일이었다.

센카는 항상 쾌활했는데, 어쩔 땐 미친년처럼 보이기도 했다. 두 개의 젖가슴은 각각 동쪽과 서쪽 방향을 가리키며 돌아서 있었고, 짧은 검은색 머리칼도 위 아래로 나뉘어져 있었다. 왼쪽 뺨에 커다란 반점이 있었는데, 간혹 브룩 쉴

즈(Brook Shields, 미국의 여자배우—옮긴이)가 연상되기도 했다. 입술은 탐스럽고 부드러웠지만, 두 뺨이 입술만큼 탱탱하지 못했다. 그래서 그녀를 만날 때마다 손가락으로 눌러보고 싶은 충동을 느끼곤 했다.

그녀에게는 나이 차이가 많은 언니와 코밑수염이 날 정도로 나이가 들어서 할머니라고 해야 자연스러울 법한 어머니가 있었다. 그녀의 새아버지는 시인이었다. 너무 진지한 나머지 알려지지 않은 작가였다. 셴카는 수많은 시를 외우고 있었다. 가끔 그중 하나를 읊어주었는데, 왜 그랬는지 아직까지도 이해할 수 없다. 하지만 새아버지의 친구인 어느 시인이 썼다는 시는 지금도 내 머릿속에 남아 있다.

여행길에 오른 자라면 그 누구라도 알고 있으니,
낯선 도시의 거리와 광장에서
가장 달콤한 맛을 지닌 것은
사과를 빼놓으면 또 무엇이 있을까.

이러한 시 구절을 제아무리 멋있게 낭독하더라도 지금 여기서 알아줄 사람은 내 가운뎃다리 말고는 아무도 없다. 내 거시기는 시에 일가견이 있는 것처럼 시 낭독을 보다 더 잘 듣기 위해 벌떡벌떡 일어났다. 낮 동안 나는 남자처럼 힘이 센 셴카의 허벅지를 떠올리며 시간을 보냈다. 그녀의 투박한 춤 솜씨가 생각났고, 어느 날 이른 아침에 우리가 브라치(Brač, 크로아티아의 유명 휴양지—옮긴이) 섬의 해변에 누워 서로를 껴안고 잠을 잤던 일도 생각났다. 파도 한 점 없이 고요하고 푸른 바다, 눈처럼 하얀 모래, 그녀의 얼굴에 새겨진 이상야릇한 미소…….

나는 그녀에게 홀딱 빠져 있었는데, 왜 그랬는지는 지금도 이해가 가지 않는다. 어쨌든 전쟁이 있기 전에 그런대로 만족할 만한 제대로 된 섹스 대상은 센카 이외에는 없었고, 그녀는 유고슬라비아 전통양식의 성교를 즐길 수 있는 상대였다.

아드리아의 온 해변에서 사타구니에 가장 털이 많은 여자를 꼽으라면 단연 센카였다.(나는 그 당시에도 아프리카 밀림에 사는 미개인이었다.) 면도기로 털을 밀어버린 조개는 소스가 없는 스테이크처럼 맛이 없었다. 하지만 그녀는 그것 때문에 괴로워했다. 나는 털이 많다는 것이 전혀 불쾌하지 않을 뿐더러 오히려 그 반대로 너무나 만족스럽다는 것을 설득하기 위해 할 수 있는 온갖 표현을 동원했다. 브라질 여자들처럼 왁스로 털을 제거하면 섹스가 얼마나 황량해지는지, 프랑스의 누벨퀴진(Nouvelle Cuisine. 가능한 한 밀가루와 지방을 쓰지 않고 담백한 소스와 신선한 제철을 이용하는 프랑스의 요리법—옮긴이)이 음식을 얼마나 망쳐놓았는지 누누이 설명해주었다.

아침에 눈을 뜨면 그녀의 사타구니가 눈앞에 있었다. 저녁에 잠들기 전에도 나는 털이 수북한 그녀의 사타구니를 내 얼굴에 파묻고, 아르센 데디치(Arsen Dedič, 크로아티아의 대중음악 작곡가—옮긴이)의 흘러간 노래를 웅얼거렸다. 아무래도 나는 지금 향수에 젖어 있는 것 같다.

제아무리 귀트 니에(Gut Nie, 영어로 'Good never'를 의미함—옮긴이)라는 이름을 지닌 자선 사업가라고 하지만, 그는 내 머릿속을 지배하는 군주가 누구인지 눈치 챈 것 같았다. 나는 조국애에 가득 찬 섹스판타지에 일주일 동안 시달렸고, 귀트 니에는 결국 나름대로 유의미한 결론에 도달하여 자신이 거느리고 있는 모든 노예들과 함께 '할망구'라는 이름을 지닌, 근처의 공장지대에 있는 스트립쇼 클럽에 가기로 결정했다.

우리는 버려져서 녹 쓴 자동차와 파란색 컨테이너 옆을 지나갔다. 컨테이너 안에는 헤로인으로 속을 채운 테디베어 인형이 가득 들어 있는 것 같았다. 헤비급 복서 같은 놈에게 검문을 받고 나서 전혀 다른 세상에 발을 들여놓게 되었다. 새로운 신분을 얻게 된 나는 집에 머무는 것이 나을지도 모른다는 생각에 한참을 망설였지만, 발라토프에게서 일주일 내내 시달릴 대로 시달린 걸 생각하면 스트립쇼를 감상하는 일은 대대적으로 환영하고도 남을 일이었다. 흑해 출신의 그 녀석은 겉으로 떠벌이는 것과 달리 자신의 정체를 숨기고 있는 놈일지도 모를 일이었다. 사람을 지치게 만드는 전법은 FBI의 수법을 연상시키기도 했으니까.

"검은색은 내 거야. 오케이?" 빨간색 양탄자가 깔린 계단을 올라서면서 그는 두 리투아니아 놈들에게 다짐을 받아두었다.

나는 심호흡을 깊이 하고, 막 머릿속에 떠오르는 성경의 구절을 가슴에 새긴 다음 죄악의 늪에 발을 들여놓았다. 악마가 또 그를 데리고 지극히 높은 산으로 가서 이 세상에서 가장 육감적인 여자와 그 영광을 보여주며 가로되 만일 네가 일을 마친 후에도 그녀를 죽이지 않겠다고 약속하면 이 모든 것을 너에게 주리니.('마태복음 4:8'에 대한 패러디임—옮긴이)

악마는 나에게 이렇게 말을 걸었다. 아니 하느님이 말을 건 것인지도 모른다. 어쨌든 생각하기 나름이다. 엄청난 죄악을 저지른 놈에게 소소한 잘잘못은 따질 가치가 없어 그냥 아량을 베풀어주시지 않겠는가.

상당히 이른 시간이었지만, 클럽은 제법 많은 사람들로 북적거렸다. 20대의 무슬림이라면 여기가 바로 천국이구나 싶은 착각에 빠질 것처럼 정말 끝내주는 곳이었다. 쿵쾅거리는 음악이 시끄럽게 울리는 가운데 도수 높은 술과 반쯤 벗은 여자들이 가득했다. '줄 팬티 송'(Thong Song, 시스코의 노래—옮긴이)이 스피커에서 큰 소리로 흘러나왔다. 끈이 짧은 비키니를 입은 금발 여자가 스포트라이트를 받으며 신체에서 가장 부드러운 부위를 막대 기둥에 비벼대고 있었다. 외국인 노동자 몇몇이 둥근 스테이지를 중심으로 둘러앉아 반쯤 비운 맥주잔을 애무하듯 쪽쪽 빨아댔다. 거기서 상당히 떨어진 곳에서는 조약돌 코에 맥주배가 나온 아이슬란드 남자들이 푹신한 의자에 파묻혀, 춤을 추고 나서 쉬고 있는 댄서들과 잡담을 나누고 있었다. 남자들은 놀라울 정도로 표정이 이성적이었지만, 속내를 얼마나 오랫동안 감출 수 있는지 인내력을 시험받고 있는 것 같았다.

어쨌거나 마이애미나 뮌헨에서도 쉽게 찾아볼 수 있는 매우 평범한 스트립쇼 클럽이었다.

귀트 니에는 자기 친구에게 우리를 소개해주었다. 얼굴이 달덩이처럼 동글동글한 남자는 이 클럽의 주인으로 이름이 8월이란 뜻을 지닌 외이커스트(August)였지만, 모두들 "구스티(Gústi) 할망구"라고 불렀다. 산더미처럼 커다란 배를 끌고 클럽 안을 이리저리 움직이고 있는 그는 영락없이 고집불통 할망구처럼 보였다. 그가 웃을 때면 이중 턱이 접시 위에 담긴 레몬젤리처럼 부들부들 떨렸다. 검은 머리카락은 결이 고왔지만, 반질반질한 얼굴에는 수염 날 기색이 전혀 보이지 않았다. 빨간색 코도 역시 작은 조약돌이었다.

이 할망구가 밸리 댄스를 추면 정말 끝내줄 것 같았다.

여자라고 해야 할지, 남자라고 해야 할지 좌우지간 할망구가 메뉴판을 가져다주겠다며 잠시 자리를 비웠을 때 귀트 니에는 그의 이름과 관련된 유머를 들주었다. "Gústi Granny"를 말 그대로 번역하면 "날씬한 구스티"라는 것이었다. 나는 창녀가 없는 이런 섬나라에 이런 유흥업소가 존재한다는 사실이 놀랍다고 말했다. 몇몇 폴란드 놈들도 내 말에 맞장구를 쳤다. 귀트 니에는 메뉴판을 들고 온 구스티에게 아이슬란드에 이런 곳이 있다는 것을 우리가 몰랐다고 말해주었다.

"암요, 없고말고요!" 그는 숨을 헐떡이며 말을 뱉더니 럭셔리한 몸을 흔들며 기쁜 듯이 반복했다. "없고말고요!"

메뉴판에는 오로지 고기요리(창녀를 의미함—옮긴이)밖에 없었다. 발트, 체코 혹은 러시아식으로 강한 불에 살짝 구운 고기요리였는데, 그 가격은 스트립쇼 스테이지에 세워 놓은 막대기만큼이나 하늘 높은 줄 몰랐다. 하지만 우리의 뚱뚱한 친구는 귀트 니에의 식구에게는 특별히 50퍼센트를 깎아주겠다고 말했다.

"당신네들은 그럴 만한 자격이 있어요! 새로운 섬을 건설해준 사람들이니까!" 그는 두 뺨에 홍조를 띠고 눈을 번뜩이며 말했다.

"검은색 있어요?" 발라토프가 물었다.

"검은색?" 구스티는 큰 소리로 웃다가 갑자기 뚝 그치더니 손가락을 튕겨 소리를 냈다.

카리브 해 출신의 날씬한 여자가 홀의 구석에서 나타났다. 흑진주처럼 빛나는 눈동자를 지닌 다섯 번째 날의 여자였다. 눈동자처럼 그녀의 피부도 검었다. 흑해 출신의 그 녀석은 곧바로 샴페인을 한 병 주문했다. 맥주를 주문하는 것만으로도 만족스러운 나는 바에 기대어 서서 친구들이 성적인 외로움을 달래기 위해 횡설수설하는 모습을 지켜보았다.

새로운 노래가 클럽 안을 가득 채웠다. 이곳은 너무 덥잖아, 당신 옷을 싹 벗어버려.(It's getting hot in here, so take off all your cloths—옮긴이) 켈리인지 넬리가 오래전에 히트를 시킨 곡 '여긴 너무 더워요'였다. 나는 이가 빠져 허전한 입속을 혀로 문지르며 댄서가 끈이 짧은 비키니를 하나씩 벗는 모습을 지켜보았다. 그녀의 육체는 함부로 손을 댈 수 없는 선인장 같았다. 질레트 안전면도기를 사용하는 세대에게 섹스는 위생학의 한 분야로 변모해 있었다. 나는 털이 탐스럽게 난 모든 여왕들을 위해 "스코들"이라 건배를 속으로 외치고, 무니타의 어두운 열대우림을 머릿속으로 떠올렸다.

무니타와 닮은 여자가 나에게 다가와서 서툰 영어로 같이 술을 마시겠느냐고 물었다. 그녀의 이름은 '천사(Angel)'였지만 집시처럼 생긴 외모와 이름 사이에는 적어도 대서양이 그 가운데에 있다고 할 만큼 도무지 어울리지 않았다. 엔젤은 입술이 두툼했다. 그녀의 어머니가 딸을 잘 키운 것은 젖꼭지 두 개밖에 없는 듯이 보였는데, 젖꼭지는 탑처럼 우뚝 솟은 젖가슴 중앙에 정확히 자리 잡고 있었다. 그녀는 여섯 번째 날의 여자였지만, 톡시가 보기에는 무니타의 복제품이라고 하기에도 실패작이라 할 수밖에 없었다. 하지만 그녀의 머리는 어쨌거나 아직 몸통 위에 붙어 있었다. 나는 그녀가 이곳 아이슬란드에서 처음 맞이한 3주 동안의 이야기를 들으면서 시간을 끌었지만, 시선은 자꾸만 다른 쪽 구석에 앉아 있는 라트비아 여자를 향하고 있었다. 그녀는 세 번째 날의 여자였고, 착각을 불러일으킬 만큼 귄힐뒤르와 비슷했다.

나는 갑자기 구스티의 통 큰 제안이 머릿속에 떠올라 검은색의 천사에게 여러 사람이 함께 먹을 수 있는 고기요리가 있느냐고 물었다. 그녀는 당연히 있다고 대답을 하고는 라트비아에서 온 귄힐뒤르에게 눈짓을 보냈다. 그녀는 매끄러운 수자직 옷을 입었고 웃을 때 치아 교정 장치를 숨기기 위해 신경을 썼다. 발트 해의 수공예 작품인 교정 장치를 보면 그녀가 부르는 술값은 대폭 할인을 받는 것이 마땅했다. 하지만 이미 50퍼센트를 할인받기로 약정이 되어 있었기 때문에 나는 소르뒤르에게 선물받은 신용카드를 꺼내 바의 데스크 위에 올려놓았다.(신용카드는 성실하게 일하는 슈퍼마켓 계산원들과 교회에 홀딱 빠져 사는 사람들의 기부금으로 결제가 이루어질 것이다.) 스트립쇼를 하고 쇼가 끝나면 등이 파진 옷을 걸치고 종업원으로도 일하는 그녀는, 샴페인 한 병을 놓고 세 명이 둘러앉아 20분 동안 허황된 잡담을 하는 대가로, 하드워크 호텔의 석 달 치 월세에 해당하는 금액을 계산했다. 이 술값은 분명 인간의 역사가 시작된 이래 가장 비쌀 것이 틀림없다.

나는 커튼들이 내려쳐진 복도를 따라 네 개의 젖가슴을 쫓아갔다. 이 커튼 중 하나를 젖히면 발라토프가 샴페인 병에서 마지막 한 방울이 비워질 때까지 질질 시간을 끌려고 최선을 다하고 있을 것 같았다. 지옥을 향해 깊숙이 들어가면 들어갈수록 주변은 그만큼 더 어두워졌다. 하지만 음악 소리는 잦아들지 않았다. 지금은 비욘세(Beyonse—옮긴이)와 제이-지(Jay-Z—옮긴이)가 함께 부른 '사랑에 미쳐서'(Crazy in Love—옮긴이)가 울려 퍼지고 있었다.

복도가 끝난 곳에서 엔절은 커튼을 열어젖히고 우리를 독방으로 안내했다. 방 안은 크리넥스 휴지 한 박스와 보기에도 편안해 보이는 긴 의자가 놓여 있었다. 금발 여자가 이나(Ina)라고 자신을 소개하고, 술병을 따 잔에 술을 따랐다. 길고 날씬한 다리를 지닌 세 개의 샴페인 잔에 돈이 찰랑거리며 흘러 들어갔다. 내 어머니는 이만큼의 돈을 벌기 위해서 하루에 열 시간, 일주일에 6일씩 스플리트의 가게에 석 달 동안 서서 열쇠를 복사해주고, 쉽게 구할 수 없는 38구경 권총 탄창을 탁자 밑에 숨겨두었다가 꺼내주어야 했다.

나는 긴 의자에 몸을 던져 깊숙이 앉았다. 엔젤은 춤동작을 선보였지만 이나는 무릎을 꿇고 앉아서 내 왼쪽 무릎을 쓰다듬었다. 스트럽쇼 댄서에게 막대봉이 없는 것은 장대높이뛰기 선수에게 장대가 없는 것이나 마찬가지였다. 그녀는 속수무책이었다. 나는 스트립댄서가 나체가 되면 춤 동작에 트집을 잡는 사람이 아니었지만, 엔젤의 불규칙적인 움직임은 아무런 감흥도 불러일으키지 못했다. 춤추는 그녀만큼 움직여야 할 거시기는 정작 아무런 감동을 느끼지 못한 채 꼼짝달싹하지 않았다. 난생 처음으로 거시기 때문에 걱정을 하지 않을 수 없었다. 인생에서 가장 비싼 비용을 들여 거시기에게 데이트를 주선해주었는데 이렇게 축 늘어져 있다는 것이 도무지 믿기지 않았다. 나는 성실한 슈퍼마켓 계산원들이 소르뒤르의 가라테 교회에 낸 기부금을 떠올리고, 그렇게 귀중한 돈을 헛되게 할 수 없다고 내 거시기에게 누우이 타일렀지만, 놈은 요지부동이었다. 결국 나는 그놈을 일으켜 세우지 못했다.

도무지 이해할 수 없었다. 얼마나 많은 여성 전사들이 내 남성을 상징하는 섹스의 깃발을 높이 세웠던가. 하지만 지금 이 순간, 동성애 옹호론자의 축 늘어진 깃발은 대체 어디에서 나왔단 말인가! 혹시 성경을 너무 많이 읽어서 이렇게 된 건 아닐까? 나는 판타지의 힘을 빌리기로 작정했다. 성적 자극에 민감한 뇌의 영역 가운데에서도 최정예 뇌세포를 동원했다. 나는 두 번째 샴페인 술잔을 비우고 두 아가씨를 귄힐뒤르와 무니타의 그럴싸한 복제품으로 바꿨다.

흑발 여자가 브래지어를 벗고, 금발 여자가 속옷만 걸친 날씬한 귄힐뒤르의 모습으로 눈앞에 나타나자 거시기가 잘하면 일어설 수도 있을 것 같다는 신호를 보내왔다. 나는 자리에서 일어나 두 여자를 한꺼번에 껴안고 춤을 추었다. 비욘세의 노래에 맞춰 어색하게 춤을 추고 있는, 개심한 살인청부업자의 모습에 두 여자는 미소를 띠었다. 귄힐뒤르는 자기 손으로 내 양다리에 자리 잡은 물건을 일으켜 세웠다. 라트비아에서 도착한 따뜻한 원조는 기적을 발휘했다. 그러나 산 넘어 산, 이제 그녀의 치아 교정 장치를 걱정해야 할 판이었다. 교정 장치에 내 물건이 다칠 수 있었기에 불안을 떨쳐낼 수가 없었다. 그러나 내 물건이 왜 일어난 것인지 나는 알지 못했다. 치아 교정 장치가 얼마나 날카로운지 알고 싶었던 건지 그녀의 감촉에 기분이 좋아진 건지 아니면 그녀가 얼음공주 귄힐뒤르와 비슷하게 생겨서 혹은 샴페인 때문에 그런 건가? 어쨌든 나는 1초 동안 나 자신을 통제하지 못하고 그녀에게 키스를 하려고 했다.

나는 재수 없는 세기에 태어나 빌어먹을 신부와 엮이더니 허접한 창녀촌에 빠져들었다!

그녀는 곧바로 머리를 돌려 끔찍한 내 입술을 피하더니 내 사타구니를 더듬던 손을 거둬들였다. 그녀는 얼굴에 주먹을 한 대 맞은 듯 쌀쌀맞게 굴었고, 나는 오래전부터 내려온 버릇처럼 손을 뻗어 권총을 잡으려고 했지만 반자동 문제해결사는 내 곁에 없었다. 나는 하릴없이 그 자리를 떠날 수밖에 없었다.

복도를 따라 발걸음을 재촉하고 있는데, 몇몇 커튼이 옆으로 젖혀졌다. 긴 안락의자에 누워 있는 남자들을 대상으로 반쯤 벗은 여자들이 서비스를 하고 있었다. 바닥에 무릎을 꿇고 앉은 여자들은 죽은 남편을 앞에 두고 앉아 있는 미망인처럼 보였다. 나는 가능한 한 빠른 걸음으로 바로 돌아와 눈짓으로 여종업원을 가까이 부른 다음 먹다 남은 것들을 포장해줄 수 있는지 물었다.

"뭐라고요?"

"다 먹지 못했거든. 먹다 남은 걸 가져가려고!"

"먹다 남은 거라니, 뭘 말하는 거죠?"

"난 2인분을 계산했잖아. 그러니까 그걸 집으로 가져가겠다, 이 말이야!"

내 목소리는 비욘세와 제이-지의 시끄러운 사랑노래보다 더 크게 울린 것이 틀림없다. 모두가 나를 주목했고, 댄서들마저 춤을 멈추었다. 가까이 있던 귀트 니에가 의자에서 벌떡 일어섰고, '날씬한 구스티'도 덩달아 몸을 일으켰다. 그는 나에게 다가오면서 손동작으로 진정하라는 신호를 보냈다. 마치 자기 축구팀 선수 중 하나라도 레드카드를 받지 않도록 신경을 쓰는 주장처럼 보였다. 그는 무슨 말인가를 하려고 했지만 더 이상 듣지 못했다. 내가 그 자리를 떠났기 때문이다.

26. 고깃덩어리들의 세계

나는 귀트뮌뒤흐르에게 일자리를 하나 구해달라고 부탁했다. 제발! 성경은 이제 질렸다. 하루에 열 시간씩 성경만 읽으면서 지낼 수는 없는 노릇이었다. 나는 수도승이 아니었을 뿐 아니라 소르뒤르에게 할망구 클럽에서 보낸 하룻저녁에 대한 빚도 있었다.

이곳저곳 전화를 해본 끝에 그는 주방 보조 일자리를 마련해주었다. 기독교 단체가 빈곤한 사람들을 위해 설립한 '삼베르(Samver)'라 불리는 급식소였다. 숙소에서 멀지 않은 교외에 있었고, 운영자는 귀트뮌뒤흐르의 친구였다. 주방장은 매일 아침 물고기 세 마리로 300명분의 식사를 만들었다. 나는 오후 1시에 도착해서 식사를 마치고 받아놓은 식판들을 닦아야 했다. 뿐만 아니라 유년 시절 이후 단 한 번도 타지 않았던 버스를 타게 되었다. 노란색 24번 대형버스에 올라타면 내가 유일무이한 승객인 경우가 허다했다. 버스는 우리 호텔에서 공장지대로 직행했다. 그곳에서는 레이캬비크 시내를 한눈에 내려다볼 수 있었다. 버스 운전기사는 코소보 출신이었는데, 그와 나는 버스에 폭탄을 가득 싣고 세르비아 대사관으로 가자는 농담을 주고받았다.

"토미, 당신은 버스를 타지 않는 게 좋겠어." 주방장이 말했다. "버스를 타는 사람은 말이야, 나이 든 노인네와 넋 빠진 놈들 그리고 새로 온 놈들뿐이거든."

"새로 온 놈들이라뇨?"

"폴란드 새끼들 그리고 갈보들……. 토박이 아이슬란드 사람들은 말이야, 버스를 타지 않아."

주방장은 자신의 이름을 올리(Óli)라고 했는데, "올레(Ole)"라고 발음하는 것 같았다. 그의 본명은 대통령인 내 아버지의 성과 마찬가지로 올라뷔르(Ólafur)였다. 그는 창백한 얼굴에 줄담배를 피웠다. 턱 왼쪽에는 큰 반점이 있었고, 왼쪽 귀에 작은 링을 달고 다녔다. 외국인들에게 편견이 있었지만, 영어실력이 놀라울 정도로 좋았다. 식당에서 세 번째 사람은 작은 몸집에 가느다란 콧수염을 기른 베트남 친구였다. 작은 치아들이 100개 정도 있는 것처럼 보이는 그의 이름은 쉬에(Chien)였는데, 올레는 그 이름이 프랑스어로 "개새끼"란 뜻이라고 하루에도 열댓 번씩 되뇌었다. 이에 비해 독기가 있는 크로아티아 사내는 아이슬란드의 피를 25퍼센트 정도 받았고, 게다가 이름도 아이슬란드 사람 같아서 타박을 들을 일이 전혀 없었다. 올레가 흡연코너(열어놓은 문 앞)에서 나를 향해 "헤이! 토미! 그 개새끼한테 쓰레기통 좀 비우라고 해!"

라고 외칠 때 나는 웃지 않으려고 애를 썼다.

귀트뮌뒤흐르의 친구인 급식소 운영자의 이름은 사미(Sammy)였다. 체구가 작았지만, 올챙이배에 이마가 툭 튀어나온 놈이었다. 그는 잠시도 쉬지 않고 껌을 씹었는데, 코에 걸쳐놓은 작은 안경이 덩달아서 온종일 춤을 추었다. 그는 다섯 번이나 회개하고 종교에 귀의한 사람에게서나 볼 법한 미소를 지었지만, 그 미소는 이번이 마지막 회개가 아닐 것이라는 점을 미리 예고하는 것과 동시에 자신의 삶이 하느님의 손에 맡겨져 있다는 것을 강조하고 있었다. 하늘에 계신 수염이 더부룩한 늙은이가 혹시라도 땅에 추락하게 되면 그를 다시 일으켜 세워 하늘로 되돌려 보내고도 남을 위인이었다. 일을 시작한 지 이틀째 되는 날, 퇴근할 무렵 주방장이 나를 불러 세웠다. 그는 내일 아침에 제공될 굴라쉬(후추를 친 쇠고기 스튜—옮긴이)를 만들기 위해 쇠고기를 토막치고 있다가 갑자기 칼을 들어 나를 슬쩍 겨누더니 사미와 올레는 교도소 동기였다고 말했다. 첫 번째 놈은 위조된 그림을 절취한 죄를 지었고, 두 번째 놈은 살인죄를 지었는데, 흥분한 나머지 도살용 칼을 들고 설쳐댔다고 했다.

"그 자식이 말이야, 내 여자친구하고 씹을 했어. 개새끼. 난 그 자식을 죽여버려야만 했어, 그렇지 않으면 내 여자친구가 당장 헤어지자고 했을 테니까." 어쨌든 사미와 올레는 여전히 잘 어울리고 있는 것 같았다. 그 여자친구의 이름은 하르파(Harpa)였다. "여자들은 말이야, 자신을 위해 남자가 뭘 죽일 수 있는지를 보고 그 남자의 사랑을 판단하는 법이거든."

이 말 뜻이 무엇인지 나는 차근차근 생각해봐야겠다.

올레라는 이 녀석은 정말로 흥미로운 친구였다. 겁쟁이들만 모여 사는 섬나라에서 나는 드디어 제대로 된 사내새끼를 하나 발견했다. 7년 동안 지냈다는 교도소 생활에 대해 좀 더 많이 알고 싶었다. 샤워를 하다가 강간을 당하기도 한다는데 정말일까? 그는 아니라고 했다. 아이슬란드 교도소는 미국의 대학보다도 오히려 더 자유스럽다고 했다. 하루 온종일 스포츠 중계방송을 볼 수도 있고, 원하면 마약은 어느 종류건 즐길 수 있다고 했다.

"외국 놈들한테도 아이슬란드 교도소는 소문이 자자해. 리투아니아 마피아 놈들 중에 일부러 여기까지 와서 체포되는 놈들도 있다니까. 그런 놈들한텐 여기는 요양원이나 다름없지."

이렇게 생겨먹은 나라는 세상에서 정말로 둘도 없을 것이다.

"당신이 죽였다는 사람은요? 감옥에 있으면서 생각나던가요?"

"별로. 정말 손끝에 전해지는 느낌이 끝내줬거든. 그다음 날, 정말이지 난 이 세상에서 가장 행복한 사람이었어. 할 수만 있다면 그놈을 다시 살려내고 싶었어. 그래야 또 다시 칼로 담가줄 수 있을 테니까."

"하지만 7년이란 세월은…… 지루하지 않았어요?"

"물론, 그럴 때도 없진 않았지. 하지만 거기서 요리도 배우고, 프랑스어도 배우고, 그리고…… 나와 하르파의 관계가 매끄럽지 못했다는 것도 깨달았어. 하르파와 온갖 수다를 떨었던 것도 잘못이고, 함께 쇼핑을 다닌 것도, 그 여자 엄마한테 같이 갔던 것도 실수였어, 그렇잖아? 이 세상에서 좋다는 건 다 따라 했는데, 그런 건 말짱 꽝이야! 감옥에서 씹을 해 봤는데, 그게 제일 끝내주는 거더라고." 그는 차가운 미소를 지으며 비가 내려 축축해진 주차장 바닥에 담뱃재를 툭툭 털어냈다. 건너편에는 대형 창고가 두 개 있었고, 그 사이로 보호색으로 자기 몸을 숨긴 레이캬비크가 어렴풋이 보였다.

"사람을 총으로 쏴 죽인 적은 한 번도 없어요?" 내가 물었다.

"총으로 쏴 죽여? 아니. 총으로 쏴 죽이는 일은 쥐새끼랑 씹하는 거나 마찬가지야." 그는 말을 마치고 다시 칼을 집어 들었다. "무슨 말인지 알지, 나는 지금 컴퓨터 마우스를 말하는 거야."

신앙심이 깊은 나의 후원자들은 계속해서 내 흥미를 끌었고, 그들의 친구들도 마찬가지였다. 며칠 전에는 발라토프는 귀트 니에는 노르웨이에서 마약밀수를 하다가 감방에서 산 적이 있다고 말해주었다.

우리 사회를 몇 개의 집단으로 나누어 본다면 인터넷에 열광하면서 자전거를 타고, 분리수거까지 하는 부류가 대부분을 차지할 것이다. 이들은 우리 사회의 상층부를 구성할 것이다. 그 아래쪽 오른편은 시대에 뒤쳐진 채 무기나 만지작거리는 부류가 있는데, 이들은 마누라와 잠자리를 같이하는 것보다는 일단 두들겨 패는 것이 능사인 줄 아는 놈들이다. 그 왼편에 있는 부류는 글로벌한 세계의 참상에 반대한다는 명분으로 고기, 포르노 그리고 지구온난화와 같이 인생을 아름답게 꾸며주는 것이라면 무조건 고개부터 돌리는 놈들이고, 이 사회의 맨 밑바닥에 있는 부류는 빈곤한 자들을 위한 부엌에 머물고 있는데, 이곳은 극단적인 선과 극단적인 악이 올레의 칼날을 사이에 두고 서로 마주 보고 있다. 살인자와 신부 사이의 거리는 칼날의 두께를 뛰어넘지 못한다.

과거 한때 나는 독일 하노버의 레스토랑에서 서빙을 한 적이 있었지만, 지금 하는 주방일은 내 인생에서 최초로 "번듯한" 직업이다. 나는 이 일이 상당히 맘에 든다. 생각할 필요가 전혀 없고, 기분전환에는 최고이기 때문이다. 갈색 식판을 닦는 일은 나에게 일종의 명상이 되었다. 맨 먼저 식판에 남은 음식물을 버리고(아이슬란드에서 가난한 사람은 똥구멍이 찢어지게 가난한 사람들이 아닌 것 같다), 식판을 물로 헹구어 낸 다음 낡아빠진 대형 식기세척기에 집어넣고, 기계를 돌리면 된다. 사미는 급식소에 올 때마다 식판이 없어지지 않았는지 꼼꼼하게 세어 보았다.

올레는 종종 나를 집까지 차로 태워다주었다. 버스 정류장에서는 "개새끼"가 넋 빠진 놈들과 함께 버스를 기다리고 있었지만, 올레는 그를 본체만체하며 지나쳐 갔다. 올레의 유

명한 여자친구가 하얀색 폴로(Polo, 폭스바겐의 경승용차 이름
—옮긴이)로 나를 집까지 데려다준 적도 있었다. 그녀도 역시
아이슬란드 특유의 버터 빛 금발 여자였다. 인공일광욕을 한
그녀의 피부는 구릿빛이었고, 팔에는 문신이 있었는데, 문신
의 내용으로 보아 그녀의 이름은 '하프'를 의미했다. 하지만
그녀의 기다란 목과 펑퍼짐한 엉덩이를 감안하면 하프가 아
니라 오히려 류트(lute. 16~17세기에 유럽에서 유행한 현악기의 일
종—옮긴이)라는 이름이 더 어울릴 것 같았다. 그녀는 요조숙
녀와는 거리가 한참 멀어 보였다. 나는 아마도 10일째나 11일
째 되는 날 그녀를 위해서 살인을 할 것 같다.

아무도 죽이지 않은 채 직장에서 집으로 돌아가는 일이
매일매일 반복되었다. 하루하루가 정말 마음에 들었다. 물론
숙소에서 잠을 잘 때 이런저런 죽은 사람들이 유령이 되어
꿈속에 나타나긴 했지만, 이제 더 이상 유령을 수집할 일은
없을 테니 그나마 다행이었다.

나는 보통 5시나 6시가 되면 노예들을 위한 호텔로 돌아
와 점심 때 삼베르에서 남은 음식물을 선사시대의 전자레인
지에 데워 발라토프가 보이지 않으면 부엌에서 혼자 먹었다.
돈을 아껴야 하기도 했지만, 그것 말고도 올레가 만든 음식
또한 그다지 질이 나쁘지 않았기 때문이다. 게다가 주방장이
형벌을 받은 살인자이고, 고기를 자르는 데 재미를 붙인 놈
이란 사실을 알고부터 그가 만든 음식은 훨씬 더 맛있게 느
껴졌다. 스스로 생계를 꾸려나가기 위해 돈을 벌어보니 아이

슬란드가 이 세상에서 물가가 가장 비싸다는 것을 알게 되었다. 냉장고를 가득 채우기 위해서는 냉장고를 구입할 만큼의 돈이 들어갔고, 치즈 0.5킬로그램 가격은 같은 무게의 대마초만큼 비쌌다. 그러다 보니 한밤중에 슈퍼마켓에서 밖에 내다놓은 유통기간이 지난 음식물을 가져다 먹는 외국인들도 적지 않았다. 귄힐뒤르는 어느 독일인 관광객이 화려한 호텔에서 칵테일 몇 잔을 마시고 계산을 하려다가 살인적인 가격에 놀란 나머지 심장마비를 일으킨 적도 있다고 했다.

나는 그녀에게 "이 세상에서 가장 좋은 나라"는 "이 세상에서 가장 좋은 클럽"과 똑같은 규칙으로 운영되기 때문에 물가가 가장 비싼 것은 어떻게 보면 너무나도 당연한 일이라고 말해주었다. 내 치료법의 규칙 중 하나는 야간외출금지이다. 소르뒤르는 성경 이외에 다른 책은 절대 읽어서는 안 된다고 단단히 다짐을 받아두었다. DVD를 감상한다든가, 인터넷 서핑을 한다는 것도 말할 나위 없이 금물이었다. 아프리카계 미국 흑인들에게서 영감을 받아 발라토프가 읊어주는 짧은 시('나는 샤워를 하는 오프라(Oprah Winfrey, 미국의 흑인 여성으로서 유명한 토크쇼 진행자—옮긴이)를 생각한다네. 아 좋아!')를 제외하면 성경이 유일한 오락거리였다. 한 달 동안 미국 전역에 걸쳐 있는 열일곱 개의 도시를 떠돌며 열일곱 명을 죽이고 있을 때 디칸이 내내 콜걸들과 놀아날 수는 없는 것 아니냐며 책 2~3권을 보내준 적도 있었다. 하지만 이 세상에서 책 나부랭이는 나를 위해 존재하는 것이 결코 아니었다.

그러나 지금 나는 이곳의 길고 긴 하얀 밤들을 검은색 커버의 두꺼운 책과 보내는 것 외에 다른 방법이 없다.

부엌에는 작은 텔레비전이 한 대 있었지만, 항상 아이슬란드 방송만 나왔다. 진한 화장을 한 버터 빛 금발 여자가 나타나 별 볼일 없는 뉴스를 주절주절 읽어대는 것이 고작이었다. 텔레비전에서 눈을 떼지 않는 사람은 발라토프뿐이었다. 그는 텔레비전이 원탁의 기사에 나오는 성배라도 되는 듯 늘 감시하며 아이슬란드 말로 자막이 나올 때마다 저주를 퍼부으며 겨드랑이를 벅벅 긁어댔다.(그가 만일 비밀 수사관이라면 FBI 역사상 변장수사가 가장 뛰어난 요원으로 길이 남을 것이다.)

우둔하기 짝이 없는 구약성서를 억지로라도 끝까지 다 읽어보라는 과제가 주어진 적도 있었다. 읽다 보면 가끔 재미있는 이야기도 있었지만, 대부분은 이런저런 파벌싸움과 국경 분쟁을 두고 이스라엘 사람들이 내뱉은 한탄이었고, 짜증이 날 정도로 허황된 이야기였다. 이렇게 저렇게 생긴 남자가 팔레스타인 사람과 블레셋 사람들을 어떻게 이스라엘 땅에서 몰아냈는지 귀가 아플 정도로 잔소리를 늘어놓았다. 오늘날 뉴스에서 볼 수 있는 이야기가 구약성서에 그대로 박혀 있었다. 조금이라도 새로운 건 아무리 이를 잡듯 훑어보아도 찾을 수가 없었다. 내 모든 것을 예수님께 맡기면 예수님께서 나를 돌봐주신다는 아이디어는 도무지 이해가 되지 않았지만, 어찌 됐든 예수는 받아들일 만하다. 그딴 일이라도 하지 않으면 나는 할 일이 아무것도 없는 가련한 신세였으니까. 자기 쓰레기를 교회로 싸들고 가서 제단 앞에 쏟아놓을 수는 없는 노릇이다. 혹시 이런 걸 염두에 두고 교회를 재활용센터로 활용하자는 농담이 나온 걸까? 이런 일이라면 우리가 뉴욕의 자그레브 사모바르에서 했던 일과 크게 차이 나지 않다. 필요할 때마다 우리를 찾아와서 우리가 지은 죄를 깨끗이 치워놓는 놈은 자그레브 사모바르에도 있었다. 우리는 그놈을 청소부라고 불렀다.

하느님이 산상에서 모세에게 얼굴, 손 혹은 그 무엇이 되었든 자기 모습을 드러내어 그때부터 1만 년에 걸쳐 이어질 스트레스를 자초하고 말았다. 정말이지 하느님이 저지른 크나큰 실수였다.

나는 하느님의 실수를 생각했다가 크로아티아 국립극장에서 봤던 한 연극을 머릿속으로 떠올렸다. 셴카는 연극광이었는데, 기회가 있을 때마다 되먹지 못한 연극을 보여주기 위해 나를 극장으로 끌고 갔다. 그래서 본 것 중 하나가 폴란드 연극이었는데, 작가는 연극이 공연되는 내내 무대에 앉아 배우들을 향해 이런저런 지시를 내리고 고래고래 소리를 쳤다. 누군가를 죽여버리고 싶다는 충동을 느낀 건 그때가 처음이었을 것이다.

막이 오르면 더 이상 연극을 바꿀 수 없는 법, 하느님도 이 원칙에서 예외가 아니다.

성경을 읽는 것이 한 사람에게는 분노에 온몸이 떨릴 수 있다는 사실을 나는 결코 믿고 싶지 않았다. 하지만 사실이었다. 적어도 소르뒤르를 생각하면 더더욱 그랬다. 하느님은 알코올과 같은 존재였다. 깊이 빠져들면 빠져들수록 의문이 더욱더 세차게 일어나서 과연 그러한 관념이 그토록 바람직한 것인지 묻고 또 묻게 된다. 종교에 빠져드는 나라일수록 전쟁이 일어날 개연성이 높아진다. 하느님은 아이슬란드에서 자기 모습을 단 한 번도 제대로 보여준 적이 없다. 올레가 말하길 이 섬은 하느님의 피조물이 아니라 구약성경을 뛰어넘어 훨씬 훗날에 바다 속에서 불쑥 솟아났다고 했다. 아이슬란드가 이 세상에서 가장 평화로운 나라인 것은 기적이 아니다.

"그러니까 당신네 아이슬란드 사람들은 믿지 않는다는 거…… 하지만 여기 사람들 모두 신앙심이 깊지 않아요?" 그 다음 날 내가 그에게 물었다.

"뭐 그게 그러니까…… 하느님은 적어도 사미한테 가장 좋은 친구야. 엄청나게 많이 도와줬으니까. 보증금도 내줬고, 돈도 빌려줬잖아. 그래서 이 사업장을 설립할 수도 있었고." 냉장고에서 양의 허벅다리 고기를 꺼내 오면서 그가 미소를 지으며 말했다. "하지만 나한텐…… 잘 모르겠어. 그 새낄 죽여버린 다음부터 나한텐 모든 게 그저……." 그는 적절한 단어를 찾느라 말을 잇지 못하다가 고개를 한 번 흔들고, 허벅다리 고기를 작업대 위에 올려놓으며 말했다. "고깃덩어리야."

"고깃덩어리라고요?"

"그래. 난 삶을 좋아하긴 해. 하지만 이 모든 건 그저 고깃덩어리일 뿐이야."

"오케이."

"인생은 간단한 거야, 뭐. 사람은 둘 중 하나니까. 죽은 고깃덩어리 아니면…… 움직이는 고깃덩어리."

그는 자신이 아끼는 부엌칼을 집어 들고, 칼에게 말을 걸었다. 나는 그저 무대장치에 불과했다. 한 인간과 칼 사이에 대화가 오가고 있었기 때문이다. 쉬에는 부엌 밖의 싱크대에서 프라이팬을 닦고 있었다. 작은 황금 귀걸이가 흔들거리며 차갑게 보이는 그의 뺨을 규칙적으로 때리고 있었다. 올레가 낮은 목소리로 말했다.

"그 자식 목줄을 땄을 때…… 하느님을 본 것 같아. 인생이 어떤 건지 난 두 눈으로 똑똑히 봤어. 그건 말이야 그저……." 그는 고개를 들더니 내 눈을 뚫어지게 바라보았다. "근데 말이야, 그 자식이 눈앞에서 바닥에 쓰러져 있었는데도 난 같이 잠을 잤어. 사이코 같은 행동이긴 했지만, 그건…… 하느님이……."

나는 그 앞에서 괜히 이상한 화제를 꺼냈다고 생각했다.

27. 사랑을 포기할까, 용암을 막을까

나는 가능한 한 단순하게 살았다. 스트립쇼 클럽에 발을 한번 잘못 들여놓았다가 고통을 당한 이후 다시 평안한 길로 접어들었다. 가라테 신부는 이틀에 한 번 꼴로 나에게 전화를 걸어 별일이 없는지 안부를 묻고, 독서방법에 대해 이런저런 조언을 해주었다. 때론 일요일 점심식사에 귀트뮌뒤흐르, 시크리타 부부와 나를 초대해서 배가 터지도록 고기를 제공하기도 했다. 그들 모두 나를 지나칠 정도로 뿌듯하게 생각해서 무럭무럭 자라나는 종마를 바라보는 농부의 눈빛으로 나에게서 시선을 잠시도 떼지 못했다. 나는 그들의 실험용 토끼 아니면 원래 검은색이었다가 하얀색으로 변한 쥐였다. 소르뒤르와 한나에게는 말수가 적은 딸과 두 어린 아들이 있었는데, 아이들은 내가 신앙계의 데이비드 베컴(David Beckham, 영국 프리미어 리그의 유명 축구선수—옮긴이)이라도 되는 것처럼 존경하는 눈빛으로 나를 바라보았다.

나는 종교에 귀의한 사람답게 멍청한 미소를 지으려고 노력했다. 한나가 짧게 깎아준 머리에 말끔하게 면도를 했는데, 이런 몰골에 넥타이를 매고 손에 성경까지 들고 있다면 나를 집 안으로 맞아들이겠다고 나설 사람은 아마 아무도 없을 것이다.

"당신은 직장도 구했고, 살 곳까지 마련했다면서요. 이제 번듯하게 갖출 건 다 갖췄네요. 정말 놀라워요." 시크리타가 말했다. 그녀는 내 장모라도 된 것처럼 호들갑을 떨었다.

그녀를 집으로 초대하면 인테리어에 대한 조언도 들을 수도 있을 것 같았다.

"맞아요. 이분은 머지않아 그렇게 될 거예요. 참 좋은 사람이에요." 한나가 맞장구를 쳤다.

나는 새로운 사람으로 다시 태어났다는 듯 환한 미소를 지었지만, 다른 사람들은 놀란 표정으로 한나의 당황해하는 얼굴을 말없이 바라보았다. 특히 마지막 문장은 과장이 지나쳐서 그녀가 많이 머쓱해하는 것 같았다. 그녀는 갑자기 나를 향해 고개를 돌리고 말을 덧붙였다. "제가 말한 건…… 당신은 언제나…… 불운했다는 거예요. 아이슬란드에서 태어났더라면 그리고 전쟁을 겪지 않았더라면 그리고…… 하지만 당신은 지금 새로운 사람이 됐잖아요. 전 미국사람들이 당신을 찾지 못하길 바랄 뿐이에요."

그들은 동감한다는 듯 웅성거렸다. 나는 그들을 진정시켰다. "저는 아이슬란드 여권이 있습니다. 별다른 일은 일어나지 않을 겁니다."

그들은 돌아가면서 고개를 끄덕였다.

"프렌들리 신부님의 죽음은 헛되지 않았습니다." 소르뒤르는 자신의 무거운 손을 내 어깨 위에 올려놓고 말했다.

귀트뮌뒤흐르는 그의 말이 무슨 뜻인지 이해하지 못했다. 소르뒤르가 "헛되지 않다"라는 말을 아이슬란드어로 번역해주자 얼굴빛이 밝아졌다. "그렇습니다. 그분은 토미의 죄를 대신해서 죽었습니다."

바로 그것이었다. 예수님이 어느 날 하루 휴가를 냈고, 프렌들리 신부가 예수님을 대신해서 근무를 서다가 순직한 것이었다.

이 종교를 곧이곧대로 좋아하지 않을 이유가 없다. 당장 125명을 무턱대고 쏴 죽이다가(124명 정도에 도달했을 때) 문득 양심의 가책을 느끼게 되면 당신의 죄를 떠안고 갈 만큼 거룩한 사람을 하나 찾아내 그 사람마저 죽이기만 하면 된다. 그가 모든 죄를 떠안고 천국으로 올라가기 때문에 더 이상 당신 죄를 생각할 필요가 없다. 만사 오케이!

나는 새로운 이름에 서서히 익숙해졌다. 하지만 귄힐뒤르는 아직까지도 나를 '다위디'라고 불렀다. 그녀는 자주 전화를 했지만 나는 두 번에 한 번 꼴로 전화를 받았다. 그녀와의 결혼은 이제 피할 수 없는 단계에 도달했지만, 나는 아직 준비가 덜 되었던 탓에 어느 정도 거리를 유지하고 싶었다. 무엇보다 먼저 무니타를 내 시스템에서, 아니 적어도 내 냉장고에서 꺼내버려야만 했다.(우유팩과 폴란드 살라미 사이에 놓여 있는 그녀의 머리가 눈앞에 종종 나타났다.) 또한 나는 이 거룩한 부부가 귄힐뒤르와의 결혼을 어떻게 받아들일지 자신이 없었다. 내 목숨을 구해준 것과 친딸과의 결혼을 허락하는 것은 전혀 별개의 문제였다. 이 모든 것에 앞서 나는 먼저 소르뒤르의 허황된 치료를 끝마쳐야만 했다.

나의 얼음공주는 나를 찾아올 때마다 오래 머물기를 바랐지만, 그렇게 할 수는 없었다. 노예들이 사는 건물에 발을 들여놓은 여자는 여태껏 단 한 명도 없었다. 아름다운 아이슬란드 여성이 다른 노예들의 눈에 띄기라도 하는 날에는 폭동이 일어날 수도 있었다. 나는 그녀를 설득하다 못해 동유럽 놈들이 떼로 몰려들어 내 방문을 때려 부수고, 귄힐뒤르를 덮치고, 나에게 카메라를 들고 그 장면을 찍으라고 명령할지도 모른다고 겁을 주었다.

사랑을 물리치는 것보다 차라리 흘러내리는 용암을 막는 것이 더 나을 것이다. 어느 날 일을 마치고 집으로 돌아오는데, 맨 첫 번째 날 오전을 넘기고 싶지 않은 그 아가씨가 부엌에 앉아 불가리아 놈팡이와 잡담을 나누고 있었다. 나는 두 사람의 대화 내용이 궁금했다. 아마도 그 녀석은 40명에 달했던 그녀의 애인 중 검은색이 있었는지 물어봤을 것이다. 그녀가 강간을 당하지 않고 멀쩡하게 앉아 있다는 것이 놀라울 따름이었다.

"여기 오면 안 된다고, 내가 말했잖아. 여긴 늑대들이 사는 동굴이야." 내 방으로 가면서 그녀에게 속삭이듯 말했다.

"당신이 나한테 올 생각을 안 하니까 여기 올 수밖에 없잖아." 그녀는 차가운 미소를 지으며 말했다. 몸에 꽉 끼는 스웨터와 바지를 입고 운동화를 신은 모습은 현기증이 날 정도로 아름다웠다.

"아까 그 자식은 위험한 놈이야. 블랙홀처럼 외로운 놈이라서 몇 초 안에 널 삼켜버릴 수도 있어. 근데 무슨 얘길 하고 있었어?"

"뭐 특별한 건 없었어. 자기 가족들이 살고 있는 농장에 대해서 이야기하던데. 엄마가 잼을 만들었는데, 자기가 나가서 딸기를 직접 땄다나 뭐라나. 쓸데없는 이야기더라고."

그놈은 자기가 직접 딸기를 땄다고 너스레까지 떨었다. 녀석의 위장술은 점점 더 완벽해져서 더 이상 흠잡을 데가 없었다. 우리는 방 안으로 들어가서 40분 동안 말없이 있다가 내가 먼저 나서서 덜컹거리는 나무판 위에 얹어진 매트리스를 끌어 당겨 바닥에 내려놓았다. 앞에서 말한 것처럼 방과 방 사이의 벽은(화장실의 칸막이벽처럼) 천장까지 이어지지 않았기 때문에 매트리스를 내려놓지 않으면 침대에서 소리가 날까 봐 신경이 곤두섰다. 나와 귄힐뒤르가 발라토프의 뇌리에 섹스판타지의 대상으로 보관되는 것은 정말이지 피하고 싶었다.

우리는 두꺼운 매트리스 위에 나란히 누웠다. 귄힐뒤르와 나는 서로의 따뜻한 체온을 느끼며 천장의 네온 불빛을 바라보았다. 건물 건너편 상점의 주차장에서 한 대씩 빠져나가는 자동차 소리에 귀를 기울였다. 상점이 문을 닫을 시간이었다. 화려한 타일가게와 가구점에서 나온 세 번째 날에 해당될 아가씨들이 열쇠로 문을 여는 소리와 성미가 급한 남자친구들이 검은색 BMW을 몰고 와서 여자친구를 부르는 소리가 들렸다.

"아이슬란드는 아이슬란드 말로 어떻게 불러?"

"이슬란드(Ísland)."

"이지랜드(Easy-Land, 느긋한 나라—옮긴이)처럼 들리는데?"

"그러네."

"하지만 이곳 사람들은 별로 느긋한 것 같지 않아."

"맞아, 그 반대야." 귄힐뒤르가 말했다. "성격이 급한 민족이야."

"무슨 이유라도 있는 거야?"

"땅덩어리에 비해 인구가 너무 적어서 그럴 거야. 그래서 한 사람이 세 가지 역할을 동시에 하려고 안달복달하는 걸 거야. 여기 사람들은 레이캬비크가 뉴욕처럼 보이게끔 최선을 다하고 있거든."

"와, 그러려면 할 일이 적지 않겠는데?"

"나만 해도 할 수 있는 건 뭐든 다 해. 오전에는 식당에서 서빙 보고, 오후에는 비서 일도 하고, 밤에는 안마까지 배우잖아."

"안마까지?"

"응, 지난주부터."

나는 결혼제안서에 서명하기 전에 안마에 대해 한동안 이야기를 나누었다. 그녀는 스웨덴 마사지와 일본 지압의 차이점을 설명했고, 나는 부분 마사지와 전신 마사지의 차이점을 알려주었다. 그리고 우리는 오랫동안 입을 다물었다. 먼저 말문을 연 사람은 나였다. "나는 아이슬란드에서 프로 킬러가 되고 싶은 생각은 없어."

"왜?"

"그렇게까지 안 해도…… 인구가 너무 적잖아.(2010년 세계은행은 아이슬란드 인구가 약 31만7천 명이라고 발표했음—옮긴이)."

그녀는 담배연기가 목에 걸린 것처럼 웃음을 터뜨리더니 급기야 콜록콜록 기침까지 했다. 기침이 잦아들자 담배를 찾았다.

"여긴 지금껏 전쟁 한 번 없었다면서. 근데 왜 이렇게 인구가 적어?"

"우린 항상 전쟁 중이야, 매일매일 날씨하고 전쟁을 치르고 있거든. 얼음은 불만큼이나 사람한테 치명적인 거야."

그녀가 내뿜는 담배연기가 방 안에 가득했다. 과거를 잠깐 돌아봐도 아이슬란드에 왜 이렇게 인구가 적은지 알 수 있다고 그녀가 말했다. 지난 수백 년 동안 이어진 화산 폭발, 전염병 그리고 혹독한 겨울로 이곳 사람들은 거의 전멸 상태에 이르렀다가 현재 30만 명 정도를 유지하고 있다고 했다. 그나마 최근 50년 동안 무려 15만 명이나 증가해서 이런 수치가 나왔다는 것이었다. 15만 명이면 크로아티아전쟁(1991~1995년—옮긴이)에서 죽은 사람들의 수와 얼추 비슷하다. 그 사람들을 모두 이 나라에 보낼 수만 있었어도 크로아티아의 내전은 금방 답을 찾을 수도 있었다. 잘 생각해보면 천만, 아니 2천만 명이 이곳에 몰려든다 해도 빈 땅은 충분하다. 그러나 귄힐뒤르는 여기 사람들은 그들을 받아들이지 않았을 거라고 말했다. 자신의 정원에 텐트를 치는 꼴을 보느니 차라리 죽어가는 모습을 눈뜨고 지켜보겠다는 것이 여기 사람들의 심보라는 것이다. 킬러 입장에서 보면 아이슬란드 사람들은 역시 존경할 만한 이웃이었다.

우리는 전쟁에 대해 이야기를 나누었고, 귄힐뒤르는 줄담배를 피우며 나의 형 다리오에 대해 물었다.

"당신 형은 몇 살 때 죽은 거야?"

"나보다 세 살 많았으니까, 스물셋."

"저런! 어떻게 생겼어? 당신하고 많이 닮았어?"

"아니, 형은 우리 집안의 영웅이었어. 사랑을 한 몸에 받은 아들이었으니까. 운동으로 단련돼서 나보다 훨씬 힘도 세고 근육이 잡혔어. 그리스 신화에 나오는 신처럼 보일 만큼……. 장대높이뛰기 국가대표까지 했으니까. 세르게이 부브카(Sergi Bubka, 장대높이뛰기 세계기록보유자, 국제육상경기연맹 수석부회장이자 IOC위원—옮긴이)라는 선수, 알아?"

"아니."

"정말? 육상 역사에서 가장 위대한 운동선수야. 우크라이나 출신인데 서울올림픽에서 금메달을 땄어. 그 사람이 다리오 형을 한동안 가르치기도 했어. 부브카는 형의 우상이었어. 그런데 하필이면 그 날, 형이 죽던 바로 그날 밤 부브카가 세계신기록을 세웠어. 자신이 세운 세계신기록을 열두 번째 갱신했어. 러시아에서 열린 대회였는데 기록이 6미터8센티미터야. 아마도 형의 영혼이 부브카를 들어 올려 몇 센티 정도 높이 뛰게 만든 것 같아. 부브카는 장대높이뛰기가 아니라 영혼높이뛰기 우승자였어."

제기랄. 이게 무슨 꼴이야. 얼음공주 앞에서 나는 지나친 감상에 젖어 감정을 주체하지 못할 지경에 빠져버렸다.

"와우. 당신 형도 올림픽에 나간 적 있어?"

"아니. 하지만 96년에 있었던 애틀랜타올림픽에 나가려고 했어, 만일 그때……."

나는 가능한 한 눈을 크게 떴다. 눈을 밖으로 최대한 노출시켜 살짝 비친 눈물을 말려버릴 셈이었다. 나는 그녀가 이 사실을 눈치 채지 못했기를 내심 바랐다. 그녀는 다행스럽게도 자신의 입에서 피어오르는 담배연기 꼬리를 바라보고 있었다.

"만일 그랬다면 당신 형은 분명 스타가 됐을 거야."

"장대높이뛰기는 크로아티아에서 그렇게 인기 있는 종목이 아니야. 나중에 알아주는 스타라면 모를까."

형에 대한 이야기를 꺼내면 인생이 시들해진 할머니가 된 느낌이 든다. 내 입으로 형에 대한 이야기를 꺼내지 않으려는 이유도 이 때문이다.

"그때 힘들지 않았어? 형이……."

"음, 형이 전사했다는 것 때문에 그나마 내가 아버지를 쏴 죽였다는 사실을 감당할 수 있는 것 같아."

"무슨 소리야?"

"실수로 집에 불이 났다고 해봐. 그 불이 옆집까지 옮겨 붙으면 그래도 위안거리가 되잖아."

"별 볼일 없는 이웃사람 집하고 당신 친형은 비교가 되지 않잖아."

"나도 알아. 내가 말하려는 건 말이야, 아버지가 죽고 난 다음 형이 죽었다는 사실을 알게 돼서 그나마 충격이 조금 덜했다는 거야. 최악의 순간들이 연속해서 겹치면 충격이 둘로 나뉘는 법이거든."

"그럼 당신 여자친구가 살해당한 것하고 당신이 여기서 교통사고를 당한 것도 그렇게 심각한 건 아니겠네?"

"그렇지. 하지만 날 정말 신부로 생각해서 네가 날 내쫓으려고 했을 때…… 그땐 정말로 심각했지."

그녀가 미소를 지으며 말했다. "하지만 대량학살자라는 걸 알게 된 순간 나도 모르게 당신한테 홀딱 빠져버렸어."

그녀가 큰 소리로 웃었다. "홀딱 빠지다"라는 말이 내 귓전에서 사라지지 않고 맴돌았다. 나는 머릿속에서 이 단어들이 내 새끼라도 되는 양 양손으로 받들고 부드럽게 쓰다듬어주었다.

"넌 병 들었어." 내가 말했다.

"응, 상사병이야." 그녀는 말을 마치고 피우던 담배를, 매트리스 옆 바닥에 세워져 있는, 반쯤 비워진 게토레이 음료수

병에 빠뜨렸다. 그리고 두 손으로 나의 얼굴을 감쌌다. 나는 미소를 지었지만 얼굴은 일그러졌다. 그녀는 검지를 내 입에 대더니 손가락 끝으로 이가 빠져나간 자리를 덮어주었다. 눈에는 눈, 이에는 이가 아니라 손가락이었다. 그녀는 잠시 뒤 나에게 키스를 하기 위해 손가락을 거둬들였다.

그녀는 해변에서 못생긴 난파선원을 발견한 외로운 섬의 소녀처럼 나에게 키스를 퍼부었다. 내 물건이 불끈 솟아올랐다. 연어의 속살처럼 붉은, 유일하게 뻣뻣한 고깃덩어리는 제대로 설 준비가 되어 있지 않은 듯 그녀가 도와주기 전까지 방향을 스스로 가늠하지 못했다.

28. 아이슬란드에서 벌어진 인도의 여름

 사람들은 아이슬란드의 여름은 단 6주 만에 끝난다고 했다. 6월의 마지막 주말부터 8월의 첫 번째 주까지가 아이슬란드의 여름이었다. 이곳 사람들은 '여름은 애인에게 홀딱 빠지는 시간'이라고 했다. 문제는 오로지 뉴욕 닉스(NewYork Knicks, 미국의 프로농구팀—옮긴이)의 경기가 있는 메디슨 스퀘어 가든처럼 얼음으로 뒤덮인 나라 전체가 하루 온종일 해가 떨어지지 않는 것이다. 어두운 그림자도, 으슥한 구석자리도 없다 보니 뭔가를 숨겨둘 기회조차 없었다. 자동차는 물론이고, 키스 한 번 하기도 어려웠다.

 나와 귄힐뒤르는 그녀가 더 이상 외국인 노동자 숙소로 오지 않는 것이 좋겠다고 서로 합의했다. 그리고 결혼식 날짜가 확정되기 전까지 둘의 관계를 그녀의 부모에게 철저히 숨기기로 했다. 세븐일레븐을 지키는 녀석들 때문에 그녀와의 관계가 밝혀질 염려는 없었다. 만약 소문이 퍼져 나간다면 아마 두 녀석 때문일 것이다. 한 놈은 발라토프, 다른 한 놈은 귀트 니에이다. 그러나 나의 천재적인 애인은 이런 불행한 사건에 대한 대비책을 찾아냈다. 그녀는 자기 친구 중 하나가 숙소의 건너편에 있는 인도식 가구점 마합하라타(Mahabharata)에서 일한다는 것을 알아냈다. 나는 자정이 되면 숙소를 몰래 빠져나가 황량한 거리를 잠시 산책하며 갈매기들에게 인사를 건네고, 가구점의 뒷마당으로 살짝 숨어들어갔다. 그곳에서 귄힐뒤르는 마사지 강습을 받거나 타란티노 팬클럽 모임을 마치고 빨간색 파비아(Fabia, 체코제 경승용차의 명칭—옮긴이) 안에서 나를 기다리고 있었다.

그녀는 가구점 출입구 옆에서 지속적으로 점멸하는 잠금장치의 비밀번호를 알고 있었다. 우리는 사무실을 지나 가게 안으로 들어갔다. 한쪽 구석에는 힌두교의 신동 스무 명이 인도에서 조립한 킹사이즈 침대 세 개가 놓여 있었다. 우리는 세 침대를 모두 시험해보았다. 창문에서 보이지 않는, 카마수트라(kamasutra, 고대 인도의 성애에 관한 저술—옮긴이) 칸막이 뒤에 있는 침대가 가장 안전했다. 분위기를 잡기 어려운 밝은 빛 속에서 그나마 어슴푸레한 구석 자리를 찾아낼 수 있었다. 그리고 나는 인도의 수공예품에서 삐걱거리는 소리를 들으며 비로소 죽은 애인에 대한 기억을 떠올릴 수 있었다. 그 침대는 사랑으로 가득한 우리의 온갖 실험과 연습을 버텨냈다. 인도 어린이들은 수공예품이 무엇인지를 제대로 이해하고 있었다.

우리가 마합하라타에서 보낸 밤들은 세계화를 통해 이룩

할 수 있는 가장 긍정적인 성과를 체감할 수 있는 시간이기도 했다. 크로아티아의 사내가 아이슬란드에서 프랑스산 샴페인과 일본의 스시와 태국의 근육을 풀어주는 음악을 즐기며 인도의 여름을 즐겼다. 귄힐뒤르는 이 모든 것을 베풀어주었다. 콘돔은 영국 맨체스터에서, 담배는 프렌들리 목사의 고향인 버지니아 주 리치먼드에서 생산된 것이었다. 하지만 그녀는 가구점 안에서 담배를 피우지 않았다. 우리는 침대에 작은 얼룩이라도 생기지 않도록 조심했다.

귄힐뒤르의 마사지를 받으며 나는 머릿속에 남아 있는 무니타의 흔적을(그녀의 잘린 머리를 포함하여) 서서히 지워나갔다. 대신 귄힐뒤르의 잠동사니가 그 자리를 채워나갔다. 그녀는 인도의 양탄자와 램프에 관심을 두었다. 이것을 계기로 여름 동안 지속된 우리의 섹스는 서서히 다른 방향으로, 좀 더 중대하고 진지하게 변해갔다. 비밀이 있는 척 내숭을 떨면서 그녀와 나의 관계는 왠지 모르지만 좀 더 강렬해졌고 긴장감도 높아졌다. 그녀가 물리치료의 영역에서 거둔 학습 성과는 내 몸속의 피를 손쉽게 흘러넘치는 용암처럼 들끓게 만들었고, 나는 그녀의 난자를 녹이기 위해 사력을 다했다. 나는 지금 이곳 이 자리, 아이슬란드에서 죽어도 좋다는 상상을 했다. '토미 올라프스(Tommy Olafs), 접시닦이(1971~2008)'라는 묘비가 세워진다 해도 여한이 없었다. 데이트가 끝날 때마다 귄힐뒤르가 사무실에서 발견한, 인도의 향수 스프레이를 침대에 뿌려놓으면 봄베이의 홍등가 냄새가 나는 것 같았다.

"이렇게만 해놔도 문제없어." 그녀가 말했다. "여름이 왔는데 침대 사는 사람이 어디 있겠어?"

"어떻게 장담해?"

"갖고 있는 침대를 사용하는 것만 해도 정신없이 바쁠 테니까."

아이슬란드 사람들은 밝은 계절이 오면 다른 사람으로 변했다. 겨울이 오면 텔레비전을 보고, 옷을 잘 차려입고, 매일매일 샤워를 하지만, 여름이 되면 언제 그랬냐는 듯 그런 일들을 그만두었다. 7월이 다 지나갈 때까지 텔레비전은 꾸어다 놓은 보리자루처럼 한쪽 구석에 놓여 있었다. 여름은 너무 짧아서 사람들은 온통 그 일에만 몰두할 수밖에 없었다. 기온이 (1년에 약 세 차례 정도) 섭씨 15도를 넘기는 날이면 모든 은행과 상점이 문을 닫아 고용인들이 모두 밖으로 나가 햇볕을 즐길 수 있도록 배려했다. 이곳에 사는 사람들은 정말 불쌍하다. 7월을 기준으로 6주 동안의 기간이 아이슬란드어 사전에만 여름이라고 적혀 있을 뿐, 그 흔적은 어디에도 없다. 7월의 평균기온은 섭씨 10도였기에 '섭씨 10도의 여름나라'는 결코 우스갯소리가 아니다. 아이슬란드의 여름은 6주 동안 문을 열어놓은 냉장고의 내부와 같았다. 냉장고의 전등은 항상 불이 들어와 있고, 이슬이 맺혀 있는 냉동고는 결코 따뜻하지 않았다. 냉장고는 냉장고일뿐, 그 이상도 그 이하도 아니었다.

8월 초, 어느 토요일 저녁, 가구점에서 침대가 모두 사라져버렸다. 귄힐뒤르는 친구에게 전화를 걸었고, 침대가 가을 상품으로 리모델링하기 위해 인도로 옮겨졌다는 말을 나에게 전해주었다. 침대가 봄베이의 초등학교 공장에서 '스위트 카르마'(Sweet Karma, 달콤한 업보—옮긴이)라는 상표를 달고 언제라도 공항에 도착할 수 있었다. 나는 소르뒤르의 금지령을 무시하고, 차를 몰고 귄힐뒤르와 함께 도시 밖으로 나갔다.

아름다운 저녁이었다. 서쪽 하늘엔 멋들어진 구름들이 불처럼 이글거리는 황금빛 석양을 장식했다. 나는 동쪽으로 차를 몰았고, 감옥에서 막 출소한 것 같은 기분에 젖었다. 발라토프, 올레의 반점, 24번 버스 그리고 인도산 가구가 눈앞에서 사라지고 다른 것들이 나타났다. 지방도로는 지금은 죽고 없지만 한때 유명했던 작가가 살았던 집 옆으로 뻗어나 있었다. 이 나라를 통틀어 수영장을 갖춘 유일한 집이고, 지금은 박물관이 되었다고 했다. 수영장의 물에 독창적인 외관이 선명하게 드러났다. 귄힐뒤르는 나와 함께 이 나라에서 유명한 곳을 둘러보고 싶어했다. 예를 들면 세계 최초라고 하는 야외국회의사당(Open-Air-Parliament—옮긴이)도 그러한 곳이었는데, 하지만 동시에 세계 최후의 야외국회의사당이기도 한 것 같았다.

차를 타고 한참을 달리고 있다가 체코산 자동차에 휘발유가 거의 없다는 것을 깨달았다. 일단 자동차를 세워놓고, 우리는 달나라 같은 주변 풍경을 잠깐 둘러보기로 했다. 억센 이끼가 바닥을 덮고 있는 동굴처럼 생긴 구멍 속에 들어가 앉아보

앉지만, 안타깝게도 주변에는 나무 한 그루도, 인도산 파티션도 찾을 수 없었다. 사랑놀이를 하려고 해도 지나가는 자동차들에게서 몸을 숨길 수도 없었다. 날씨 또한 사랑놀이보다 차라리 아이스하키를 하는 편이 나았다. 귄힐뒤르와 나는 짧은 입맞춤을 주고받고, 차가운 맥주를 한 모금 마시는 것으로 만족했다. 고독한 핑크빛 구름 아래에 깔린 진청색 산을 배경으로 길가에 세워진 우리의 빨간색 작은 자동차는 경탄을 자아낼 만큼 아름다웠다. 머리 위에는 흰색 구름이 있었다. 긴 부리를 지닌 이름 모를 새 한 마리가 날갯짓하다가 멈추기를 반복하면서 일정한 거리를(충분한 유효사거리를) 유지한 채 우리 주위를 돌며 허파가 주둥이 밖으로 튀어나올 정도로 시끄럽게 울어댔다. 아마 둥지가 여기서 가까이 있는 것 같았다. 걷잡을 수 없는 성적 충동을 해소하지 못하고 속절없이 사그라트릴 때면 늘 그럴 수밖에 없듯 대화는 점점 더 진지해졌다.

"당신은 아이슬란드에서 살 수 있을 것 같아?" 그녀가 물었다.

"달리 선택할 게 없잖아."

우리의 침묵을 채워주는 것은 새의 울음소리밖에 없었다.

"단지 그거뿐이야. 당신이 여기에 사는 이유가?"

"아니. 잘 모르겠어……."

그녀는 내 눈을 뚫어지게 바라보았다. 그녀의 게토레이 빛 두 눈은 우리 주변에 널려 있는 바위투성이 풍경 속에서 해맑은 푸른색 야외 온천 물빛을 띠고 있었다. 아이슬란드로

오는 비행기 안에서 봤던 잡지의 그림만큼 아름다웠다. 그녀는 눈을 떼지 않고 계속해서 내 눈을 뚫어지게 바라보았다. 이 여자는 정말 독성이 가득한 쓰레기 안에서 자기 인생을 처박아 탕진해버리겠다는 걸까?

"넌…… 내가 여기 머물기를 바라는 거야? 정말?" 내가 참지 못하고 물었다.

"나도 모르겠어. 그냥 물어본 거야."

그녀는 담배를 한 개비 꺼냈지만, 손이 떨리는 바람에 바닥에 떨어트리고 말았다. 담배를 집어 들어 입에 물고, 불을 붙였다.

"내가 말한 건…… 어쨌든 난 여기 머물러야 한다는 거야. 첫째는……." 내가 말했다.

"첫째는?"

담배연기가 그녀의 말을 휘감고 나왔다. 나는 차가운 공기 속에서 맡는 담배연기가 좋았다.

"그래, 나는……."

"맘에 들긴 해?"

"아이슬란드? 그럼, 물론이지. 이런 나라를 싫어할 사람이 어디 있겠어?" 나는 이렇게 말하면서 손을 들어 주변의 자연풍경을 가리켰다. '낯선 혹성에서의 사랑이야기'라는 연극을 공연한다면 이보다 완벽한 무대는 없을 것이다.

"이곳이 정말 좋아서…… 그래서 살고 싶다는 말이야?"

"영원히 사는 걸 말하는 거야?"

그녀가 고개를 끄덕였다. 뉴욕 맨해튼의 스프링 거리에 있는 내 아파트가 떠올랐다. 대형 평면 텔레비전 화면에 펼쳐지는 하이두크 스플리트 팀의 축구경기, 집 밖 길모퉁이에 있는 그릴레스토랑 그리고 화장실 뒤편의 타일바닥 밑에 숨겨놓은 멋진 검은색 헤클러앤코흐(Heckler & Koch, 세계적인 총기 제조회사—옮긴이) 권총이 머릿속을 스쳐지나갔다. 나는 오른손을 들어 왼손을 붙잡아 비틀면서 웅얼거리듯이 말했다.

"모르겠어. 그 문젠 아직 생각해보지 않았어."

그녀는 자리에서 벌떡 일어나 반쯤 들어 있는 맥주병을 이끼바닥 위에 놓더니 자동차 쪽으로 달려갔다.

"헤이!" 큰 소리로 그녀를 불렀다.

나는 양손에 맥주병을 들고 귄힐뒤르가 도로에 들어서기 전에 따라잡았다. 주변에 있던 부리가 긴 새가 하늘로 푸다닥 날아올라 길 건너편의 작은 웅덩이를 향했다.

"헤이, 대체 왜 그래?"

나를 향해 몸을 돌린 그녀의 두 눈이 젖어 있었다. 우리는 도로변 자동차 옆에 섰다.

"아직 한 번도 생각해보지 않았다고?" 그녀가 물었다.

"그게 아냐. 그러니까, 나한테 닥친 상황을 생각해봐. 앞날을 아무리 설계해봐도 내 인생에서 남아 있는 건 없어."

"그래? 그럼 내 **상황**은 생각해봤어?" 그녀는 앙칼진 목소리로 묻더니 내 손에 든 맥주병을 빼앗아 떨리는 입술로 벌컥벌컥 빨아들였다.

무슨 말을 해야 좋을지 알 수 없었다. 이 여자가 눈물을 보일 수도 있다는 건 꿈에서도 생각해보지 않았다. 긴 부리 새가 어느새 다가와 우리를 향해 울었다.

"정말 미안해, 권힐뒤르."

"당신한텐 그게 도대체 뭘 의미하는 거야?"

"우리가 함께한 그거? 그건…… 내가 여태껏 경험한 여름 가운데 가장 뜨거운 여름이었어."

추위에 어깨가 달달 떨렸다.

"정말이야?"

"그럼. 최고의 여름이야, 지금까지 내가……."

"뭐가 문젠지 알긴 아는 거야? 당신은 스스로에 대해 아직도 자신 없는 거잖아!"

"권, 잠깐만, 넌 정말 멋진 여자야. 근데 나는……."

"당신은 멋진 남자야."

내가? 정말?

"정말 역겨울 정도로 멋진 남자야, 알았어? 자, 그럼 이제 나한테 솔직하게 말하고 싶지……."

그녀는 더 이상 말을 잇지 못했고, 담배만 빨았다. 그리고 담배를 내던지고 자동차의 운전석 쪽으로 갔다.

"네가 원하는 건 그러니까……." 나는 무슨 말이든 하려고 했다.

"그래!" 그녀는 앙칼지게 말을 쏘아붙이더니 자동차 문을 열고 자리에 앉아 문을 닫았다.

나는 차 밖에 홀로 남겨진 채 자동차와 아이슬란드 사이에 서 있었다. 내 옆에는 반쯤 비워진 맥주병 두 개가 있을 뿐이었다. 그녀는 우리의 관계를 심각하게 생각한 것 같다.

그런데 나는?

금방 출고된 것처럼 보이는 지프차 한 대가 동쪽에서 나타났다. 가까이 다가오더니 속도를 늦춰 내 곁을 지나쳤다. 차 안에는 탈리아 인들처럼 보이는 남녀 한 쌍이 있었다. 햇볕에 그을린 갈색 피부에 머리가 희끗희끗한 50대의 연인들로 군청색 방풍재킷에 노란색 폴로 티셔츠를 입고 있었다. 복에 겨운 인간들 같으니. 여자는 너무나도 화사한 미소를 짓고 있었는데, 마치 세계 최초의 야외국회의사당에서 이번 주말에 개최된 실버세대를 위한 그룹섹스 페스티벌에 참여하러 가는 길이 아닐까 싶은 생각이 들 정도였다. 여자는 조수석에 앉아 한 팔로 남자의 목을 감싸 안고 있었다. 내가 눈이 멀지 않았다면 그 남자는 은퇴한 프로 킬러가 확실했다.

29. 카우나스에서 온 친구들

 돌아오는 차 안에서 우리는 아무 말도 하지 않았다. 라디오도 켜지 않았다. 나는 창밖으로 시선을 고정했다. 그리고 80일 전 자그레브 공항에 도착해서 수하물 컨베이어벨트 위를 계속해서 빙빙 돌고 있을 내 가방들을 생각했다. 자정을 넘긴 태양은 지평선 아래에 머물러 있었고, 체펠린비행선 선단과 같은 구름들이 얼음이 덮인 산 위를 서서히 움직이며 빨갛게 이글거리고 있었다. 눈앞에서 레이캬비크가 자신의 도로와 도시구역들을 활짝 펼친 채 엎드려 있었다. 절망에 빠진 여인이 자신을 사랑해달라고 애원하는 것처럼 보였다. 왠지 모르지만 한밤의 로스앤젤레스가 떠올랐다. 엄청나게 큰 평퍼짐한 그 도시에는 불빛이 가득했다. 도시 한가운데 언덕 위에 서 있는 교회의 첨탑만이 지평선을 뚫고, 마치 남근 대용품처럼 불끈 솟아서 묵묵하게 핑크빛 하늘을 지키고 있었다.
 권힐뒤르는 쥐 죽은 듯이 조용한, 가구점들이 즐비한 구역에 있는 노예숙소를 향해 차를 몰았다. 차는 인적이 끊어진 로터리에 멈추었다. 숙소는 멀지 않았다. 나는 그녀에게 전화하겠다고 말을 건넸다. 그녀는 짧게 대답을 하고 입술을 더욱더 꽉 다물었다. 그 표정은 영락없이 그녀의 어머니, 시그리타의 얼굴이었다.

나의 호텔에 발을 들여놓은 시간은 어림잡아 새벽 3시였다. 세븐일레븐들은 모두 계단에 어지럽게 벗어놓은 무거운 작업화처럼 쓰러져 깊은 잠에 빠져 있었다. 복도 끝에서 나지막하게 텔레비전 소리가 들렸다. 발라토프가 부엌 식탁에 앉아 있었다. 한때는 분명 하얀색이었을 팬티와 검은 양말 이외에 몸에 걸친 것이 아무것도 없었다. 몸뚱이는 고릴라처럼 털로 뒤덮여서 양말이 어디에서 끝나고, 털이 난 다리는 어디에서 시작되는지 분간이 되지 않았다. 몸에 털을 제대로 면도해내려면 화물트럭에 실을 만한 "면도용 크림"이 필요할 것 같았다. 텔레비전에는 멍청해 보이는 배우 한 놈이 나와서 교황이 파이프렌치를 들고 있는 것처럼 권총을 잡고 프로킬러를 흉내 내고 있었다.

"빌어먹을 하얀 밤. 난 검은색이 좋아." 털이 난 양어깨 사이에서 발라토프가 중얼거렸다.

나는 발라토프가 상대해주지 못할 만큼 역겹기만 한 놈이라고 여겨왔는데, 그를 알고 나서 처음으로 꼭 그런 놈만은 아니구나 싶은 생각이 들었다. 냉장고에서 맥주를 한 병 꺼내 들고 그의 곁에 앉았다. 나는 친구가 필요했다.

"아이슬란드 여자들은 어때? 여기 여자들은 별로야?" 내가 물었다.

"할망구 클럽, 아이슬란드 여자 없어."

나의 새로운 친구는 약간 우둔했다.

우리는 한동안 아무 말 없이 텔레비전을 멍하니 바라보았다. 혹시나 했더니 역시나! 시시껄렁한 영화들 가운데 하나였다. 지구라는 행성에서 지금까지 만든 영화 가운데 둘 중 하나는 나를 주인공으로 삼거나 나 같은 사람을 잡겠다고 처음부터 끝까지 설쳐대는 이야기였다. 나 같은 사람은 영화의 마지막 자막이 무덤에서 유령이 나오듯 불쑥 튀어나오기 직전에 결국 잡히고 만다는 것이 결론이었다. 마피아킬러는 우리 시대에 가장 인기 있는 영웅이다. 그런데도 왜 나는 내 역할을 하는 영화배우처럼 초호화판 수영장이 딸린 헐리웃 고급저택의 야자나무 밑에서 떵떵거리고 살 수 없는 걸까? 부엌에서는 몇몇 하녀들이 모여 스페인어로 말다툼을 하고, 커다란 젖꼭지를 지닌 C컵 브래지어 아가씨들이 내 방문을 지키고 있다가 섹스를 구걸해야 하는데! 나는 왜 이런 걸 누리지 못하고 있을까? 제기랄! 이렇게 귀한 몸이, 얼음바다 속에 살며 변덕이 죽 끓는 것 같은 여자친구나 상대하고, 추잡한 이름으로 정체를 숨긴 채 먹고 살기 위해 접시를 닦고, 지쳐서 터벅터벅 걸어 허름한 숙소에 돌아오면 폴란드 놈들 몰래 맥주를 한 병씩 도둑질해서 마시고, 킹콩의 조카 같은 새끼하고 철학적인 대화를 나눠야 하다니!

"난 말이야, 저 딴 마피아영화를 보면 두유를 커피처럼 마시는 뭣 모르는 계집애들이 대본을 썼다는 느낌이 들어. 평생 권총 한 번 잡아보지 못한, 솜털도 나지 않은 샌님이나 저런 걸 쓰지 않겠냐고."

"뭐라고?"

"아, 아무것도 아니야."

나는 다시 고개를 돌려 영화를 보았고, 발라토프는 한바탕 욕지거리를 늘어놓았다. 우리가 속해 있던 세상은 욕설의 진정한 고향이었다. 그중에서도 크로아티아 남자들의 쌍욕은 기네스북에 올라도 이상할 것이 전혀 없다. 하마터면 나는 "너 금방 고슴도치 새끼하고 씹하고 왔냐? 왜 이렇게 입이 더러워!"라거나 "썩어문드러진 네 어미 시체 있잖아, 거기 왼쪽 젖꼭지가 있던 자리에다 씹을 하고 왔는데, 좀 조용히 해라!"라고 쏘아붙여 줄 뻔했다.

"네 거, 아이슬란드 여자 좋더라." 그가 말했다.

"내 아이슬란드 여자라고?"

"나 가게에서 봤어, 너." 그는 느끼한 미소를 지으며 털이 잔뜩 난 엄지손가락을 들어보였다. "좋아, 좋아."

"뭐라고?"

"나 가게에서 섹스하는 거 봤어. 목사 딸, 맞지?"

이제야 알았다. 이 자식은 내 뒤를 캐고 있었다. 이놈이 FBI의 끄나풀인 건 분명했다.

"왜 넌 그놈들한테 날 넘기지 않는 거야? 왜 네놈들은 날 잡아 족치지 않고 끝까지 놔두는 거야?"

"무슨 말이야?"

짧은 심문을 통해 나는 그가 비밀첩보요원이 아니라는 결론에 도달했다. 이놈은 '오리지널' 얼간이다. 그런데 지금 여기에서 이놈은 대체 무슨 일을 하는 걸까? 이 자식은 해가 떠 있는 밤, 그리고 산스크리트어나 다름없는 자막을 그토록 증오하면서 왜 이 빌어먹을 나라에 계속 머물고 있을까?

"나 건축현장에서 일해. 나 돈 못 받았어. 나 돈 기다려."

이놈은 멍청하게 구는 일이라면 누구도 따라갈 수 없을 만큼 천부적인 소질을 지니고 있었다. 정말 비밀리에 일을 하고 있는 것인지도 모른다. 신분위장을 너무 완벽하게 하다 보니 아직까지도 아무런 정보를 입수하지 못했을 수도 있다.

다음 날, 나는 매주 일요일 아침부터 거행되는 폴란드 놈들의 시끌벅적한 기도소리 때문에 잠에서 깨어났다. 서방세계의 노예제도를 성토하기 위해 예배용 포도주를 곁들인 시끄러운 설교가 진행됐다. 그러나 폴란드 녀석들의 술판은 리투아니아 놈들이 벌이는 소동에 파묻혀버리고 말았다. 어느 리투아니아 놈이 방문을 부셔버릴 듯 열어젖히고 뛰쳐나오는 소리가 들리는가 싶더니 한 시간 가까이 복도 끝에서 서로 치고 패고 싸우는 소리가 들렸다. 리투아니아 놈들은 하나같이 검은머리에 윤기가 흐르고, 창백한 얼굴에 반점이 가득해서 이놈이 이놈인지 저놈이 저놈인지 구별되지 않았다.

발라토프가 내 방 앞에 나타나서 어느 남자가 죽어 있다고 말해주었다. 지난주에 떠밀리듯 숙소에 들어온, 몸집이 작은 남자였다. 그놈은 1킬로그램의 코카인을 삼키고 이 나라에 들어왔는데, 위장이 막혀 5일 동안 방 안에 누워 있다가 변을 당했다고 한다. 아무리 애를 써봤지만 코카인을 배설해내지 못했다.

"나 그 남자 봤어. 배가 풍선이었어." 발라토프가 도와주려고 했지만, 리투아니아 놈들은 도움의 손길을 달갑게 받아들이지 않았다.

그 사이 폴란드 녀석들도 이 소식을 듣고 부엌에서 몰려나와 술 취한 까마귀들처럼 떠들어댔다. 그들은 곧바로 자신들의 두목격인 귀트 니에에게 전화를 하려고 했지만, 하얀 모자 경찰에게 연락하자는 의견도 적지 않았다. 하지만 리투아니아 놈들은 그럴 생각이 전혀 없었다. 폴란드 놈들과 리투아니아 놈들이 영어로 왁자지껄 말싸움하는 진풍경이 벌어졌다.

"노, 폴리스 불러야 해!"

"노, 노, 절대 안 돼, 폴리스 노!"

그런 와중에 어느 리투아니아 놈이 권총을 꺼내들었다. 언쟁은 순식간에 정리되었다. 하노버 경찰들의 것과 비슷해 보이는 독일제 소형 권총이었다. 폴란드 놈들은 권총을 보자마자 모두 얼이 빠져 멍청하게 입을 다물고, 마시고 있던 보드카 병에 다시 코를 박았다. 발라토프는 산전수전을 다 겪은 사내라도 되는 듯 현명하게도 권총을 든 녀석을 진정시켰다.

권총을 보자 오랫동안 보지 못했던 옛 친구를 만난 것처럼 심장에서 피가 끓어올랐다. 나는 권총을 든 녀석에게서 잠시도 눈을 뗄 수가 없었다. 권총을 갖고 싶다는 욕망이 꿈틀대자 가슴에서 통증이 느껴졌다. 나는 스스로를 다스리며 방으로 되돌아갔다.

기나긴 일요일이었다. 성경을 들고 침대에 누워 나사로(실패를 만회하고 있는 사람—옮긴이)의 부활을 읽었지만 마음속에서는 〈환상특급〉(The Twilight Zone, 1959~64년에 미국에서 방영된 텔레비전 연속극, SF호러물—옮긴이)의 주제 멜로디가 흘러나왔다. 나는 귄힐뒤르에게 세 번이나 전화를 걸었지만, 그녀는 받지 않았다. 이곳을 몰래 빠져나가 다시 소르뒤르의 지하실에 몸을 숨기는 게 나을지 생각해보기도 했지만, 이곳에 머물러 있는 것이 좋을 것이라는 결론을 내렸다. 하얀 모자의 경찰들을 두려워하는 것보다는 차라리 리투아니아 놈들한테 존경을 받는 편이 나았다. 나는 토미의 재킷에서 아이슬란드 여권을 꺼내 만일을 대비하기 위해 바지 주머니 안에 집어넣었다.

죽은 남자와 고향이 같은 놈들이 복도를 뛰어다니거나 계단을 분주하게 오르내리며 모국어로 시끄럽게 전화를 했다. 리투아니아 말은 아이슬란드 말보다도 훨씬 더 이상하게 들렸다. 나는 화장실에 갔다가 창백한 얼굴의 사내놈들이 죽은 남자의 방 안으로 하나씩 들어가는 것을 바라보았다. 보드카를 마시던 놈들은 아이슬란드 축구 경기에 빠져 있었다. 멀리서 보면 여자들이 공을 차는 느낌이 들 정도로 경기는 시시했다. 아이슬란드의 축구경기도 어느 나라에서나 마찬가지로 정상적인 규칙이 통하는 경기였지만, 선수들은 시합 직전 진정제 주사를 몇 방씩 맞고 나온 것인지, 슬로우비디오를 보는 것처럼 맥없이 움직였다. 이렇게 시시한 게임에 활력을 불어넣으려면 한 놈당 적어도 1킬로그램 이상의 코카인을 콧속으로 불어넣어줘야 할 것 같았다.

0대0. 시시한 게임을 보고 나자 모두들 피자를 먹고 싶어 했다. 토미는 전화로 살라미 피자 다섯 판과 콜라 6리터를 주문해달라는 달갑지 않은 부탁을 받게 되었다. 아이슬란드어로 "안녕하세요(Gouda Dahin)"를 무난하게 발음하면서 나는 부엌에서 복도로 재빨리 빠져나와 목소리를 죽이고 영어로 주문을 했다. 40분 후에 피자배달원이 왔다. 배달원은 세르비아 놈이었고, 폴란드 녀석들에게 "좋은 저녁입니다(dobro veče)"라는 인사를 빙 돌아가면서 던졌다. 그놈은 나를 보고 내 영혼에 문신처럼 새겨진 빨갛고 하얀 격자무늬 크로아티아 문장을 보기라도 한 것처럼 비웃는 미소를 지었다.

피자 파티는 껄끄럽기만 했던 모든 노동자들의 관계를 풀어주었다. 내가 노예호텔에 들어온 이래 아름다운 풍경이 펼쳐졌다. 무뚝뚝한 발라토프까지도 웃음을 짓고 하얗다고 할 수 없는 치아를 드러냈다. 즐거운 식사시간이 한참 진행되는 동안 얼굴이 창백한 한 녀석이 다가오더니 불가리아 놈과 이야기를 나누고 싶다고 했다. 우리는 아무 말 없이 불가리아 놈이 털이 수북하게 난 손등으로 입을 닦고, 자리에서 일어나 리투아니아 놈을 따라 복도로 나가는 모습을 지켜보았다. 몇 분 후 발라토프가 돌아오더니 노련한 외과의사가 수술보조 간호사에게 "메스"라고 말하는 것처럼 한 손을 들어 올렸다.

나는 그에게 스위스 칼을 빌려주었다. 잠시 후 돌아온 그의 몸에서는 향긋한 피자 냄새는 온 데 간 데 없이 구역질 나는 악취가 진동했다. 그렇게 역한 냄새는 처음이었다. 크로아티아 군대에 있을 때가 떠올랐다. 야보르 소위가 안경을 잃어버렸는데, 나더러 3주 전 세르비아 놈들을 집단 매장한 구덩이를 파내서 쓸 만한 안경을 하나 찾아오라고 명령을 내린 적이 있다. 그때 코를 찔렀던 악취와 비슷했다.

정말 터무니없는 소리 같지만, 검은색이라면 사족을 못 쓰는 불가리아 놈이 말하길 자기가 소피아의 어느 대학에서 "의사 공부"를 했다고 했다. 불가리아에서 "의사 공부"를 하면 시체 수술 자격증 말고 더 이상 기대할 것이 없는 모양이다. 손에 칼을 들고 복도를 따라 걷는 그의 모습은 의사라기보다 오히려 살인자를 연상케 했다. 그는 자신의 직업에 통달해 있는 것처럼 보였다. 매우 정교한 방식으로 시체를 해부했고, 보물찾기는 대성공을 거두었다. 발라토프 박사가 하얀색 금가루가 가득 든 콘돔을 하나도 남김없이 꺼내 건네주자 리투아니아 놈들은 언제 친구의 죽음을 슬퍼하며 눈물을 흘렸냐는 듯 빛나는 눈알을 굴리며 빠짐없이 거두었고, 박사에게 수고비로 100그램을 건넸다. 박사는 하얀색을 그다지 선호하지 않았기 때문에 그 자리에서 일부를 떼어 나에게 팔겠다고 제안했지만, 나는 단호하게 거절했다.

소르뒤르는 항상 나를 시험에 들게 했는데, 왠지 발라토프의 제안은 나를 위해 준비한 치료법의 마지막 관문처럼 느껴졌다. 그럴 작정이 아니었다면 그가 나를 이런 곳에 처박아두고 스트립쇼와 집 안에서 도살까지 벌이면서 마련한 코카인으로 유혹할 이유가 없었다. 치료과정이 없었다면 아마 나는 계속해서 그의 집 지하실 속에 갇혀 있었을 것이다.

피자를 다 먹은 뒤에도 폴란드 놈들은 계속해서 술을 마셨다. 보드카 몇 잔으로 위 속의 피자를 밀어내며 놈들은 카르파티아 산악지대에서 부르는 몇몇 장송곡을 느린 가락으로 불렀다. 나는 숨을 깊게 들이마시고 칼을 돌려받기 위해 리투아니아 놈들에게 갔다. 악취가 진동했지만 나는 정신을 가다듬고, 죽은 남자의 방문을 노크했다. 문은 곧바로 열렸다. 활짝 열린 것이 아니었지만, 안에다 대고 "칼"이라는 단어를 말하기에 충분했다. 방 안에는 제법 흥미로운 것들이 잔뜩 들어 있었다. 두 리투아니아 놈들이 방 밖으로 나와 칼을 돌려주며 몇 마디 경고의 말을 덧붙였다. 그놈들은 나도 잘 알고 있는 조직의 카우나스(Kaunas, 리투아니아 제2의 도시—옮긴이) 지역을 담당하고 있는데, 내가 여기서 봤던 불미스러운 일들에 대해 입도 뻥끗하지 않기를 바란다고 당부했다. 나는 그들의 얼굴에 있는 반점의 숫자를 세어보았고(유럽 국가의 수도만큼 많았다), 나는 너희 가운데에 누가 킬러이고, 지금까지 얼마나 많은 과업을 수행했으며, 나를 어떤 방식으로 죽이게 될 것인지 등을 묻고 싶은 충동을 가까스로 참았다. 그 대신 나는 관광차 이집트에 온 프랑스여자가 자신을 강간하러 호텔 방에 침입한 알카에다 대원을 맞닥트린 것처럼 벌벌 떠는 척했다.

자정이 될 때까지도 눈에 보이지 않는 안개처럼 악취가 복도에 가득했다. 모래가 깔린 바닥 위를 무거운 가방을 끌고 가는 것 같은 소음과 함께 거친 숨소리가 방문 밖에서 들렸고, 잠시 뒤 소음은 계단을 따라 내려갔다. 나는 창문을 통해 밖을 내다보았다. 발트 해에서 온 친구들이 녹이 쓴 흰색 승합차에 가방을 낑낑거리며 싣더니 서둘러 차를 몰았다.

그것은 나에게 행동을 개시하라는 신호였다.

우리 숙소의 가정의가 화장실에 가고, 세븐일레븐들이 침대 속에 들어갔다. 나는 때를 놓치지 않고 침대를 괴고 있던 나무몽둥이를 하나 꺼내들었다. 복도를 따라 걷고 있는 동안 내 심장은 테크노 리듬에 맞춰 뛰었다. 나는 죽은 남자의 방문 옆에 나무몽둥이를 똑바로 세워 두고, 벽을 타고 기어 올라가 벽 너머에 있는 방 안으로 내려섰다. 빨강, 초록, 노랑으로 된 농구팀의 깃발에 발이 걸린 것을 제외하면 모든 것이 순조롭게 진행됐다. 방 안에는 비닐봉지와 마분지 상자로 포장된 수수께끼 같은 물건들이 가득했다. 한쪽 구석에는 평면 티브이 다섯 대가 포장도 뜯지 않은 채 쌓여 있었다. 찾고 있는 물건이 있을 만한 곳만 골라 뒤지기 시작했다. 얼마 지나지 않아 '보너스'라는 슈퍼마켓 상호가 찍힌 노란색 비닐봉지 안에서 독일제 소형 군용권총을 찾아냈다. '발터 P99'라는 모델이었다. 90년대에 생산되었고, 구경은 9밀리미터였다. 이 정도면 아쉬운 대로 쓸 만했다. 이 권총을 손에 든 순간 드디어 나 자신으로 되돌아왔다. 나는 다시 톡시가 되었다. 총알이 장전되어 있었다. 탄창에는 총알 열두 발이 들어 있으니 여섯 개가 포장된 식스 팩 두 박스용이었다.

권총을 손에 넣었다는 기쁨에 들뜬 나머지 나는 잠시 제정신이 아니었나 보다. 그렇지 않고서야 주차장에 경찰차가 세워져 있다는 걸 어떻게 모를 수 있었을까? 하얀 모자들은 벌써 집 안에 들어와 있었다. 그들이 복도를 따라 걸어 들어오는 소리가 들렸다. 나를 향해서.

30. 나는 '조금' 아이슬란드 사람

 나는 죽은 남자의 방과 옆방 사이의 벽 위에 올라가 쭈그리고 앉아 뒷머리와 맞닿아 있는 천장 대들보를 붙잡고 몸의 균형을 의지하고 있었다. 나는 고양이였다. 내가 살고 있는 층의 전체적인 조감도가 발밑에 펼쳐졌다. 여섯 개의 방이 한쪽에 있고, 그 건너편에 또 다시 여섯 개의 방이 있다. 그 사이로 좁은 복도가 나 있고, 복도의 끝은 부엌이다.

 경찰들이 복도를 따라 걸어 들어오는 소리가 들렸다. 그들은 자기들끼리 아이슬란드어로 이야기하더니 잔뜩 술에 취한 어느 폴란드 놈과 영어로 말을 나누었다. 그놈은 방금 잠에서 깨어난 것처럼 보였다.

 "당신은 폴란드 사람입니까?"

 "네. 다…… 당신은 폴리스?"

 내가 쪼그리고 앉아 있는 칸막이벽과 내 방 사이에는 두 개의 방이 더 있었다. 죽은 남자의 옆방은 비어 있었다. 그 방에서는 또 무슨 일이 있었는지 의문이 들었다. 그들이 비어 있는 방의 문을 열어보려고 할 때 내 심장의 박동은 트래쉬 메탈(Trash Metal—옮긴이)에서 스피드 메탈(Speed Metal—옮긴이)로 변해 있었다. 경찰이 문고리를 잡고 흔들자 폴란드 놈은 "안 돼, 안 돼"라는 말을 낮은 목소리로 중얼거렸다. 잠시 뒤 경찰은 죽은 남자의 방문 앞에 섰다. 나는 내 침대를 괴었던 나무몽둥이가 나를 밀고하지 않기만을 바랐다.

나는 그들이 문고리를 망치로 두들겨 부수고, 지렛대를 이용해 문을 열려고 시도할 때까지 잠자코 기다렸다가 시끄러운 소리를 틈 타 고양이처럼 벽을 타고 옆방의 창문틀까지 내려갔다. 창밖에는 흰색 경찰차가 서 있었지만, 안에는 아무도 없는 것 같았다. 짭새들이 목수놀이를 계속하고 있는 동안 나는 그다음 벽을 타고 기어 올라가 건너편에 있는 방 가운데 하나를 조심스럽게 살펴보았다. 어느 폴란드 놈이 쓰는 방이었는데, 침대는 비어 있었고, 방문까지 열려 있는 것으로 봐서 그놈은 모든 비밀을 숨김없이 털어놓는 것 같았다. 아마 포르노에 빠져 사는 놈의 거처이거나 사담 후세인의 마지막 은신처 같은 방이었다.

나는 일단 심장의 우퍼 소리를 낮추고 창문틀을 이용하여 폴란드 녀석의 빈 방으로 내려왔다. 그리고 열린 방문을 주시하면서 고양이처럼 소리를 내지 않고 방을 가로질렀다. 그리고 다시 한 번 벽을 타고 넘어 내 방으로 내려갔다. 심장을 울리던 스피드 메탈은 이제 파워 발라드로 변해 있었다. '두 팔을 크게 벌리고'(With Arms wide open—옮긴이)라는 노래가 엉접결에 입에서 흘러나올 것만 같았다. 크리드(Creed—옮긴이)가 불렀던 노래 중 내가 가장 좋아하는 것이다.

그다음 15분 동안 나는 권총을 어디에 숨겨야 좋을지 골똘하게 생각했다. 나에게는 권총이 있다! 하지만 하얀 모자들이 방문을 노크할 때까지도 숨길 장소를 찾지 못했다. 짭새 둘이 복도에 서 있었다. 조약돌 코가 박힌, 둥글넓적한 눈사람 얼굴이 제복을 입고 있었다. 바로 그 짭새들이었다. 운명적인 유로비전 송 콘테스트가 열리던 밤에 폴란드에서 온 칠장이 타데우시와 잡담을 나누었던 놈들이 분명했다. 그 뒤에 서 있던 경찰 중 어느 한 놈이 나서서 내가 내국인이라고 말해주었다.

"당신, 아이슬란드 사람이었어요?" 경찰이 아이슬란드어로 물었다.

"스마베이스.(Smávegis)" 나는 황급히 고개를 끄덕이고 미소를 지었다.

이 말은 "조금은"이라는 뜻이었다. 귄힐뒤르가 나에게 가르쳐준 마법의 단어였고, 그 진가가 입증되는 순간이었다. 말을 마치고 나는 아이슬란드의 산처럼 푸른 여권을 꺼내주었다. 그들이 위조여권 제작에 동원된 손재주에 감탄하는 동안 내 심장은 아이슬란드 국가에 나오는 베이스 드럼처럼 평온해졌다. 그들은 내 이름을 큰 소리로 읽고 난 다음 영락없이 슬라브인인 내 얼굴을 진지한 눈빛으로 바라보았다.

"토마스 레이뷔르 올라프손?" 그들이 말했다.

"네. 그냥 토미라고도 합니다!" 나는 멍청한 미소를 지으며 말을 한 다음 오른손이 섣불리 오른쪽 호주머니에 가까이 가지 않도록 주의를 기울였다.

"일하는 곳이 어디요?" 그들은 차가운 아이슬란드어로 물었다. 나는 영어로 말을 바꿔(아버지는 미국 이민자라는 말과 함께 쓸데없는 너스레를 떤 다음) 삼베르라고 하는 기독교 자선단체가 운영하는 무료급식소에서 일한다고 대답했다. 그들의 얼굴이 눈에 띄게 밝아졌다.

"그럼 사미를 알아요?"

착한 사마리아 사람의 이름 하나가 냉랭한 분위기를 푄 바람처럼 녹여주었다. 나는 짭새들과 한동안 춤추듯이 흔들리는 안경을 쓴 그 남자에 대해 이야기를 나누었다. 경찰 두 놈은 업무를 통해 그를 잘 알고 있었다. 사미를 체포해야만 했는데, 정말 마음이 내켜서 한 것은 아니라고 했다. 잡담이 끝나자마자 그들은 다시 업무에 착수했다. 카우나스에서 온 죽은 친구와 내가 어떤 사이냐고 물었고, 나는 그저 몇 번 마주친 적이 있긴 하다고 대답했다.

"혹시 오늘 뭔가 부적절한 걸 발견하지 않으셨나요?"

"뭔가 의심스러운 걸 말하는 거겠죠?" 내가 그들의 말을 수정해주었다. 아무래도 내 영어실력이 그들보다는 나았다. 상황을 지배할 수 있게 되자 마음이 놓였다.

"맞아요." 그들이 대답했다.

심각하게 생각해볼 필요도 없이 나는 그들에게 친절한 친구가 되어야겠다는 결심을 했고, 리투아니아 놈들의 협박은 잊기로 했다. 권총을 손에 넣었기 때문인지 아니면 하얀 모자들이 감사의 표시로 내 인생에서 가장 멋진 여름을 선사해줄지도 모른다는 희망을 은연중에 품은 것인지 모르겠다.

"네. 그놈들이 죽은 남자를 질질 끌고나가는 걸 봤어요. 20분도 채 안 됐는데, 창문에서 내 눈으로 똑똑히 봤어요." 말을 마치고 그들을 내 방의 창가로 안내했다. "그놈들이 죽은 남자를 커다란 가방에 집어넣고, 더러운 흰색 승합차에 싣더니 어디론가 사라졌어요."

"차량 번호 기억해요?"

"네. SV 741."

농담이 아니었다. 나는 정말로 차량 번호를 외우고 있었다. 경찰들은 카리브 해의 유람선 여행에 초대하고 싶다는 눈빛으로 나를 바라보았다. 내년 여름에 유람선 1등석을 타고 단 세 명이 떠나는 여행이 될 것이다. 그들은 정신을 가다듬고 다시 질문을 던졌다.

"그 차는 어디에 있었죠?"

"그러니까…… 바로 저 아래. 출입구 앞."

우리는 창가에 서 있었다. 짧새 한 놈이 바깥을 내다보기 위해 나와 같은 방향으로 고개를 내밀었다. 그러다가 엉덩이로 내 호주머니에 들어 있는 딱딱하고 작은 물건을 실수로 건드렸다. 그놈은 반사적으로 나를 향해 몸을 돌리고 매우 정중한 목소리로 "아프사케(Afsake)"라고 말했다.

이 말은 아이슬란드어로 '미안합니다. 당신의 총기를 건들 생각은 없었습니다'라는 뜻이었다.

그다음 날, 일을 마치고 돌아오는데 흰색 경찰 지프차 세 대가 우리의 호텔 앞에 서 있었다. 접근 근지를 표시해놓은 폴리스라인이 차가운 여름바람에 떨리며 후드득거렸고, 하얀 모자들이 출입구를 지키고 있었다. 내 행운을 다시 한 번 시험에 들게 할 필요는 없었다. 나는 멀찌감치 떨어져서 숙소 건물을 지나쳐 가기로 결심하고, 우연히 그곳을 지나는 행인처럼 인적이 끊긴 아이슬란드의 인도를 따라 걸었다.

한 시간 뒤 나는 귄힐뒤르의 집에 도착하여 초인종을 눌렀다. 그녀가 문을 열었고, 잠시 후 우리는 엉망진창으로 어지럽혀진 부엌에 서서 사랑에 빠진 미친 연인들처럼 키스를 나누었다. 나는 자제력을 잃고 그녀를 세게 껴안았다. 그녀가 내 호주머니에 무엇인가 딱딱한 물건이 있다는 걸 알아차렸다.

"이게 뭐야?"

"독일제 쇳덩어리."

31. 이런, 개 같은 경우

소르뒤르와 톡시가 연맹을 결성했다.

내 짐을 가져오기 위해서 위대한 이 남자와 나는 하드워크 호텔로 갔다. 그는 경찰과 대화를 나누는 과정에서 텔레비전 선교사로서 자신의 지위와 설득력을 총동원했다. 토미 올라프스는 자신의 측근이자 감수성이 풍부한 사람으로 자신의 조상들이 살던 나라를 알고 싶다는 이유 하나로 이곳까지 왔는데, 이렇게 무자비한 범죄자들과 한 지붕 밑에서 살게 내버려두는 것은 자신의 마음이 도저히 용납하지 않는다고 말했다. 나는 폴란드 친구들과 작별인사를 했고, 발라토프를 보자마자 나도 모르는 사이에 그를 꼭 껴안고 뺨을 부비기도 했다. 그 바람에 나 스스로에 대해 속으로 적잖게 놀라기도 했다.

나는 그날 밤을 소르뒤르와 한나의 지하실에 설치된 성경 벙커에서 보냈다. 그리고 그다음 날 아침이 되자 소르뒤르는 올레와 잠시 이야기를 나누었다. 올레는 그날 저녁 자신의 거처에서 나와 소르뒤르를 맞이했다. 그의 집은 오래된 콘크리트 건물의 3층에 있었는데, 귄힐뒤르의 집에서도 멀지 않았다. 하르파는 자신의 작업실에서 늦게까지 할 일이 있었다. 올레와 나는 우리의 소르뒤르를 위해 내가 올레의 집에서 방을 하나 임대해서 앞으로도 실제로 살고 있는 것처럼 연극을 꾸미기로 했다. 하느님을 신봉하는 남자와 고깃덩어리를 믿는 남자는 사미를 통해 이미 서로를 잘 알고 있는 터라 복음을 전파하는 데 폭력을 부끄러워할 필요가 없었다. 우리는 폭력이 폄하되어서는 안 된다는 점에 대해 의견을 나누었다. 나는 멋진 가스오븐 위에 걸려 있는 올레의 조리용 칼 컬렉션을 감상하며 속으로 경탄했다. 소르뒤르는 올레의 피 묻은 행적을 잘 알고 있었지만, 그럼에도 그가 임대인으로서 올레에게 보내는 신뢰는 흔들리지 않았다.

"월세만 꼬박꼬박 잘 내기만 하면 그 사람은 당신을 죽이지 않을 거요." 소르뒤르는 거룩한 지프차를 타고 나서 이렇게 말하고 큰 소리로 웃은 다음 자리를 떠났다.

몇 분 뒤 나는 귄힐뒤르의 집에 도착해서 내 짐을 어디에 두어야 할지 물었다. 그녀는 무엇 때문에 스트레스를 받았는지 모르겠지만, 조금 피곤해 보였다. 피우던 담배를 침실에까지 들고 가서(평소에 그녀는 침실에서 담배에 손도 대지 않았다) 큰 옷장에 비어 있는 두 개의 선반을 떨리는 손으로 가리켰다.

"무슨 일 있어?" 내가 물었다.
"아니, 없어. 왜?"

"서로 같이 살게 될 날이 그렇게 멀지 않았는데, 왜 그러는 거야?"

"아냐, 아무것도 아닌데……."

"뭐가 아무것도 아니야……. 혹시 트뢰스테르 때문이야?"

깊은 한숨을 쉬고 나서 그녀가 말했다. "응."

"그 친구가 엄마, 아빠한테 우리 사이를 말해버릴 것 같아서, 그게 걱정인 거야?"

"아니, 그런 건 크게 문제될 건 없어."

그런 것이 문제가 아니라고 한다면 내가 짐작할 수 없는 문제였다. 나는 그녀의 입만 지켜볼 수밖에 없었지만 그녀는 말을 하지 않았다. 위층 다락방에 올라가서 잠을 자자고 내가 말했지만 그녀는 싫다고 했다. 곧바로 우리는 그녀의 침대에 누웠고, 그다지 내키지 않은 섹스를 하면서 기분을 돌려보려고 애를 썼다. 그런 다음 그녀는 핸드폰을 들고 오빠와 오랫동안 통화를 했다. 트뢰스테르는 프로 킬러를 가뜩이나 못마땅하게 생각하고 있던 차에 한 지붕 밑에서 산다는 건 도무지 용납할 수 없다고 말하는 것 같았다. 자정이 다 됐을 무렵 그가 집으로 돌아왔다. 얼굴은 창백했고, 낙담한 표정이 역력했다. "하이"라는 인사말조차 건네지 않고 현관 가까이에 있는 자기의 좁은 방으로 곧장 들어가더니 시끄러운 아이슬란드 록 음악을 새벽 2시까지 틀어놓았다. 귄힐뒤르는 신경이 곤두서서 담배 한 갑을 다 태우고 난 다음 20분 동안이나 칫솔질을 했다. 까마득한 과거에 존재했던 연인들을 대리석으로 조각해놓기라도 한 것처럼 우리는 아무 말 없이 서로를 껴안고 침대에 누워 있었다. 이런 짓은 원래 내 취향은 아니었지만, 지금 상황에서는 내 성향을 감춰 두는 것이 좋을 것 같았다. 나는 섹스를 한 여자와 내 인생 최초로 한 지붕에서 같이 살게 되었고, 벽을 뚫고 계속 쿵쾅거리는 아이스 록(ice rock—옮긴이) 때문에 잠을 이룰 수가 없었다. 벌써부터 발라토프가 그리웠다. 음악을 통한 고문이 30분 동안 더 지속되자 발라토프의 이름이 유명한 고전음악 작곡가라도 되는 듯 귓가에서 맴돌았다. 불쌍한 그 녀석은 그 후에도 한참 동안 같은 음악을 반복해서 틀고 또 틀었다. 다리가 부러진 채로 20미터나 되는 크레바스 바닥에 떨어져서 살려달라고 울부짖는 조난자처럼 어느 가수가 고래고래 소리를 질러댔다.

"저 친구가 부르는 노래, 대체 뭐야?"

"소도마(Sódóma)." 그녀가 맥이 풀린 목소리로 대답했다.

"그게 무슨 뜻인데?"

"그러니까…… 당신도 잘 알잖아. 소돔……."

"소돔과 고모라?"

"그래."

성경을 공부한 보람이 있었다. 벽 건너편에 있는 신부의 아들은 이 노래를 통해 우리에게 뭔가를 말해주려는 것 같았다. 귄힐뒤르는 죽어가는 쥐새끼처럼 나에게 꼭 달라붙어 있었다. 드디어 트뢰스테르가 질투심을 진정시켰고, 그제야 소돔의 연인들은 잠을 잘 수 있었다.

다행스럽게도 크레인에 둥지를 튼 새는 봄에 비해 집에 머무는 시간이 많지 않았고, 나도 아이슬란드의 일상생활에 점점 더 적응해갔다. 나는 인터넷을 하면서 오전을 보냈다. 구글에서 내 이름을 여러 가지로 변형해서 'FBI', '프렌들리 목사' 그리고 '리투아니아 마피아'라는 검색어와 함께 찾아보았지만, 무엇 하나 그럴듯한 것이 없었다. 옛 여자친구 센카가 어디에 숨어 있는지 알 만한 사람들에게 일일이 이메일을 보냈고, 어머니에게도 편지를 썼다. 내가 쓴 편지는 귄힐뒤르의 친구 중 하나가 런던으로 가는 길에 챙겨 갔다가 그곳에서 발송해주었다. 점심시간이 되면 나는 버스정류장에서 이곳에 사는 넋 빠진 사람들과 함께 6번 버스를 기다렸다. 8월 저녁이 되자 해가 지평선 아래로 떨어지기 시작했다. 나는 오랜 친구를 만난 것처럼 반가운 마음으로 어둠을 맞이했다.

그 사이에 소르뒤르의 치료방식은 주치의가 어쩌다가 한 번씩 전화로 검진을 하는 것으로 간소화되었지만, 이를 대신하기 위해 나는 가라테 교회의 미친 예배에 규칙적으로 참석해야 했다. 처음 예배에 참석하던 날, 소르뒤르는 예배에 참석한 모든 신도들 앞에서 나를 크게 환영해주었다. "토미는 착한 아이슬란드 사람이자 좋은 친구입니다! 지금까지 살아온 인생에서 대부분의 시간을 지옥으로 가는 호텔에서 보냈지만, 지금은 체크아웃 했습니다. 그리고 이제 주님의 은총을 받아 천국에 있는 방에 묵고 있습니다. 할렐루야!"

예배에 참석한 모든 신도들은 자리에서 일어나(앉아 있는 것은 그다지 큰 효과가 없었다), 양손을 높이 쳐들고 소르뒤르의 할렐루야를 반복했다. 할렘(Harlem, 맨해튼 동북부의 흑인 거주 지역―옮긴이)의 예배와 비슷했지만 춤은 없었다. 잠깐 한눈을 파는 사이 약간 정신장애가 있는 한 녀석이 나를 껴안고, 차가운 뺨을 내 뺨에 눌러 붙이며 "벨코민든(Velkominn)"이라고 말했다. 그 목소리는 코미디언 피-위 하만(Pee-wee Harman―옮긴이)을 떠올리게 했다. 환영사가 끝나자 소르뒤르 목사는 다시 아이슬란드어로 설교를 하기 시작했다. 놀랍게도 나는 설교의 대부분을 이해할 수 있었다.

"신도 여러분들은 우리의 적이 누구인지 알고 있습니다! 여러분들은 사탄이 우리의 가장 큰 적이라는 것을 알고 있습니다! 그렇기 때문에 사탄을 우리의 집 안에 들여 놓아서는 안 되는 것입니다! 우리는 사탄을 저녁식사에 초대하지 않습니다! 사탄에게는 커피 한 잔이라도 내놓아서는 안 되는 것입니다!" 소르뒤르의 바리톤 음성은 너무 위협적이어서 하느님의 나팔수라기보다는 오히려 지옥의 대변인 같은 느낌을 주었다. "사탄은 여러분의 커피에 생크림을 내놓으라고 할 것이며, 사탄은 여러분의 커피에 설탕도 추가해달라고 할 것이며, 더 나아가서 사탄은 여러분의 커피에 위스키도 타달라고 할 것입니다. 그리하여 사탄은 당신도 눈치 채지 못하는 사이에 **아이리시 커피**(Irish Coffee, 위스키를 베이스로 커피와 생크림으로 만든 칵테일―옮긴이)를 마시게 되는 것이니 당신은 사탄과 함께 커피를 마시고, 당신은 결국 사탄과 함께 노래를 부르고, 노래에 맞춰 사탄과 함께 춤을 추는 것입니다! 그리하여 제가 여러분에게 다시 말합니다. 사탄에게는 커피 한 잔이라도 내놓아서는 안 됩니다! 할렐루야!"

마지막 말을 모든 신도들이 이구동성으로 반복하는 것을 듣는 순간 나는 오른쪽 발목에 권총을 찬 것을 떠올렸다. 소형 권총은 내 부츠에 정확하게 들어갔다. 나는 밑창이 엄청나게 두꺼운 운동화를 몇 켤레 사서 오른쪽 신발바닥에 작은 시술을 통해 발터에게 딱 들어맞는 구멍을 만들어놓았다. 이제부터 나는 귀트뮌뒤흐르가 말하는 "주님의 길"을 따라갈 때마다 권총 한 자루를 신발 밑에 지닐 수 있게 되었다. 그렇다고 아주 편한 것은 아니었지만, 만일의 사태를 대비해서 나는 항상 준비가 되어 있어야만 했다.

게다가 천국으로 들어가는 황금의 문에 금속탐지기가 설치되어 있을 까닭은 전혀 없었다.

귄힐뒤르는 나에게 권총이 있다는 것을 전혀 몰랐지만, 이 사실을 모른다는 것이 그녀의 잘못은 아니었다. 이런 일이 아니더라도 우리는 이미 많은 것을 충분히 공유하고 있었다. 귄힐뒤르는 더 이상 바랄 것이 없는 여자다. 그렇게 보면 문제가 되는 것은 역시 나였다. 하노버에서 좋은 친구였던 니코와 함께 주거공동체를 구성해본 이후 나는 한 지붕 밑에서 누군가와 살아본 경험이 전혀 없었다. 니코와 같이 살면서 이런저런 어려움을 꾹 참고 학사학위를 따낸 경험이 있긴 했지만, 귄힐뒤르가 공장굴뚝처럼 끊임없이 내뿜는 담배연기와 집 안 여기저기에 어지럽게 널려놓은 청바지, 티셔츠, 팬티, 빈 병, 재떨이, 피자 포장지 등은 정말이지 나를 미쳐버리게 했다. 나는 반사회적인 인격 장애자인지도 모른다. 하지만 내가 사는 곳은 언제나 매우 깨끗하게 정돈이 되어 있었다.

"당신 부모를 보면 말이야, 당신 같은 딸이 어떻게 나올 수 있는지 도무지 이해할 수 없어. 그 집은 바닥에 떨어진 음식도 집어먹을 수 있을 만큼 깨끗한데, 어째 여기는 피자 상자 안에 있는 음식만 먹을 수 있으니, 원……"

"그럼 청소 아줌마 불러."

"그 문제에 대해선 충분히 이야기했잖아. 그런 데 쓸 돈이 어디 있어."

"돈 같은 건 필요 없잖아. 아줌마가 청소하면 그냥 그 자리에서 죽여버리고, 다음번에 또 다른 아줌마 부르면 되고. 그런 일이라면 당신이 프로잖아, 안 그래?"

우리의 싸움은 언제나 이런 식으로 끝났다. 헤어진 옛 애인을 스토킹하듯 나의 과거 직업은 항상 나를 따라다녔다. "당신이 죽인 사람이 100명이 넘는다면 말이야, 바닥이 더럽다거나 방을 치우지 않았다고 해서 그딴 걸로 불평불만을 늘어놓아선 안 되는 거 아냐." 그녀는 이런 식으로 나를 다루는 기술을 터득해놓았다. 내가 다그쳐서 조금이라도 자기가 궁지에 몰렸다는 생각이 들면 직격탄을 쐈다. "당신은 차라리 죽은 사람들하고 사는 게 좋다고 생각하지, 그치?" 혹은

"당신은 숨 쉬고 말 하는 게 지겹다고 생각하니까 그런 시시 껄렁한 짓을 하는 사람들은 아예 사람 취급도 안 하잖아." 차라리 이런 말은 점잖았다. "간단하게 날 죽여버리면 될 거 갖고 왜 그렇게 화를 내!"

사소한 일을 두고 벌이는 말싸움을 제외하면 그녀와 나 사이에 아무 문제가 없었다.

우리는 아침에 일을 하러 나갔다가 저녁에 다시 만났다. 새로 개봉한 〈스파이더맨〉을 보자고 내가 그녀를 극장으로 끌고 갈 때도 있었고, 레이캬비크라는 작은 도시에서 끊임없이 열리는 콘서트 중 하나를 보러 가자며 그녀가 나를 끌고 갈 때도 있었다. 꼬박 두 시간 동안이나 서서 들어야 하는, 이름 없는 4인조 인디밴드 콘서트에 내가 아무런 반대를 하지 않는 걸 보니 확실히 그녀에게 홀딱 빠져 있는 것이 분명했다.

정말이지 짜증을 돋우는 유일한 인물은 트뢰스테르였다. 그는 아직까지도 새로운 거주지를 찾을 생각조차 없는 것 같았다. 침묵을 지키는 그가 집에 있다는 것은 나의 새로운 자아에 균열을 불러 일으켰고, 그 틈새로 과거의 자아가 언뜻 얼굴을 내밀었다. 내가 이 집에 들어오고 나서 2주 동안 그가 입 밖에 내놓은 말은 "헤이" 그리고 "바이", 단 두 마디뿐이었다.

나는 〈레인맨〉(Rainman, 자폐증 증상을 보이는 인물이 주인공인 영화—옮긴이)의 주인공 같은 사람들과 강간당한 사람들로 가득 찬 버스를 20분이나 타고 다녔지만, 트뢰스테르를 생각해서 일부러 급식소에 들러 굴라쉬 스프를 챙겨오기도 했다.

덜컹거리는 버스 안에서 스프가 쏟아지지 않도록 무릎 사이에 꽉 끼고 오는 수고도 아끼지 않았지만, 저녁식사에 굴라쉬 스프를 차려줄 때에는 내가 그릇을 탁자에 내려놓는 "탁" 소리 외에는 아무 소리도 들리지 않았다. 그나마 다행스러운 것은 그가 대부분의 시간을 직장에서 보낸다는 것이었다. 세븐일레븐 놈들 중 한 놈도 트뢰스테르와 같은 공사현장에서 일했는데, 말이 없는 그 새는 고층 건축 현장에서 유명한 스타인 것 같았다.

"크레인 천재야. 수백 미터 떨어진 곳에서도 동전을 들어 올릴 수 있다니까. 바람이 엄청 불어도 말이야."

물론 그에게는 좋은 일이었지만, 여자친구를 낚아 올리는 데 그런 크레인 기술을 사용하지 못하는 것은 안타까운 일이었다.

나는 악령이 문지방을 넘어오지 못하게 철저히 막았지만 허사였다. 악령은 귄힐뒤르가 항상 열어 놓는 우리의 침실 창문을 통해 슬그머니 들어오곤 했다.

잠이 들자마자 세르비아의 탱크들이, 비명을 지르는 머리가 잔뜩 달라붙은 캐터필러를 달고 나타났다. 피범벅이 된 크로아티아 시골사람들이었는데, 늙은 남자, 늙은 여자 그리고 아이들이었다. 체트니크의 탱크들이 잠자고 있는 나의 조국애를 깨우면서 나타나 내 영혼의 어두운 구석을 씩씩거리는 무소들이 지나간 자리처럼 말끔하게 밀어냈다. 그 뒤를 쫓아서 미국의 66연대가 핸드폰과 서류가방으로 무장한 채 나타났고, 그 연대의 숫자에 못지않은 수많은 미망인들에게서 열렬한 환호를 받았다. 그들의 환호성은 미국 뉴저지의 숲부터 캐나다 매니토바 주의 대초원까지 울려 퍼졌고, 미국 남부의 억양을 지닌 대머리 신부가 나타나 이 모든 일에 축복을 내려주었다. 그 신부는 하얀색 가라테 도복을 입고 있었고, 도복에 맨 검은 띠에는 "어이, 개 같은 년들아!"라는 글자가 새겨져 있었다.

적들은 사방에서 우리를 공격했다. 나의 아버지, 다리오 형 그리고 나는 포위되었다. 우리는 미친 듯이 기관총을 쏘아댔지만, 소용없었다. 기습을 당한 것이었다.

갑자기 아버지가 부상을 당했다. 오른쪽 어깨에 총상을 입었다. 깜짝 놀라 몸을 돌려보니 아버지는 나를 향해 천천히 몸을 돌리고 있었다. 하지만 나는 눈앞에 있는 적들을 놓칠 수 없었다. 계속 총을 쏴야 하는 나는 아무것도 할 수 없었다. 1초 후 그의 양손이 내 목을 움켜잡더니 억센 열 개의 손가락이 목을 조르기 시작했다. 바로 그 순간 나는 잠에서 깨어났다. 푸른색 아침 햇살 속에서 트뢰스테르의 붉게 달아오른 얼굴이 내 얼굴 위에 있었다.

트뢰스테르가 내 목을 잡고 졸라 죽이려던 참이었다. 병신 새끼. 나는 그의 팔을 붙잡아 떼어내려고 했지만, 그는 들소처럼 힘이 좋았다. 귄힐뒤르가 잠에서 깨어나 큰 소리로 이름을 부르자 그가 고개를 돌렸다. 집중력이 흐트러진 틈을 타 나는 목을 그의 손아귀에서 빼냈다. 곧바로 그와 내가 침대 옆 바닥에서 격투를 벌이는 바람에 침실이 난장판이 되었다. 신문, 귀걸이, 콘돔이 흐트러지고, 램프가 쓰러졌다. 하지만 싸움은 오랫동안 지속되지 않았다. 하느님의 말씀을 통해 더욱 강해진 크로아티아 병사이자 동시에 맨해튼에서 놀았던 프로 킬러가 목사의 아들을 제압하는 것은 단지 시간 문제였다.

싸움이 끝나고 나서 나는 그가 목사의 아들이 아니란 것을 알게 되었다. 그렇다면 그는 당연히 귄힐뒤르의 오빠도 아니었다. 그는 지금, 아니 과거 한때 그녀의 친구였다.

전혀 뜻밖의 새로운 사실이었다.

지난 3개월 동안 나는 그가 그녀의 오빠이고, 귀트뮌뒤흐르와 시크리타 사이에 태어난 아들이란 말을 철석같이 믿고 있었다. 그들이 처음부터 그렇게 말해서 믿지 않을 수 없었다. 그때만 해도 내가 프렌들리 신부 역할을 하고 있다는 단순한 사실 때문에 모든 일들이 복잡하게 얽혀 있었지만, 그러한 이유를 제외하면 그들이 거짓말을 할 까닭은 없었다. 나는 아직도 그들이 트뢰스테르를 나에게 소개할 때 했던 말을 그대로 기억하고 있다. 지금 생각해보니 그들이 "사랑하는 아들"이란 말을 할 때의 억양에는 "우리 사위"라고 부르는 것 같은 조심성이 배어 있었다. 그리고 이제야 몇몇 일들을 제대로 이해할 수 있었다.

예를 들면 얼음공주는 나를 이용해서 트뢰스테르를 기만한 셈이었다. 그녀가 나를 다락방에 숨겨준 것도 알고 보면 트뢰스테르와의 관계를 영원히 끝장내기 위한 수단이었다. 그녀의 의도대로 그들은 결별했지만, 어딜 가도 별 볼일 없는 불쌍한 자식은 끝내 이사를 가지 않았고, 내가 이사를 온 후에도 계속 눌러 붙어 있었던 것이다! 아이슬란드 남자들은 지구라는 행성에서 자기 분수를 제대로 알고 있는 유일한 종족이 분명했지만, 그러는 동안 그의 피는 속으로 펄펄 끓고 있었을 것이다. 그런 남자가 미쳐버리지 않는다면 오히려 그것이 더 이상한 일일 것이다.

이제 그는 조만간 새로운 거처를 마련하지 않으면 안 될 상황이었고, 실제로 그는 이사를 했다.

32. 독기 없는 톡시의 탄생

"그 사람이 내 친구였다는 걸 몰랐다고? 어떻게 그럴 수가 있어? 우린 한 집에서 같이 살고, 침대도 같이 썼는데!"

권힐뒤르와 나는 거룩한 부부의 집으로 가고 있는 중이다. '사위 사건'은 어떻게 되었든 간에 끝장을 내지 않으면 안 될 사안이었다. 나는 내 영혼의 구원자들에게 아무리 험악한 상황이 닥치더라도 그들의 딸과 결혼하겠다고 고백할 작정이었다. 귀트뮌뒤흐르의 말에 따르면 어찌 됐든 최후의 심판이 눈앞에 있기 때문에 그는 나를 충분히 이해해줄 것 같다.

항상 그랬듯이 이번에도 그녀가 차를 몰았다. 토미에게는 여권이 있었지만 운전면허증은 없었다. 우리는 레이캬비크 국내공항을 지나쳐 갔다. 굵은 빗방울이 앞 유리창을 두들기듯 내렸고, 라디오에서는 샤키라(Shakira, 콜롬비아 출신의 가수—옮긴이)의 노래, '엉덩이는 거짓말을 하지 않아'(Hips Don't lie—옮긴이)가 흘러나왔다.

무니타와 함께 저녁식사를 하던 어느 날, 샤키라가 극장가에서 히피 레스토랑으로 들어가는 모습을 보았다. 우리는 환상적인 콜롬비아산 엉덩이에서 눈을 떼지 못했다. 하지만 시야에서 사라지자마자 무니타는 그녀의 엉덩이는 너무 살이 쪘다고 깎아내렸다. 각이 진 아즈텍 사원과 비교해보면 그녀의 엉덩이는 너무나도 육감적이었다. 하지만 나는 이 말을 무니타에게 차마 해주지 못하고, 라틴아메리카에서 두 번째 기적에 해당된다는 제니퍼 로페즈(Jennifer Lopez—옮긴이)의 엉덩이로 화제를 돌려 그녀는 최고의 가슴과 엉덩이를 지녔다고 하지만, 고향에 가면 히프로 내세울 것이 없다고 말해주었다. 무니타는 나와 함께 침대에 누울 때까지 웃음을 멈추지 못했다.

엄청나게 멋진 세 개의 엉덩이를 머릿속에서 한쪽으로 치워놓고, 나는 지금 아이슬란드에서 자동차를 타고 새로운 금발 여자친구 옆에 있다는 사실을 의식하기 위해 정신을 집중했다.

"미안, 방금 뭐라고 했어?"

"당신은 어떻게 우리가 오누이라고 생각했느냐고! 세상에 어떻게 그렇게 생각할 수 있어?"

"나는 그 남자가 네 오빠라고 생각했던 게 아니라 네 개새끼라고 생각했던 거야."

그녀는 아무 말 없이 계속 차를 운전했다. 비가 내리는 레이캬비크의 일요일이었다. 모든 사람들이 차를 타고 어디론가 가고 있었고, 와이퍼를 좌우로 움직여 서로서로 인사를 건네고 있었다. 우리는 온천수를 저장해 둔 탱크들 위에 세워진 레이캬비크 전망대 옆을 지나갔다. 유리와 강철 프레임으로 만들어진 전망대 안에는 레스토랑이 있었다. 내가 돈을 많이 벌게 되면 그녀를 초대할 수 있는 곳이었다.

"트뢰스퇴르랑 정말 오랫동안 같이 지냈어." 그녀가 말했다.

"얼마나 오래됐는데?"

"학교 다닐 때부터. 물론 가끔 짧은 휴지기도 있었지만."

(골키퍼를 제외하면) 네 개의 축구팀 선수들과 잠자리를 할 수 있을 만큼 충분한 휴식시간이 있었던 것이 분명한데도, 그녀는 이를 두고 굳이 짧은 휴지기라고 표현했다.

"오케이, 그럼 언제 끝장을 본 거야?"

"뭘 묻는 거야?"

"그 친구한테 우리 관계에 대해서 언제 얘기해줬어?"

"음, 그러니까…… 우리 사이가 진지해졌을 때."

"그게 언제였어?"

"당신이 우리 집에 이사 왔을 때. 예를 들어봐?"

그녀는 신경이 날카로워져 있었다. 나 또한 마찬가지였다.

"내가 이사 왔을 때라니? 그때가 되어서야 우리 관계를 이야기해줬단 말이야?"

"그래. 확실히 언제인진 몰라도, 그때였어."

"그럼 그 전까지 그 친구는…… 가구점에서 우리가 밤을 보낼 때…… 그때까지도 그 친구는 너랑 같이 살고 있다고 생각했단 말이네?"

"약간 의심은 들었겠지만, 그래도 그렇게 믿고 있었을 거야."

"그럼 너는 그 친구를 속인 거잖아. 나도 속였고."

"당신을 속인 적 없어. 물어본 적 없었잖아."

"내가 한 번도 물어본 적이 없다고? 어떻게 그런 말을……? 난 우리가 같이 산다고 생각했어! 나는 너한테 남자친구가 있다는 걸 정말 몰랐단 말이야!"

"나도 마찬가지야, 당신도 여자친구가 있었잖아!"

"그 여자는 오래전에 죽었어!"

"그게 아니었잖아, 우리가 처음……."

"아냐, 죽었어. 그건 옳지 않았어. 그래서 내가 그냥 집을 나간 거였고."

"헛소리 마. 당신이 집을 나간 건 그 여자가 죽었다는 걸 알았기 때문이야. 당신은 쇼크를 받았던 거야."

"이제 그만 좀 할 수 없어?"

"뭘?"

"나는 나가고 싶었던 거야. 다 지나간 일이야."

"지나갔다고? 왜 지나갔단 거야?"

"왜냐면…… 난 널 완벽하게 믿어야만 하고, 이제 그럴 수 있으니까."

"하기야 당신 맘대로 믿을 순 있겠지."

"그게 아니야, 넌 날 속인 거였어."

"난 속이지 않았어. 당신이 한 번도 묻지 않았어!"

"넌 그 친구를 속였고, 것도 모자라서 나까지 속여왔잖아. 난 널 결코 믿을 수 없을 거야."

"나를 그냥 총으로 쏴 죽여, 다위디. 죽여버리고 나서야 나를 믿을 수 있을 거야."

그녀는 액셀러레이터를 밟았고, 나는 신발 밑창의 권총을 밟았다. 우리 두 사람은 고개를 돌리지 않고 앞만을 내다보았다. 안개가 낀 빗속에서 앞서 가는 자동차의 후미등에서 빨간 불빛이 흘러나왔다. 와이퍼는 나에게서 그녀에게로, 그녀에게서 나에게로 움직이고 있었다.

"나 임신했어."

물론 그녀가 한 말이었다. 아내에게서 임신했다는 말을 듣게 됐을 때 정신이 혼미해진 남편이란 작자가 할 수 있는 말은 오직 하나밖에 없다. 나 또한 그녀의 말을 그저 반복할 수밖에 없었다.

"임신했다고?"

"응."

"와우, 언제부터 알고 있었는데?"

"오늘 아침부터."

"근데……"

"근데……?"

"내 아이 맞아?"

"당연하잖아, 당신 아이 맞아! 대체 날 어떻게 생각했기에 그딴 말을 하는 거야! 당신 거라고, 빌어먹을, 당신 아이를 가졌다고, 이제 알겠어?"

그녀는 소리 내어 울기 시작했다. 두 눈에 눈물이 가득 차더니 곧바로 흘러내렸다. 운전을 하기에는 날씨가 너무 좋지 않았다. 다음번 주유소에서 그녀는 차를 멈췄다. 나는 그녀에게 당신의 마음을 이해하지 못해서 얼마나 마음이 아픈지, 그리고 우리가 아이를 가졌다니 이 얼마나 멋진 일인지 말해주었다. 나의 아이라니! 1998년 프랑스월드컵에서 크로아티아의 수케르(Suker)가 독일을 상대로 골을 넣은 것 이후로 나에게 일어난 일 가운데 최고의 사건이었다. 나는 그녀의 어깨에 손을 얹었지만, 그녀는 내 손을 치우고, 내 무릎 사이로 얼굴을 파묻었다. 그녀는 오랫동안 울었다. 임신한 탓인 것 같았다. 임신한 여자는 눈물을 잘 흘린다고, 무니타에게 들은 적이 있었다. 이런 현상은 아마 물과 관련 있는 것 같다. 임신을 하면 임신부의 몸속에 물이 축적되고, 이것이 몸속 수분의 순환조정 기능에 혼란을 초래하여 몸 밖으로 넘쳐흐를 때가 많다. 나는 앞 유리창을 통해 밖을 내다보았다. 새롭게 문을 연 주유소 옆에는 패스트푸드점이 있었고, 젊은 아빠가 어린 아들의 손을 잡고 '켄터키 프라이드(Kentucky Fried)'라는 글자가 쓰인 빨간색 간판 밑을 지나가고 있었다. 그녀는 그칠 줄 모르고 계속 울어댔고, 내 사타구니도 축축하게 젖었다. 내 몸에서 나간 것이니 내 몸으로 다시 돌아오는 것은 당연한 법, 이것이 인간 삶의 순환법칙이었다.

우리의 감정이 분출되는 바람에 자동차 창에 김이 가득 서렸고, 차 안은 애완동물이 사는 아늑한 집처럼 변했다. 그녀는 몸을 일으켜 세우고, 임신한 여자의 얼굴을 보여주었다. 나는 정말 미안하다고 거듭 이야기했다.

"정말 미안해. 그럴 생각이 아니었는데…… 난 너무 기뻐."

"정말?"

"그럼, 물론이지. 정말 최고야."

"그럼 당신, 나를…… 믿을 수 있다고 생각하는 거지?"

"넌 나를 믿을 수 있어?

신발 밑창에 있는 권총이 느껴졌다.

"응."

"하지만 네가 잘 알잖아, 내가 누구인지, 귄힐뒤르. 넌 내가 무슨 일을…… 네가 날 어떻게 믿을 수 있다고, 그래? 어떻게 나 같은 남자한테서 애를 낳을 생각했어?"

"난 당신을 사랑해."

"나도…… 마찬가지 경우야."

문법만 따져보면 지금 내가 한 말은 이상하지만, 그녀는 나를 이해했고, 우리는 키스를 했다.

맨해튼 한복판의 46층 호텔방에서 어떤 자식의 똥구멍에 박았던 권총을 빼내 들었던 내가 지금은 아이슬란드의 촌스러운 주유소에 주차된 빨간색 자동차 안에 처박혀서 버터 빛 금발 여자를 껴안고 있다니! 예상했던 인생에서 벗어나도 너무 멀리 벗어나 있다. 게다가 나는 그녀를 사랑한다는 말까지 뱉어버렸고, 그 말이 진심이라고 생각한다.

그리고 왠지 모르지만 느낌이 좋았다.

브리트니 스피어스의 '톡식'(Toxic, '독성 있는'의 뜻—옮긴이)이 라디오에서 흘러나왔다. 믿을 수 없는 일이었다. 브리트니의 노래를 들어봐야 현재 상황을 보다 완벽하게 이해할 수 있다고 라디오의 디스크자키가 판단한 것 같다. 여기가 뉴욕이라면 이 노래는 말할 것도 없이 나를 위해 작곡된 "나의 노래"였다. 나는 이 노래가 너무 좋아서 CD를 샀을 뿐 아니라 계약을 이행하러 갈 때마다 빠뜨리지 않고 볼륨을 높여 들었다. 이 노래를 들으면 힘이 솟구쳤고, 총을 쏘고 싶은 기분에 마음이 들떴다. "날 죽여줘요, 베이비, 나를 어서 죽여줘요."(I need a hit, Baby, give me it.—옮긴이) 하지만 지금 이 순간 이 노래는 현재의 내가 산 채로 삼켜버린 과거의 나에게 보내는 메시지였다.

나에게서 독기가 빠졌다.

권힐뒤르는 이 노래가 지닌 의미를 알지 못했고, 노래에서 노골적으로 표현된 행복한 순간이 지나갔다. 우리는 차를 몰고 가던 길을 계속 갔다. 고속화도로는 언덕 밑으로 난 짧은 터널로 이어져 있었고, 그 위로 또 다른 도로가 지나가고 있었다. 멋진 지프차 한 대가 옆 차선에서 돌진하며 우리 차에 진창물을 끼얹었다. 그녀는 가르다보에르(Garðaboer)로 꺾어 베드타운을 향해 갔다. 그녀는 아무것도 아니란 듯이 말했다. "그러니까 당신은 아이슬란드에서 이대로 머물겠다는 거지?"

"그래, 하지만 네가 살아 있는 동안만, 네가 죽으면 바로 떠날 거야."

"그러니까 당신은 날 죽이겠다는 말이네."

"아니. 네가 나랑 결혼해주기만 하면 돼."
"그러니까 청혼한다는 말이야?"
"아니, 협박이야."

그녀는 미소를 지으며 나를 바라보았다. 이 미소를 위해서라면 나는 다시 살인을 저지를 수 있을 것 같았다. 아, 미안, 그게 아니라, 이 미소를 위해서라면 나는 나 자신의 목숨을 기꺼이 내놓을 수 있을 것 같았다.

귀트뮌뒤흐르와 시크리타 부부의 집 앞에 다다랐을 때 우리는 세 번째 햄스터를 고대하고 있는 두 마리의 행복한 햄스터가 되어 있었다. 나는 그녀에게 진지한 눈빛을 스쳐지나가듯 던지며 물었다.

"우리 결혼한다는 얘기하면서 아기 이야기도 같이 하는 게 좋지 않을까?"

눈은 조금 충혈 되어 있었지만 그녀의 얼굴빛은 평상시대로 되돌아왔다.

"아니, 지금은 싫어. 아기를 낳아야 할지 아직 확신이 안 서."
"뭐라고? 귄힐뒤르! 안 돼!"

나를 뚫어지게 바라보는 그녀의 입가에 미소가 번졌다.

"긴장 풀어, 그냥 한번 테스트해본 거니까."

33. 유로비전? 유고비전?

아이슬란드에 도착한 이후로 1년의 세월이 흘렀다. 청부살인업계에서 조기 은퇴를 하고, 겨울 한철을 보내는 동안 어둠에 묻힌 낮들과 눈이 내리는 밤들이 내 영혼에 켜켜이 쌓여갔다. 그리고 봄이 왔다. 여전히 추웠지만 다시 저물지 않는 밝음이 찾아왔고, 바로 오늘 저녁 유로비전 송 콘테스트가 열릴 예정이다. 육욕에 눈 뜬 암컷들과 동성애에 빠진 수컷들이 매년 벌이는 광란의 축제가 시작되기 직전이었다.

우리는 귄힐뒤르의 부모 집에 모두 모여 전통적인 '가족모임(fjölskylduboð)'을 하기로 했다. 귄힐뒤르는 농구공을 삼킨 뱀처럼 보였다. 위대한 크로아티아의 베이비가 언제라도 이 세상에 뛰쳐나올 수 있는 상황이었다. 나는 그녀의 뱃속에 1백만 달러를 숨겨둔 것처럼 기회가 있을 때마다 쓰다듬어주었다. 시크리타가 부엌에서 나와 반갑게 인사를 하며 딸과 사위의 뺨에 입맞춤을 해주었다. 그녀가 사위의 뺨에 입맞춤까지 해준 것은 이번이 처음이었다. 그녀는 자신의 딸이 갱스터 새끼를 뱃속에 품고 있다는 사실을 받아들이기까지 어두운 겨울 한철을 꼬박 보내야 했다.

"한 가지는 분명히 말해둘 게 있는데, 만일 당신이 나하고 애기를 버리면 난 곧바로 미국 대사관에 전화해버릴 거야." 지난 크리스마스 전야에 귄힐뒤르와 부엌에서 단둘이 떨어져 있게 되었을 때 그녀는 이렇게 경고했다.

아이슬란드의 풍습을 존중하는 마음으로 나는 운동화를 벗어 현관 구석에 놓아두었지만 귄힐뒤르는 짝퉁 프라다 신발을 벗지 않았다.(아이슬란드의 풍습에 따르면 신발이 200달러가 넘으면 집 안에서 신고 다녀도 됐다.) 그녀는 거실을 가로질러 테라스로 가서 아빠의 뺨에 가벼운 키스로 인사를 했다. 귀트뮌뒤흐르가 바깥 테라스에서 아이슬란드 사람들의 자랑거리인 가스그릴을 만지작거리고 있었다. 가스그릴은 네 다리와 뚜껑에 젖꼭지 같은 손잡이가 달린 검은색 피조물에 불과했지만, 이름이 알려지지 않은 북극의 포유동물처럼 한겨울 내내 아이슬란드 모든 가정의 정원을 말없이 지키고 있었다. 그릴파티는 텍사스에서 유래했지만, 아이슬란드 사람들은 그릴파티를 한답시고 눈을 파 내 치워버리는 진풍경을 종종 보여주었다. 정원에서 아무리 스테이크를 기가 막히게 구웠다고 해도 식탁으로 옮기다가 눈보라를 만나면 다시 반쯤 얼어붙기 십상이었다.

아이슬란드 사람들은 자기 스스로를 속이는 재주만큼은 단연코 타의 추종을 불허했다. 귄힐뒤르의 남동생 아리(Ari)

가 고향에 와 있었다. 그는 보스턴에 있는 대학에서 정보전산학 같은 것을 공부하고 있다고 했다. 금발에 안경을 쓰고, 붉은색 뺨을 지닌 그 녀석은 자기 아버지를 업데이트해놓은 새로운 버전처럼 보였다. 그를 본 것은 이번이 처음이었다.

"하이, 토마스(Tómas)라고 합니다."

"하이."

"우리는 토미라고 부른단다!" 귀트뮌뒤흐르가 테라스에서 들뜬 목소리로 집 안을 향해 외쳤다. 어느 틈에 그는 그릴용 장갑을 끼고 그릴 집게를 손에 들고 있었다. 나는 그를 종종 귄디(Gundi)라고 불렀다.

저녁에 초대한 사람들을 기다리는 동안 나는 아리와 함께 보스턴에 있는 웨스틴 커플리 플레이스 호텔(Westin Copley Place Hotel. 그는 최근 한 친구의 서른 번째 생일파티에 초대되어 가보았다고 한다. 나는 몇 년 전 '넘버 30'을 처치하기 위해 그곳에 들렀다.)을 두고 가벼운 입씨름을 하는 동안 귄힐뒤르가 올레와 하르파를 맞이하고 현관문을 열어주었다. 손님들은 미소를 짓고 인사를 했다. 손에는 와인 병과 꽃다발이 들려 있었다. 엉덩이가 펑퍼짐한 여자는 일광욕실을 드나들며 태운 피부가 까무잡잡했고, 주방에서 고깃덩어리를 써는 남자는 주방모자처럼 피부가 하얘서 부부는 서로 다른 인종처럼 보였다.

잠시 뒤 소르뒤르와 한나가 말수가 적은 아이들을 데리고 나타났다. 항상 그랬듯이 소르뒤르는 오른손에 들고 있는 구약성경을 왼손으로 옮겨 들면서 악수를 청했고, 한나의 숨결에는 불소 혹은 구강청결제의 냄새가 나지 않았다. 그들은 자신들이 마실 음료수를 따로 챙겨 왔고, 소르뒤르의 차고에서 도살된 것이 분명한 새끼 양 고기도 가져왔다. 소르뒤르는 귀트뮌뒤흐르에게 양고기를 전해주기 위해 밖으로 나갔고, 두 남자는 종족의 우두머리들이라도 되는 것처럼 연기 나는 그릴 앞에서 한동안 이야기를 나누었다.

"그동안 그 편지 쓰는 건 어떻게 됐나요, 잘 돼가고 있지요?" 한나가 물었다.

"네, 아주 잘되어갑니다."

프렌들리 신부의 가족에게 편지를 보내야 하는 숙제를 아직 하지 못했다.

"듣기 좋은 소리네요. 참 좋습니다. 그 편지를 조만간에 부칠 수 있겠네요?"

"잘 모르겠지만, 아마도."

우리는 일찍 저녁식사를 했다. 유로비전 송 콘테스트 생방송이 이곳 아이슬란드에서는 오후 5시 정각에 시작했기 때문이다. 귀트뮌뒤흐르는 핑크색 넥타이를 어깨 뒤로 넘기고, 추운 테라스에서 따뜻한 고기를 날라다 주었다. 아리는 내가 무슨 일을 하는지 물었다. 그의 말투는 귄힐뒤르가 내 과거에 대해 아무 말도 해주지 않아서 자기는 아무것도 모른다는 것처럼 들렸다. 나는 내 직업에 대해 말해주었다.(그 사이 나는 이곳 사람들을 본보기로 삼아서 직업을 두 개나 갖고 있었다). 오전에는 국립도서관의 카페테리아에서 일했고, 오후에는 일주일에 나흘을 소르뒤르의 교회에 나가 모든 일을 도맡아 하는 관리인으로 일했다. 차라리 교회의 하녀라고 하는 편이 정확한 표현이다. 나는 계시를 받을 때 교회 바닥에 떨어진 땀을 닦아냈고, 화재로 두 자녀를 잃은, 키가 작고 나이든 노파가 그 불행한 이야기를 반복해서 들려주고 싶어 교회에 남아 있으면 그녀를 위로해줘야 했다.

그러는 동안 틈틈이 짬을 내어 아이슬란드어를 배우고, 프렌들리 신부의 가족에게 보낼 편지를 연습해서 써야 했다. 편지에 쓸 내용 중 조사할 것이 있으면 대부분 도서관에서 해결했는데, 한나는 필요할 때 쓰라며 자기 딸이 쓰던 랩톱을 선물해주었다. 그 랩톱은 무게가 어마어마한데다 고장까지 잦아서 컴퓨터라기보다 20세기에 만들어진 벽돌이라고 하는 편이 옳았다. 또한 매트리스가 깔린 방에서 소르뒤르에게 종종 가라테 수업을 받기도 했다.

텔레비전에서나 봐왔던 유명 인사들이 눈앞에 나타나자 올레는 언행이 조심스러웠는지 코를 박고 식사에 열중했다. 반대로 하르파는 음식을 제대로 먹지 못했다. 올레가 게걸스럽게 천상의 양고기를 말처럼 꼭꼭 씹어 먹는 동안 그의 깨물근 뒤에서 귀걸이가 사미의 안경처럼 춤을 추었다. 하르파는 앞에 놓인 접시에 거의 손을 대지 않았다. 소르뒤르는 사탄의 피라도 들어 있는 것처럼 올레가 가져온 와인 병을 노려보았다. 올레가 와인을 조금 마시지 않겠느냐고 권했을 때 나는 정중하게 거절했다. 귄힐뒤르가 소스를 좀 건네 달라고 말하면서 나를 '다위디'라고 부르자 사람들 사이에 순간적으로 긴장감이 흘렀다. 귄힐뒤르는 자기 실수를 눈치 채고 입술을 꼭 깨물었고, 올레와 하르파는 이게 도대체 무슨 말인지 몰라 귀만 쫑긋 세웠다. 하지만 아리는 한나와의 대화에 정신이 팔려 그 말을 듣지 못했다.

화제는 어느덧 이라크전쟁과 아이슬란드의 참전으로 옮겨가 있었다. 실제로 있지도 않은 아이슬란드 군대는 병사 하나를 모집해서 바그다드로 파견하게 됐는데, 그 병사를 보호하기 위해 미군이 1개 중대를 증원해야 하는 사태가 벌어지자 아이슬란드 정부가 그를 다시 집으로 불러들이기로 결정했다는 것이다.

"아이슬란드 군대 전체가 한 방에 날아갈 수도 있는데, 미군들이 그렇게 큰 위험을 감수하려고 하겠어요." 아리는 순도 100퍼센트의 미국식 억양으로 말하며 자지러질 듯이 폭소를 터뜨렸다. 아주 오래전 하노버의 학생식당에서 들어본 이후 한 번도 들어본 적 없는 독특한 웃음소리였다. 니코의 동생이 그곳에서 정보전산학을 공부했는데, 그의 친구들이 한자리에 모이면 항상 커다란 폭소가 터져 나왔다. 그들은 다른 사람의 우둔함을 비웃고 재미있어하는, 소위 똑똑하다는 젊은이들이었고, 하노버 대학에서 정보전산학을 공부하지 않는 놈들은 모두 멍청이라고 생각했다.

올레가 아리를 따라 웃자 소르뒤르는 분노에 찬 눈빛으로 두 사람을 잡아먹을 듯이 노려보았다. 마치 교회 신도 전체를 무장시킨 다음 이라크로 파견해서 이슬람의 심장을 도려낼 궁리를 하는 것 같았다. 하지만 소르뒤르는 그 생각을 입 밖에 내지 않고, 나에게 고개를 돌려 유로비전 송 콘테스트는 한 번도 본 적이 없다며 오늘밤에 처음으로 시청하는 것이라고 말했다. 바이블의 대변인은 나를 생각해서 일부러 이 자리를 지키고 있었던 것이다.

"동성애자들이 벌이는 광란의 축제를 보며 시간을 허비하는 건 악마를 경배하는 거나 마찬가지라고, 자기 신도들에게 설교했던 사람이 지금 텔레비전 앞에 앉아 있습니다. 하, 하. 사탄을 호모로 변장시켜서 시합에 내보냈다고 생각하면 딱 맞는 말입니다. 정말이지 이런 콘테스트는 부질없는 일장춘몽과 같아요. 하지만 오늘 저녁만큼은 참아보겠습니다. 하, 하, 하."

지난해에는 핀란드에서 온 괴물들이 우승해서 올해 경연은 헬싱키에서 개최됐다. 지난해의 우승자들이 '하드 록 할렐루야'(Hard Rock Hallelujah—옮긴이)를 다시 한 번 부르며 유로비전 콘테스트는 시작되었다. 콘테스트는 지루했다. 소르뒤르의 반응을 살펴보는 것이 훨씬 재미있었다. 그는 종교적인 주제를 들고 나온 핀란드의 록 가수들에 대해 속으로 경탄을 하고 있는 것 같았다. 그들의 노래는 악마 마스크를 쓴 가수들의 전기 기타를 통해 날카롭게 들리긴 했지만, 그 내용은 자신의 설교와 똑같았다.

아이슬란드 팀은 4위를 차지했다. 빛바랜 가죽옷을 입고 붉은 갈기 머리를 기른 록 가수가 나와 울부짖듯이 '잃어버린 발렌타인 데이'(Valentine Lost—옮긴이)를 불렀는데, 귄힐뒤르가 그 가수를 좋아한다는 말을 듣고 나 또한 그 가수가 좋아졌다. 나는 귄힐뒤르를 바라보았다. 검은색 옷을 입은 그녀는 남동생의 옆자리에 앉아서 날씬하고 긴 다리를 쭉 뻗고 있었다. 그녀는 처음 만난 날 오전을 넘기고 싶지 않은 첫 번째 여자였다. 날씬한 다리도 작년에 비해 굵어지지 않았고, 부드러운 빨간 입술도 여전했다. 하지만 엉덩이는 라틴계만이 유지할 수 있는 우수한 품종으로 발전했으며 젖가슴도 눈앞의 과제에 대비책을 세우듯 부풀어 있었다. 농구공을 삼킨 배를 제외하면 몸에 물이 축적되어 있어서 그런지 그녀는 전체적으로 훨씬 더 부드럽게 변해 있었다. 나는 지난겨울 내내 그녀에게 눈물을 흘릴 만한 빌미를 조금도 주지 않았다.

고개를 돌려 소르뒤르를 한동안 바라보았다. 그는 나의 새로운 보스였다. 혹시나 조금 전에 할렐루야 악마들에 순간적이나마 동정심을 품은 것이 사실일지 모르지만, 지금 그의 눈빛 속에는 전혀 다른 감정이 타오르고 있었다. 분노의 불꽃이 안경 너머에서 이글거렸고, 수염 속에서 꽉 다문 입술은 콘테스트에 대한 경멸을 노골적으로 드러냈다. 그의 모습을 관찰하는 것이 콘테스트 자체보다 더 재미있었다. 그의 표정은 디나모 자그레브(Dinamo Zagreb—옮긴이) 축구클럽이 패배한 경기를 바라보는 디칸을 떠올리게 했다.

아이슬란드와 마찬가지로 크로아티아도 올해에는 고물자

동차를 경주에 내보냈다. 다도 토비치(Dado Topić)는, 내가 여태껏 한 번도 본 적 없는, 뜨내기 같은 놈들과 함께 무대 위에 올라왔다. 다도는 크로아티아의 록 세계에서 왕과 같은 존재였다. 내 유년시절의 사운드트랙은 그의 노래로 채워져 있는데, 어려움을 극복하는 굉장한 힘이 되었다. 동정을 잃었던 밤에도 그의 노래는 나와 함께 있었다.

다도는 예전 모습 그대로 긴 머리에 카우보이 장화를 신고 나타나 거칠고 깊이 있는 목소리로 '나는 사랑을 믿어요(Vjerujem u ljubav)'를 노래했다. 여러 번 듣고 싶을 만큼 멜로디가 훌륭했지만, 소르뒤르는 토비치와 함께 노래를 부른 여자의 목소리가 어울리지 않는다고 했다. 모르면 잠자코 있는 게 좋을 텐데!

노래가 끝나가고 있는데, 초인종이 울렸다. 귀트뮌뒤흐르가 현관으로 나갔다가 돌아오면서 누가 나를 찾아왔다고 했다. 나는 내 아이의 엄마 얼굴을 재빨리 훔쳐본 다음 자리에서 일어났다. 현관문이 반쯤 열려 있었다. 아이슬란드에 봄이 왔다고 하지만 열린 문틈으로 들이닥치는 엄청난 냉기가 냄새 없는 가스처럼 얼굴을 때렸고, 뼛속까지 얼어붙을 듯 부들부들 떨렸다. 하지만 밖에는 아무도 없는 것 같았다. 나는 유명한 황금 문지방 위에 발을 얹어놓고 고개를 내밀어 밖을 내다보았다. 그 순간 누군가 내 팔을 움켜쥐었고, 곧바로 권총의 총구가 관자놀이를 파고드는 것이 느껴졌다. 깨진 머리통을 요르단강물에 씻어내려야 하는 상황이었지만, 내가 병사로서 지니고 있었던 신경시스템은 놀랍게도 기능을 잃지 않고 있었다. 내가 권총이라고 생각하니까 그것이 권총이 되었을 뿐, 그 이상도 그 이하도 아니었다.

니코였다.

이 세상에 부딪힐 놈이, 그렇게 없어서 또 다시 얼굴을 맞닥뜨린 놈이 빌어먹을 니코였다.

심장은 벌렁벌렁 뛰다가 브리트니가 부른 '톡시'의 리듬을 되찾았다. 내 과거의 삶이 현재로 뛰쳐나와 새로운 삶을 접수해버리기까지 불과 0.1초도 걸리지 않았다.

"이렇게 다시 만나게 되다니…… 반가우이." 그는 크로아티아어로 말하면서 트레이드마크인 능글능글한 미소를 지었다. 그리고 검은색 아우디 승용차를 눈짓으로 가리켰다. 차는 시동이 걸린 채 곧바로 나를 태우고 드라이브라도 갈 태세로 길 한가운데에 세워져 있었다. "난 너하고 몇 가지 논의할 일이 아직 남아 있다고 생각하는데."

어쨌거나 모국어를 듣는 것은 기분이 좋은 일이었다.

나는 신발을 신고 오겠다고 말했다. 그는 내 반응을 전혀 예상치 못했던 것 같았다. 대꾸하지 못하는 틈을 노려 나는 집 안으로 들어갔다.

신발은 문 뒤에 있었다. 나는 올레를 불러 부엌에서 칼을 가지고 나오라고 할지 아니면 소르뒤르에게 부탁해서 칼날 같은 혓바닥이 출동할 수 있게 만반의 준비를 해놓으라고 일러두는 것이 좋을지 생각해봤다. 그러나 밑창이 두꺼운 운동화를 향해 허리를 굽히다가 나는 니코의 날카로운 시선이 등판에 꽂혀 있다는 느낌이 들었다. 거실에서는 다도의 노래가 마지막 음표를 울렸고, 곧 그 여운이 사라지기도 전에 우레와 같은 박수갈채가 연이어 터져 나왔다. 내가 신발을 신고 몸을 일으켜 세워 가죽점퍼에 손을 뻗으려고 하자 니코는 고개를 가로저었다.

"밖은 너무 추워." 내가 말했다.

"오래 걸리지 않을 거야."

거실에서 귄힐뒤르가 뭐라고 외치는 소리가 들렸다. 나는 망설이며 옛 친구의 눈치를 살펴본 다음 문을 닫고 밖으로 나섰다.

문 밖으로 나서자마자 그는 한 손으로 내 몸을 재빨리 훑었다. 겨드랑이 밑, 호주머니, 양다리 사이 그리고 발목을 더듬어가며 숨겨진 무기가 있는지를 샅샅이 뒤졌다. 나는 위에 티셔츠와 검은색의 얇은 풀오버를 걸쳐 입었을 뿐이었고, 귄힐뒤르가 골라준 청바지도 그다지 따뜻하지 않았다. 아우디 승용차를 타기 전에 처갓집을 둘러보니 거실에서 무엇인가 움직이는 것 같았다. 누군가 나를 보았다는 생각이 들었다. 쓸데없는 걱정을 할 필요는 없었다. 교회의 목사님들이 천사들을 출동시켜 나를 구출해줄 게 틀림없으니까.

작년과 마찬가지로 올해에도 2년 연속 유로비전 송 콘테스트를 끝까지 지켜볼 수 없었다. 하지만 니코에게 끌려가기 전에 시작된 세르비아 공연은 그런대로 볼 만했다. 세르비아 놈들은 예전에도 난쟁이 같은 레즈비언을 경연에 내보낸 적이 있는데, 밀로셰비치(Miloševićs, 유고내전을 주도한 세르비아 민족주의의 지도자—옮긴이)의 사생아처럼 보이는 그 여자는 무대 위에 올라와 사랑과 평화를 소원하면서 내 조국에 대해서도 뭔가 말하는 것 같았다.

니코는 변한 것이 없었다. 다만 수염이 약간 희끗희끗해졌고, 추위 탓인지 피부가 퍼런 빛을 띠고 있었다. 긴 매부리코와 냉혹해 보이는 검은 두 눈동자는 아직도 옛날 그대로였다. 그의 눈빛은 잠시도 쉬지 않고 "너 아직도 나한테 장난칠 생각이지?"라고 묻고 있었다. 그가 내 옆에 앉자마자 자동차는 요란한 소리를 내며 자리를 떠났다. 차 안에서는 고급스러운 가죽 냄새가 났는데, 약 두 시간 전에 공장에서 출고된 듯이 보였다.

운전사는 내가 잘 알고 있는 놈이었다. 뉴욕에서 들소모가지라는 별명으로 통하는, 라도반이었다. 대갈통은 뼈가 들어날 정도로 말끔하게 면도를 했지만, 들소모가지같이 생긴, 저런 놈들은 대가리를 빡빡 밀 것이 아니라 머리카락을 길러 우둔함을 조금이라도 감추는 편이 나았다. 놈은 내가 미국에서 마지막 날 착용했던 것과 똑같은 선글라스를 쓰고 있었다.

이렇게 해서 우리는 다시 만나게 되었다. 근사한 레스토랑으로 차를 몰고 있는지도 몰랐다. 그곳에 가면 디칸이 버터빛 금발 여자 두서 명에게 둘러싸인 채 큰 테이블에 앉아 두

터운 아바나 시가를 입에 물고 있을 것만 같았다.

 니코는 나에게서 잠시도 눈을 떼지 않았다. 총구로 계속 나를 겨냥하며 BUP를 유지하라고 명령했다. 그의 손에는 이스라엘제 검은색 반자동권총 디저트 이글(Desert Eagle—옮긴이)이 들려 있었다. 그가 이 권총을 처음 손에 넣었을 때 어린아이처럼 얼굴이 새빨개지던 모습이 떠올랐다. 녀석은 영화 〈매트릭스〉에서 처음으로 이 권총을 발견했고, 무조건 디저트 이글을 갖겠다고 난리를 쳤다. 전형적인 니코의 모습이었다. 녀석의 검은색 눈동자는 총구와 닮아 있었다. 세 개의 검은색 구멍들이 나를 겨누며 "너 아직도 나한테 장난칠 생각이지?"라고 묻고 있다. 내가 죽였던 희생양들도 장전된 총기를 눈앞에서 보면 나와 같은 심정일 것이다. 하지만 나에게는 하느님이 어디까지나 나의 편에 서 계시니, 그것이 차이점이었다. 여호와의 눈은 어디서든지 악인과 선인을 감찰하시느니라.[잠언 15:3]

 라도반은 틀림없이 레이캬비크에서 일주일 이상을 지냈을 것이다. 놈은 이곳에 사는 사람 못지않게 길을 잘 알고 있었고, 갈림길이 나타나도 머뭇거리지 않고 빠른 속도로 차를 몰았다. 길거리에는 인적이 끊겨 있었다. 지금은 한 해를 대표하는 가장 큰 텔레비전 이벤트가 진행 중이었고, 아이슬란드의 모든 사람들이 텔레비전 앞에 모여 앉아 세르비아의 레즈비언에게 정신이 팔려 있었다.

 "너희는 지금 이 순간이 오기를 기다렸겠지?" 내가 물었다.

"내가 이 순간이 오기를 얼마나 기다렸는지 모를 거다." 니코가 대답했다.

"나도 마찬가지야." 내가 말했다. "생각했던 것보다는 조금 오래 걸리긴 했지만."

"우리한테서 도망칠 수 있다고 생각한 거냐, 토마스 레이뷔르?"

니코는 나에 대한 정보를 갖고 있었다. 누굴까, 누굴까?

"찔러준 놈이 누구야? 트뢰스테르?"

"트레스…… 뭐? 그놈은 또 누구야?"

"됐다. 근데 뉴욕에선 무슨 일이 벌어진 거야?"

"일을 망쳐놓은 건 너야, 톡시."

라도반은 텅 빈 거리를 달렸다. 공항으로 가는 방향인 것 같았다. 이놈들이 나를 다시 데려간다면 남아 있는 문제는 단 하나뿐이다. 내 자리는 비즈니스석일까, 항공화물칸일까?

"무슨 일이 있었던 거야?" 내가 물었다.

대답이 없었다. 다시 한 번 물었다.

"대체 내가 뭘 어쨌다고 그래? 난 단지 하란 대로 했을 뿐이야. 디칸이 시킨 걸 행동으로 옮겼다고. 그게 전부야."

"일을 망쳐놓은 건 너야, 톡시. 이보(Ivo)가 죽었어. 그뿐인 줄 알아? 조란(Zoran)도, 브랑코 브라운(Branko Brown)도 저세상으로 갔어. 브랑코 카를로바치(Branko Karlovač)도 마찬가지고."

"디칸은?"

"보스는 오케이야."

라도반이 대화에 끼어들었다. 백미러를 보고 히죽히죽 웃으며 그가 말했다. "디칸이 나한테 그랬는데, 너한테 뽀뽀나 한 번 해주라고 하더라. 죽기 전에 말이야! 하하하."

"주둥이 닥치고 운전이나 해!" 니코가 윽박질렀다.

그렇다면 내 자리는 항공화물칸이었다. 내 인생에서 마지막 남은 15분의 초침이 돌아가기 시작했다. 내 심장 박동은 브리트니 스피어스에서 진혼곡으로 리듬이 바뀌었다. 검은색 아우디는 해변에 있는 알루미늄 공장 옆을 지나쳐 갔다. 루이 암스트롱의 트럼펫 연주와 노래가 라디오에서 조용하게 흘러나왔다. 천국. 난 천국에 와 있어요……(Heaven. I'm in heaven—옮긴이)

"누가 죽인 거야? FBI?" 나는 왼발을 오른발 뒤로 옮겨놓으며 물었다.

인생을 마감하기 직전 모국어로 대화할 수 있다는 건 줄담배를 피우던 사형수가 1년 동안 담배를 피우지 못하는 감방에 갇혔다가 마지막 총소리를 듣기 직전 담배 한 대를 얻어 피우는 것과 마찬가지였다. 크로아티아어의 단어들은 흡연자들이 만드는 담배연기 도넛처럼 내 입에서 술술 흘러나왔다. 나는 니코가 보는 앞에서 실제로 담배를 한 대 피우고 싶었다.

"그들을 죽인 게 누구냐고? 그건 바로 너야, 톡시."

내가 그들을 죽였다. 그렇다면 쓰레기처리장에서 내가 했던 작업이 연쇄적인 복수극으로 이어졌다는 이야기다. 그러나 FBI는 사람을 죽이지 않는다. 적어도 머리에 뒤집어 쓴 더러운 팬티에 대고 자신의 인생사를 구구절절 털어놓지 않는 한 FBI가 사람을 죽이는 법은 없다. 내가 그들을 죽였다니 도무지 이해할 수 없다. 나는 그저 킬러일 뿐이다. 누구를 아프게 할 생각도, 의도도 전혀 없다. 그런데 이제 와서 나에게 죄가 있다니? 나는 상황을 단순하게 생각하려고 애를 썼다. 말을 멈추면 안 될 것 같았다.

"그래서 네가 무니타를 죽인 거냐?" 나는 같은 방을 썼던 옛 친구에게 물으며 왼쪽 신발의 앞부리를 오른쪽 신발의 뒤꿈치에 은밀하게 눌러 붙였다.

"무니타?" 니코는 경멸스럽다는 듯 콧방귀를 뀌며 말하더니 큰 소리로 웃음을 터뜨렸다.

"그년 몸매 하나는 끝내주던데." 라도반이 말했다. "하지만 상판대기를 봐줄 수가 있어야지."

니코가 웃었다. 그가 웃는 지금 이 순간이 절호의 기회였다. 나는 왼쪽 신발의 앞부리로 오른쪽 신발의 뒤꿈치를 잡아 눌러 신발 밑창의 뒤쪽이 벌어지게 한 다음 오른발을 들어 약간 흔들었다. 작은 총기가 바닥에 떨어졌다. 총기는 바닥에 놓여 있었고, 나는 왼발을 그 위에 살그머니 올려놓았다. 이런 행동을 수백 번도 더 연습했다. 지난겨울 내내 연습하고 연습해서 나는 바닥의 총기를 발로 옮길 수 있었다.

니코는 여전히 웃고 있었다.

"상판대기를 도저히 봐줄 수가 없더라고!" 비계 덩어리 같은 놈이 말을 반복했다.

 차는 큰 길을 벗어나 자갈이 깔린 슬로프를 따라 산으로 올라갔다. 바람에 몰려 낮은 곳에 쌓였던 눈 더미는 거의 녹아 있었고, 용암을 덮은 이끼는 녹색을 띠고 있었다. 절대적인 공허함이 주변을 감싸고 있었다. 나무 한 그루, 새 한 마리도 눈에 띄지 않았다. 울퉁불퉁한 바위덩어리와 이끼가 여기저기 널려 있을 뿐, 주변에는 아무것도 없었다. 측백나무와 올리브나무만이 자라고 있는, 크로아티아 스플리트 주변의 해안 절벽지대와 비교해봐도 크게 다른 점을 찾아볼 수 없다. 나는 아이슬란드의 얼음처럼 차가운 공허함을 좋아하게 됐지만, 아드리아 해변의 봄을 여전히 그리워했다. 나도 모르는 사이에 나는 크로아티아 국가(Lijepa naša)를 흥얼거리기 시작했다.

 드라바(Drava) 강이여, 사바(Sava) 강이여 흘러 흘러 가거라,
 도나우(Donau) 강이여 멈추지 마라.

 니코는 귀를 쫑긋 세웠지만 가사의 내용도, 멜로디도 모르는 것 같았다. 나는 좀 더 큰 소리로 흥얼거렸다. 내 마음은 훈훈하게 달아올랐다. 노래를 부르는 동안 눈앞에는 2만 명의 크로아티아 사람들이 한 덩어리가 되어 나타났다. 모두 빨간색과 하얀색 격자무늬의 축구국가대표팀 유니폼을 입고, 1998년 프랑스월드컵 스타디움에 모여 목이 터져라 국가를 불렀다.

푸른 바다여, 이 세상에 고하라.
크로아티아 사람은 고향을 사랑하노라.

"주둥이 닥쳐!" 니코가 화가 나서 소리쳤다. "주둥이 닥치지 못해! 당장!"

"알았어." 내가 말했다. "대신 죽기 전에 담배 한 대만 줘."

"담배 다시 피우기 시작한 거야?"

"걱정하지 마. 담배꽁초 하나로 죽진 않을 거니까."

니코는 금방이라도 나를 총으로 쏴죽이고 싶다는 듯 내 눈을 노려보았다. 만일 아우디 승용차가 공장에서 출고된 지 두 시간밖에 지나지 않은 새것이 아니었다면 나를 벌써 죽이고도 남았을 것이다.

34. BOK(Hallo, 크로아티아 인사법)

라도반이 길가에 있는 넓은 공터에 차를 세우자 갑자기 모든 것이 조용해졌다. 니코가 차에서 내려 문을 열어놓았는데도 나는 꼼짝하지 않고 자리에 앉아 있었다. 니코는 자갈밭 위에서 현대무용을 하듯 발을 현란하게 움직이면서 사격 자세를 취한 채 사방을 두리번거렸다. 몸에 밴 습관대로 그는 하얀 모자들이 있을 것을 대비해 경계를 게을리 하지 않았다. 나는 라도반이 한눈을 파는 사이 상체를 숙여 작은 권총을 집어 들었다. 당장이라도 이 녀석을 숨줄을 따고 싶었지만, 니코가 다가와서 차에서 내리라고 명령을 내렸다. 나는 망설였다. 왜 차에서 내리지 못하고 망설이는 걸까? 나는 니코의 눈을 피해 권총을 호주머니에 넣고, 차에서 내렸다. 심장은 고장 난 라디오처럼 온갖 음악들을 중구난방으로 쏟아냈다.

이제 나는 죽은 것이나 마찬가지다.

봄이라고 하지만 밖은 엄청 추웠다. 니코는 길에서 벗어난 곳을 가리키며 앞장서서 걸으라고 명령하고, 뒤이어 차 안에 앉아 있는 선글라스에게 무슨 말인가 소리쳤다. 나는 걸음을 옮기다가 울퉁불퉁한 용암의 날카로운 모서리에 발이 걸려 넘어졌다.

연초록색과 회색 이끼들이 여기저기에 무리를 짓고 있었다. 니코와 나는 수직으로 깊게 파인 용암구덩이로 다가갔다. 용암지대의 구덩이는 그랜드캐니언을 축소해놓은 모형처럼 보였다. 오른쪽 신발 밑창이 벌어진 것을 눈치 채지 못하게 나는 평상시와 다름없이 자연스럽게 걸으려고 애를 썼다. 라도반이 차에서 내리는 기척이 들리는 듯하더니 곧 힘차게 문을 닫는 소리가 내 귀 속을 가득 채웠다. 내 인생에서 마지막으로 듣는 문소리였다……. 나는 몸을 돌릴 수도 있다. 몸을 돌리면서 무기를 꺼낸다면 눈 깜작할 사이 이놈들을 골로 보낼 수도 있을 것이다.

아, 아니다. 성공하지 못한다. 니코, 이놈은 무척 빠른 놈이다.

마침내 니코는 멈춰 서라고 명령을 내렸다. 더 물어볼 것이 없었다. 놈들은 이제 숙제를 끝낼 생각이었다. 우리는 용암구덩이의 가장자리에 섰다. 구덩이는 관으로 써도 될 만큼 컸다. 아이슬란드는 사고를 당한 관광객을 맞이하듯 나를 영원히 삼켜버릴 준비를 마쳤다.

나는 사형집행인이자 동시에 옛 친구였던 놈들을 향해 몸을 돌렸다. 두 놈 모두 추위에 덜덜 떨고 있었다. 지나가는 자동차도, 날아다니는 새도 보이지 않았고, 비행기 소리도 들리지 않았다. 바람 한 점 없는 적막강산이었다. 귄힐뒤르가 떠올랐다. 그녀는 자동차를 타고, 집 근처를 샅샅이 뒤져봤을 것이고 더 이상 찾아볼 곳이 없어 지금쯤 절망에 빠져 있을 것이다. 혹은 여전히 거실 소파에 앉아 유로비전 송 콘테스트를 넋 놓고 바라보면서 내가 옛 마피아친구들을 만나 함께 조깅하고 있을 거라고 생각할지도 모른다.

니코는 라도반더러 나에게 담배를 한 개비 주라고 명령했다. 하마터면 담배를 잊고 넘어갈 뻔했다. 멍청한 그 자식은 담뱃갑에서 한 개비 꺼내더니 나에게 던져주었다. 폴 몰(Pall Mall, 영국 런던의 지명에서 유래한 담배―옮긴이)이었다. 남들이 잘 찾지 않는 담배를 피우는, 이 녀석의 취향은 정말 독특했다. 양복을 입은 헐크처럼 보이지만, 이 녀석이 가장 좋아하는 팝가수는 감미로운 노래만 부르는 셀린 디온(Celine Dion―옮긴이)이었다. 영화 〈타이타닉〉를 보고 감동했다며 서른 번이나 다시 본 놈을 도무지 종잡을 수 없다. 나는 라이터가 있느냐고 물었다. 박박 대머리가 호주머니를 뒤졌지만 라이터가 없었다. 니코는 잠시도 쉬지 않고 디저트 이글의 총구를 나에게 겨누고 있었다. 그가 총을 들지 않은 손으로 호주머니에서 라이터를 꺼낼 때에도 나는 총구에서 눈을 떼지 않았다. 니코가 라이터를 나에게 던져 주었지만, 손으로 받으려다가 떨어트리고 말았다. 나는 양해를 구하고 용암바닥에 떨어진 라이터를 줍기 위해 허리를 숙였다. 사은품으로 주는 라이터였다. 자그레브 사모바르(Zagreb Samover), 발칸반도의 별미 진미. 나는 라이터를 집어 들기 전에 잠시 멈칫거리며 니코를 흘깃 올려다보았다. "너 아직도 나한테 장난칠 생각이지?"라는 눈빛이었다. 더 이상 기다릴 수 없으니 내 얼굴에 총알을 박아버리겠다는 표정이었다. 하지만 담배 한 개비를 약속했잖아! 어쨌든 잠시 뿐일지라도 친구는 친구였다.

손으로 라이터를 잡는 순간이 마지막 기회가 될지도 모른다는 생각이 들었다. 하지만 나는 다시 한 번 망설였고, 결국 아무런 행동도 못한 채 몸을 일으켜 세우고 담배에 불을 붙였다. 담배는 내 입술 사이에서 트랙터의 수동변속기 손잡이처럼 덜덜 떨렸고, 심장도 덩달아서 똑같은 박자로 덜덜 떨렸다.

나는 담배를 입에서 꺼내 들고, 자세하게 들여다보았다. 8.5센티미터의 연초와 종이가 남아 있었다. 내 무덤까지의 거리가 8.5센티미터였다. 무엇인가를 지금 한다 해도 8.5센티미터만큼, 아니 더 정확하게 말해서 8.01센티미터만큼 할 수 있다.

전쟁을 겪으면서 나는 담배를 피우기 시작했다. 전쟁의 광란 속에서 피우는 담배 한 개비는 7분간의 사격중지를 의미했다. 그것은 지옥 한가운데 있는 한 조각의 천국이었다. 그러나 전쟁이 끝나자 정반대의 상황이 벌어졌다. 담배를 한 개비 피울 때마다 폭탄이 7분간 우박처럼 쏟아지면서 불호령이 뒤따랐다. 물론 저격수는 어머니였다. 나는 담배를 끊을 수밖에 없었다. 인생에서 마지막 담배는 온갖 기억들을 떠올리게 했다. 부엌에서 고래고래 욕을 퍼붓던 어머니, 빌어먹을 하노버의 중앙역 플랫폼, 위니펙(Winnipeg, 캐나다 매니토바 주의 주도—옮긴이) 출신의 사내놈이 피범벅이 된 편지를 들고 나타났던 일, 귄힐뒤르의 빨간 입술에 어린 미소. 나는 가능한 한 천천히 담배를 피웠다.

"왜 날 죽이는 거야? 그럼 뭐가 달라지는데?"

"주둥이."

"나는 그만뒀잖아……. 아는 게 없어. 여길 떠난 적도 없다고. 나는……."

"주둥이 닥쳐!"

"알았어. 그럼 그냥 끝까지 피울 때까지 기다려줘, 그다음엔 네 마음대로……."

조금 전과 마찬가지로 니코와 나는 크로아티아어로 이야기를 나누었다.

나는 담배를 한 모금 더 빨아들였다. 그리고 눈앞에 펼쳐진 낮고 푸른 산들을 바라보았다. 언젠가 본 듯한 산이었다. 하늘은 텅 비어 있었다. 한 점 구름도 없는 무(無)의 공간이었다. 등 뒤에는 레이캬비크가 지평선을 끼고 펼쳐져 있다. 내 인생에서 네 번째 도시. 그리고 그 뒤편으로 바다가 있다. 밝게 빛나는 석양이 봄빛을 안고 뉘엿뉘엿 가라앉고 있을 것이다. 잘 있어라, 이 세상이여! 도비제냐 스비예테(Doviđenja svijete)! 나는 연기를 내뱉고, 담배를 들여다보았다. 남아 있는 것은 한 모금밖에 없었다. 남아 있는 내 인생을 모두 합쳐도 1센티미터도 되지 않았다. 친구들은 이미 짜증이 날 대로 나 있었다. 나는 남아 있는 담배도막을 내 입으로 가져가 뻑뻑 빨았다.

이제 시작해보자!

나는 왼손으로 담배를 억센 이끼 위에 비벼 끌 것처럼 허리를 굽히면서 오른손을 호주머니 속에 집어넣었다. 니코가 버럭 소리를 지르며 나를 덮쳤다. 그의 총구는 아래쪽, 내 머리통을 향해 있었다. 눈 깜작할 사이 나는 오른쪽으로 몸을 던지며 딱딱한 용암바닥을 굴렀다. 동시에 니코가 총을 쏘았다. 바위에 부딪힌 총알의 금속성 음향이 쩌렁쩌렁 울렸다. 내가 총을 갖고 있다는 사실을 머리로 깨닫기 전에 니코는 자기의 오른팔에 총알이 박힌 것을 몸으로 느꼈다. 그는 터져 나오는 비명을 다시 삼켰다. 라오반은 총을 꺼내려고 했지만, 총알이 오른쪽과 왼쪽 손목을 차례차례 뚫고 지나간 탓에 비명을 지르며 그 자리에서 나뒹굴었다. 니코는 왼손으로 권총을 바꿔 잡으려고 했지만, 발터의 총구는 이미 그를 향해 있었다.

"버레! 총 버레!"

니코는 믿을 수 없다는 듯이 나를 노려보았다. "너 아직도 나한테 장난칠 생각이지?"라는 눈빛으로 쏘아보며 그는 권총을 왼손으로 옮겨 잡았다.

"총 버리라니깨!"

그의 팔에서 피가 뚝뚝 떨어졌다. 라도반은 아직도 선글라스를 끼고 있었는데, 그 몰골이 러시아 3류 영화에 나오는 얼치기 갱스터처럼 보였다.

"건(gun) 버려. 당장!"

나도 모르는 사이에 나는 크로아티아어로 총이란 말 대

신 건(gun)이라는 영어로 말을 했고, 순간 반사적으로 귀힐 뒤르를 떠올렸다. 그녀를 생각하며 나의 집중력은 잠시 흐트러졌지만, 반대로 상대의 심리를 꿰뚫어 읽는 니코의 천재적인 능력은 그 사이에도 전혀 녹슬지 않았다. 내가 총을 쏘려는 순간 그의 총도 이미 나를 겨누고 있었다. 한때 정신적인 쌍둥이였던 우리는 동시에 총을 쐈다. 내 총알이 니코의 왼팔에 꽂혔다. 그는 큰 소리로 비명을 터뜨렸고, 나는 목구멍까지 올라온 비명을 억눌렀다. 이상야릇하게 따뜻한 액체가 아랫배에서 왼쪽 발을 향해 흘렀다. 따뜻한 기운은 곧 화끈대는 불로 변해 마치 성냥불로 지지는 것 같았다. 처음에는 찢어지는 듯이 아프다가 나중에는 불에 덴 것처럼 아팠다.

니코는 내 심장을 노렸지만 총알이 박힌 곳은 방광이었다. 왼손을 쓰는 총잡이가 저지르는 전형적인 실수였다. 하지만 나는 목표를 명중했고, 그는 이제 양팔이 없는 불구자나 마찬가지였다. 그의 양팔은 방금 도살해서 피를 빼내기 위해 걸어놓은 돼지새끼처럼 양어깨에 대롱대롱 매달려 있었다.

나는 니코의 머리통에 권총을 겨누었다. 그는 숨이 넘어갈 듯이 비명을 지르더니 디저트 이글을 바닥에 떨어뜨렸다. 나는 총을 내놓으라고 명령했고, 그는 자기 권총을 발로 차서 나에게 보냈다. 총을 주워들기 위해 허리를 숙였다가 다시 세울 때까지 배꼽에서부터 불길이 치솟았다. 셀 수 없이 많은 시간이 흐르는 것 같았다. 통증에도 역사가 있다면 내가 겪는 이 고통을 새로운 이정표로 기록될 것이다.

나는 니코의 총기를 주머니에 집어넣었다.

그런 다음 라도반에게 가서 상의 주머니를 열어보라고 명령했지만, 그는 사실상 양손이 없는 불구자였다. 나는 니코와 라도반을 번갈아 바라보며 라도반 옆으로 조심스럽게 다가갔다. 그리고 왼손으로 검은색 아르마니 양복 상의를 열고, 안주머니에서 그가 애용하는 은회색 스미스앤드웨슨(Smith & Wesson, 미국의 무기제조회사 이름—옮긴이)을 찾아냈다. 그 총을 꺼내 드는 순간, 라도반은 팔꿈치로 나를 밀쳐서 쓰러뜨리려고 했고, 니코는 기회가 이때다 하고 뿔이 없는 미친 숫양처럼 대가리부터 들이밀고 나에게 돌진했다. 하지만 나는(지난겨울에 소르뒤르와 함께 완벽하게 연마해낸) 팔꿈치 기술을 이용하여 단숨에 니코를 쓰러트렸다. 숫양 니코가 바닥에 누워 뻗어버리는 것을 보고 라도반은 오줌을 지리는 토끼가 됐다.

나는 두 놈의 총을 뺏어 주머니에 넣고, 내 총을 손에 쥔 채 운전사의 주머니를 뒤져 자동차 열쇠를 찾아냈다. 니코가 정신을 들 때까지 기다렸다가 두 녀석에게 그랜드캐니언의 축소판으로 들어가라고 명령했다. 백만장자 두 녀석이 노숙자가 임시거처로 사용할 법한 축축한 대형종이상자 안으로 들어갈 때까지 시간은 한없이 흘렀다. 여전히 코 위에 선글라스를 걸치고 있는 라도반의 몰골은 웃음을 자아냈다. 녀석은 마치 희극적인 죽음을 원하고 있는 것처럼 보였다. 나는 두 놈이 바닥을 향해 엎드리게 하다가 엄청난 고통을 느끼고, 입술을 깨물었다.

나는 다시 손에 총을 들고 전쟁터에 서 있었고, 바짓가랑이에서 피가 떨어졌다. 나는 크로아티아어로 "빌어먹을!"이라고 외쳤다. 라도반의 거대한 몸뚱이는 용암구덩이 대부분을 차지했다. 그 옆에 누운 가냘픈 니코는 뚱보의 마누라처럼 보였다. 남편과 함께 묻혀야만 하는 운명 앞에서 니코는 눈빛으로 "차라리 저를 강간하세요!"라고 말하는 것 같았다.

"상판대기 바닥에 밀착!" 내 목소리가 신경질적으로 들렸다.

총을 아래로 겨누었다. 두 개의 엉덩이가 눈에 들어왔다. 커다랗게 열린 두 개의 똥구멍이 납덩어리 총알을 애타게 구걸하고 있었다. 나에게 별다른 방법이 없었다. 무니타를 죽인 킬러는 똑같이 냉장고 속에, 아이슬란드의 대형냉장고 속에 집어넣어야만 했다. 방아쇠를 당기려는 순간 어디에선가 갑자기 바람결이 느껴졌다. 나는 몸을 돌려 보았지만, 아무것도 보이지 않았다. 오고가는 것은 아무것도 없었다. 바람 한 점 일지 않는 봄날 저녁, 갑자기 바람결이 일어나 용암 바위덩어리를 건너서…….

아멘.

나는 그들을 한참 동안 내려다봤다. 용암구덩이에 누워 얼굴을 바닥에 대고 있는 두 사람은 옛 친구였고, 정장을 차려입고 매장되기를 기다리고 있는 멋쟁이 두 신사는 옛 동료였다. 나는 고개를 몇 번 끄덕인 다음 짧은 크로아티아 말로 그들과 작별을 나누었다. "보크(Bok)."

몸을 돌렸다. 그리고 다리를 절며 자동차가 있는 곳으로 갔다. 나의 하복부는 비명을 질렀고, 심장은 부들부들 떨었지만 내 영혼은 "할렐루야"를 외치고 있었다.

35. 세르비아의 승리

 행복이란 원래 이런 것이다! 아우디 같은 고급자동차를 몰고 있는 사람이라면 이런 느낌을 받을 것이다. 지금 살고 있는 인생은 고급자동차의 부드러운 가죽의자와 대시보드를 통해 그 가치를 제대로 인정받고 있다고 생각할 것이다. 왼쪽 다리뿐 아니라 왼쪽 하복부가 평소 감각을 상실한 상황에서 이 자동차가 오토매틱이라는 사실은 정말이지 다행스러운 일이었다. 피, 오줌 그리고 또 다른 체액에 바지가 흠뻑 젖었다. 그 액체들은 왼쪽 신발까지 흘러내려 와 그 안에 흥건하게 고였다. 총알은 아직 몸속에 있었다. 방광의 바닥에 놓여 욕조의 배수구멍 마개처럼 오줌길을 꽉 막고 있는 것만 같았다.

 나는 고통스러운 발걸음을 옮겼다. 두 바보 놈들에게서 20미터 정도 떨어졌을 때 몸을 돌려 뒤를 보았다. 녀석들은 용암 무덤 속에 묶여 있는 두 마리 양 새끼들처럼 나를 건너다보고 있었다. 왜 죽이는 않는 거야? 녀석들의 눈빛이 묻고 있었다. 실망한 빛이 역력했다. 나는 다시 몸을 돌려 자동차를 향해 걸었다. 녀석들의 총을 자동차 트렁크에, 내 총은 주머니에 넣은 다음 운전석에 몸을 올려놓기까지 엄청난 노력이 필요했다.

그리고 지금 나는 차를 몰고 왔던 길을 되돌아가고 있다. 잠시 후 해안가를 끼고 수 킬로미터가 이어져 있는 알루미늄 공장이 나타났고, 케플라비크 국제공항에서 레이캬비크 방향으로 달려가는 자동차 두 대가 보였다. 그 사이에 유로비전은 끝이 났을 것이다.

센카는 세르비아 여자라고 하기에 너무나 아름다웠다. 나는 그녀의 출신을 어머니와 아버지 앞에서 비밀로 했다. 그녀의 본명은 드라가나(Dragana)였는데, 그 이름을 들으면 누구라도 어디 출신인지 알 수 있어서 우리는 센카라는 이름을 선택했다. 센카라는 이름은 보스니아의 무슬림 집안에서 많이 쓰는 이름이었다. 우리는 1년 넘게 같이 살았지만, 전쟁이 일어나자 그녀는 나와 헤어져 가족과 함께 도망쳐야만 했다.

크로아티아가 크닌을 접수하고 우리 부대는 시 외곽 경계를 전담했다. 나는 독일인이 살았던 것으로 보이는 몇몇 전원주택들을 수색하라는 명령을 받았다. 그중 한 집은 폭격으로 지붕이 날아가고, 창문들은 박살이 나 있었으며 벽은 화재로 검게 그을려 있었다. 엄청나게 큰 3층짜리 건물이었다. 나는 소총을 들고 방을 차례로 살폈다. 방들은 모두 비어 있었다. 그러나 지하실 계단을 내려서려는데, 부스럭거리는 소리가 들렸다. 나는 지하실 문을 박차고 안으로 들어가 낡은 침대 밑에 몸을 숨긴 세르비아 군인 한 놈을 찾아냈다. 나는 소리를 지르며 벽을 향해 총을 몇 번 쏘며 위협을 가했다. 그놈이 밖으로 기어 나왔다. 깜짝 놀랄 수밖에 없는 놀라운 일이 벌어졌다. 군복을 입은 여자, 아니 센카, 아니 드라가나 아브라모비치(Dragana Avramovič)였다. 그녀는 여전히 아름다웠다. 군복을 입은 모습은 더욱더 매혹적이었다. 군인처럼 머리를 짧게 깎아서 그렇잖아도 앳되어 보이는 모습이 더욱 앳되어 레즈비언처럼 보이기까지 했다. 그러나 그 반점은 아직 거기에 그대로 있었다. 그녀의 고혹적인 입술, 영롱하게 맑은 눈동자……. 나는 손을 뻗어 그녀의 탱탱한 뺨을 꼬집으려고 했다. 뜻밖의 만남에 너무 놀라서 머리를 한 방 얻어맞은 것 같았다. 그녀의 목에는 보기 흉한 상처가 나 있었다.

"센카?"

"토모?"

우리는 누가 먼저랄 것도 없이 키스를 했지만, 적군의 군복을 입은 병사들이기도 했다. 그녀는 갑자기 키스를 멈추고 한 걸음 뒤로 물러나더니 총을 겨누었다. 단호한 눈빛 아래에 세르비아 자스타바(Zastava, 1853년에 설립된 세르비아 총기제작회사—옮긴이)의 총구가 나를 향하고 있었다. 나를 못 믿겠다는 거야? 나는 침착하게 행동했다. 나의 AK-47(제2차 세계대전 이후에 소비에트연방에서 사용된 대표적인 개인화기—옮긴이) 소총은 등 뒤에 둘러매여 있었다.

"날 쏘겠다는 거야?" 나는 침착하게 말했다.

"오래전부터 맘먹고 있었어."

"왜?"

"넌 나쁜 새끼니까."

"난 널 사랑했어."

"거짓말!"

"정말이야, 진심이었어."

"난 네가 보고 싶었어." 그녀는 떨리는 입술로 말했다.

"나도 그랬어."

"넌 한 번도 답장을 안 했잖아!"

"아니야, 했어. 내 편지 못 받았어? 베오그라드(Belgrade, 유고슬라비아의 수도—옮긴이)로 편지를 썼어. 너희 이모네 주소로."

"거짓말."

"센카……" 나는 미소를 지으며 말했다. "넌 아직도 제정신이 아니구나. 옛날부터 계속 말했지, 날 죽이겠다고. 기억해?"

"그래. 이제야 널 죽일 수 있게 됐어."

갑자기 스플리트에서 살았던 옛날로 돌아가 센카와 오랜만에 하나가 된 것 같은 느낌이 들었다. 당시 그녀의 새아버지는 구시가지에 살고 있었는데, 그가 지하실에 꾸며놓은 바에 들어와 말싸움을 하고 있는 것 같은 기분이었다. 나는 별 생각 없이 한 손을 내밀어 그녀가 든 소총을 집게손가락으로 어루만지다가 손가락 끝을 넣을 수 있을 때까지 총구멍 속으로 밀어넣으며, 부드러운 목소리로 총을 쏘지 말고 키스를 해달라고 말했다. 나는 그녀의 소총을 가지고 계속 손장난을 치면서 "사랑을 할지언정 전쟁만은 하지 마세요!"라는 의미를 지닌 만국공통의 신호를 보냈다.(나는 내 손가락을 몇 번 그녀의 총구멍 안으로 깊숙이 밀어 넣었다가 빼기를 반복했다.) 결국 그녀의 입가에 미소가 번졌다. 지난 5년 동안 그리워했던 바로 그 미소였다.

우리는 곧바로 다시 키스를 했다. 그녀는 세르비아 출신의 내 애인이었다.

잠시 후 센카와 나는 서로를 껴안은 채 침대 위로 쓰러졌다. 그리고 5년이란 세월에 묻혀 있던 우리의 손길은 육욕을 따라 무거운 전투복을 뚫기 시작했다. 밖에서는 계속해서 폭탄이 터졌고, 그때마다 집 전체가 무너질 듯이 흔들렸지만, 이러한 상황은 오히려 우리가 지핀 불에 기름을 붓는 꼴이었다. 올레는 감옥에서 하는 섹스가 이 세상 그 무엇보다 최고라고 했지만, 전쟁의 한가운데서 하는 섹스와는 비교가 되지 못했다. "전쟁 중에는 사랑을 하세요." 우리는 거친 숨을 몰아쉬었다. 내 손이 그녀의 젖가슴에 올라가려는 순간, 갑자기 동료 병사들이 방문을 밀치고 들어와 큰 소리로 웃더니 내가 있는 벽을 향해 총을 쐈다. 나를 충동질하던 흥분이 순식간에 가라앉았다. 그놈들은 나를 옆으로 밀쳐내고 더러운 손으로 센카의 입을 막았다.

나는 그들을 지켜봐야만 했다. 내 눈을 총으로 쏴버리고 싶었지만, 그 결과는 더 험악할 것이 뻔했다. 나는 더러운 그 개자식들이 하는 짓을 지켜볼 수밖에 없었다. 센카가 죽는 것은 결코 원치 않았다. 그렇다면 어쩔 수 없이 더러운 놈들이 일을 끝낼 때까지 기다려야 했다.

최악의 순간을 두 번 연속 맞이할 수는 없지 않은가!

나는 그녀와의 접촉을 끊임없이 시도하고 또 시도했다. 뉴욕에 머물러 있는 동안 한 달도 거르지 않고, 그녀의 이름을 구글에서 검색하고, 그녀의 친구와 가족에게도 편지를 써보았지만 소용없었다. 스플리트 출신의 한 여자친구가 이탈리아에서 나에게 편지를 보냈는데, 그녀는 몇 년 전에 베오그라드에서 보낸 센카의 우편엽서를 받았다고 전해주었다. 이것이 유일한 소식이었다. 나는 센카가 죽었다고 생각했다. 생각해볼 수 있는 모든 공동묘지의 인명록에도 그녀의 이름은 찾을 수 없었다. 단지 그녀의 새아버지가 2001년에 노비사드(Novi Sad, 유고슬라비아의 도시 이름—옮긴이)에 묻혔다는 사실을 발견할 수 있었다. 살아 있더라도 그녀는 인터넷이 닿지 않은 산중 마을 혹은 아주 먼 나라에 살고 있을 것이라는 생각이 들었다. 내 생각이 맞았다. 지난겨울, 나는 우연히 그녀와 마주쳤고, 석 달 전부터 그녀의 이름을 더 이상 인터넷에 검색하지 않았다.

크리스마스를 눈앞에 둔 지난겨울, 그것도 하필이면 레이캬비크에서 가장 크다는 크링글란(Kringlan) 쇼핑센터 안이었다. 아이슬란드 사람들이 미어터질 듯이 북적거리는 속에서 우리는 서로를 발견했고, 누가 먼저랄 것도 없이 서로를 향해 달려갔다. 우리는 쇼핑객들을 쓰러뜨릴 듯이 밀쳤다. 의심할 필요가 없었다. 바로 그녀였다. 바로 그 반점이 있었다. 그 점만 보면 나는 집단매장지 속에서도 그녀를 바로 알아볼 자신이 있었다. 센카가 나를 제대로 알아보기까지는 몇 초가 걸렸다. 사람들이 우리를 밀치며 지나갔지만 우리는 얼어붙은 듯이 그 자리에 서서 아무 말도 못하고 서로를 바라보았다. 귄힐뒤르에게 줄 크리스마스 선물을 사기 위해 쇼핑센터를 찾았지만, 내가 찾아낸 것은 센카 이외에는 아무것도 없었다. 그녀는 목에 난 큰 상처를 목도리 속에 감추고 있었다. 두 뺨은 여전히 탱탱했고, 두툼한 입술은 부드러웠다. 하지만 몸은 뚱뚱해지고, 아름다움은 사라지고 없었다. 그녀도 나에게서 똑같은 감정을 느끼고 있다는 것을 쉽게 알아챌 수 있었다. 우리는 카페 안으로 들어가 앉았다.

"넌 그때 그 빌어먹을 지하실에서 날 죽여줬어야 했어." 사랑하는 모국어로 내가 말했다.

"만일 그랬더라면 네 동료들이 날 죽였을 거야."

"내가 널 도망치게 도와줬다며 그놈들이 날 죽이려고 했어."

"우린 그 전쟁에서 이미 죽은 거나 마찬가지야. 어머니가 항상 입에 달고 다니는 말이 맞았어. 전쟁은 모든 걸 죽여. 전쟁에서 살아남은 사람도 예외는 아니야."

센카와 그녀의 어머니는 3년 전에 이곳 레이캬비크로 오기까지 10년 동안 고향 없는 사람들처럼 떠돌았다. 1년 넘게 적십자사의 난민촌에 머물기도 했다. 그곳에서 새아버지가 죽었다. 나머지 가족들은 전쟁 중에 목숨을 잃었고, 셴카와 어머니는 다른 나라에서 새로운 삶을 시작해 보려는 서른 명의 세르비아 사람들의 대열에 들어가기로 결심했다. 2003년 초, 어머니와 딸은 서부 아이슬란드의 작은 마을에 정착했다. 그곳에서 현지인들이 세워준 새 집에 살았다. "그곳 사람들은 정말 친절했어. 하지만 빌트인 냉장고 속에 사는 것 같아서 도무지 견딜 수가 없더라. 사방을 둘러봐도 깎아지른 푸른 산밖에 보이지 않고. 겨울이 되면 석 달이나 태양을 볼 수도 없었어." 그녀의 어머니는 집을 거의 떠나지 않았고 창밖으로 대서양을 바라보며 "여기서는 그린란드까지도 다 볼 수 있겠다"라는 말만 반복했다. 그녀는 생선 가공공장에서 일을 했는데, "지금까지 했던 것 중 가장 지겨운 일"이었다고 했다. 늙어가는 어머니에게 신경을 더 많이 써야 할 때가 되자 모녀는 레이캬비크로 이사를 왔고, 그녀는 처음으로 '보너스'라는 쇼핑몰의 계산대에서 일하다가 얼마 전부터는 국립국장의 소품실에서 일하면서 자신의 오랜 꿈을 이루었다고 했다.

이 세상에 수많은 도시들 중에 하필이면 이곳에서 만나다니! 정말 믿기지 않는 일이었다.

그녀의 어머니는 그 사이 노약해져서 언제나 그린란드만 이야기하고, "그린란드로 가야만 해, 그린란드로 가야만 해"라는 말만 반복했다고 한다. 그녀의 어머니는 자신의 가혹

세르비아의 승리 413

한 운명을 스스로 거둘 수 있는 최선의 답을 알츠하이머병에서 발견했고, 센카와 나는 다른 길을 선택했다. 그녀는 내 아이를 임신했다.

나는 가르다바이르(Garðabær)로 꺾어져 들어갔다. 검은색 아우디는 제 갈 길을 스스로 찾아가고 있는 것 같았다. 잠시 뒤 나는 차를 아이슬란드의 장인, 장모 집의 집 앞에 주차했다.

내 방광은 디노사우르 공룡 알처럼 부풀어 올라 있었다. 자동차에서 내리는 데에만 거의 4분이 걸렸다. 왜 나는 굳이 여기까지 오려고 했을까? 돈과 시간을 절약하기 위해서라도 나는 곧장 시체안치실로 가는 것이 옳았다. 그러나 나는 귄힐뒤르에게 센카의 전화번호를 알려줘야 했다. 그래서 내 자식들이 서로를 알고 지낼 수 있게 해야만 했다.

피를 흘리며 현관문을 향해 발걸음을 옮길 때마다 하복부의 통증이 점점 더 심해졌다. 나는 초인종도 누르지 않고 문을 열었다. 그리고 황금 문지방 너머로 발을 디뎠다. 음악이 나를 향해 울려 퍼졌다. 플루트, 탬버린, 드럼, 기타, 그리고 드디어 내가(신발을 신고) 거실에 들어섰을 때 그들은 텔레비전 앞에 모두 모여 있었다. 귀트뮌뒤흐르와 시크리타, 소르뒤르와 한나, 아리와 귄힐뒤르, 올레와 하르파. 그들은 깜짝 놀란 낯빛으로 내 몰골을 뚫어지게 바라보았다. 동그란 눈, 납작한 코 그리고 떡 벌어진 입들! 사랑스러운 여덟 개의 눈사람들이 불길에 휩싸인 채 한 남자를 바라보았다.

"난……." 나는 쓰러지기 전에 말을 가까스로 말을 마쳤다. "난…… 그 놈들을 죽이지 않았어."

그들이 나에게 달려왔다. 올레의 작은 황금 귀걸이가 내 위에서 후광처럼 희미한 빛을 발했다. 구조헬리콥터에서 나를 향해 던져진 불빛처럼 보였다. 소르뒤르의 얼굴이 빨갛게 변하더니 안경알이 두 개의 반달로 변했다. 귄힐뒤르의 맑은 얼굴이 태양처럼 나타나 전쟁으로 폐허가 된 나라 위에서 밝게 빛났다. 그녀가 무슨 말인가를 했지만 내 귀에는 들리지 않았다. 그리고 이어서 또 다른 얼굴들이 나타났다. 한나, 하르파, 시크리타……. 모두들 무슨 말인가를 했지만 나는 아무것도 이해할 수 없었다. 방 안에는 음악이 가득 차 있었다. 무슨 노래인지 모르겠지만 몇몇 단어는 이해한다.

"Al Bogu ne mogu……."

"무슨 노래야?" 내가 겨우 입을 떼었다.

"우승곡, 세르비아 노래, 세르비아가 이겼어!" 귄힐뒤르가 말했다.

"오우, 이겼어? 축하할 일이네." 내가 말했다.

이제 또 무슨 일이 벌어질까? 나는 아무것도 확신하지 못했다.

옮긴이의 말

아이슬란드의 영혼에 비친 '무지막지한 시대'

대서양 북단에 홀로 떨어진 섬나라, 하얀 밤과 어두운 낮, 화산과 용암, 북극의 거센 눈보라, 만년설과 얼음이 뒤덮인 산들, 우리나라와 면적이 비슷하지만, 전체 인구가 30만 명에 불과한 나라. 그럼에도 독자적인 언어를 지닌 나라가 아이슬란드이다. 아이슬란드의 영문표기는 아이슬란드(Iceland)이고, 그 명칭은 바이킹이 북극에서 발견한 '얼음의 나라'에서 유래되었다. 하지만 8세기경에 아일랜드의 신부들이 발견한 이 섬나라(Island)는 자연스럽게 "예수님의 나라 Jesusland"(38쪽)가 될 수밖에 없었다. 아이슬란드어로 'Isu'는 예수님이라는 뜻이기 때문이다.

『살인청부업자의 청소가이드』에 나오는 주인공은 뉴욕 맨해튼에서 활약하는 크로아티아계 마피아 조직에 소속된 살인청부업자 톡시이다. 그는 유고슬라비아전쟁에서 형과 아버지를 잃고, 첫사랑 애인과 헤어진 후 독일 하노버의 지하세계에 잠시 빠졌다가 뉴욕으로 가서 살인청부업자로 활동한다. 그러던 중 우연찮은 사건에 휘말려 고향 자그레브로 피신해야만 했다. 그러나 톡시는 케네디공항에서 FBI에게 쫓기는 바람에 자그레브가 아닌 레이캬비크에 '신분이 뒤바뀐 채' 불시착하게 되고, 이 소설은 그 이후로 겪게 되는 일련의 사건들을 다루고 있다. 작품의 결말에 가서 톡시는 아이슬란드에서 새로운 연인 귄힐뒤르를 만나 결혼을 하고, 크로아티아에서 헤어진 첫사랑 센카와 재회하면서 자신의 과거를 깨끗하게 청소하고 모종의 화해를 한다. 얼핏 보면 블랙 코미디 소설에 어울리는 결말이고, 해피엔딩이다.

그러나 유고슬라비아전쟁이 제2차 세계대전 이후에 벌어진 인간역사에서 최대 비극이라고 한다면 본 소설은 역으로 최근 우리가 지금 살고 있는 '무지막지한 시대'를 어느 살인청부업자에 빗대어 말하는 것처럼 보인다. 톡시는 유고슬라비아전쟁에서 살아남기 위해 상대를 쏘아야 하는 자신의 운명 앞에서 자신의 조국 크로아티아를 저주하고, 적국 세르비아를 저주하고, 그와 내가 살고 있는 이 세상을 저주한다. 그는 "약육강식이 이루어지는 영원한 사냥터의 한가운데"(33쪽)에서 눈물을 펑펑 쏟고 싶었지만, 오랜 전쟁은 그 사이에 눈물이란 눈물을 모두 거두어갔다. 훗날, 뉴욕에서는 먹을거리를 마련하고 환상적인 아파트와 초대형 벽걸이 평면TV를 향유하고 때때로 고향의 어머니에게 송금을 해주기 위해 사냥을 하듯이 상대를 쏘아댔다. 유고슬라비아전쟁을 촉발시킨 민족주의 이념의 연장선 위에 신자유주의가 있고, 그 중심은 뉴욕이고, 뉴욕의 트럼프타워 26층에는 그녀의 애인 무니타가 있고, 무니타는 끔찍한 방식으로 살해를 당하고, 이를 알게 된 톡시는 자살을 시도한다. 무니타 살해사건은 톡시가 자신의 과거와 결별하는 결정적인 계기 혹은 하나의 전환점이 된다.

『청부살인업자의 청소가이드』의 배경은 유고슬라비아전쟁이다. 본 소설은 유고슬라비아에서 발생한 민족전쟁을 뉴욕-독일-아이슬란드의 현재에 투영시킨 작품들 가운데 하나이고, 다큐멘터리 기록물을 제외한다면 아마도 세계에서 그 유례를 쉽게 찾을 수 없는 유일한 문학작품일지도 모른다. 나는 이 소설을 번역하는 과정에서 독일어로 번역된 원문을 덮어놓고, 19세기 초반에 발생했던 제1, 2차 발칸전쟁, 유고슬라비아 내전 등을 인터넷에서 수없이 검색했다. 그 과정에서 체트니크, 밀로셰비치, 크로아티아, 세르비아, 티토, 보스니아, 인종청소, 코소보 사태, 대량학살, 강간, 난민 등의 키워드를 만났다. 그러나 이 전쟁이 어디에서 시작되어 어디에서 끝났고, 지금은 과연 영원히 종식되었다고 말할 수 있는지조차 가늠할 수 없었다. 어쩔 수 없이 당시 국내외 신문 등을 검색했고, 유고슬라비아 내전에 대한 교황청의 반응까지도 겨우 찾아냈다. 본 작품에서도 센카의 소식을 유일하게 전해준 사람은 이탈리아에 있는 그녀의 여자친구였는데, 이는 결코 우연이 아닐 수 있다. 그러나 본 작품의 주인공 톡시가 크로아티아에서 헤어진 첫사랑 센카를 찾다가 실패한 것처럼 유고슬라비아전쟁은 우리나라에서 뿐만이 아니라 서구에서도 "인터넷이 닿지 않는 산중 마을 또는 아주 먼 나라"(411쪽) 이야기였다.

나는 이 작품의 작가 헬가손과 2009년부터 이메일을 종종 주고받고 있다. 한 사람의 독자의 입장에서 나는 저자에게 "당신은 이 작품을 통해 폭력과 살인을 추동하는 모종의 도그마를 깨뜨리려는, 그래서 그 도그마의 주체들을 내적으로 살해하려는 의도를 갖고 있지 않은가? 만일 그렇다면 당신이 곧 톡시이다!"라는 취지의 이메일을 보냈다. 독자에게 전달하려는 메시지가 무엇인가를 넌지시 떠보려는 내 질문은 사변적이었지만 헬가손의 대답은 간단한 질문으로 바뀌어서 되돌아왔다. "인간은 정말로 자신을 변화시킬 수 있다고 생각합니까? 톡시와 같이 잔혹한 살인청부업자가 살인을 멈추고, 접시닦이와 같은 밑바닥에서 출발해서 정상적인 삶을 살 수 있다면 그 길은 무엇일까요?"

작품의 끝부분에서 톡시는 자신의 과거를 극복하고 주변세계와 화해를 이룬 것처럼 보인다. 그 과정을 재구성해 보는, 그래서 이에 대한 자기 자신만의 답을 찾아보는 일은 사실 독자의 몫이다. 한 사람의 독자로서 역자에게 남아 있는 화두는 귄힐뒤르와 센카의 임신, 그리고 두 여자 사이에 태어난 자신의 아이들이 서로 알고 지낼 수 있도록 만들겠다는 톡시의 마지막 몸부림이다. 만일 우리사회가 이성애와 일부일처제에 그 기초를 두고 있다면 톡시의 이러한 행위는 우리사회의 정체성에 대한 도전이기도 하다. 우리 사회를 구성하는 가장 기초적인 단위인 남녀관계, 그 이성애가 지닌 모종의 한계를 뛰어넘었을 때 우리는 비로소 평화를 이야기할 수 있다는 말일까? 그의 또 다른 작품 『레이캬비크 101』를 지배하는 중요한 모티브 중 하나로 동성애가 등장한 이유가 혹시 여기에 있었단 말인가? 『레이캬비크 101』을 다시 꺼내 읽어야겠다.

백종유